读客外国小说文库

激发个人成长

寒鸦行动

［英］肯·福莱特 著　于大卫 译

KEN FOLLETT

Jackdaws

第二次世界大战期间，特别行动处将整整五十名女特工送入法国从事秘密活动。其中三十六人经历战争后幸存，其他人则献出了自己的生命。

本书献给所有这些勇敢的女性。

第一天
1944年5月28日，星期日

01

爆炸前的一分钟，圣–塞西勒广场上一片寂静。这是一个暖和的夜晚，静止的空气像一条毯子，将小镇遮盖起来。教堂的钟声慵懒单调，稍嫌冷淡地召集着人们前来做晚礼拜。不过，对费利西蒂·克拉莱特来说，这钟声就像是在一下一下数着倒计时。

一座17世纪的城堡占据了广场的主要位置。这是一个小型的凡尔赛宫，高大的正门向前凸出，左右侧翼呈直角向后延伸而去。里面有地下室和两层主体建筑，高高的屋顶上有一个个拱形的天窗。

费利西蒂有一个别称，叫“弗立克”，大家总是这样叫她。她喜爱巴黎这座城市。她痴迷于它优美典雅的建筑、温和的气候、悠闲的午餐以及彬彬有礼的巴黎人。她喜欢法国绘画、法国文学，还有漂亮的法国时装。外来游客总觉得法国人不太友好，但弗立克从六岁起就开始说法语，谁都看不出她是个外国人。

让她痛恨的是，她喜爱的巴黎已经不复存在。食物匮乏让悠闲的午餐难以为继，那些经典绘画也被纳粹劫掠一空，仍然能有漂亮衣服穿的恐怕只有妓女了。弗立克现在跟大多数女人一样，身上的穿着很不像样，衣服早就洗得褪了色。她满心期望那个真正的法国能再回来。她想，如果她和所有志同道合的人能竭尽全力，也许一切很快就会重现。

她也可能活不到那一天——的确，也许只能再活几分钟。可她不相信宿命，她想活下去。在战争结束后，她计划要做的事情有上百件：完成博士学业，生个孩子，去纽约看看，买一辆跑车，坐在戛纳的海滩上喝香槟。但如果她注定要死，她希望在一个洒满阳光的广场上度过最后的时刻，望着漂亮的古老屋宇，任凭法国语言那欢快轻柔的声音在耳际环绕。

这城堡本为当地贵族所建，但最后一代的圣-塞西勒伯爵早在1793年便在断头台上掉了脑袋。观赏花园早已变成了葡萄园，因为这里是葡萄酒之乡，地处香槟区的中心地带。现在，建筑里面是一个重要的电话交换站，当初选址在此，是因为负责的那位政府部长就出生在圣-塞西勒。

德国人打进来以后，他们扩大了交换区域，把法国系统跟新电缆线路连接起来，一直通到德国。他们还把盖世太保区域司令部安在了大楼里，楼上两层用作办公室，地下室住人。

四周之前，城堡刚被盟军轰炸过。这还是头一次遭遇这种精确的轰炸。重型四引擎“兰开斯特”和“空中堡垒”[①]每天晚上

① 即兰开斯特式轰炸机和B-17空中堡垒轰炸机。前者是二战中英国皇家空军轰炸机的主战机种，完成了其空军队伍在战时三分之二的总投弹量。后者开创了战略轰炸的战略概念，因在二战时于白天轰炸柏林而闻名于世。

都要飞掠整个欧洲上空，但它们的精准性实在太差——有时候甚至连整座城市都能错过。不过，最新一代的“闪电”和“霹雳”战斗轰炸机可以在白天潜入，打击较小目标，例如一座桥梁或一个火车站。城堡的西侧现在几乎成了一堆瓦砾，那些不规则的17世纪红色砖头和白色方石块堆得到处都是。

但是，这次空袭并未成功。炸弹造成的破坏很快得到修复，电话线路只是在德国人安装备用交换台的时候中断了一小会儿。自动电话设备和重要的长途线路放大器都安置在地下室，它们都没有损毁。

这就成了弗立克来这儿的目的。

在广场北侧的城堡被一道由高高的石柱和铁栏杆组成的围墙围着，有穿制服的卫兵把守警戒。广场东面有一座中世纪的小教堂，古老的木门敞开着，迎接夏季的空气和前来朝拜的信徒。教堂对面的广场西侧是镇公所，镇长是个极端保守派，对纳粹占领军唯命是从。南端是一排店铺和一爿名叫“体育咖啡厅”的酒吧。弗立克坐在酒吧外面，等待钟声敲完。她的桌子上放着一杯当地的白葡萄酒，颜色很淡，她一口都没沾。

她是一名英国少校军官。从职务上说，她归属英国急救护士队，这是一支清一色的女子部队，顺理成章地被简称为“FANY”[①]。不过这只是一种掩人耳目的说法。事实上，她供职于一个叫作“特别行动处”的秘密组织，从事敌后破坏活动。二十八岁时，她已经成了一名高级特工。这早不是她头一次感觉到接近死亡的气息。她学会了临危求存，学会了控制内心的恐

① 即“First Aid Nursing Yeomanry”的缩写。

惧，但是，当她望着城堡守卫的钢盔和威力巨大的步枪时，仍然感到好像心口上放着一只冰凉的手。

三年前，她的最大抱负是在英国的大学里任教，做一名法国文学教授，教学生欣赏雨果的活力、福楼拜的机智和左拉的激情。她曾在战争办公室工作，翻译法文文件。一天，她被叫到一家酒店的客房，在那里进行了一次神秘的谈话，约见者问她是否愿意从事某种危险的工作。

她没有多想就答应了。到处都在打仗，她在牛津大学的所有男同学眼下正在冒死作战，她为什么不能跟他们一样呢？1941年圣诞节过后的第三天，她就开始了特别行动处的特殊训练。

六个月后她成了一名情报员，负责将伦敦贝克大街64号特别行动处总部的信息送往被纳粹占领的法国，交给抵抗组织。那几年无线电报稀缺，受过正规训练的报务员更是凤毛麟角。她要从空中跳伞进入法国，使用假身份活动，接触抵抗组织，把他们需要的东西交给他们，再将他们的回复、抱怨和对枪支弹药的需求记下来。返回时她要赶往集结地搭便机，飞机通常是三座的韦斯特兰公司生产的“莱桑德”[①]，这种飞机很小，能在六百码长的草地上着陆。

她很快便从情报员的工作毕业，参与到组织破坏活动之中。大部分特别行动处的特工都是军官，理论上他们的“战士”是地方抵抗力量。在实战中，抵抗组织并不按军纪行事，一个特工要想赢得他们的协助，必须强硬，见多识广，拥有个人权威。

这种工作很危险。算上弗立克，那时一起完成训练的共有六

① 即莱桑德式联络机，1938年加入英国皇家空军的小型观测联络机。

男三女。两年后，活下来的只有她一个。目前已知有两人死亡，一个死在“民兵”——招人痛恨的法国安全警察组织的枪口下，另一个因为降落伞没有及时打开而丧生。其他六个人遭到逮捕，经历过审问、拷打，最后被送往德国的战俘营，销声匿迹。弗立克活了下来，那是因为她冷酷无情，反应快速，而且，她对安全问题极端谨慎，几乎到了偏执的地步。

她身旁坐着她的丈夫米歇尔，他是一个抵抗组织的领导人，该组织代号为“波林格尔”，基地在十英里外的教堂城兰斯。尽管眼下身临危境，米歇尔却依旧悠然自得地仰靠在椅子上，右脚踝搭在左膝上，手里握着一只高筒玻璃杯，那是一杯寡淡如水的战时啤酒。他脸上挂着那种漫不经心的微笑，恰恰是这笑容赢得了她的芳心。当时，她还在索邦大学读书，正在写莫里哀剧作中伦理观念的论文，但战争爆发让她中断了学业。他是大学的一个年轻哲学讲师，整天衣着不修边幅，身边跟着一群仰慕他的学生。

米歇尔仍然算是她遇到过的最性感的男人。他身材高大，穿着一件皱巴巴的外套和褪了色的蓝色衬衫，这身装扮全无刻意，却显得十分雅致。他的头发总是有点儿长，嗓音充满诱惑力，在他那双湛蓝色眼睛的热切凝视下，一个女孩会觉得自己是这世界上唯一一个女人。

这次任务带给弗立克一个好机会，让她跟自己的丈夫一起待上几天，但日子过得并不愉快。实际上，他们并没有吵架拌嘴，但米歇尔似乎心有旁骛，像在跟她逢场作戏，这让弗立克很痛苦。直觉告诉她，他喜欢上了别人。他刚三十五岁，他那种不拘小节的魅力对年轻女人仍然有效。没办法，战争让他们在结婚后聚少离多。甘愿投怀送抱的法国女孩到处都是，抵抗组织内外都有，她感到很不是滋味。

她仍然爱他，只是方式不一样了，她不再像度蜜月的时候那样崇拜他，不再渴望为了取悦他而献出她的生命。爱情的晨霾已经消散，在婚姻生活的光天化日之下，她看清他不过是一个空虚、自负、无法依靠的人。但是，当他把注意力全集中在她身上时，还是会让她感到自己独特、漂亮，为他所珍惜。

米歇尔的这种魅力也能征服男人，他也是位出色的领导者，胆量过人，能力超凡。是他和弗立克一起拟订的作战计划。他们要在两个地方对城堡发动攻击，分散敌人的注意力，然后在里面会合，一道攻入地下室，找到主控机房将它炸掉。

他们手里的建筑平面图是安托瓦内特·杜珀提供的，她是一群当地清洁女工的主管，她们每晚负责打扫城堡。她恰好是米歇尔的姨妈。清洁工们晚上七点开始工作，晚祷也是这时候开始，弗立克现在就能看见她们中的几个人，在铁门那儿向守卫出示她们的特别通行证。安托瓦内特的草图画出了地下室的入口，但并没有更多细节，因为那里是禁区，只有德国人能进去，由士兵负责打扫。

米歇尔的攻击计划是根据来自军情六处——英国情报部门的报告制订的。报告说，这座城堡由党卫军支队每天分三班把守，每班十二人。楼里的盖世太保人员并非作战部队，甚至多数人没有武装。波林格尔抵抗组织有能力召集出一个十五人的队伍参战，他们正在设法进入各自位置，有的混进教堂的信众中，有的无所事事地在广场周围闲逛，预先把武器藏在衣服下面或背包和行李袋里。如果军情六处的报告正确，抵抗战士在人数上已经超过里面的卫兵。

但一丝忧虑涌上弗立克的脑际，让她心情沉重，万分焦灼。

她把军情六处的估算结果告诉安托瓦内特时，安托瓦内特皱起了眉头，她说："我看士兵绝不止这些。"安托瓦内特脑袋很好使——她原来一直给香槟酒厂老板约瑟夫·拉佩里埃尔当秘书，德军占领以后他的收入降低，他便让自己的妻子当起了秘书——她的话很可能是对的。

军情六处的估计和安托瓦内特的猜测到底哪个对，米歇尔没有办法搞清楚。他住在兰斯，无论是他，还是他小组里的其他成员，谁都不熟悉圣-塞西勒，也一直没有时间作进一步侦察。弗立克担心地想，即使抵抗组织在人数上占优势，他们也不可能战胜训练有素的德国军队。

她环顾广场四周，寻找着那些她认识的人，那些看上去若无其事散步的人实际上正等着去杀人或者被敌人杀掉。在一家服饰杂货店外站着的那个姑娘，正盯着看橱窗里的一匹暗绿色布料。这是吉娜维芙，她二十岁，身材高挑，在她轻便的夏季外套下藏着一把司登冲锋枪。司登冲锋枪备受抵抗战士的青睐，因为它可以拆解成三段，能放进一个小袋子随身携带。漂亮的吉娜维芙很可能已被米歇尔看上，但一想到片刻之后这姑娘有可能倒在炮火下，弗立克一样会感到不寒而栗。那个横穿鹅卵石广场向教堂走去的人是贝特朗，他年龄更小，只有十七岁，是个金发男孩，长着一张急切的面孔，他胳膊下的报纸卷里藏着一支点45口径的柯尔特自动手枪——盟军曾用降落伞空投了数千支柯尔特手枪。一开始弗立克禁止贝特朗参加，因为他的年龄太小。但他一直央求，而弗立克也需要人手，能上的人都得上。于是她便作了让步，她只希望贝特朗那年轻唬人的架势能经受住这场枪林弹雨。教堂门廊上游荡的那个人，看上去是要抽完香烟后再进教堂，这是阿尔伯特，他的妻子在这天早晨刚生下他们的第一个孩子，一个女孩。阿尔伯特因此更有理由活下来。他拎着一个布袋子，看上去装满了土豆，其实里面是36号I型米尔斯手榴弹。

广场上的景象看上去十分正常，但有一个因素除外。教堂旁边停着一辆个头巨大、马力强劲的跑车。这是法国制造的希斯巴诺-苏莎68-比斯，它装着一台V12航空发动机，是世界上最快的汽车之一。它的银制散热器高高挺起，气势傲慢，上面立着一只飞鹳吉祥物，车身漆成了天蓝色。

这辆车是在半小时前开到这儿来的。开车的人是一个英俊的男子，四十岁上下，穿着优雅的便装，但他显然是一名德国军官，因为除了他们，没人敢开这种车子到处招摇。他的同伴是一个高个头的女人，长着一头惹眼的红发，身着绿色丝绸礼服，脚上穿着高跟翻毛皮鞋，穿戴如此时髦别致，只能说明她是个法国人。这男人把照相机架在一个三脚架上，对着城堡拍照片。那女人带着一种挑衅神态，就好像她知道，那些走去教堂的衣着不整的乡民们一定边盯着她看，边在心里骂她婊子。

几分钟前，那男人请弗立克为他和他的女友在城堡前照张合影，这可把弗立克吓了一跳。他谈吐很是礼貌，脸上带着迷人的微笑，说话只带有一点点德国口音。在这种关键时刻实在不该分心，但弗立克知道，如果自己拒绝他的请求，恐怕会引起麻烦，况且她正在装成一个当地居民，除了逛一逛街边咖啡馆以外无事可做。于是，她就像多数法国人遇到这种情况时该做的那样，带着一副冷淡漠然的表情答应了德国人的请求。

这一时刻真是既滑稽又可怕：照相机后面站着的是英国特务，德国军官和他的浪荡女人在对她微笑，而教堂的钟声在一秒一秒地敲着，将会一直敲到爆炸发生。拍完照片后，那军官谢过了她，还提议请她喝一杯。她断然拒绝了，法国姑娘决不会跟德国人喝酒，除非她已准备好让人叫她婊子。他理解地点点头，弗立克转身回到她丈夫身边。

军官显然是在休班，看来也没有带武器，应该不会有什么危险，但他仍然让弗立克感到心烦。她在最后几秒钟的平静中揣摩着这种感觉，终于弄清自己为什么觉得不对劲儿了——她内心里无法相信这个人是一个普通游客。他的举止中带出的警觉和机敏，与欣赏美妙的古老建筑这件事全然不相适宜。他女人的身份倒很容易看出来，但他没那么简单，这人大有来头。

她还没有想通这件事，钟声就停止了。

米歇尔喝干了杯中酒，用手背擦了一下嘴角。

弗立克和米歇尔站了起来。两人尽量显得自然随便，一步步往咖啡馆门口走过去，站在那儿，尽量不引起别人的注意。

02

迪特尔·法兰克开车驶进广场的那一刻，就已经注意到了坐在咖啡桌边的那个姑娘。他总是留意漂亮的女人，眼下这一个就像一小束性感之光让他眼前一亮。她有一头浅色金发，一双淡绿色的眼睛，她很可能有德国血统，而这种情况在靠近边境的法国东北部并非罕见。她娇小、苗条的身体裹在麻袋一样的衣服里，但她在上面添了一条便宜的黄色棉围巾，很有那种法国人搭配服饰的天赋，让他十分着迷。他跟她说话时，注意到那种法国人在德国占领者接近之初带有的些许畏惧，但紧接着，他就看到她美丽的脸庞上现出一种无法掩饰的蔑视，这更激起了他的兴趣。

她旁边坐着一个很有魅力的男人，但那男人对她没有多大兴趣。这人很可能是她的丈夫。迪特尔请她为自己拍照，只是为了想跟她说上几句话。他自己的妻子和两个漂亮孩子住在科隆，他跟斯蒂芬妮一起住在巴黎的公寓里，但这一切并不影响他去引诱另一个女孩。漂亮的女人就像他收集的绚丽华美的法国印象派绘画，得到一个，也不妨碍还想要下一个。

法国女人是世界上最美的。不过话说回来，法国的什么东西都美：他们的桥梁，他们的林荫道，他们的家具，甚至他们的瓷制餐具。迪特尔喜欢巴黎的夜总会、香槟、鹅肝，还有热乎的棍子面包。他喜欢在里兹大饭店对面那家传奇的夏尔凡衬衣店买衬衫和领带。他应该永远快乐地生活在巴黎。

他不知道自己从哪儿得来的这种品位。他父亲是一位音乐教授——对这种艺术形式来说，无可争议的大师都是德国人，而不是法国人。但对迪特尔来说，父亲枯燥的学术生涯单调乏味，让他难以忍受。他当了一名警察，这吓坏了他的父母，他是第一批做出这种选择的德国大学毕业生之一。到了1939年，他已经成为科隆警方刑事情报部的负责人。1940年5月，海因茨·古德里安将军的装甲坦克车越过色当的默兹河，一周之内横扫法国，直抵英吉利海峡，这时，迪特尔便兴冲冲地申请入伍。因为他当过警察，部队立刻把他安排到了情报部门。他能说一口流利的法语，英语也够用，所以就让他担任审讯被俘囚犯的工作。他天生就是这块料，在工作中获取了不少有利战事的情报，他自己也深为得意。在北非，他的工作成就已经受到隆美尔本人的注意。

他喜欢在必要时用刑，但他也乐于用更巧妙的手段去说服他人。他就是用这种方式把斯蒂芬妮弄到手的。她端庄、感性、精明，是巴黎一家女装店的老板，经营女式帽子，它们时髦得过火，也昂贵得作孽。不过，因为她的祖母是犹太人，她的厄运也就到了。她失去了自己的商店，在法国监狱里被关了六个月，她是在前往德国一个集中营的路上被迪特尔搭救下来的。

他完全可以强行霸占她，她当然也是这么想的。没人会对此提出抗议，更不用说惩罚他了。但他没有这么做。他给她提供食物，让她穿上新衣服，把她安置在他公寓中一间空余的卧室里，一直温和体贴地待她，直到一天晚上，在一顿鹅肝配拉塔希美酒的晚餐后，他在熊熊煤火炉前的沙发上美美地诱奸了她。

但是今天，情况就不同了，她成了他伪装的一部分，他又一次为隆美尔工作了。陆军元帅埃尔温·隆美尔号称“沙漠之狐”，现在是保卫法国北部的B集团军群司令。德国情报机构预计盟军在今年夏天会发动进攻。隆美尔没有足够的兵力防守数百英里脆弱的海岸线，因此他采取一种大胆的战略灵活应对：把部队营地驻扎在离海岸数英里的内陆，一旦哪里需要就迅速部署到位。

英国人对此有所了解——他们也有自己的情报机构。他们的对策是破坏隆美尔的通信设施，减缓他的反应速度。英国和美国的轰炸机不分昼夜在对公路、铁路、桥梁、隧道、车站和货运编组站进行轰炸。抵抗组织炸毁了发电站和工厂，把火车掀出轨道，切断电话线，并派出年轻女子往卡车和坦克车的油箱里灌沙子。

迪特尔的任务是确定关键的通信设施目标，预估可能攻击这些目标的抵抗组织的实力。在过去几个月，他以巴黎为基地，在法国北部各地巡视了一番，训斥在岗位上打盹的哨兵，整肃闲散懒惰的部队长官，加强对铁路信号箱、火车棚、停车场和机场安全控制塔的安全警戒。今天，他要对这个具有巨大战略重要性的电话交换站进行一次突击视察。所有来自柏林最高统帅部的电话联络，就是通过这个建筑，转往整个驻扎在法国北部的德国军队。电传信息也经由此地，而目前大部分的命令都用这种手段传递。如果交换站被摧毁，德国人的通信就瘫痪了。

盟军显然知道这一点，也尝试轰炸过这块地方，但成效不大。因此，这个地方成了抵抗组织发动攻击的最佳候选目标。可是，按迪特尔的标准来看，这里的安全防卫松松垮垮，实在让人气愤。这种状态可能是受了盖世太保的影响，他们也在同一座建筑物内。所谓盖世太保也就是国家秘密警察局，里面的人受到提拔并不是因为有头脑有能力，主要靠的是对希特勒和法西斯主义的忠诚和热情。迪特尔已经在这里逛了半个钟头，到处拍照，而负责守卫这里的官兵竟没有一个人过来干涉，这让他感到越来越愤怒。

不过，教堂的钟声停下来后，一个穿着少校军服的盖世太保军官装模作样地走出城堡的大铁门，冲着迪特尔走过来。他用很蹩脚的法语喊道："把相机拿给我！"

迪特尔转过身去，假装没听见。

"城堡禁止拍照，你这个蠢货！"这人叫嚷着，"你没看到这里是军事设施吗？"

迪特尔转过身去，悄悄用德语回答："过了他妈的这么久，你才发现我在这儿。”

这人吃了一惊。穿便装的人一般都很害怕盖世太保，可这个人不。“你说什么？”他说，语气已不那么严厉。

迪特尔看了一下他的手表：“我已经在这儿待了三十分钟，我完全可以拍好几十张照片，早早地溜掉了。你是负责安全的吗？”

“你是谁？”

“迪特尔·法兰克少校，隆美尔陆军元帅的随从人员。”

“法兰克！”那人说道，“我还记得你。”

迪特尔皱着眉头看了看对方。“我的上帝，”接着他恍然大悟，“威利·韦伯。”

“武装党卫军少校韦伯愿意为您效劳。”像大多数高级别的盖世太保一样，韦伯有党卫军的SS军衔，他觉得这比他的普通警衔级别更高。

“噢，该死。”迪特尔说。难怪安全戒备这么松懈呢。

韦伯和迪特尔曾在科隆一起当过警察，那时他们都二十多岁。那时迪特尔步步高升，韦伯则处处失意。韦伯对迪特尔心有不满，把他的成功归于他的特权背景（迪特尔的背景算不上多有特权，只是韦伯这样认为，因为他自己不过是一个搬运工人的儿子）。

后来，韦伯被开除了。迪特尔现在又记起了那件事的细节：公路上出了一次交通事故，当时聚集了很多人，韦伯在惊慌失措中开了枪，旁边一个看热闹的人被打死了。

迪特尔已经有十五年没见过他，但他能猜到韦伯是怎么一步步向上爬的：他加入了纳粹，成为一名志愿组织者，靠他的警察培训经历申请加入盖世太保，得以在苦难深重的二流货社团里迅速攀升。

韦伯说："你来这儿干什么？"

"代表陆军元帅检查你们的安全措施。"

韦伯两眼一瞪："我们的安全措施很好。"

"就一个香肠工厂来说还可以。看看你周围这些。"迪特尔挥手指了指小镇的广场，"如果这些都是抵抗组织的人，那会怎么样呢？他们可以在几秒钟内拿下你们的警卫。"他指着一个在衣服外面穿了件轻便的夏季外套的高个子姑娘，"如果她在外套下面藏了一杆枪呢？如果……"

他突然停住了。

他意识到，这些绝对不是他为了说明问题而胡乱编织出的想象。他的潜意识已经看见广场上的那些人正在展开，形成一个战斗编队。小巧的金发女郎和她的丈夫已躲进酒吧。教堂门口的两个男子转移到了柱子后面，穿夏季外套的高个子姑娘，刚才还在盯着一家商店的橱窗，现在已经站在迪特尔那辆车的阴影里，迪特尔看到她的外套衣襟一展，让他惊讶的是，眼前的一切让他的想象成了预言。那外衣下面是带着对接枪柄的冲锋枪，抵抗组织最喜欢这种枪了。"我的上帝！"

说着他就伸手去掏他的外衣口袋，这才想起自己没有带枪。

斯蒂芬妮在哪儿？他四下巡视，顷刻之间几乎慌了手脚，但她就站在他的身后，耐心地等着他与韦伯说完话。"趴下！"他大喊一声。

接着就是一声巨响。

03

弗立克站在体育咖啡馆门口，踮起脚尖越过米歇尔的肩膀往外看。她十分警觉，心跳得很快，身上的肌肉紧缩着，准备投入行动，但她脑子里的血液冷得像冰水一样，缓慢流动，她观望着，冷静超然地估算着一切可能。

眼前有八名警卫，两个在大门口检查通行证，门的内侧也站着两个，还有两个在铁栏杆后面巡逻，最后两名站在通往城堡宽大入口的那段台阶顶部。不过，米歇尔的主力会绕过大门。

教堂建筑较长的北端形成围绕城堡底座的一部分围墙，北面的耳堂朝向停车场方向有一个几英尺的凸起，那里一度是观赏花园的一部分。在旧政权时代，伯爵拥有单独的个人通道通往教堂。在耳堂的墙上有一个小门，一百多年以前这道入口就被木板封死，涂上了灰泥，直到现在还是这样。

一个钟头以前，一位名叫加斯东的退休采石工已经进入空无一人的教堂，在那道被封死的门口底下小心地安放了四根半磅重的黄色塑胶炸药管。他插上雷管，把它们连接起来，好让它们同时爆炸，又加了一个用按压柱塞引燃的五秒钟长的导火索。随后，他把从自家厨房里拿来的炉灰盖在上面，以免引人注意，又搬来一只木椅子放在门口做额外掩护。这番功夫让他满意，随后他便跪下来对天祈祷。

几秒钟前教堂的钟声已经停止，加斯东站起来，几步从教堂的中央走进耳堂，用手指压下了柱塞，然后马上闪到一边的角落里。爆炸撼动了哥特式门拱上几百年的尘灰。但他做礼拜的时候耳堂里一个人也没有，因此没有伤到任何人。

爆炸的巨响过后，广场上沉寂了好一会儿。所有人都僵住了，无论是城堡门口的警卫，沿着围栏巡逻的哨兵，还是那个盖世太保少校，或是穿着尊贵的德国人和他那漂亮情妇。弗立克既紧张又担心，她隔着广场瞭望铁栏杆里面的动静。停车场上有一个17世纪的花园遗址，一个用石头砌成的喷水池里有三个嬉戏的小天使，浑身长满青苔，以前水就是从这儿喷出来的。在干涸的大理石碗周围停着一辆卡车、一辆装甲车、一辆涂成德军灰绿颜色的奔驰轿车，还有两辆黑色的“前驱”式雪铁龙轿车，那是驻扎法国的盖世太保最喜欢的座驾。一个士兵正在给一辆雪铁龙车加油，他用的气泵就放在城堡的一扇大窗子前面，看上去不太协调。几秒钟内什么动静都没有。弗立克屏住呼吸，等待着。

十个全副武装的战士混在进入教堂的会众之中。牧师本人并不是抵抗运动的同情者，因此没有人通知他，想必他会很高兴看到这么多人前来参加晚礼拜，甚至会觉得有些不正常。他或许纳闷天气虽已转暖，但为什么不少人却还穿着夹外套？不过，经历了四年的艰苦日子，不少人的穿着已经变得稀奇古怪，有的男人没有外套，就可能会穿一件雨衣去教堂。现在，弗立克希望牧师明白是怎么回事了。就在眼下这会儿，那十个战士会跨过他们的座位，亮出他们的枪，冲进刚刚炸开的那个墙洞。

终于她看见他们出现在教堂的另一端。这些穿戴破烂的杂牌军冲过停车场，朝城堡大门冲去。弗立克的心狂跳起来，又是骄傲又是恐惧。他们重重地踩踏着满是尘土的泥地，紧握着手中的各类武器——手枪、左轮手枪、步枪和冲锋枪。射击还没有开始，他们要尽可能接近建筑物，然后再开枪。

米歇尔也在看着他们，他嘴里哼哼着，像呻吟又像叹息。弗立克知道他也跟自己一样，既为他们的勇敢无畏骄傲，也为他们的生命安危担忧。分散警卫注意力的时刻到了。米歇尔举起了他的步枪，那是一支李恩菲尔德四号I型，抵抗组织把它称作加拿大步枪，因为许多都是加拿大制造的。他举枪瞄准，扣紧松弛的两级扳机，射击。他熟练地推拉枪栓，这样武器就能立即再次射击。

枪声打破了广场上的静默。门口那边，一个警卫大叫一声跌倒在地，弗立克感到一丝恶意的快感，这下就少了一个朝她的同志开枪的家伙。米歇尔这一枪也向其他人发出了开火的信号。在教堂门廊上，年轻的贝特朗连开两枪，听上去像鞭炮一样。他离警卫太远，手枪准确性不够，结果一个都没打中。在他旁边的阿尔伯特拉开一颗手榴弹拉环，把它扔过高高的栏杆，落到院子里面，手榴弹在葡萄园里爆炸，可这只不过炸起了一片藤蔓枝叶。弗立克气得真想朝他们喊上两句："开枪可不是为了制造噪音，你会暴露自己位置的！"可是，只有最为训练有素的队伍才能在开火后保持克制，理智行动。躲在跑车后面的吉娜维芙这时也开了火，她的司登冲锋枪发出的嗒嗒声震耳欲聋。她的一通射击起到了效果，另一个警卫也倒下了。

德国人终于采取了行动。警卫们躲到石柱后面做掩护，或者趴在地上，抬起他们的步枪瞄准。盖世太保的少校从枪套里拔出手枪。那红发女人掉头就跑，但她那双性感的高跟鞋在鹅卵石上一滑，将她摔倒在地。他的男人一下子伏在她的身上，用自己的身体保护她，弗立克知道自己猜对了，他的确是一名军人，就地卧倒比乱跑更安全，普通百姓不明白这一点。

哨兵开枪了。几乎在同时，阿尔伯特被击中了。弗立克见他蹒跚着，用手紧紧捂着自己的喉咙。一枚正要投出去的手榴弹从他手里滑落。接着，又一轮射击击中了他，这次打在了他的脑门上。阿尔伯特像一块石头一样跌落在地。弗立克顿时心中涌起一阵悲痛，她知道，今天上午出生的女婴现在已经没有了父亲。在阿尔伯特旁边，贝特朗看见一颗龟壳手榴弹在教堂门廊那段岁月磨蚀的台阶上滚过。他猛地向门口扑去，手榴弹随即爆炸了。弗立克等着看他再露出头来，但什么也没有看见。她既心疼又焦虑，不知贝特朗是死了还是受伤了，也许只是昏过去了。

在停车场那边，从教堂出来的那个小队停止奔跑，他们掉头向其余六个哨兵开火。靠近门口的四个守卫处于院内和外面广场两个方向交叉火力中，在几秒钟内就被全歼，只剩下城堡台阶上的最后两个。米歇尔的计划有了效果，弗立克看到了希望。

但就在这时，楼内的敌军部队已有足够时间拿起他们的武器，冲向门和窗口，开始向外射击，再次让战局变得无法预料。现在，一切都取决于他们有多少人。

几分钟内，枪弹雨点般爆发出来，让弗立克无法再数下去了。接着，她绝望地意识到城堡内部的火力远远超出了她的预料。至少有十二个门和窗户同时在向外射击。从教堂里出来的那些战士，本应该冲进建筑内部，现在却被迫撤到了停车场，躲在车辆后面。看来，安托瓦内特对驻扎兵力的估计正确，军情六处则大错特错。军情六处估计的是十二个，但抵抗组织至少打倒了六个，而现在还有十四个在射击。

弗立克恶狠狠地咒骂着。在这种类型的突击战中，抵抗组织只能以突然而压倒性的猛烈行动夺取胜利。如果他们不能立刻击垮敌人，那很快就会遇到麻烦。时间一拖下来，正规军队的训练和纪律性就开始发挥作用。最后，正规部队总是能够在持久性的冲突中获胜。在城堡的上层，一扇17世纪的大窗被砸开，从那儿伸出一挺机枪，开始朝下面射击。由于它的位置高，转瞬之间，停车场上的抵抗战士惨遭屠戮。弗立克揪心地看着一个又一个男人倒在干涸的喷泉边，鲜血淋漓，直到最后只有两三个人还在射击。一切都完了，弗立克绝望地想。他们因寡不敌众而失败。一股绝望的苦涩涌上她的喉咙。

米歇尔朝着机枪的位置开火。“我们想办法从地面干掉那个机枪手！”他说。他环顾广场周围，目光越过建筑物的顶部、教堂的钟楼和镇公所的顶层。“要是我能进镇长办公室，就能瞄准射击。”

“等一等。”弗立克嘴唇发干。她阻止不了他拿自己的生命去冒险，尽管她很不情愿他这么做。但她要为他创造机会，清除障碍。她用尽气力大声喊道：“吉娜维芙！”

吉娜维芙转身看着她。

“掩护米歇尔！”

吉娜维芙用力点了点头，接着便从跑车后面冲出来，向城堡的窗户射出一排子弹。

“谢谢。”米歇尔对弗立克说。随后他从隐蔽处跑了出去，以百米冲刺的速度穿过广场，跑向镇公所。

吉娜维芙继续往教堂门廊跑去。她的子弹分散了城堡里面那伙人的注意力，米歇尔趁机穿过广场，毫发无伤。但紧接着，弗立克感到在左侧有什么东西闪了一下，她朝那个方向望去，看到盖世太保少校紧贴在镇公所的墙边，用手枪瞄准米歇尔。

用手枪击中一个移动的目标非常困难，除非距离很近——但盖世太保少校也有可能侥幸打中，这让弗立克非常担心。她受命进行观察和汇报，任何情况下也不能加入战斗，但现在她脑子里在说：见它的鬼去吧！她的背包里藏着她自己的武器，一支勃朗宁9毫米自动手枪。特别行动处配发的是柯尔特，但她更喜欢自己这一支，因为它是十三轮的，而不是七轮，而且它还可以装载司登冲锋枪使用的9毫米鲁格子弹。她从背袋里拿出枪来，松开保险栓，竖起撞针，伸直了胳膊，仓促地向少校开了两枪。

她没打中，但子弹落在他脸边上的墙壁上，击飞了一块碎片，让他向后一闪。米歇尔接着跑。

少校很快探出头来，又举起手枪。

米歇尔靠近了目的地，也更加接近了少校，射程变得更短。米歇尔朝少校那边开了一枪，但子弹打飞了，少校缩回头还了一击。这一次，米歇尔跌倒了，弗立克惊叫了一声。

米歇尔倒在地上，挣扎着站起来，但没能成功。弗立克强压镇静，脑子快速运转。米歇尔还活着。吉娜维芙已经到达教堂的门廊，她的冲锋枪火力继续吸引着城堡内的敌人。弗立克有机会救下米歇尔，这违反了她所领受的命令，但没有任何命令能让她把手上流血的丈夫扔在那儿不管。此外，如果她把他丢在那儿，他就会被逮捕，遭受盖世太保的审讯。米歇尔是波林格尔抵抗组织的领导人，他知道所有人的名字、所有地址、所有代码。他要是被俘，就会引发一场大难。

没有别的选择。

她又朝少校那边开了几枪。但这一次还是打偏了，她一次次扣动扳机，这持续的火力迫使那家伙沿着墙壁后退，不断地寻找掩护。

她冲出酒吧，跑上广场。她从眼角瞥见了那辆跑车的主人，他仍然趴在他情妇的身上，在弹雨中保护着她。弗立克刚才已经把他忘了，这才一下子害怕起来。他有枪吗？要是有，他很容易就能击中她。但他没有开枪。

她靠近了仰卧在那儿的米歇尔，跪起一条腿。她转身朝镇公所胡乱开了两枪，不给少校任何喘息的机会，然后立刻去看她的丈夫。

她松了一口气，因为他还睁着眼睛，还有呼吸。血似乎是从他的左臀部流出来的。她的担忧减轻了一些。“你的屁股中弹了。”她用英语说。

他回答的是法语：“简直疼得要死。”

她转身朝向镇公所。少校退后了二十米，穿过一条狭窄的街道，停在一家商店门口。这一次弗立克花了几秒钟仔细瞄准，连发四枪。商店的橱窗玻璃炸开了花，少校踉跄后退了几步，倒在了地上。

弗立克用法语对米歇尔说：“使劲爬起来。”他翻了一下身子，痛苦地呻吟着，用一个膝盖吃住劲，但他受伤的腿动弹不得。“快点儿，”她严厉地命令道，“留在这儿你会死的。”她抓住他的衬衫前襟，使出一股出奇的力量抬着他站直了身子。他用那条好腿站着，但无法承受自己的分量，重重地靠在她身上。她意识到他已经无法行走，绝望地叹了一口气。

她朝镇公所那边瞥了一眼。少校已经站了起来，尽管他的脸上带着血迹，但他似乎没受什么伤。她估计他大概是被炸飞的玻璃刮伤了皮肤，应该还能开枪射击。

现在要做的事只有一件：她要把米歇尔抬起来，把他送到安全的地方。

她朝他弯下腰来，双手抱住他的大腿，用典型的消防员的动作将他扛上自己的肩膀。他个子虽高但人很瘦，那些年月，法国人都瘦。不过，她还是觉得自己快被他的重量压垮了。她蹒跚着，刹那间头晕目眩，但她稳稳地站住了。

片刻过后，她向前迈了一步。

她在鹅卵石路上艰难挪动着。她觉得少校会朝她开枪，但现在到处枪声大作，有的来自城堡的方向，有的是从吉娜维芙和停车场上顽强抵抗的战士那里传来的，所以她无法确定。她随时都可能被一发子弹击中，这恐惧反倒给了她力量。她歪歪斜斜地跑了起来，跑上一条通向广场南面的路，那是最近的一个出口。她经过那个趴在红头发女人身上的德国人，在她跟他的目光相对的惊人瞬间，她注意到他脸上惊讶而近乎钦佩的表情。接着，她撞到了一张咖啡桌，桌子一下子翻倒了，她自己也差点摔倒，但还是竭力保持平衡，继续跑着。一颗子弹打中了酒吧窗户，窗玻璃在她眼前像蛛网一样爆裂开来。片刻之后，她跑到了街角附近，跑出了少校的视线之外。这下能活下来了，她感激地想：我们俩都还活着——至少还能再活几分钟。

到现在她依然还没有想过逃离战场以后要去什么地方。几条街以外停着两辆送他们逃走的汽车，但她无法带着米歇尔走那么远。不过，安托瓦内特·杜珀就住在这条街上，仅几步之遥。安托瓦内特不是抵抗组织成员，但她是同情者，为米歇尔提供了城堡内部示意图。而米歇尔是她的外甥，她自然不会拒绝接受他。

再说，弗立克也没有别的选择。

安托瓦内特住在一幢带院子的大楼的底层。弗立克从广场出来，沿街走了几码就到了这里。通道是敞开的，她踉跄穿过拱门，推开一扇门，把米歇尔放在砖地上。

她一边捶着安托瓦内特的门，一边大口喘着气。门里传出一个战战兢兢的声音。“什么事啊？”安托瓦内特让枪声吓坏了，她不敢随便开门。

弗立克上气不接下气地催促着：“快点儿，快点儿！”她尽量压低声音。也许某个邻居就是纳粹同情者。

门没开，但安托瓦内特的声音更近了。“是谁啊？”

弗立克出于本能避免说出人名，只回答说：“你外甥受伤了。”

门终于开了。安托瓦内特年纪五十岁左右，身板很直，穿着一件曾经风行一时的棉布裙子，但裙子已经褪色，变得皱巴巴的。她吓得脸色苍白。“米歇尔！”她边说边跪在他身边，“这到底是怎么啦？”

“很疼，可我还死不了。”米歇尔咬着牙说。

“你这可怜的东西。”她爱抚地轻轻掠去他额头上的一缕头发，额头都被汗水浸湿了。

弗立克焦急地说：“把他先弄进屋里再说吧。”

她抬起米歇尔的两条胳膊，安托瓦内特抬着他的膝部。他痛得哼了一声。两个人抬着他进了客厅，把他放在一个褪了色的丝绒沙发上。

“你照看着他，我去带车过来。”弗立克说着，转身往外面跑去。

枪声停息了。她的时间很紧。她沿街奔跑着，转过两个街角。

在一个关着门的面包店外面停着两辆汽车，引擎全都发动着，其中一辆是锈迹斑斑的雷诺，另一辆货车车身有一个褪了色的标志，看来像是“比塞特的洗衣店”。这车是从贝特朗的父亲那儿借来的，因为他为德国人占用的酒店洗床单，能搞到汽油。雷诺车是今天早上在夏隆偷的，米歇尔把它的车牌换了。弗立克决定开那辆雷诺，把货车留给从城堡院子的大屠杀中活下来的人。

她跟货车司机简单交代了几句：“在这里等上五分钟，然后你就离开这儿。”然后跑向雷诺车，她跳进乘客座位，说：“快走！”驾驶雷诺的是吉尔贝塔，这个女孩十九岁，长着长长的黑发，模样漂亮但脑瓜有些笨。弗立克不知道她为什么会参加抵抗组织——她不是通常会加入组织的那种类型。吉尔贝塔没开车，只是问：“去哪儿？”

“我给你带路——看在上帝分上，快开呀！”

吉尔贝塔踩了油门，车开动了。

“先往左，然后向右。”弗立克说。

坐在车上的两分钟里，整个失败的过程清晰地呈现在她面前。波林格尔组织大部分被消灭；阿尔伯特等几个人也已经被打死；吉娜维芙、贝特朗，还有其他活下来的人也会受到折磨拷打。一切努力全都付之东流。电话交换站没有破坏掉，德国通信线路完好无损。弗立克觉得真不值得，她要竭力弄清自己错在哪里。难道对一座防守严密的军事设施实施正面攻击，本身就是一个错误？不一定。要不是军情六处提供了不准确的情报，这一计划本来有可能成功。不过，她现在想，使用一些秘密的手段进入楼内或许更加安全。那样的话，抵抗组织就更有机会接近那些关键设备。

吉尔贝塔在院子门口停下车。“把车掉个头。”弗立克说着跳下车。

米歇尔头朝下躺在安托瓦内特的沙发上，裤子脱了下来，看上去不太雅观。安托瓦内特跪在一边，手里拿着染着血的毛巾，她的鼻子上架着一副眼镜，正在他的后背上窥探着。“已经不怎么出血了，可子弹还在里面呢。”她说。

沙发旁的地板上放着安托瓦内特的手提包。她把里面的东西都倒在一张小桌子上，想必是急着找她的眼镜。弗立克的视线被一张纸片吸引住了，那上面是打印的字，有盖章，还贴着一张安托瓦内特的小照片，这块纸片夹在一个硬纸夹中。这是她进入城堡的通行证。这时，一个念头在弗立克脑子里一闪。

“我弄了辆车停在外面。”弗立克说。

安托瓦内特继续检查伤口，说：“他不能被挪来挪去。”

“如果他留在这儿，德国鬼子会杀了他的。”弗立克不经意地拿起安托瓦内特的通行证，同时转身问米歇尔，“你感觉怎么样？”

“我大概现在能走了，”他说，“已经没刚才那么疼了。”弗立克把通行证塞进她的肩袋。安托瓦内特没有注意。弗立克对她说：“咱俩一块帮他站起来。”

两个女人扶着米歇尔站好。安托瓦内特帮他穿上他那蓝色的帆布长裤，用他那条破旧的皮带系紧裤子。

“你别出来，”弗立克对安托瓦内特说，“我不想让别人看到你跟我们在一起。”她的计划还没有完全考虑好，但她知道，如果安托瓦内特和她的清洁工们受到怀疑，这个计划就泡汤了。

米歇尔搂着弗立克的肩膀，重重地靠在她身上。她承担着他的体重，扶着他步履蹒跚地走出大楼。走到车边的时候他已经疼得脸色发白。吉尔贝塔透过车窗盯着他们，显然是吓坏了。弗立克对她嘘了一下：“出来把该死的门打开，笨蛋！”吉尔贝塔跳了车，拉开后门。她帮着弗立克把米歇尔塞进后座。

两个女人迅速坐到前座。“快点儿离开这儿。”弗立克说。

04

迪特尔的心里又是懊恼又是惊讶。枪声渐渐平息，他的心跳也恢复正常，开始回想他看到的一切。他根本没想到抵抗组织能发起计划如此周密的进攻行动。就最近几个月他所了解的情况看，他们的袭击一般是打了就跑一类的，但这一次让他亲眼见到了整个行动。他们装备了各类枪支，显然也不缺乏弹药——全然不像德国军队那样！最要命的是，他们个个勇敢好战。那个冲过广场的步枪手，还有那个用司登冲锋枪掩护他的姑娘，都让迪特尔十分震惊，最让他无法忘记的是那个金发姑娘，她扛起那个受伤的步枪手，背着这个比他高六英寸的男人跑到了广场外面安全的地方。正是这些人对占领部队构成了巨大的威胁。他们跟迪特尔战前在科隆当警察时处理过的那些犯人不同。罪犯总是些愚蠢、懒惰、怯懦、粗野的人，但这些法国抵抗者是真正的战士。

但他们的挫败给了他一次绝好的机会。

枪声完全停下来后，他从地上爬起来，也把斯蒂芬妮扶了起来。她的脸颊发红，呼吸急促，抓住他的手，两眼盯着他的脸。“你保护了我，”她说，泪水涌上了眼眶，“你用自己的身体掩护了我。”

他拂去了她屁股上的尘土。他为自己的勇敢吃惊，那动作其实是出于一种本能。要是仔细想想，他不敢保证自己真的愿意为保护斯蒂芬妮而付出性命。他决定不去小题大做，便轻描淡写地说：“谁能容忍如此完美的身体受伤呢。”

她哭了起来。

他拉起她的手，带她穿过广场朝门口走去。“我们到里面去吧，”他说，“进去以后你可以坐下歇一会儿。”他们进了院子。迪特尔看见教堂墙上开了一个大洞，便明白了主力队员是怎么进入院子内部的。

武装党卫军部队从楼里出来，解除了那些攻击者的武装。迪特尔仔细地打量着一个个抵抗战士。大部分人已被打死，但有些人只是受了伤，一两个没有受伤的也投了降。看来这里头应该会有几个人值得他亲自审讯一番。

到现在为止，他的工作还都是防御性的。充其量他也只能加强一下关键设施的警戒，防范抵抗组织。偶然逮住一个俘虏弄不出什么有价值的情报，但一下子有了这么多俘虏，而且全都来自一个较大且显然组织严密的抵抗团体，情况就大不一样了。他急切地想，这可能为他提供了一个进入进攻性作战的良机。

他对一名中士喊道："你，去叫一个大夫过来看看那些俘虏。我要审讯他们，别让他们死掉。"

尽管迪特尔没穿军服，但这个中士从他的举止中看出他一定是位高级军官，便说："是，先生。"

迪特尔带着斯蒂芬妮上了台阶，穿过庄严的入口进了宽敞的大厅。大厅里的景象令人惊叹不已，粉红色的大理石地面，高大的窗户带着精美的窗帘，石灰墙上的伊特鲁里亚花纹在粉色和绿色的尘霾的阴影中似隐似现，天花板上是一个个已经褪色的天使。迪特尔想，这里过去一定摆满了富丽堂皇的家具：大镜子下面的梳妆台、镶嵌着金花边的餐具柜、精美的镀金椅子、油画、大型花瓶、大理石做的小雕像。现在这一切都不复存在，取而代之的是一排排交换台，每个交换台前面都配了把椅子，地板上还堆放着一捆捆电缆。

电话接线员看来都跑到后面的院子里去了，但现在，枪声已经停止，有几个接线员站在玻璃门边，头上还戴着耳机和送话器，不知回到里面是否安全。迪特尔让斯蒂芬妮在一部交换台前坐下，然后把一个中年女接线员叫了过来，"夫人，"他用礼貌但命令的口吻，以法语说道，"请为这位女士端一杯热咖啡来。"

那女人走上近前，用敌意的目光瞥了斯蒂芬妮一眼。"好的，先生。"

"再来一杯白兰地，她受惊了。"

"我们没有白兰地。"

他们有白兰地，但她不想拿给这位德国人的情妇。迪特尔不想计较下去，便说："那就只要咖啡吧，但要快点儿，否则就会有麻烦。”

他拍了拍斯蒂芬妮的肩膀，然后把她留在那儿。他穿过双层门进了东侧翼。城堡这里原来是一个个会客室，一个连着一个，像凡尔赛宫一样。屋子里摆满了交换台，这些看上去倒像是永久性的。电缆被整齐地用木制护套捆扎起来，穿过地板，进入下面的地下室。迪特尔猜测，大厅那边看上去较为混乱，是因为那里刚刚启用不久，是西侧翼遭到轰炸后采取的应急手段。有些窗户被永久封死，这显然是一种防范空袭的措施，但其他窗户的窗帘拉开着，迪特尔想，大概这些女人也不喜欢在永久的黑夜中工作吧。

在东侧翼的尽头是一个楼梯间。迪特尔沿楼梯走下去。他在楼梯底部经过了一道铁门。边上立着一张小桌和一把椅子。迪特尔猜测这是警卫待的地方，值班人员可能离开岗位加入了战斗。迪特尔大大方方走了进去，在心里给这个安全缺口记上了一笔。

这里的环境与地面主层完全不同，有厨房、储藏室和住处，一切都是为三百年前在这座房子里服务的几十个人设计的，屋顶很低，墙面没有粉刷，地面是石头的，有些房间甚至是光秃秃的泥土地面。迪特尔顺着宽宽的走廊往里面走，每扇门上都有用规整的德语写的标牌，但迪特尔还是要推开门看看里面。在他左侧，也就是房子的正面，就是一个电话交换主机联合体：一台发电机，几个巨大的电池。接着还有一个房间，里面装着混杂交错的电缆。在他右面，朝着房子的背面，是盖世太保的各种设施，一间照相室，一大间用来窃听抵抗组织的无线监听室，还有几个牢房，房门上都有窥视孔。地下室做过防弹处理，所有的窗户都被封死，各面墙边都堆着沙袋，天花板也用钢架加固，里面灌注了水泥。显而易见，这一切都是为了防止盟军的轰炸机破坏电话系统。

走廊尽头的一扇门上标着“审讯中心”几个字。他推门走了进去。第一间屋子是裸白的墙面，光线很亮，里面是普通审讯室的那种配置，一张便宜的桌子，几把硬邦邦的椅子，一只烟灰缸。迪特尔穿过这间屋子走进里面的内室，这个房间不那么明亮，墙是砖砌的，屋里有一根血迹斑斑的梁柱，上面挂着几个用来捆人的钩子；一只伞架上放着几根木棒和铁棍；一张医用床，上面带有头夹和捆绑手腕、脚踝的皮带；一台电击机；一个锁着的柜子，里面大概装着各种药剂和注射器。这显然是间行刑室。迪特尔见过不少类似的地方，但看见这些仍然让他感到恶心。他必须提醒自己，从这种地方收集的情报有助于拯救那些年轻体面的德国士兵的生命，让他们最终回到自己的妻子和孩子身边，而不是死在战场上。尽管如此，待在这里还是让他感到不寒而栗。

这时他听见身后发出一种声响，让他吓了一跳。他转过身去，门口有个东西吓得他往后退了一步。“上帝！”他惊叫了一声。那是个半蹲半坐着的形体，它的脸深深陷在隔壁房间投来的强光阴影中。“你是谁？”他对那个影子问道，几乎能听出自己声音里的恐惧。

那个形体走到光亮下面，变成了一个穿着制服衬衣的盖世太保中士。他个子矮胖，一张肉乎乎的脸，灰黄色的头发削剪得太短，看上去像个秃子。“你来这儿干什么？”他对迪特尔问道，说话带着法兰克福口音。

迪特尔恢复了镇静，行刑室让他有些心慌，但现在他很快找回了自己一贯的权威口吻，对他说：“我是法兰克少校，你是哪位？”

中士立刻变得毕恭毕敬起来："我是贝克尔，先生，很愿意为您效劳。"

"尽快把那些俘虏带到这儿来，贝克尔，"迪特尔说，"把那些能走的立刻带过来，其他人让大夫看了以后再带过来。"

"好的，少校。"

贝克尔走了。迪特尔回到审讯室，坐在一把硬邦邦的椅子上。他不知道自己能从这些俘虏那里得到多少情报，他们也许只知道自己城镇上的事情。如果他的运气不佳，而他们的安全措施又很严密，单个犯人可能只知道自己团队里发生的事情。从另一方面看，并不存在什么万无一失的安全措施，几个单独囚犯的口供最终会聚合成为他们自己和其他抵抗组织的情报。迪特尔的梦想，就是一个团队能像链条一样把他引向另一个团队，让他有可能在盟军进攻前的最后几周对抵抗组织发动一次致命打击。

听到走廊里有脚步声，他回身往外看了看。俘虏被带进来了，第一个就是那个把司登冲锋枪藏在外衣下面的女人。

迪特尔很满意，俘虏里头有个女人，实在是非常有用。在接受审讯时，女人有可能跟男人一样强硬，但让一个男人开口的办法常常是在他面前殴打一个女人。这女人又高，又性感，这就让迪特尔觉得更妙了。她好像受了点儿伤。迪特尔对护送她进来的士兵摆了摆手，开口用法语跟这个女人讲话："你叫什么名字？"他的语气相当友善。

她用傲慢的眼神看着他。"我为什么要告诉你？"

他耸了耸肩膀，这种级别的敌对态度很容易克服。他随即动用了那个为他效劳了上百遍的回答："你的亲属也许会询问你是否被拘押。如果我们知道你的名字，就能告诉他们。"

“我叫吉娜维芙·德莱斯。”

“美丽的名字，搭配美丽的女人。”他一挥手，让人把她带下去。

下一个囚犯是个六十多岁的男人，头上的伤口流着血，脚也跛了。迪特尔说：“你干这种事有点儿老了，是吧？”

那人一脸得意。“是我装的炸药。”他轻蔑地说。

“姓名？”

“加斯东·赖非甫尔。”

“你要记住一点，加斯东，”迪特尔善意相告，“痛苦持续多久要你决定，你要它停，它就会停。”

预想到接下来要面对的一切，这个人的眼里现出一丝恐惧。

迪特尔点点头，很是满意。“带下一个。”

接下来是一个年轻人，迪特尔估计他还不到十七岁，是个漂亮的男孩子，他彻底给吓坏了。“姓名？”迪特尔问。

他迟疑着，显然是惊吓过度。想了一会儿，他说：“贝特朗·比塞特。”

“晚上好，贝特朗，”迪特尔快活地说，“欢迎你来地狱。”

孩子的表情就好像脸上刚刚挨了一巴掌。

迪特尔让他下去。

威利·韦伯出现了，巴克尔像拴着的狗一样一步步跟在他后面。“你是怎么进来的？”韦伯粗暴无礼地对迪特尔说。

“走进来的，”迪特尔说，“你的警戒糟透了。”

“滑稽透顶！你亲眼看见我们击败了一次强大的进攻！”

“那也就十几个男人加上几个姑娘！”

"我们打垮了他们，这也就足够了。"

"想想看，威利，"迪特尔给他讲明道理，"他们就在你的附近集结起来，可你对此毫无察觉，然后他们冲进了院子，杀死了至少六名上等的德国士兵。我想你打败他们的唯一原因就是他们低估了对手的人数。我进这个地下室的时候也没人盘问，卫兵离开了自己的岗位。"

"他是个勇敢的德国人，他要加入战斗。"

"上帝啊，怎么跟你说才能明白呢！"迪特尔有些绝望，"一个士兵在战斗中不能离开岗位。"

"用不着你给我上什么军纪课。"

迪特尔权且放他一马，不想跟他争下去。"我没想给谁上课。"

"你到底想干什么？"

"我要审问这些囚犯。"

"这可是盖世太保的工作。"

"别装傻了。隆美尔陆军元帅是让我，而不是盖世太保来限制抵抗组织破坏通信设施的力量。这些囚犯会为我提供十分有价值的信息，我要审讯他们。"

"不行，他们现在处在我的监管范围内，"韦伯强硬地说，"我自己会审问他们，把结果上报给元帅。"

"盟军可能会在今年夏天入侵，难道这是为了什么权限扯皮的时候吗？"

"但也完全不是该放弃有效组织的时候。"

迪特尔真想大叫大嚷。无奈之下，他只好放下架子，寻求妥协，便说："那我们一起审问他们。"

韦伯笑了笑，知道自己赢了。“绝对不行。”

“那我只能越过你了。”

“只要你有这个本事。”

“我当然有。你能做的只是打马后炮。”

“随你说去。”

“你这个该死的傻瓜，”迪特尔恶狠狠地说，“愿上帝保佑祖国，免得毁在你们这种爱国者的手里。”他转过身，怒气冲冲地转身走了出去。

05

吉尔贝塔和弗立克离开了圣-塞西勒镇，沿着一条乡间道路前往兰斯市。车道很窄，吉尔贝塔尽力快点儿开。弗立克两眼警觉地扫视着前面的路，道路在低矮的山坡上起起伏伏，不时穿过一座座葡萄园，松松散散地连接着一个又一个村落。一路上他们经过不少十字路口，这让他们放慢了行程，但纵横的岔路让盖世太保无法封锁每一条从圣-塞西勒出来的路。尽管如此，弗立克还是紧咬着嘴唇，时刻担心被偶然出现的巡逻队拦住。她没法解释为什么后座上坐着一个受了枪伤、正在流血的人。

再往前考虑，她觉得不能把米歇尔送回他自己家。1940年法国投降，米歇尔复员后，他没有返回索邦大学的教师职位，而是回到自己的老家，当了一个高中的副校长，他的真正动机是建立一个抵抗阵线。他搬进已故父母的家，那座房子非常迷人，附近是一座大教堂。但弗立克认为他现在不能回到那儿去，知道那个地方的人太多了。尽管出于安全考虑，抵抗运动成员往往不知道彼此的住址，他们只在必须交付货物或会合时才透露，但米歇尔是个领导，大多数人都知道他住的地方。

在圣-塞西勒那边，有些队员可能被活捉了，过不了多久他们就会被提审。跟英国特工不同，法国抵抗队员没有携带自杀药丸。审讯这件事的唯一可靠法则是，每个受审的人最后都会招供。有时候盖世太保会失去耐心，有时会出于狂热杀掉他们的审讯对象，但是，如果他们小心从事，执意求成，那么他们一定能让最坚强的人出卖自己最为亲密的同志，任何人都无法持久承受折磨带来的痛苦。

所以，弗立克必须假定米歇尔的房子已经暴露给了敌人。但是，除了那里，她还能把他带到哪儿去呢？

“他怎么样了？”吉尔贝塔焦急地问。

弗立克朝后座扫了一眼。米歇尔紧闭着眼睛，但呼吸还算正常。他睡着了，他最需要的就是休息。她怜爱地看着他，他需要有个人照顾他，至少最初的一两天需要。她朝吉尔贝塔转过身，这姑娘既年轻又单纯，大概还没有离开她的父母。“你在哪儿住？”弗立克问道。

“在镇子的边上，塞尔内大街。”

“你一个人住？”

不知为什么，吉尔贝塔显得有些害怕：“是，我当然是一个人住。”

"是单栋住宅、公寓，还是单间居室？"

"公寓，两间屋子。"

"我们去你那儿。"

"不行！"

"为什么？你害怕了？"

她显得有点儿委屈地说："不，我没害怕。"

"那为什么？"

"我信不过那些邻居。"

"那儿有后门吗？"

吉尔贝塔显得不太情愿。"有，一座小工厂边上有一条小道。"

"看来挺合适。"

"好吧，你说得对，我们应该去我那儿。我不过是……你说得太突然了，没别的。"

"对不起。"

按计划弗立克今晚要回伦敦，她要在兰斯以北五英里的查特勒村外的一块草场上等待接她的飞机。她不知道飞机是否能按时到来，只靠星光导航，要想找到一座小村近旁的特定区域极端困难。飞行员经常迷失方向——事实上，他们要真能到达某个指定地点，都应该算是奇迹。她看了看天气。晴朗的天空变成了夜晚的深蓝色。如果这种天气不出现变化，那么晚上应该有月亮。

如果今晚不行，就改在明天晚上，一直就是这样的，她想道。

她的思绪转移到了留在自己身后的同志们。年轻的贝特朗是死是活？吉娜维芙怎么样了？要是死了可能更好些吧。活着，他们就要面对残酷的折磨。再次想到是她让他们遭受失败，弗立克的心就一下子抽紧了，感到痛苦不堪。贝特朗迷恋上了她，这她猜得出来。他太年轻，还不会为暗恋指挥官的妻子感到愧疚。她真希望自己当初命令他留在家里，那样的话，战斗结果也不会有多大差别，但他就能让自己快活、明亮的青春时光延长一点儿，而不是变成一具死尸或者更糟。

任何人都不能次次成功，战争意味着如果指挥失算，大家都得死。这是铁一般的事实，但她还是要找些心理寄托，为自己找点儿安慰。她很想找到一种办法确认他们没有白白受罪。或许她最终能以他们的献身为基础，从中获取某种胜利。

她想到了从安托瓦内特那儿偷来的通行证，考虑着暗中溜进城堡的可能性。小队人马可以装成平民雇员进入城堡。她很快打消了让他们装成电话接线员的念头，那是一种技术活，需要花时间去学才行。但是，摆弄笤帚倒是人人都会。

如果清洁工换了新面孔，德国人会发觉吗？他们大概不会留意拖地板的女人都长什么样子。至于那些法国话务员——她们会不会泄密呢？也许这个险值得冒。

特别行动处有一个特殊部门，能够伪造任何证件，有时候他们甚至拷贝自己的证件，应急用上一两天。他们能按安托瓦内特的通行证很快做出假证来。

弗立克为自己偷了这张证件深感罪过。这会儿，安托瓦内特大概正在发了疯地寻找它，查看沙发下面，翻遍所有的衣袋，带着手电筒去院子里找。要是她跟盖世太保说自己丢了通行证，想必是会惹上麻烦的，不过最后他们可能会给她补发一张。这样一来，她不会因为帮助抵抗组织获罪。如果受到审问的话，她也会一口咬定是自己放错了地方弄丢了，因为她自己也相信这是事实。再说，弗立克确信，如果她明着说要借，安托瓦内特很可能会拒绝她。

当然，这个计划有一个很大的缺陷。所有清洁工都是女人，化装成清洁工的抵抗队员也必须都是女性。

但弗立克转念一想，全是女性又有什么不行？

他们已经来到兰斯的郊区地带。吉尔贝塔在一个围着高高铁丝围栏的低矮厂房旁边停下车，天色已晚。她把车熄了火。弗立克立刻去叫米歇尔："快醒醒！我们把你抬到里面去。"米歇尔呻吟了一声。"我们得快点儿，"她催促道，"我们违反宵禁令了。"

两个女人把他弄下车。

吉尔贝塔指了指工厂后面的一条小巷。米歇尔把胳膊搭在她们的肩上，她们搀扶着他往前走。吉尔贝塔打开墙上的一扇门，这里是一个不大的公寓楼的后院。他们穿过院子，从后门进了楼。

这是一幢简陋的五层楼公寓，没有电梯，更糟糕的是吉尔贝塔的房子是在顶楼。弗立克指点吉尔贝塔该怎么抬，两人互相抓着胳膊，抬起米歇尔的大腿。他搂住两个女人的肩膀，就这样一直爬了四层楼梯。很幸运，楼梯上没遇到任何人。

到了吉尔贝塔的门前，几个人已经气喘吁吁。她们放下米歇尔，米歇尔勉强往屋里挪着步子，最后跌坐在一张椅子上。

弗立克四下看了看。这的确是女孩子住的地方，到处收拾得十分整洁、漂亮。重要的是没有人能眺望到这儿，这就是顶层的好处，谁也看不见屋里的情况。米歇尔在这儿应该很安全。

吉尔贝塔在为米歇尔跑前跑后，她拿来一个垫子让他舒服点儿，用一条毛巾轻轻给他擦脸，还给他找出阿司匹林。她很体贴，但有点儿瞎忙活，安托瓦内特也这样。米歇尔对女人有种影响，能让她们手足无措——但弗立克不会，这也是让他对她一见倾心的原因之一，他经受不住那种挑战。“你得让大夫看看，”弗立克决断地说，“克劳德·鲍勒行吗？他原来帮过我们，但我最后一次见到他时跟他打招呼，可他却装着不认识我，吓得几乎要拔腿跑掉。”

“他结婚以后胆子变小了。”米歇尔说，“但他会来看我的。”

弗立克点点头，很多人都愿意为米歇尔破例。“吉尔贝塔，去把鲍勒大夫接来。”

“我想陪着米歇尔。”

弗立克暗自叹了口气。吉尔贝塔这种人别的事做不了，只能送个信什么的，尽管干这种事情她也可能会弄出乱子。“请按我的吩咐做，”弗立克不容争辩地说，“我回伦敦之前要跟米歇尔单独待一会儿。”

“那宵禁怎么办？”

“如果有人拦住你，你就说去接大夫，这种借口能通融过去。他们可能跟你到克劳德家去，看你说的是不是真的。但他们不会跟到这儿来。”

吉尔贝塔不大情愿，但还是穿上羊毛开衫走了出去。弗立克坐在米歇尔的椅子扶手上，亲了他一下。“真是一场大灾难。”她说。

“我知道。”他咬着牙哼了一声，“军情六处就那么回事。那里面的人比他们说的多一倍。”

“我再也不会相信那些笨蛋了。”

“我们失去了阿尔伯特，我得通知他的妻子。”

“我今晚回去。我回伦敦给你再派一个报务员。”

“谢谢。”

“你需要弄清还有谁死了，谁还活着。”

“但愿我能办到。”他叹了口气。

她握住他的手，说：“你的感觉如何？”

“蠢透了。子弹伤在这么个不体面的地方。”

“那身体上感觉怎么样？”

“头有点儿晕。”

“你应该喝点儿东西。不知道她这儿有什么。”

“有苏格兰威士忌就好了。”在战前，弗立克那些伦敦的朋友让米歇尔爱上了威士忌。

“那个太烈了。”厨房就在起居室的一角。弗立克打开碗橱，让她惊讶的是里面竟有一瓶白标杜瓦酒，从英国来的特工总是随身带着威士忌，自己喝或者跟同志们分享，但这种酒不太适合法国女孩。橱柜里还有一瓶打开了的葡萄酒，这更适合让受伤的人喝。她倒了半杯出来，然后在酒杯里兑满自来水。米歇尔贪婪地喝着，失血让他感到口渴。他喝干了酒，然后靠在椅背上，闭上眼睛。

弗立克自己想喝点儿威士忌，但既然她没让米歇尔喝，自己再喝就不太好了。再说，她还要保持头脑清醒。还是等她回到英国的土地上再说。

她扫视着屋里的一切。墙上挂着几张浪漫伤感的画，屋里还有一摞旧的时尚杂志，但没有书。她探头朝卧室里望了一眼。米歇尔立刻问了一句：“你去哪儿？”

"只是随便看看。"

"她不在家，这么做你不觉得有点儿失礼吗？"

弗立克耸了耸肩膀说："不觉得。反正我要去趟盥洗间。"

"它在外头。下楼，沿着楼梯走到头，我想我没记错。"

她按他说的找到了盥洗间。在里面解手时，她感到有种东西让她心神不定，跟吉尔贝塔的公寓有关。她苦苦思索着，从不放过自己本能的感觉，这种感觉不止一次救过她的命。回到屋里，她对米歇尔说："这里有些不对劲。你知道是怎么回事吗？"

他一耸肩膀，看上去不太自在。"我不知道。"

"可你有点儿着急。"

"也许是因为刚在一场枪战中受伤吧。"

"不，不对，是这间公寓。"这也跟吉尔贝塔的不安有关，跟米歇尔知道盥洗室在那儿，跟威士忌有关。她走进卧室，查看着，这回米歇尔没再责备她。她环视周围，在床边柜上放着一张男人的照片，长着跟吉尔贝塔一样的大眼睛和黑眉毛，那大概是她的父亲。床罩上有一个洋娃娃。角落里有个洗脸池，上面是一个镜子柜。弗立克打开柜门，里面有一把男人的剃须刀、碗和剃须刷。吉尔贝塔并非天真无邪，这里有个男人经常在这儿过夜，还把洗漱用具留在这儿。

看得更仔细一点儿，弗立克发现那剃须刀跟刷子是一套，都有精美的骨柄，她终于认出那是她在米歇尔三十二岁生日时送他的礼物。

原来如此。

巨大的震惊让她定在那里，一时动弹不得。

她曾怀疑他喜欢上了别人，但没想到他如此过分。现在，证据摆在这里，就在她的眼前。

她由震惊转而痛心。当弗立克一个人在伦敦独守空房，他竟然投入另一个女人的怀抱！她转身望着床铺，他们就是在这儿私通的，就是在这间屋子里。这简直让她无法忍受。

接着她变得怒不可遏。她一直对他忠心耿耿，她一直忍受着孤独寂寞——但他却完全相反，他欺骗了她。一股狂怒让她快要爆炸了。

她几步走到隔壁房间，站在他的面前。“你这个杂种，”她用英语说，“你这个肮脏堕落的杂种。”

米歇尔用同一种语言回答：“不要为我气着了你自己。”

他知道自己这种半吊子英语一直让她觉得可爱，但这一次没有奏效，她马上换成了法语说：“你怎么能为一个十九岁的蠢货而背叛我？”

“那没有任何意义，她只是一个漂亮姑娘。”

“你以为这么说就万事大吉了？”弗立克知道，一开始是自己吸引了米歇尔的注意，当时她还是学生，而他是教师，她在课堂上不拘礼节的提问吸引了他。同英国学生相比，法国学生显得更恭敬有礼，但弗立克天生不惧怕权威。如果是某个类似的人引诱了米歇尔——比如跟她不相上下的吉娜维芙，弗立克心里或许会好过些。可他看中的是吉尔贝塔，一个脑子空空，除了指甲油之外对什么都没兴趣的女孩，这让她受不了。

“我很孤独。”米歇尔可怜巴巴地说。

“我不想听你讲什么悲情故事。你才不是孤独，你是脆弱，不忠，背信弃义。”

“弗立克，我亲爱的，我们别吵了。一半的朋友都被杀了。

你就要回英国。我们俩可能不久都会死，别生着气走。”

“我能不生气吗？我还不得不把你留在你那小荡妇的怀里！”

“她不是小荡妇——”

“别咬文嚼字了。我是你的妻子，可你在跟她同床。”

米歇尔在椅子里吃力地挪动着，疼得一咧嘴，他用那双蓝眼睛深沉地盯着弗立克。“我承认我有罪，”他说，“我是个卑鄙小人。但这个卑鄙的人爱着你，我请求你的原谅，仅此一次，以免万一我再也见不到你。”

这话让人无法抗拒。弗立克在五年的婚姻和一次放纵之间掂量着，最后只得让步。她向他靠近了一步，他用手臂抱住她的两腿，把脸贴在她的旧棉布衣裙上。她抚摸着他的头发。“好吧，”她说，“就这样吧。”

“我真对不起你，”他说，“我心情糟糕透了。我从没遇到过，甚至没听到过比你更好的女人。我再也不会这样了，我发誓。”

门开了，吉尔贝塔和克劳德走了进来。弗立克蓦地一惊，连忙不好意思地放开米歇尔的头。她随即又觉得这样很愚蠢，他是她的丈夫，而不是吉尔贝塔的丈夫，干吗她要为抱着他而愧疚，就算是在吉尔贝塔的公寓又怎样？她对自己感到恼火。

吉尔贝塔看到她的情人在这儿搂着自己的妻子，显得有些震惊，但她很快镇定下来，脸上做出一种冰冷漠然的表情。

克劳德跟她走进屋，这是个年轻英俊的大夫，看上去有点儿紧张。

弗立克迎上前去，吻了吻克劳德的脸颊。“谢谢你能过来，”她说，“真让我们感激不尽。”

克劳德看着米歇尔说：“感觉怎么样，老兄？”

“我屁股里有颗子弹。”

“那我要把它取出来。”他丢下那副紧张兮兮的样子，摇身一变，成了一个身手敏捷的行家。他转身对弗立克说：“在床上铺几块毛巾吸干血迹，然后把他的裤子脱掉，让他脸朝下趴着。我去洗洗手。”

吉尔贝塔把旧杂志铺在床上，上面覆盖上一条条毛巾。弗立克把米歇尔扶起来，帮他一步一步移到床边。他躺倒在床上时，她禁不住想，他在这儿已经躺了不知多少次。

克劳德把一个金属工具插进伤口，摸索着在里面寻找弹片。米歇尔疼得叫了起来。

“对不起了，老朋友。”克劳德贴心地说。

在这张床上，米歇尔曾带着负疚的快感叫喊过，现在看到他痛苦的样子，弗立克几乎感到一种满足。她希望他就这样牢牢地把吉尔贝塔的卧室印在记忆里。

米歇尔说：“一口气就做到底吧。”

弗立克的报复心很快消失了，她真的为米歇尔难过。她把枕头朝他的脸边挪了挪，说，“咬住这个，能管点儿用。”

米歇尔把枕头塞进嘴巴。

克劳德再次开始摸索，这一次他取出了子弹。伤口涌出了大量鲜血，几分钟后才慢了下来。克劳德给他包扎好。

“几天之内尽量不要动。”他对米歇尔嘱咐道。这就是说，米歇尔必须待在吉尔贝塔的家里。不过，要做性事的话他就会疼死，想到这儿，弗立克有了一种恶意的满足感。

“谢谢你，克劳德。”她说。

“很高兴能帮这个忙。”

“我还有一个请求。”

克劳德害怕起来。“什么？”

“我要在午夜前一刻钟等一架飞机。我要你开车把我送到查特勒。”

“为什么吉尔贝塔不能送你，开那辆她刚才去我家开的车？”

“因为有宵禁。但我们跟你一起走安全些，你是大夫。”

“那我怎么解释身边还带了两个人？”

“三个，我们需要米歇尔举手电筒。”每次搭飞机都是这个程序，四名抵抗成员组成一个巨大的“L”字形，高举着手电筒，表示风向和飞机降落的地方。用电池供电的小手电筒需要指向飞机的方向，保证让飞行员能够看见它们。直接把电筒插在地上也可以，但那样就没有把握了，而如果飞行员没看见他所期待的信号，就会怀疑是个圈套，就不会降落。因此如果可能的话，最好有四个人。

克劳德说：“我怎么跟警察解释你们几个人呢？一个出急诊的大夫不会在车里带三个人的。”

“我们会想出个理由的。”

“这太危险了！”

“在晚上这个钟点，整个用不了几分钟。”

“玛丽·珍妮会把我杀了的。她让我做什么事情先为孩子们着想。”

“你还一个孩子也没有。”

“她已经怀孕了。”

弗立克点了点头，这下知道他为什么变得畏畏缩缩了。

米歇尔翻身坐了起来，他探身抓住克劳德的胳膊说：“克劳德，我求你了，这件事非常重要。就算为了我，行吗？”

对米歇尔说不是很困难的，克劳德叹息一声：“什么时候？”

弗立克看了看她的手表，时间已经快到十一点了。“现在。”

克劳德看着米歇尔说：“他的伤口会再裂开的。”

“我知道，”弗立克说，“要流血就让它流吧。”

查特勒村由一个十字路口和散落四周的几座建筑物组成，其中有三座农舍，一排农工的棚户，还有一家供应附近农场和村户的面包店。弗立克站在离十字路口一英里外的牧草地上，手里拿着一只烟盒大小的手电筒。

161中队的飞行员给她上过一个礼拜的课，教她如何引导飞机降落。这块地方符合他们提出的要求，草场差不多有一公里长——一架“莱桑德”起飞或降落需要六百米的距离。她脚下的土地很坚实，也没有斜坡。月光下，可以从空中很清晰地看见附近的一个水塘，这也为飞行员提供了一个很好的地标。

米歇尔和吉尔贝塔站在弗立克的上风处，与她处在一条直线上，手里也拿着手电筒，而克劳德在吉尔贝塔旁边几码的地方，组成了一个引导飞行员的倒“L”字形夜间跑道。如果是在偏僻地带，接应小组会用篝火代替手电筒，但这里靠近村子，在地上留下可疑的燃烧痕迹十分危险。

四个人组成了特工所称的“接应小组”。弗立克的小组总是沉默守纪，但有些组织较差的小组时常把接机当成一场聚会，一帮男人抽着烟大声说笑，惹得附近村子里的人注意。这样做很危险，如果飞行员怀疑降落行动被德国人发现，认为有盖世太保埋伏在那儿，就必须快速做出反应。接应小组所受的指令提醒他们，如果从错误角度接近降落的飞机，任何人都可能被飞行员射杀。这种事其实从未发生过，不过有一次，一架哈德森轰炸机轧死了一个看热闹的人。

等待飞机从来都是一件苦差事。如果飞机没来，弗立克就得紧绷着神经再等二十四小时，再冒一次险，直到机会来临。但一个特工永远不能预知飞机到底什么时候出现。这并非由于英国皇家空军不可靠。其原因更像161中队的飞行员跟弗立克解释的那样，仅靠月光为进入一个国家上空几百英里的飞机导航，难度非常之大。飞行员使用航位推测法——依靠方向、速度和消耗的时间计算自己的位置，还要凭借河流、城镇、铁路线和森林等地标校验结果。航位推测法的问题是，无法准确调整风力造成的漂移。而地标也很麻烦，因为月色下面的一条河看上去很像另一条河。到达一个大致区域已经够复杂的了，而这些飞行员还要找到某一块具体的场地，这就更加困难。

如果有片云彩遮住月亮的话就更不可能找到了，这种情况下，飞机甚至不会起飞。

但今晚天色很好，弗立克觉得很有希望。果真，就在离午夜还差几分钟的时候，她听到了单引擎飞机的轰鸣声，一开始很微弱，接着越来越响，像一阵激烈的鼓掌声，让她心里顿时充满了回家的渴望。她用手电筒闪出莫尔斯电码的“X”字母。如果她的字母发错了，飞行员就会怀疑是个圈套，就会直接飞走，不会降落。

飞机盘旋了一圈，然后陡然降落下来。它停在弗立克的右方，刹了车，转向米歇尔和克劳德之间的方向，又朝弗立克这边滑行过来，再次将机身转向风头，整个划了个椭圆形，做好起飞的准备。

这是一架韦斯特兰公司的“莱桑德”，它是一种小型的、翅膀上翘的单翼飞机，机身漆成哑光黑色。飞机只有一名飞行员，有两个乘客座位，但弗立克知道一架“莉齐”[1]总共能搭载四个人，此外舱内带一个，包裹架上还能坐一个。

飞行员没有熄灭引擎。他在地面停留的时间不过几秒钟。

弗立克想拥抱一下米歇尔，祝他好运，可她也想扇他一个嘴巴，警告他不要去碰别的女人。两样事情她都没时间干，这倒对谁都好。

弗立克只是挥了一下手，便登上了铁梯子，拉开舱口盖爬进了机舱。

飞行员匆匆向后座瞥了一眼，弗立克朝他竖起一只大拇指。小飞机猛冲向前，加大了速度，然后一下子升到空中。

弗立克能看到小村子里的一两处灯火，乡下人对灯火管制并不在乎。弗立克飞抵此地时，时间太晚，已经是凌晨四点钟，十分危险。当时她在空中就看见了面包炉那红彤彤的火光，开车穿过村子，她闻到了新鲜面包的味道，那就是法国的味道。

飞机倾斜着转弯，弗立克看见月光下几个人的面孔，米歇尔、吉尔贝塔和克劳德，就好像黑暗的操场上的三个白色的斑点。飞机开始平稳地向英国飞去，这时，一种巨大的痛苦涌上她的心头，她想，自己也许再也无法见到他们了。

---

① 英国飞行员对“莱桑德”的亲切称呼。

第二天
1944年5月29日，星期一

06

迪特尔·法兰克开着那辆希斯巴诺-苏莎趁着黑夜赶路，同行的是他的年轻助手汉斯·黑塞中尉。汽车已开了十年，但它结实的十一升发动机马力充沛，毫无倦意。昨天晚上，迪特尔在后挡泥板上发现了几个排成一条优美曲线的弹孔，那是圣-塞西勒广场交火留下的纪念品，但车的机械性能没有受损，而他认为这几个弹孔给汽车增添了魅力，就像一个普鲁士军官经过决斗脸颊上留下的疤痕。

开车穿过巴黎漆黑的街道时，黑塞中尉将大灯遮上，当他们来到去诺曼底的路上后才取下了罩子。他们轮流开车，每人开两个小时，尽管黑塞情愿全程都让他一个人开。他喜欢这车，也像崇拜英雄一般崇拜它的主人。

迪特尔坐在乘客座位上，车灯前不断延伸的乡间道路给他催了眠。他似睡非睡，想象着自己的未来。盟军会夺回法国，把占领军赶出去吗？想到德国可能战败，他难免心情低落。也许会有某种和平解决方式，德国放弃法国和波兰，但保留奥地利和捷克斯洛伐克。但这似乎也好不了多少。他发现，自打他在巴黎生活，与斯蒂芬妮一道经历了刺激和放纵之后，很难想象再回到科隆，跟自己的妻子和家人一起过原来那种日子了。不论是对德国还是对迪特尔，唯一完美的结局就是让隆美尔的军队将侵入者推回大海去。

在潮湿的黎明来临之前，黑塞开进了一个中世纪的小村拉罗什-居雍，它位于巴黎和鲁昂之间的塞纳河上。他在村口的路障边停下，但岗哨知道他们要来，很快就放行了。他们默默经过一座座大门紧闭的房子，到达一座古老城堡大门口的另一个检查站。最后，他们把车停在一个鹅卵石铺地的大院子里。迪特尔让黑塞留在车上，自己走进大楼。

德军西部战区总司令格尔德·冯·伦德斯泰特元帅是位来自旧军官阶层的高级将领，值得信赖。他的手下是负责法国海岸防御的埃尔温·隆美尔元帅。拉罗什-居雍城堡是隆美尔的总部。

迪特尔·法兰克感到自己与隆美尔很亲近。两人都是教师的儿子——隆美尔的父亲曾是位校长——因此都能从冯·伦德斯泰特一类人身上感到德国军队那种冷冰冰的傲慢气息。但除此之外，他们又有很大不同。迪特尔纵情逸乐，很是欣赏法国提供给他的所有文化和感官享受。隆美尔则是一个沉湎于工作的人，不抽烟不喝酒，常常忘记吃饭。他只结识过一个女友并娶她为妻，一天要给她写三封信。

在大厅里，迪特尔见到了隆美尔的副官沃尔特·莫德尔少校，这是一个性格冰冷、头脑极其复杂的人。迪特尔尊重这个人，但无法喜欢他。他们在前一天的半夜里通过电话。迪特尔简单说了一下他在盖世太保那儿遇到的问题，说自己希望尽快见一见隆美尔。“早上四点到这儿来。”莫德尔说。隆美尔总是在凌晨四点钟出现在他的办公桌前。

现在，迪特尔怀疑自己是否该这么做。隆美尔可能会说：“你怎么竟敢拿这种琐碎事来打扰我？”迪特尔觉得隆美尔不会。指挥官总是喜欢掌握细枝末节，他几乎可以肯定隆美尔会支持他，答应他的要求。不过这也难说，尤其是在指挥官备受压力困扰之时。

莫德尔轻轻点了一下头，算作打招呼：“他想现在就见你。跟我来。”

两人经过走廊时，迪特尔说：“意大利那边有什么消息？”

“都是坏消息。”莫德尔说，“我们要撤出阿尔塞。”

迪特尔表情坚忍地点了点头。德国人在拼命战斗，但他们仍然无法阻止敌人向北前进。

一分钟后迪特尔走进隆美尔的办公室，这是位于一楼的一个宽敞华丽的大房间。迪特尔注意到一面墙上挂着一块价值连城的17世纪哥白林挂毯，顿时心生羡慕。这里办公用具不多，但几把椅子和一张巨大的古董桌子，在迪特尔看来可能与挂毯一样古老。桌子上放着一盏灯，桌子后面坐着一个小个儿男人，发际线已退后，长着一头淡棕色的头发。

莫德尔说：“法兰克少校来了，元帅。”

迪特尔紧张地等在一旁。隆美尔继续读了一会儿，然后在一张纸上做了个记号，那姿态就像一个银行经理在查看他最最重要顾客的往来账目。而当他抬起头来，立刻变成了另一个样子。迪特尔以前见过这张脸，但每一次见到他，都让迪特尔感到气势压人。这是一张拳击手的脸孔，长着扁平的鼻子和宽宽的下巴，靠得很近的双眼，整张脸上带着一种不加掩饰的挑衅神情，这让隆美尔成了一位传奇般的指挥官。迪特尔记得隆美尔在第一次世界大战时的故事，那是他的第一场战役。他带领着三个人组成的先遣队遭遇二十人的法国部队。他没有撤退寻求增援，而是朝对方开火，勇敢地冲入敌阵。他幸运地活了下来——但迪特尔记得拿破仑的名言："我要的就是幸运的将军。"从那儿以后，隆美尔就一直喜欢大胆地突然袭击，而不是谨慎地计划进攻。他与他的沙漠对手蒙哥马利是截然相反的两极，后者的观点是直到有把握取胜才发动进攻。

"坐下，法兰克。"隆美尔爽快地说，"你有什么想法？"

迪特尔已做过一番排练，他说："按照您的指示，我走访了可能受抵抗力量攻击的关键设施，改进了这些地方的安全防卫。"

"很好。"

"我也一直在设法评估抵抗组织会造成严重破坏的可能性。他们会真正牵制我们，应对入侵吗？"

"你的结论呢？"

"情况比我们想象的要糟。"

隆美尔厌恶地哼了一声，好像一个令人不快的猜测得到了证实。"你的理由是什么？"

隆美尔不会一口咬掉他的脑袋，这让迪特尔稍稍放松了点儿。他说起了昨天在圣-塞西勒遭遇的进攻，一一陈述了抵抗组织独特的计划，大量的武器弹药，最主要的是那些战士勇猛顽强。唯一没说的细节是那个美丽的金发姑娘。

隆美尔站起身，朝那块挂毯走过去。他眼睛盯着它，但迪特尔相信他不是在看挂毯。“我担心的就是这个。”隆美尔说，他声音很轻，几乎是在自言自语，“我可以击退一次进攻，哪怕我只有几支队伍，只要保持灵活机动就行——但如果我的通信垮了，我就会必输无疑。”

莫德尔同意地点点头。

迪特尔说：“我认为我们可以利用这次攻击电话交换站事件，把它变成一次机会。”

隆美尔转过脸来，苦笑了一下。“我的上帝，我希望我的所有军官都像你一样。说下去，你想怎么做？”

迪特尔感到这次会面已经按照他的意思进行了。“如果我能审问那些被俘的囚犯，他们就会让我找到其他组织。运气好的话，我们可以在入侵前重创抵抗阵线。”

隆美尔有些怀疑。“听起来有点儿自我夸大。”迪特尔的心往下一沉，隆美尔继续说：“如果别人说这种话，我会把他轰走。但我记得你在沙漠工作中的成绩。你能让那些人不知不觉招出口供，连他们自己都意识不到。”

迪特尔很高兴，他抓住自己的优势，继续说：“不幸的是，盖世太保拒绝让我审问那些囚犯。”

“他们就是这么愚蠢。”

“我需要您的干预。”

“当然可以。”隆美尔转向莫德尔，“给福煦大道打个电话。”盖世太保的法国总部设在巴黎福煦大道84号。“告诉他们，法兰克少校今天要审问犯人，要不就让贝希特斯加登那儿的人给他们打电话。”他指的是希特勒的巴伐利亚要塞。陆军元帅拥有直接接触希特勒的特权，该用的时候隆美尔从不犹豫。

“好的。”莫德尔说。

隆美尔绕着他17世纪的桌子走了一圈，又坐了下来。“有消息请立即通知我，法兰克。”他说，随后又去看他的文件了。

迪特尔和莫德尔离开了房间。

莫德尔把迪特尔送到城堡大门口。

外面，仍是到处漆黑一片。

07

弗立克降落在伦敦以北五十英里的坦普斯福德，这是英国皇家空军的一个简易机场，附近是贝德福德郡的桑迪村。仅凭嘴巴里那夜晚湿冷空气的味道，她就知道自己回到了英国。她爱法国，但这里是她的家。

走在机场上，她想起自己小时候度完假返回时的情景。她母亲一看到自己家的房子，总会说出那句话：“外出不错，但回家更好。”在这最不平常的时刻，母亲的话涌上了她的脑际。

一个身穿急救护士队下士军服的年轻女子在等她，开一辆大马力的捷豹准备将她送到伦敦。“真是奢侈啊。”弗立克说着，坐到车里的真皮座椅上。

“我直接带你到果园宫，”司机说，“他们在等着听你的汇报。”

弗立克揉了揉眼睛。“老天，”她寻求同情般地说，“他们不觉得我得睡会儿觉吗？”

司机没有搭茬，而是问道：“任务执行得很顺利吧，少校？”

“全他娘砸。”

“对不起，什么？”

“全他娘砸，”弗立克重复了一句，“这是句缩略语，也就是情况全他娘的搞砸了的意思。”

那女子不说话了。弗立克觉得自己的话让她尴尬。不错，她沮丧地想，终究还有受不了这种军营粗口的女孩。

当汽车快速通过赫特福德郡的斯蒂大尼奇和奈柏沃斯村时，天已破晓。弗立克看着窗外掠过的房屋和屋前园子里的蔬菜，看见乡村邮局那脾气欠佳的女局长在没好气地施舍小额邮票，还看见各式各样的小酒馆，那里面尽是温乎乎的啤酒和快散架了的钢琴。纳粹没能打到这么远的地方，真让她深深感到庆幸。

这种感觉让她更加铁了心回到法国去。她要寻找机会再次袭击城堡。她想到那些留在圣-塞西勒的人们：阿尔伯特、年轻的贝特朗、美丽的吉娜维芙以及其他或战死或被俘的战士们。她想到了他们的家人，这些人正在被失去亲人的痛苦和焦虑所折磨。她痛下决心，绝对不让他们白白牺牲，一切付出终究要求得到结果。

她应该立刻投入行动。马上让她做汇报更好，今天她就有机会提出自己的新计划。特别行动处的人一开始会谨慎对待，因为谁也没有派过清一色都是女性的小组执行这类任务。一定会有这样那样的阻碍。不过干什么事情都会有阻碍的。

他们到达伦敦北部郊区的时候，天已经大亮，到处是起早干活的人，邮差和送奶工在递送货物，火车司机和公交车售票员正徒步赶去上班。战争的迹象随处可见：反对浪费的招贴画，屠夫的窗口挂的“今天没有肉”的牌子，一个开着垃圾车的女人，整排被炸成废墟的小房子。但这里没人会拦住弗立克，没人会要她出示证件，没人会把她投入牢房，拷打她交出情报，再把她用拉牲口的卡车送到某个集中营，一直待在那里饿死。她感到卧底生活里的那种高度紧张正慢慢缓解，她往后倒在汽车座椅上，闭起了眼睛。

她醒来的时候，汽车已经进了贝克街。车子走过了64号。特工一般不进总部大楼，万一受到审问，他们便不会透露其中的秘密。事实上，很多特工都不知道它的地址。汽车转到了波特曼广场，在那座公寓楼——果园宫外面停了下来。

司机跳下车，为她打开车门。

弗立克走进里面，去找特别行动处的那一层。见到珀西·斯威特时，她一下子来了精神。这是一位五十岁的男子，秃头，上唇留着牙刷般的胡子。他像父亲一般喜欢弗立克。他穿着便装，两人都没有敬礼，特别行动处的人都没耐心讲究军事礼节。

“看你的脸色就知道事情不妙。”珀西说。

他同情的嗓音让弗立克再也忍不住了，刚发生的悲剧骤然间压垮了她，她一下子哭了起来。珀西用胳膊搂住她，拍着她的后背。她把脸埋在他的老花呢夹克里。“没事了，”他说，“我知道你已经尽力了。”

“哦，上帝，对不起，我怎么成了这样哭哭啼啼的女孩。”

“我希望我的手下都是你这种女孩。”珀西话里有话地说。

她离开珀西的怀抱，用袖子擦了一下眼睛。“请别在意。”

他转过身去，用一块大手帕擤了擤鼻子。“是喝茶还是喝威士忌？”他问。

“还是茶吧。”她打量着周围的一切。屋子的陈设破破烂烂，是1940年匆忙配置的，以后就再也没换过。一张不值钱的桌子，一块破旧的地毯，还有几把配不成对的椅子。她一下子陷在松垮垮的扶手椅里。“沾了酒我会睡着的。”

她看着珀西沏茶。他这人很有同情心，但也会十分强硬。他在一战中获过战功，二十几岁时领导过工人罢工闹事，他参加了1936年的卡波街战役①，与东伦敦佬们袭击了试图穿过伦敦东头犹太人街区的法西斯。他会就她的计划提出各种尖锐细致的问题，但他也会十分开明，听取别人的见解。

他把一杯茶递给她，外加牛奶和糖。“今天上午晚些时候有个会议，”他说，“我要在九点钟以前把简报送给上司。时间有点儿紧。”

她喝了一口甜茶，感觉到摄入的能量带来的快意。她把在圣-塞西勒广场发生的一切告诉他，他坐在办公桌边，用尖尖的铅笔记着笔记。“我本应该放弃这次任务，”她最后说，“安托瓦内特对提供的情报有怀疑，我本应该推迟突击，给你发一条无线电通知，说我们寡不敌众。”

珀西悲哀地摇摇头说：“可是没有时间推迟。要不了几天就要进攻了。就算你向我们发出请求，我估计结果也没什么两样。我们能干什么？我们无法给你派更多人手。我想我们只能命令你不

① 卡波街战役（Battle of Cable Street），1936年10月4日，英国法西斯政客默斯利（Oswald Mosley）组织英国法西斯主义者联盟（British Union of Fascists）打算穿过卡波街，在伦敦东区游行示威。超过25万名当地犹太人、社会主义者、无政府主义者、爱尔兰人与共产党人于是集结于此，立起路障，找来木棍、石块、凳子腿，以及其他物体充当武器，试图阻止法西斯游行者的通过。默斯利迫于反抗人士的情绪高涨，为避免大规模流血，最终放弃在此地示威游行的计划。

顾一切往前冲。必须做出尝试，电话交换站太重要了。”

“嗯，这倒是种安慰。”想到不必认为阿尔伯特是为了她的战术失误而死，弗立克心情稍稍好过一些了，但这并不能让死人复生。

“米歇尔没事吧？”珀西问。

“确实很受罪，不过都会恢复的。”特别行动处招募弗立克时，她没告诉他们自己的丈夫是抵抗组织的人。如果他们一开始就知道这些，他们就会去让她干别的工作了。但这一点并没有真正得到证实，只是她的猜测。1940年5月她在英国探望母亲，米歇尔像当时所有身强力壮的法国青年一样，正在部队服役，法国的沦陷让他们滞留在国外。当她以特工的身份回来时，才知道她丈夫的真正身份，那时组织在她身上已经投入大量的时间和训练，她对特别行动处来说已经相当重要，不会只凭推测她有情感牵涉就开除她了。

“谁都不愿意从后面挨枪子儿，”珀西若有所思地说，“别人会认为那是在逃跑时中的弹。”他站了起来，“好了，你最好回家睡上一觉。”

“等一等，”弗立克说，“首先我想知道我们接着该干什么。”

“我要把这报告写完——”

“不是，我指的是电话交换站。如果它非常重要，我们就要把它敲掉。”

他重又坐下，用一双机敏的眼睛看着她说：“你到底有什么想法？”

她从背袋里拿出安托瓦内特的通行证，把它放在桌上。“有个进去的好办法。这是清洁工的通行证，她们每天晚上七点到里面去。”

珀西拿起通行证，仔细审视着它。“好聪明的姑娘，”他的话里带着一种钦佩的意思，“接着说。”

“我得回去。”

一丝痛苦的表情从珀西的脸上划过，弗立克知道他在担心她再去冒生命危险。不过他什么也没说。

“这次我要带上一组人。”她继续说，“每个人都得有这种通行证。我们代替那些清洁工进入城堡。”

“那些清洁工都是女人？”

“对。我需要一个女性小组。”

他点了一下头。“这里不会有谁提出反对意见——你们这些姑娘的确很棒。但你去哪儿找这么多女人？我们那些受过训练的人几乎都在那儿了。”

“先批准我这个计划，女人我去找。我去找那些应召特别行动处给刷下来的人，那些没有通过培训课程的，还有其他什么人，我们应该拿到那些档案，看看她们都是什么原因落选的。”

“原因嘛，不是身体上不合适，就是嘴巴太松，或者太喜欢暴力，还有的在跳伞训练时太紧张，不敢从飞机上往下跳。”

“就算都是些二等人选也没关系，”弗立克急切地说，“我能处理好这件事。”在她脑子里有另一个声音在说：你真能吗？但她不去理会它。“如果我们的总攻失败，我们就丧失了欧洲。多少年都无法夺过来，这正是一个转折点，我们得把一切应敌力量全都用上。”

“你不能靠那些当地法国女人吗，那些抵抗战士？”

弗立克早就有过这个想法，但随即被她否定了："如果我有几周时间的话，可以从五六个抵抗组织那里抽调人力，组成一个女性小组，但是找到她们，再把她们送到兰斯要花费很长时间。"

"这还是有可能的。"

"那我们还要为每个女人伪造带照片的通行证。这些事情在那里很难完成，在这儿花一两天就可以了。"

"没你说的那么容易。"珀西拿起安托瓦内特的通行证，拿到天花板上悬垂下来的一只灯泡的光线下。"不过你说得对，我们那个部门的人能制造奇迹。"他放下通行证，"好吧，就找那些被淘汰的人。"

弗立克感到一阵胜利的喜悦，他这么说，说明他会努力争取这件事。

珀西继续说："但就算你能找到足够的能讲法语的姑娘，就解决问题了？德国警卫那边呢？他们难道不认得清洁工吗？"

"大概不是每天都用同一批女人——她们有休息日。男人从不留意跟在他们后面打扫的女人。"

"这我不敢保证。士兵都是些性饥渴的年轻人，所有能接触到的女人他们都很留意。我估计城堡里的男人还会跟年轻的清洁工逗趣调情，这是最起码的。"

"我昨晚看着那些女人进入城堡。但我没看见有任何调情的迹象。"

"无论怎样，你也不能保证那些男人不会注意到整个一班人全换了新面孔。"

"这我拿不准，但我有信心利用这一机会。"

"好吧，里面的那些法国人怎么办？那些电话接线员是当地法国人，对吧？”

“有些是当地人，但大部分是从兰斯坐大客车过来的。”

“并非所有的法国人都喜欢抵抗组织，你我都明白。还有些人支持纳粹的主张。天知道，英国还有不少傻瓜认为希特勒为所有人提供了一个强大的现代化政府，尽管最近已经听不到多少类似的奇谈怪论了。”

弗立克摇了摇头，珀西没去过被占领的法国。“法国已经被纳粹统治了四年，要知道，那里的每个人都在苦苦等待着盟军进攻。那些接线员不会吱声的。”

“要是英国皇家空军轰炸过他们呢？”

弗立克一耸肩膀。“或许有个把怀有敌意的，但大部分都会服服帖帖。”

“那是你一厢情愿。”

“反正，我认为值得利用这个机会。”

“你还不知道地下室入口到底有多戒备森严。”

“这并没有阻止我们昨天的进攻。”

“昨天你有十五名抵抗战士，有些还十分老练。下一次，你只有几个淘汰和落选队员。”

弗立克亮出了她的最后一张王牌。“听着，任何事情都有可能出错，但那又能怎么样？这种行动成本低，我们拿那些反正没为战争做什么贡献的人的生命去冒险。我们能有什么损失？”

“我正要说这个。告诉你吧，我喜欢这个计划。我会把它上交到上司那儿。但我想他不会同意的，至于原因，我们还没谈到过。”

“什么？”

“只有你最合适领导这个小组。但是，你刚完成的这趟旅行应该是你的最后一次。你知道得太多了。你来来回回已经跑了两年，你跟法国北部的大多数抵抗组织都有接触，我们不能再把你送回去了。如果你被俘了，你会把他们全都供出来。”

“这我知道，”弗立克冷冷地说，“所以我随身带了自杀药丸。”

08

爵士伯纳德·蒙哥马利将军是即将进攻法国的21集团军群总司令，他在伦敦西部的一所学校设立了临时总部。学生们已经疏散到了农村，被安置在较为安全的地方。巧合的是，这也是蒙蒂[①]本人小时候就读的学校。会议在模型室进行，大家坐在小学生的硬木椅上，这些人都是将军和政治家，重大场合还会有国王本人参加。

英国人觉得这很可爱，来自马萨诸塞州波士顿的保罗·钱塞勒则认为这简直扯淡。弄几把新椅子能花多少钱？总体上说他喜欢英国人，但讨厌他们那种古怪的自我炫耀。

---

① 即伯纳德·蒙哥马利（Bernard Montgomery），英国杰出的军事家，英国陆军元帅，战略家，第二次世界大战中盟军杰出的指挥官之一。著名的阿拉曼战役、诺曼底登陆为其军事生涯的两大杰作。

保罗在蒙蒂的手下工作，很多人认为这是因为他父亲是一位将军，但这种猜测并不公平。保罗跟高级军官很处得来，部分是因为他父亲，部分是因为在开战之前美国陆军已经成为他生意的最大客户，他经营教育唱片，其中以语言课程为主。他喜欢服从、守时、精准等军人操行，但同时他也要为自己着想，而蒙蒂也越来越依赖他。

他负责情报方面的工作。他是一个组织者，要保证蒙蒂需要看到哪一份报告时，那份报告就会出现在他的办公桌上，他还要剔除那些迟到的消息，召集主要负责人开会，并代表上司进行补充性的调查。

他也拥有秘密工作的经验。他跟美国的秘密机构“战略服务办公室”打过交道，并曾在法国和北非法语国家以掩护身份工作过，小时候他一直住在巴黎，当时他爸爸是美国大使馆的武官。保罗六个月前在马赛的一次与盖世太保的枪战中受伤，一颗子弹打掉了他左耳的一大半，但除了他的外表以外，并未造成任何损害。还有一颗子弹打碎了他的右腿膝盖骨，让它再也无法复原，这也成了他转而开始做案头工作的真正原因。

与在敌占区往返奔波相比，这种工作很容易，也从未让他觉得枯燥。他们正在策划一次旨在结束战争的“霸王行动”。保罗是世界上知道其具体日期的几百个人之一，而其他大多数人则只能凭空猜测。实际上已经按照潮汐、海流、月相和日出日落时间来确定了三个备选的日子。进攻需要月亮晚一点儿出来，这样部队的最初行动就能受到黑暗的掩护，但再晚些时候，当第一批伞兵从飞机上跳伞滑翔时又要有月亮。拂晓时刻需要低潮，好让隆美尔布设在海滩上的障碍物显露出来。在黄昏前也需要一个低潮，以便随后的大部队登陆。满足这些条件的时间段很短，舰队可以在下周一，即6月5日出发，或者在再下一周的周二或周三。最终要依照天气情况，由盟军最高统帅艾森豪威尔将军在最后一刻敲定。

三年前，保罗可能会拼命在进攻部队里争一个位子，他会技痒难忍，力争到前线参战，不齿于待在后方。现在，他的年龄和心智已渐增长，想法也变了。首先，他已付清欠账，中学时期他当过足球队的一队之长，赢过马萨诸塞州锦标赛，可现在他再也不能用他的右腿踢球了。更重要的是，他知道自己的组织才能可以让他游刃有余地赢得战争，完全用不着亲自上阵。

他为自己成为有史以来最大进攻的策划者之一而激动。当然，伴随着兴奋的还有焦虑，战役从来不会按计划进行（尽管蒙蒂有个弱点，一直假装他计划的战役总是能够按计划进行）。保罗了解他所做的各种错误——笔误、忽略某个细节、不经二次查证便采信的情报——这些都能让盟军部队遭受重大损失。尽管反攻部队规模庞大，但战役仍有可能改变方向，一个小小的失误就能够打破整个平衡。

今天上午十点，保罗安排了十五分钟讨论法国抵抗组织。这是蒙蒂的主意。他的特点就是注重细节。他认为，要想打胜仗，就要在所有准备工作到位之前尽量避免正面战斗。

差五分十点，西蒙·福蒂斯丘走进模型室。他是军情六处的高级军官之一。他个子很高，穿着一件细条纹西装，举止中带着一种持重、权威的做派，但保罗怀疑他并不真正了解秘密工作是什么。他后面跟着的是约翰·格雷夫斯，一个神色紧张的公务人员，来自经济战争部，这是负责监督管理特别行动处的政府部门。格雷夫斯穿的是白厅[1]的制服，黑色外套和带条纹的灰色长裤。保罗皱起了眉头，他没有邀请格雷夫斯。“格雷夫斯先生！”他不客气地说，“我不知道邀请过你参加这个会议。”

“我过会儿跟你解释。”他往小学生的长凳上一坐，打开他的公文包，显得有些慌张。

保罗十分恼火。蒙蒂最讨厌节外生枝，但保罗又不能把格雷夫斯从房间里轰出去。

片刻之后，蒙蒂走了进来，他是一个小个子，长着一只尖尖的鼻子，额头上的发际线很高。两侧脸颊的胡须剪得短短的，在脸上画出清晰的线条。他五十六岁，但看上去更老些。保罗喜欢他，蒙蒂特别细心，有些人对此很不耐烦，管他叫“老夫人”，但保罗相信蒙蒂谨慎、琐碎的性格挽救了不少战士的生命。

蒙蒂带来一个保罗不认识的美国人，蒙蒂介绍说他是匹克福德将军。“特别行动处的那个家伙在哪儿？”蒙蒂突然问，转身看着保罗。

格雷夫斯说：“他被首相叫去了，并就此转达深深的歉意。我希望我能做点儿什么……”

“我看未必。”蒙蒂直截了当地说。

保罗暗暗叫苦。这就是一个全砸，他会因此挨骂的。但这里面还有什么事儿。英国人在玩一种游戏，让他不明就里。他仔细地看着他们，在其中寻找蛛丝马迹。

西蒙·福蒂斯丘圆滑地说：“我大概可以填补这个空缺。”

---

① 白厅（White Hall），英国伦敦市内的一条街。连接议会大厦和唐宁街。在这条街及其附近有国防部、外交部、内政部、海军部等一些英国政府机关设在这里。因此人们用白厅作为英国行政部门的代称。

蒙蒂一脸不高兴，他答应过为匹克福德将军介绍情况，但关键人物却没有到场。不过他并没有浪费时间追究这件事。“战斗即将到来，”他开门见山地说，“一开始的时刻是最危险的时刻。”保罗想，这次他提到“危险时刻”这几个字很不寻常。他的习惯是把一切都说成简简单单，轻而易举。“我们要用自己的指尖抠着悬崖，在上面挂上一整天。”或许两天吧，保罗自言自语着，或许一个星期，甚至更长。“这将是敌人的最好机会，只消用他的长靴子照着我们的手指猛踩就行了。”

真是很容易，保罗想。“霸王行动”是人类历史上最大的军事行动，几千条船，数十万的兵力，还有数百万美元、数千万颗子弹，它的结果决定了世界的未来。然而，如果在开始的数小时内出现失误，这个庞大的力量会被轻易击退。

“我们要全力延缓敌人的反应，能做的我们都要做，这件事极其重要。”蒙蒂说完最后几句话，把目光转向格雷夫斯。

“是这样，特别行动处的F部分在法国有一百多名特工——实际上，我们几乎所有的人都在那边，”格雷夫斯说道，“当然，他们下边还有成千上万的法国抵抗运动战士。最近几周我们已经给他们空投了几百吨的枪支、子弹和炸药。”

这是一种打官腔式的回答，保罗想，什么都说了，又什么都没说。格雷夫斯还想说什么，但蒙蒂插了进来，提出了一个关键问题：“他们到底会有多大成效？”

公务员迟疑了一下，这时福蒂斯丘跳了出来。“我不抱什么指望。”他说，“客观地说，特别行动处不会有什么特殊表现。”

他话里有话，保罗听得出来。军情六处的老资格间谍倚老卖老，讨厌特别行动处的新人。抵抗组织袭击德军设施，惹得盖世太保到处调查，有时候就会抓走军情六处的人。但保罗站在特别行动处一边，打击敌人本来就是整个战争的目的。

这里在玩什么样的把戏？是军情六处和特别行动处之间在公对公扯皮？

“你如此悲观，是否有什么具体原因？”蒙蒂向福蒂斯丘发问。

“昨天夜里的惨败就能说明问题，”福蒂斯丘随即回答说，“一个抵抗小组在特别行动处指挥员的领导下袭击了兰斯附近的一个电话交换站。”

匹克福德将军第一次开口说话了：“我记得我们的策略是不要攻击电话交换站——入侵成功后我们还用得着它们。”

“你说得很对，”蒙蒂说，“不过圣-塞西勒是个例外。它是新电缆线进入德国的节点。柏林最高统帅部和驻法德军部队之间的电话和电传大多都从那个楼里经过。敲掉它不会对我们有什么危害——我们又不往德国打电话——但这会给敌人的通信造成重大混乱。”

匹克福德说：“他们会改用无线通信的。”

“一点儿不错，”蒙蒂说，“但到那时候，我们就能破解他们的信号。”

福蒂斯丘插了一句：“多亏我们那些布莱切利的密码破译专家。”

保罗了解一个鲜为人知的内情：英国情报部门破解了德国人所使用的代码，因此可以读取敌人大部分的无线电通信。军情六处为此颇为得意，但说实话，这件功劳并不该算到他们头上。破译工作并不是由情报人员，而是由一帮东拼西凑的数学家和填字拼图爱好者完成的，他们要是在平常日子进入军情六处，肯定是要被抓进来的，因为这个机构痛恨知识分子、共产分子和同性恋。但对密码破译的领头人、数学天才阿兰·图灵[①]来说，以上这三种人他都是。

然而，匹克福德说对了，如果德国人无法使用电话线，他们就不得不使用无线电，那么盟军就知道他们在说什么。摧毁圣-塞西勒的电话交换站给了盟军一个至关重要的有利条件。

可是任务已经失败了。“谁负责的？”蒙蒂问道。

格雷夫斯说：“我还没有见到完整的报告——”

“我可以告诉你，”福蒂斯丘插嘴说，“克拉莱特少校。”他停顿了一下，“一个女孩。”

保罗听说过费利西蒂·克拉莱特。她在那个了解盟军秘密战争的小圈子里算得上是个传奇人物。她在法国以掩护身份待的时间比谁都长。她的代号是“雌豹”，有人说她在被占领的法国街道上四处活动，脚步悄然无声，恰似那危险的猫科动物。他们还说，她外表漂亮，但有一副铁石心肠，她不止一次下手杀人。

“到底怎么回事？”蒙蒂说。

“规划不周，指挥官缺乏经验，战士不懂纪律，每个人都各自为战，”福蒂斯丘回答，“那幢建筑并没有重兵把守，但德国人是训练有素的部队，一下子就消灭了抵抗力量。”

蒙蒂面带愠色。匹克福德说：“看来我们不应过多依赖法国抵

① 阿兰·图灵（Alan Turing），英国著名数学家、逻辑学家、密码学家，被称为计算机科学之父、人工智能之父。二战爆发后协助军方破解德国的著名密码系统“哑谜机（the Enigma Machine）”，帮助盟军取得了二战的胜利。

抗组织去扰乱隆美尔的补给线。”

福蒂斯丘点了点头。“轰炸终归是更为可靠的手段。”

“我不知道这公不公平，”格雷夫斯抗议道，但显得有些无力，“轰炸机指挥部也有成有败，而特别行动处其实花费不多，很合算。”

“老天在上，我们到这儿来不是为了对谁公平不公平的。”蒙蒂怒气冲冲地说，“我们只想赢得战争。”他站了起来，“我看我们已经听够了。”他对匹克福德将军说。

格雷夫斯说：“但是，电话交换站的事情该怎么办？特别行动处拿出了一个新的计划——”

“天哪，”福蒂斯丘打断他，“我们不希望再来一场混乱，对吧？”

“炸掉它。”蒙蒂说。

“这个我们试过，”格雷夫斯说，“他们击中了大楼，但破坏并没有让电话交换中断太久，也就几个小时。”

“那就再炸它一次。”蒙蒂说，转身往外走去。格雷夫斯气急败坏地瞪着军情六处的人。“你瞧，福蒂斯丘，”他说，“我想说……真是的。”

福蒂斯丘没搭理他。

他们都离开了房间。外面的走廊里站着两个人，一个是五十岁左右的男人，穿着花呢夹克，另一个是个头不高的金发女人，褪色的棉布裙外面套了一件旧的蓝色开衫。两个人站在运动会奖品展台前面，看上去就像学校校长在跟女学生聊天，只是这个女学生还带了一条亮黄色的围巾，而在保罗看来，那条围巾的系法无疑带着一种法国风情。福蒂斯丘匆忙从他们身边走过，但格雷夫斯站住了。“他们拒绝了。”他说，“他们要再次轰炸那里。”

保罗推测那女人就是“雌豹”，便饶有兴味地看着她。她矮小苗条，卷曲的金发剪得很短，保罗还注意到她有一双可爱的绿眼睛。他不能说她有多漂亮，因为她的脸显得太老成。再仔细看，最初那种女学生的印象一下子就消失了，笔直的鼻子和削尖的下巴显出一种好斗的模样。但她不知是什么地方很性感，让保罗对那裹在破烂衣裙下面的娇小身体想入非非。

格雷夫斯的话让她愤愤不平。“从空中轰炸一点儿用都没有，它的地下室加固了。老天爷，他们怎么能做这种决定？”

“我看你还是问问这位先生吧，”格雷夫斯说着，转向保罗，“这是钱塞勒少校，这两位是克拉莱特少校和斯威特上校。”

保罗不喜欢为别人作出的决定辩解，但他已无路可退，只得坦诚相告。“我看也没什么好解释的，”他傲慢地说，“你搞砸了一次，就不会给你第二次机会了。”

那女人抬头使劲瞪了他一眼——她个子比他低一头——然后气愤地说：“搞砸了？你究竟是什么意思？”

保罗感到自己脸红了。“蒙哥马利将军也许听到的信息有误，不过这不是你第一次指挥类似行动吗，少校？”

“他们就是这么跟你们说的？说我缺乏经验对吗？”

她的确漂亮，现在他看出来了。愤怒让她的眼睛变大，脸颊红红的。但她太粗暴无礼，因此他决定如法炮制，一报还一报：“除此以外还有计划不周——”

“那该死的计划一点儿问题都没有！”

“——但到头来训练有素的部队打退了一帮乌合之众，保住了地盘。”

“你这头傲慢的猪！”

保罗本能地往后退了一步。还从未有哪个女人这样跟他讲话。她可能只有五英尺高，他想，但他敢打赌她能吓得住该死的纳粹。看着她那张愤怒的脸，他明白过来，她那更是在生她自己的气。“你认为你自己有过失，”他说，“因为谁也不会为别人犯的错误发这么大脾气。”

这回轮到她吃惊了，她半张着嘴巴，却什么也说不出来。

斯威特上校现在才开口说话。“消消气，弗立克，看在上帝分上，”他转身对保罗接着说，“让我猜猜——这种说法是军情六处西蒙·福蒂斯丘给你的吧，是不是？”

“的确是。”

“他提没提到攻击计划是按照他那个机构提供的情报制订的？”

“我不记得他提过这些。”

“我想他是不会提的。”斯威特说，“谢谢你，少校，我不必再麻烦你了。”

保罗觉得谈话并未真正结束，但既然一位高级军官打发他走，他也只能转身离开，别无选择。

他显然被卷进了军情六处和特别行动处之间的明争暗斗之中。最让他气愤的是福蒂斯丘，利用这次会议为自己制造声势。蒙蒂选择轰炸电话交换站，没有让特别行动处再发动一次袭击，这个决定对吗？保罗说不清。

他朝自己的办公室走去，回头瞥了一眼。克拉莱特少校还在跟斯威特上校争论着，她的声音很低，但表情剧烈，用夸张的手势表示愤怒。她像一个男人那样站着，手叉在下腰上，身体前倾，表达观点就用食指戳来点去，显得十分好斗。但即使这样，都无法掩盖她身上某种迷人的特质。保罗很想知道，把她抱在怀里，用手抚摸这娇小的身体该是什么感觉。他想，尽管她粗野，但不失女人味道。

可她说得对吗？轰炸真是徒劳的吗？

他决定再问几个问题。

09

外形巨大、被烟熏得黢黑的大教堂矗立在兰斯市的正中，若隐若现，它的存在就像来自上天的责难。正午时分，迪特尔·法兰克的天蓝色希斯巴诺-苏莎车在被德国占领者接管的法兰克福酒店外停下。迪特尔走下车，抬头瞥了一眼大教堂那粗壮的双塔。原有的中世纪设计风格让那优雅的尖顶颇具特色，要是没有足够的金钱是绝对造不出来的，所以说世俗的障碍能挫败最为神圣的祈望。

迪特尔让黑塞中尉开车去圣-塞西勒城堡，证实一下盖世太保的确准备合作。他自己不想冒险，怕被韦伯少校再次拒绝。黑塞开车走了，迪特尔便上楼去了斯蒂芬妮的套房，昨天夜里他把她安排在这里住下。

一见他走进屋，她就从椅子上站起来。他欣赏着迎接他的一切——她的红头发散落在裸露的肩膀上，穿着栗色丝绸睡衣和高跟拖鞋。他饥渴地吻着她，两手抚摸着她那苗条的身体，深深感激上天赐予他这个尤物。

"见到我让你这么高兴，真是太好了。"她笑着说。他们在一起时说法语，从来都是这样。

迪特尔吮吸着她的气息。"哦，你倒是比汉斯·黑塞好闻，尤其是他整夜不睡觉，味道更糟。"

她轻轻把他的头发向后拢去："你总是爱开玩笑。可你不会用自己的身体保护汉斯吧。"

"这倒是。"他叹了口气，放开她，"上帝，我真累了。"

"去床上吧。"

他摇摇头说："我还得审讯犯人。黑塞一小时后就来接我。"他瘫坐在沙发上。

"我给你拿点儿吃的。"她按了一下铃，一分钟后一个老年法国侍者敲了敲门。斯蒂芬妮知道迪特尔爱吃什么。她要了一盘火腿片，几个热乎乎的面包卷和土豆沙拉。"来点酒吗？"她问。

"不，喝了酒我就会犯困。"

"那么，再来一壶咖啡。"她对侍者说，这男人走后，她便坐到迪特尔的沙发旁，拉起他的手。"一切都是按计划进行吗？"

"是的。隆美尔对我很是褒奖了一番。"他焦虑地皱起了眉头，"我只希望我活得不辜负对他的承诺。"

"我相信你会的。"她没有询问详情。她知道，他想告诉她的自然都告诉她了，此外不会多说什么。

迪特尔怜爱地看着她，不知道是否该把脑子里想的事情说出来。这可能会破坏这愉快的氛围——但还是应该把它说出来。他又叹了口气说："如果入侵成功了，盟军会赢回法国，那样的话，你和我也就结束了。你知道的。"

像有种突然的疼痛让她身子一抖，她放开他的手说："我知道。"

他知道她丈夫在战争开始不久就被杀了，他们两个没有孩子。"你还有其他家人吗？"他问她。

"我父母在几年前死了。我在蒙特利尔有个姐姐。"

"也许我们应该考虑一下，把你送到那儿去。"

她连连摇头说："不。"

"为什么？"

她躲闪着他的眼睛。"我只是希望战争能够结束。"她喃喃地说。

"不，你不希望。"

她眼里闪过一丝怒色，这很少见。"我当然希望。"

"你真有点儿一反常态。"他不无轻蔑地说。

"你不能认为战争是一件好事！"

"要不是战争，你和我就不会在一起。"

"但是，那一切一切的痛苦呢？"

"我是一个存在主义者。战争让人成为他们真正的自己——虐待狂成为施刑者，精神病患者组成勇敢的一线部队，恶霸和受害者们有了最大限度发挥自己的机会，妓女也整天忙不停。"

她很生气。"这下可把我的角色说清楚了。"

他轻抚她那柔软的面颊，用指尖碰着她的嘴唇。“你可是个官场交际花——还是个老手。”

她把头转到一边。“你根本不是这个意思，只不过是顺着调子瞎编，就像你坐那儿弹钢琴一样。”

他笑着点点头，他可以弹上一点点爵士乐，这让他的父亲心灰意冷。比喻很恰当，他只是在梳理着各种念头，而不是表达某种确定的结论。“也许你说得对。”

她的怒气散了，一脸很难过的样子说：“你是说如果德国人离开法国，我们就会分开吗？”

他搂着她的肩膀，把她拉到自己这里。她放松下来，把头放在他的胸口上。他在她的头上吻了一下，抚摸她的头发。“不会发生这种事。”他说。

“你肯定吗？”

“我保证。”

这是一天内他第二次作出自己或许无法信守的承诺。

侍者带着午餐回来，魔力被打破了。迪特尔累得几乎忘了饥饿，但他吃了几口，喝完了咖啡。然后他又洗漱，刮脸，感觉好了很多。他正穿一件干净的制服衬衫时，黑塞中尉来敲门了。迪特尔吻了一下斯蒂芬妮，走了出去。

汽车避开刚被封锁的街道，头天晚上这里又挨了轰炸，火车站附近的一整排房子被炸毁了，他们离开城镇朝圣-塞西勒进发。

迪特尔对隆美尔说，审讯囚犯能让他在入侵到来之前削弱抵抗力量，但隆美尔与所有军事指挥官一样，对这一承诺有所顾虑，也许现在正期盼着看到结果。不幸的是，审讯什么都保证不了。聪明的犯人说起谎来让人无法核实。酷刑难以承受时，他们还会用各种天才的方式自杀。如果某些抵抗组织的安全措施很严，那么每个人对他人只有最低限度的了解，有价值的信息很少。最糟糕的是，背信弃义的盟军可能把虚假信息灌输到他们脑子里，因此，当他们在酷刑下终于屈服，招供出来的却是欺骗计划的一部分。

迪特尔开始调整自己的情绪，他需要彻头彻尾的铁石心肠和心机策略，他不能让自己为即将施加给别人的肉体和精神的痛苦所触动。重要的是这种办法是否有效。他闭上了眼睛，感到微妙的寂静沉入内心深处，那是一种熟悉的刻骨寒气，有时会让他想到死亡本身。

汽车开进了城堡的院子。工人在修理破碎的玻璃窗，填补被手榴弹炸出的大洞。在装饰华丽的大厅里，接线员们用那种恒久不变的声调对着麦克风低语。迪特尔和紧随其后的汉斯·黑塞大步走过东侧翼一个个比例匀称的房间。他们下楼进入戒备森严的地下室，门口的哨兵敬了礼，没有再拦穿着制服的迪特尔。他找到那个标着“审讯中心”的门，走了进去。

在外间，威利·韦伯坐在桌边。迪特尔喊了一声：“希特勒万岁！”致举手礼，迫使韦伯站起来。迪特尔随后拉过一把椅子坐下，然后又说：“请你坐下，少校。”

韦伯在自己的总部被人请坐，气不打一处来，但他别无选择。

迪特尔说：“我们抓了多少俘虏？”

“三个。”

迪特尔感到失望。“这么少？”

“我们在遭遇战中击毙八个敌人，两个受伤较重的昨晚死了。”

迪特尔自叹倒霉。他已下令要维持伤员的生命，但现在再质疑韦伯对他们的治疗已经没有意义。

韦伯接着说：“我认为还有两个逃掉了——”

“是的，”迪特尔说，“在广场上的女人，还有她带走的那个男人。”

“一点不错。所以，一共十五个袭击者，我们有三名囚犯。”

“他们在哪儿？”

韦伯一脸诡诈。“两个人在牢里。”

迪特尔眯起眼睛：“第三个呢？”

韦伯朝里间一扭头。“第三个正在接受审讯。”

迪特尔站起来，十分担心，推开那扇房门。贝克尔中士驼背的身形立在房间里，手里拿着一根大号警棍一般的木棒。他大汗淋漓，嘴里喘着粗气，就像刚做过什么剧烈运动。他两眼正盯着被捆绑在柱子上的一名囚犯。

迪特尔看着囚犯，他的担心得到了证实。尽管他强加镇静，内心的憎恶仍然让他脸猛地抽了一下。囚犯是个年轻女子，吉娜维芙，就是她在外衣下面藏了把司登冲锋枪。她赤身裸体，一根绳子绕过她的胳膊，将她绑在柱子上，勾住她下沉的身体。她的脸肿得无法睁开眼睛。从嘴里流出的血盖住了下巴和胸前一大片。她的身体变了颜色，满是瘀青和伤痕。一只手臂悬在那里，角度怪异，显然是肩膀脱臼。她的阴毛上沾有血迹。

迪特尔问贝克尔：“她跟你说了什么？”

贝克尔有些尴尬地回答：“什么也没说。”

迪特尔点点头，压抑着他的怒火。他早预料到了这一点。

他靠近那个女人。“吉娜维芙，听我说。”他用法语说。

她没有表示出任何听见了的迹象。

“现在你想休息吗？”他又试着问。

没有任何反应。

他转过身，韦伯站在门口，一脸蔑视的样子。迪特尔用冰冷而愤怒的语气说：“已经明确告诉过你，由我来进行审讯。”

“我们奉命让你介入，”韦伯自鸣得意地卖弄着，“但并没有禁止我们自己审讯囚犯。”

“你对你们取得的成果感到满意吗？”

韦伯没有回答。

迪特尔说：“那另外两个呢？”

“我们尚未开始对他们进行审讯。”

“感谢上帝。”迪特尔说，但他仍然感到失望，他原来指望能有半打审讯对象，而不是区区两个，“带我去见他们。”

韦伯朝贝克尔一点头，后者放下他的棍棒，领先走出了房间。在走廊明亮的灯光下，迪特尔看到贝克尔的制服上染着血迹。中士停在一个带有窥视孔的门口，迪特尔拉下面板，往里看了看。

这是一个墙体裸露的房间，地面是土地。唯一的摆设是角落里的一只水桶。两个男人坐在地上，没在说话，眼睛只是盯着半空发呆。迪特尔仔细看着他们，这两个人他昨天都见过。年老的是加斯东，就是装炸药的那个，他头皮的伤口上贴了一块橡皮膏药，看上去没什么大碍。另一个很年轻，大概十七岁，迪特尔记得他叫贝特朗。他外表没有受伤，但迪特尔想，他可能在遭遇战中让一枚手榴弹的爆炸给吓傻了。

迪特尔把两个人打量了一会儿，盘算着。他要按正确的方法行事，不能再浪费一个俘虏了，这两个人是留给他的唯一财产。那孩子可能会害怕，他预测着，但也可能受得住拷打。另外那个岁数太老，受不起太多折磨，没等招供就可能会死掉了——但他或许心肠很软。迪特尔渐渐想好了审讯他们的策略。

他关上窥视孔，回到审讯室。贝克尔跟着他，让迪特尔又想到这是条愚蠢但很危险的狗。迪特尔说："贝克尔中士，放开那个女人，把她关到另外两个人的牢里去。"

韦伯反对道："把一个女人关进男人牢房吗？"

迪特尔一脸狐疑地盯着他。"你觉得她会感到屈辱？"

贝克尔走进行刑室，把散了架的吉娜维芙带了出来。迪特尔说："让那老头好好看看她，然后把他带到这儿来。"

贝克尔去了。

迪特尔决定最好摆脱韦伯。不过他很清楚，如果直接给他下命令，韦伯会拒不执行。因此他说："我想你应该留在这儿见证一下审讯过程。你可以从我这儿学到很多技术。"

迪特尔估计得不错，韦伯果真反着来了。"我可不这么认为，"他说，"贝克尔可以随时通知我。"迪特尔假作气愤，韦伯走了出去。

迪特尔跟静静坐在角落里的黑塞对视了一下。黑塞明白迪特尔用计支走了韦伯，钦佩地看着迪特尔。迪特尔耸耸肩。"有时候倒是全不费力。"他说。

贝克尔带着加斯东进来。老头脸色惨白，看到吉娜维芙的样子，无疑让他吓坏了。迪特尔用德语说："请坐。你想抽支烟吗？"

加斯东面无表情。

这说明他听不懂德语，这个情况要先掌握。

迪特尔示意他坐下，然后递给他香烟和火柴。加斯东拿了一支香烟，双手颤抖着点燃它。

有的囚犯在这个阶段就垮了，一想到即将发生什么就撑不住了，用不着上刑，迪特尔希望今天就是这种情况。他已经给加斯东展示了两种选择：一种是吉娜维芙的惨相，另一种是香烟和好意善待。

现在，他用法语说话，语调十分友善："我要问你一些问题。"

"我什么都不知道。"加斯东说。

"不，我觉得你知道，"迪特尔说，"你已经六十岁，大概一辈子都是在兰斯周围度过的。"加斯东并不否认。迪特尔接着说："我知道，抵抗组织成员都用代码，互相透露的个人信息十分有限，那是为了安全起见。"加斯东本能地略微点头，表示同意。"但是，大部分人你认识了几十年。抵抗组织成员见面时，一个人可能自称大象、牧师或者茄子，但你知道他长什么样，你知道他叫让-皮埃尔，是个邮递员，家住在公园街，每星期二偷偷跟寡妇马蒂诺幽会，让他妻子以为他是去打保龄球了。"

加斯东把头扭向一边，不愿意看迪特尔的眼睛，这就证实了迪特尔说得对。

迪特尔继续说："我希望你明白，这里发生的一切都取决于你自己。痛苦，还是免于受苦，死刑还是缓刑。一切都看你怎么选择。"看到加斯东显得更加惊恐，他很是满意。"你会回答我的问题，"他接着说，"每个人最后都会回答。唯一不确定的是到底拖多长时间。”

这一刻有些人会撑不住，但加斯东没有。“我什么也不能告诉你。”他说，声音近乎耳语。他很害怕，但仍留有一些勇气，他不会不战而降。

迪特尔一耸肩膀。看来还不太容易。他跟贝克尔用德语说：“回牢房去，把那男孩的衣服脱光，带回来绑到隔壁屋里的柱子上。”

“好的，少校。”贝克尔讨好地说。

迪特尔又转向加斯东，说：“你要告诉我昨天跟你在一起的所有男人和女人的名字和代码，还有抵抗组织任何其他人的。”加斯东摇了摇头，但迪特尔不予理会。“我想知道的每个成员的地址，抵抗成员使用的每一间房子的地址。”

加斯东猛吸着香烟，盯着燃烧着的烟头。

其实，这些并不是什么重要问题。迪特尔的主要目的，是要得到能让他找到其他抵抗组织的信息，但他不能让加斯东知道他的目的。

片刻之后，贝克尔带着贝特朗回来。加斯东吃惊地盯着浑身赤裸的男孩通过审讯室，被带进里面的房间。

迪特尔站起来，他对黑塞说：“看住这个老头。”然后跟随贝克尔进了行刑室。

他小心地让门半掩着，保证加斯东能听到里面的一切。

贝克尔把贝特朗绑在柱子上。不等迪特尔说话，贝克尔就一拳打在贝特朗的肚子上。这家伙力气大，一般人都受不了，那拳头发出的声音令人恐惧。年轻人惨叫一声，在柱子上扭动不已。

“不，不，不。”迪特尔说。如他所料，贝克尔的做法完全不讲科学，身强力壮的年轻人承受这样长时间的殴打是非常容易的。“首先，你要把他的眼睛蒙上。”他从口袋里掏出一大块棉布手帕，绑住贝特朗的眼睛，“这样，每一次打击都是最强烈的震撼，打击之间的每分每秒都是痛苦的期待。”

贝克尔拿起他的木棍。迪特尔点点头，贝克尔挥起棍子，一下打在受刑者的头部一侧，硬邦邦的木头与皮肉和骨骼碰撞发出清脆的巨响。贝特朗又惊又痛，哭了出来。

“不，不，”迪特尔又指示道，“不要打脑袋。那会让下巴脱臼，让犯人无法说话。更糟糕的是，你可能会把大脑打坏，那样一来他的任何招供都没有价值。”他把木棍从贝克尔手里拿过来，放回伞架，从武器里选了一根钢撬棍，递给贝克尔。

“从现在起要记住，要给对象造成无法忍受的痛苦，但不要危及他的生命或他对我们招供的能力，避开重要器官，集中在骨头部分，脚腕、小腿、膝盖、手指、肘、肩、肋骨。”

贝克尔脸上露出狡猾的样子。他绕着柱子转着圈，仔细选了选位置，然后用撬棍朝贝特朗的胳膊肘狠狠地抡下去。男孩发出一声痛苦的尖叫，这声音正是迪特尔需要的。

贝克尔很高兴。上帝啊，迪特尔暗想，原谅我这场为有效造成痛苦的野蛮教学吧。

按照迪特尔的命令，贝克尔打了贝特朗瘦骨嶙峋的肩膀，然后是他的手、他的脚踝。迪特尔让贝克尔停一下再打，让疼痛有足够的时间稍稍缓解，以忍受下一次打击的痛苦。

贝特朗开始求饶：“别再打了，求求你们。”他恳求着，痛苦和恐惧让他近乎歇斯底里。贝克尔又扬起撬棍，但迪特尔拦住他。他想让这种乞求继续下去。“请别打我了，”贝特朗哭喊着，“求求你们，求求你们了。”

迪特尔对贝克尔说：“在提审前期就打断一条腿，这办法通常很管用。断腿的疼痛很难忍受，要是破碎的骨头再挨打，疼得就更厉害。”他从伞架上挑出一把大锤。“往膝盖下面打，”他说，把锤子递给贝克尔，“能使多大劲就使多大劲。”

贝克尔瞧准位置，抡起了大锤，胫骨喀嚓一下断裂，那声音清晰可闻。贝特朗尖叫一声晕了过去。贝克尔把角落里放着的一桶水提过来，往贝特朗的脸上泼。年轻人恢复了知觉，又尖叫起来。

最终，尖叫声变成令人心碎的呻吟。“你们想要什么？”贝特朗恳求着，“求求你们，告诉我你们想从我这儿得到什么！”迪特尔没有问他任何问题。相反，他把钢撬棍递给贝克尔，指着从小腿肌肉刺出的锯齿状断骨，贝克尔朝那里狠狠打去。贝特朗尖叫着，再次晕了过去。

迪特尔觉得或许已经够了。

他进了隔壁。加斯东还坐在原来的地方，但他好像已经变了一个人，他身子向下弯着，用手捂着自己的脸，号啕大哭，连连祈祷着上帝。迪特尔蹲下身子，从湿漉漉的脸上扳开他的手。加斯东用一双泪眼看着他。迪特尔轻声说：“只有你能让它停下来。”

“请停了吧，求你了。”加斯东呻吟着。

“你回答我的问题吗？”

停顿了一下，贝特朗又尖叫了一声。

“可以！”加斯东大喊着，“可以，可以，我什么都告诉你，只要停下来就行！”

迪特尔提高了嗓门喊道：“贝克尔中士！”

“是，少校？”

“现在不要打了。”

“是，少校。”贝克尔听上去有些失望。

迪特尔又换成法语说：“现在，加斯东，让我们从抵抗组织领导人开始。告诉我名称和代码。他是谁？”

加斯东犹豫了一下，迪特尔朝行刑室开着的门望去，加斯东连忙说：“米歇尔·克拉莱特。代号叫‘莫奈’。”

这是个突破，第一个名字是最难到手的，后面的就会自然跟着来了，不用费什么力气。迪特尔把得意隐藏起来，又把香烟和火柴递给加斯东说：“他住在什么地方？”

“在兰斯。”加斯东吐出一口烟，浑身不再打哆嗦了，他说出大教堂附近的一个地址。迪特尔朝黑塞中尉点点头，后者拿出一个笔记本开始记录加斯东的话。迪特尔耐心地从加斯东口中弄到了所有突击队员的名字，有几个人加斯东只知道代码，还说其中两个人他在星期日以前从未见过。迪特尔相信了他的话。离教堂不远还有两个负责接应的司机，加斯东说一个是叫吉尔贝塔的年轻女人，另一个是代号为“元帅”的男人。小组里还有其他人，整个称作波林格尔抵抗组织。

迪特尔问了问抵抗队员之间的关系：是否有恋爱事件，是不是有人搞同性恋，有没有谁跟别人的老婆睡觉。

虽然拷打已经停了，贝特朗仍在呻吟，时而因伤痛大叫几声。加斯东这时问：“有人会照料他吗？”

迪特尔一耸肩膀。

“求你了，给他找个大夫。”

“好吧……等我们谈完再说。”

加斯东告诉迪特尔，米歇尔和吉尔贝塔是一对情人，但米歇尔已经跟弗立克结婚，就是广场上那个金发姑娘。

到现在为止，加斯东谈的都是一个绝大部分成员已经被消灭的组织，因此他的信息只能用作参考。现在迪特尔转移到更重要的问题上：“当盟军特工来到这里时，他们是如何进行联系的？”

“没人知道这事儿是怎么做的。”加斯东说。他们有“切断防护”。不过，他知道一部分情况。特工跟一个代号叫“中产者”的女人接头。加斯东不知道她在哪儿跟他们会面，但她会先把他们带到自己家里，然后送到米歇尔那儿。

从来没有人见过“中产者”，甚至米歇尔也没见过。加斯东不了解多少这女人的情况，这让迪特尔有点儿失望，不过这就是切断防护的意义所在。

“你知道她住在哪儿吗？”

加斯东点点头说：“有个特工走漏出去的。她在杜波依斯大街11号有幢房子。”

迪特尔尽量掩饰自己内心的喜悦。这个情况太关键了。敌人估计会派出更多特工重建波林格尔组织。迪特尔有可能在他们的藏身之处抓个正着。

“他们什么时候离开？”

加斯东透露说，他们被一架飞机接走，地点是代号为“石头场”的飞机场，实际是查特勒村附近的一块牧草场。此外还有另外一个降落地点，代号叫“金色田野”，但他不知道它在哪儿。

迪特尔向加斯东询问同伦敦联络的情况。是谁下命令袭击电话交换站的？加斯东说弗立克·克拉莱特少校是组织的指挥官，是她从伦敦那里接到的命令。听到这儿，迪特尔来了兴致。一个女人当指挥。不过他亲眼见到她身处战火的勇敢表现，知道她应该是一个出色的领导人。

隔壁，贝特朗在大声求告快点儿死。“求你了，”加斯东说，“找大夫来。”

“说说克拉莱特少校的事，”迪特尔说，“然后我找个人给贝特朗打一针。”

“她是个非常重要的人物，”加斯东说道，急于把能让他满意的信息都给他，“大家都说她比任何人潜伏得更久，法国北部她都走遍了。”

迪特尔像着了魔一样问：“她跟不同的抵抗组织接触？”

“我想是的。”

这可真难得——这意味着她可能掌握大量有关法国抵抗组织的信息。迪特尔说：“她在昨天交火后逃走了。你认为她会去哪儿？”

“回伦敦，我敢肯定，”加斯东说，“回去汇报这次奇袭。”

迪特尔暗暗咒骂了一句。他真希望她是在法国，那样他就能抓住她，审问她了。如果他能逮住她，他就能摧毁大半法国抵抗组织——这是他跟隆美尔许诺过的。可现在她已遥不可及。

他站起身。“现在就到这儿吧，”他说，“汉斯，给囚犯找个大夫来。今天我不想让他们任何人死掉——他们还有不少东西要告诉我们。回去把你的记录打出来，一早交给我。”

“好的，少校。”

“给韦伯少校抄一份，但我说给的时候再给。”

“明白。”

“我自己开车回酒店。”迪特尔走了出去。

一走到外面，他的头就开始疼。他用手揉着前额，好不容易才走到车边。他发动汽车离开村子，直奔兰斯。午后的阳光在道路表面反射的光线直刺他的眼睛。这种偏头疼总是在审讯之后来找他的麻烦。一小时后他就会变成瞎子，什么也做不了。他必须赶在发作最厉害之前回到酒店。他不喜欢踩刹车，只是一直在按喇叭。慢慢往家里溜达的葡萄园工人给他闪出一条通道。受惊的马立起后腿，马车翻进了阴沟。他的两眼疼得直流泪，头痛让他感到阵阵恶心。

他开进城里，并没有撞坏汽车。他努力把车开到市中心，到了法兰克福酒店外边，来不及停好车，就把它丢在那儿。他踉跄进到里面，跌跌撞撞朝套房走去。

斯蒂芬妮一看到他就知道发生了什么事。在他剥掉制服和衬衣的当儿，她就已经把野外急救箱从他的提箱里拿了出来，在注射器里注入了吗啡混合剂。迪特尔倒在床上，她把针头扎进他的手臂。疼痛一下子就消失了。斯蒂芬妮在他身边躺下，用指尖轻轻抚摸他的脸。

几分钟后，迪特尔就失去了意识。

10

弗立克的家是贝斯沃特街一幢巨大的老房子里的一个单人间，她的房间在阁楼上，如果炸弹穿过屋顶，就会直接落在她的床上。她很少待在这里，不是因为害怕炸弹，而是因为她实际的生活都在别处——在法国，在特别行动处总部，或者在行动处遍及全国的某个培训中心。屋子里属于她的东西不多，一张米歇尔弹吉他的照片，摆着福楼拜和莫里哀法语原文作品的书架，还有一张她在十五岁时在尼斯画的水彩画。矮柜的三个抽屉里是衣服，一个抽屉里是枪支弹药。

她浑身疲惫，情绪低落，脱了衣服后躺在床上，翻弄着一份《检阅》杂志。她在杂志上读到，上周三柏林刚被一千五百架飞机轰炸过，这实在令人难以想象。她想象着那种场面对生活在那里的普通德国人意味着什么，满脑子里都是中世纪绘画中的地狱场景，赤裸的人们被天降的大火活活烧死。她翻了一页，上面是一则二流V牌烟草冒充忍冬牌香烟的无聊报道。

思绪又将她带回昨天的失败，她在脑子里把整个战斗又重演了一遍，想象着假如她作出这样或那样的决策，是否最后能够取胜，免遭失败。她输掉了这场战斗，也担心自己可能会失去丈夫，不知道两者之间是否有什么联系。她不合适做一个领导者，也不合适做一个妻子，也许在她的性格深处有某种缺陷。

现在，她的替代方案也被拒绝了，再做补救的希望渺茫。那些勇敢的人全都白死了。

最后她心神不安地睡着了。她被惊醒时，听到有人使劲敲门，大声喊着："弗立克！电话！"这是住在她家楼下的一个姑娘在喊她。

弗立克书架上的钟指向六点。"谁的电话？"她问。

"他只说是办公室的。"

"我就来。"她披上晨衣。她有些弄不清这是早晨六点还是晚上六点，往小窗户外瞥了一眼，太阳正落在拉德布洛克·格罗夫大街一排排优雅的露台上。她跑下楼去厅里接电话。

是珀西·斯威特的声音："很抱歉把你吵醒了。"

"没关系。"听到电话另一头珀西的声音总是让她很高兴。她越来越喜欢他了，尽管他一再派她身赴险境。管理特工是个让人厌烦的工作，一些高级军官自我麻醉，对自己人牺牲或被俘抱着一种铁石心肠的态度。但珀西从不这样，每一次损失都让他犹如饱受丧亲之痛。因此，弗立克知道，他决不会让她去承担不必要的风险。她信任他。

"你能到果园宫来一趟吗？"

或许上面重新考虑了她端掉电话交换站的新计划，她的心一下子提了起来，感到有了希望。"蒙蒂改变了主意？"

"恐怕没有。只是我想要你给一个人介绍一下情况。"

她咬着嘴唇，压抑着内心的失望。"几分钟后我就到。"

她迅速穿上衣服，坐地铁赶到了贝克大街。珀西在波特曼广场的那座公寓里等她。"我找到一个无线电报务员，没有经验，但他完成了培训。我明天送他到兰斯去。”

弗立克条件反射般地往窗户那儿看，查看天气如何，特工们一提到飞行都是这种反应。珀西的窗帘拉着，这是为了安全，不过反正她也知道天气很好。“去兰斯？为什么？”

“我们今天没有任何米歇尔的消息。我要知道波林格尔小组还剩下多少。”

弗立克点了点头。那个无线电报务员叫皮埃尔，他也参加了行动，想必已经被俘或者被杀。米歇尔有可能找到皮埃尔的无线电收发器，但他没经过操作培训，肯定也不知道代码。“你是怎么打算的？”

“这几个月我们已经给他们运送了好几吨武器炸药。我想让他们弄出点儿动静来。电话交换站是最重要的目标，但并不是唯一目标。就算那里除了米歇尔以外没剩下几个人，他们还是可以炸毁铁路，切断电话线，袭击岗哨——这些事情都很有用，只是没有通信手段我就没法指挥他们。”

弗立克一耸肩，对她来说，城堡是唯一重要的目标，其他全都是鸡毛蒜皮。但先别去管它。“我会给他介绍情况的，没问题。”

珀西意味深长地看了她一眼，然后说：“米歇尔怎么样？我是说除了受伤这件事以外。”

“还好。”弗立克沉默了一会儿。珀西盯着她，她骗不了他，他太了解她了。最后她叹了口气，说：“有个姑娘在那儿。”

“我担心的就是这个。”

“不知道我的婚姻里还剩下什么。”她凄苦地说。

“我很难过。”

“要是我能对自己说，我是为了某种目标牺牲了这一切，发动攻击重创敌人，有助于大反攻赢得胜利，我的心情会好过一些。”

“两年来，你的贡献比大多数人都多。”

“可战争没有二等奖，不是吗？”

“对。”

她站了起来。她对珀西爱怜般的同情很是感激，但这让她变得感情脆弱。“我还是去给新报务员作介绍吧。”

“代号是‘直升机’，他正在书房等着。恐怕算不上出类拔萃，但小伙了很勇敢。”

这让弗立克感觉有点儿马虎。“如果他不太出色，为什么派他去？他可能会给别人带来危险。”

“正如你以前说过的——这是我们的重要时机。如果入侵失败，我们就会失去欧洲。我们要把能投向敌人的都投出去，因为不会再有机会了。”

弗立克冷冷地点了一下头。珀西拿她说过的话来反驳她，但他说得不错。唯一不同的是，这一次，人的生命受到了威胁，包括米歇尔的生命。“好吧，”她说，“我最好马上就开始。”

“他很渴望见到你。”

她皱起了眉头说：“渴望？为什么？”

珀西苦笑了一下。“见了面你就知道了。”

弗立克离开了这间珀西用作办公的公寓客厅，沿着走廊出去了。他的秘书在厨房里打字，她告诉弗立克到另一个房间去。

弗立克在门外停了下来。事情已经这样了，她告诉自己：你得振作起来，投入工作，希望你最终能够忘记。

她走进书房，这个房间很小，一张方桌和几把互不匹配的椅子。“直升机”是个二十二岁左右的男孩，皮肤白皙，穿着花呢西装，上面是芥黄、橙色和绿色的格子，在一英里以外你就能看出他是个英国人。幸运的是，他在上飞机之前会让人打扮一番，让他出现在法国小镇上不至于惹人注意。特别行动处雇了法国裁缝和成衣匠，专门为特工制作欧洲款式的服装（然后再花几个小时把衣服做旧，否则看上去太新，会让人怀疑）。“直升机”淡粉色的皮肤和发红的金发就让人为难了，除了指望盖世太保会觉得他大概带点儿德国血统以外，没有任何办法补救。

弗立克作了自我介绍，然后他说：“我们原来见过面，实际上。”

“对不起，我记不得了。”

“你在剑桥跟我哥哥查尔斯是同学。”

“查理·斯坦迪什——是啊！”弗立克想起了那个也穿花呢外套、白白净净的男孩，比“直升机”更高，更瘦，但可能不是更聪明——他没有拿到学位。查理能讲一口流利的法语，她记起来了——他们倒是有些共同的东西。

“有一次你去过我们在格洛斯特郡的房子。”

弗立克想起三十年代曾在乡村别墅度过的那个周末，他家里有一位和蔼可亲的英国父亲，一位漂亮文雅的法国母亲。查理有一个小弟弟，名叫布莱恩，正处于尴尬的青春期，穿着齐膝短裤，为他的新相机兴奋不已。她跟他说过几句话，让他有点儿迷上了她。“查理怎么样了？自从毕业后我再没有见过他。”

“他死了，实际上。”布莱恩一下子伤心起来，“1941年死的，死在了倒——倒霉的沙漠里，实际上。”

弗立克怕他会哭起来，于是她拉起他的手，用两只手握住它，说：“布莱恩，我真的十分难过。”

“你真是太好了。”他克制着自己的情绪，尽量做出高兴的样子，“后来我见过你，只有一次。你到我那个特别行动处训练组上了一堂课。我一直没机会跟你说话。”

“我希望那堂课对你有用。”

“你讲的是抵抗组织内部的叛徒，应该怎么对付他们。你说，‘这很简单，只要把你的枪筒抵住那混蛋的后脑勺，扣两下扳机就行了。’把我们全都吓坏了，实际上。”

他用一种崇拜英雄的眼光望着她，她开始明白珀西话里面的暗示，看来布赖恩仍然有点儿迷恋她。她转身离开他，坐在桌子的另一边，说：“好了，我们开始吧。你知道你要接触的那个抵抗组织已经基本上被消灭了。”

“知道，我要去弄清还剩下多少人，如果有，还能不能用。”

“可能有些成员在昨天的遭遇战中被盖世太保逮捕，你我说话这会儿正在受到审问，所以你必须特别小心。你在兰斯的接触人是一个代号为‘中产者’的女人。每天下午三点她去大教堂的地下室祷告。一般她都是一个人在那儿，但万一有别人也在那儿，她就会穿不一样的鞋，以便我们的人认出来，鞋是一只黑色一只褐色。”

“这很好记。”

“你对她说：‘为我祈祷。’她就会回答：‘我为和平祈祷。’这就是暗号。”

他重复了一遍。

“她会把你带到她家里，让你跟波林格尔组织的领导人接上头，他的代号是‘莫奈’。”她说的是她的丈夫，但布赖恩没必要知道，“遇到组织里的其他成员时，不要提‘中产者’的地址或她的真名，请记住，这是为了安全起见，他们不知道最好。”是弗立克亲自招募的“中产者”，也是她亲手建立的切断防护，就连米歇尔也没见过这个女人。

“我明白。”

“你有什么问题要问我吗？”

“肯定有上百个问题，可我一个也想不起来。”

她站起身，绕过桌子跟他握手。“好吧，祝你好运。”

他抓着她的手。“我永远不会忘记你来我们家度过的那个周末，”他说，“我想当时我肯定讨人厌极了，但你对我非常好。”

弗立克笑了一下，淡淡地说：“你是个乖孩子。”

“我爱上你了，实际上。”

她真想抽回自己的手，转身走开，但他可能明天就会死掉，她不能给他留下这么一个残酷的印象。“我很荣幸。”她说，尽量保持一种和蔼说笑的语气。

这样也没用，他是认真的：“我想……你能……给我一个吻吗，就算祝我好运？”

她犹豫了。哦，管他的呢，她想。她踮起脚，轻轻在他唇上吻了一下。她让这个吻持续了一小会儿，然后放开。布莱恩被这突如其来的快乐惊呆了。她拍了拍他的脸颊。“活着回来，布莱恩。”说完，她就走了出去。

她回到珀西的房间，他桌上有一摞书，摊放着各种照片。

“都完事儿了？”他问。

她点点头说：“不过他不是干特工的料，珀西。”

珀西耸耸肩，说：“他很勇敢，他的法语跟巴黎人说的一样，枪法也不错。”

“要在两年前，你会把他送回到部队里去。”

“没错。但我星期天要把他送往桑迪。”在坦普斯福德简易机场附近的桑迪村一座乡间大房子里，布莱恩要穿上法式服装，拿到伪造的证件，用它通过盖世太保的检查站，也用于购买食品。珀西站起来，走向门口。“我送他出去，你可以趁这工夫看看那些档案，好吗？”他指着桌上的照片，“是军情八处手头所有的德国军官照片。如果你在圣-塞西勒广场看到的那个人恰好在里头，我就能知道他是谁了。”说完他走出门去。

弗立克随手从书堆里抄起一本。这是一册军校毕业纪念册，里面是几百张邮票大小的照片，一张张朝气蓬勃的年轻面孔。桌上有十几本这样的册子，还有好几百张零散照片。

她可不想花整晚时间看这些档案照，不过她应该能把范围缩小一点儿。广场上的那个男人看上去四十岁左右，他应该在二十二岁前后毕业，推算下去，应该就是1926年。这些年鉴都没有那么老。

她把注意力转向那些零散照片。她翻看着，一边回忆起那个人的全部细节。他个子很高，穿着得体，照片上不会有这些特征。他的头发很密，很黑。她注意到，尽管他脸刮得很干净，但看上去他会留出很长的胡子。她记得那双黑眼睛，线条清晰的眉毛、直挺的鼻梁和方下巴……说他是个令女人一见倾心的偶像人物，并不为过。

这些零散照片是在各种不同场合拍下的，有些是新闻照片，都是些军官们与希特勒握手、视察部队或观看坦克和飞机的场景。少数是由间谍拍下的，都是从人群里、从车上或透过窗户偷拍的，上面的军官们在购物，跟孩子说话，招呼出租车，点烟斗。

她以最快的速度浏览着，把它们一张张扔到一边，遇到深色头发的就放慢一些。没有一个像广场看到的男人那么漂亮。她扫过了一张穿警服的男人照片，然后立刻又拿了回来。那身制服一开始让她大意了，仔细再看，她认出就是那个人。

她把照片翻过来。背后贴着一张打印的纸片，上面写着：

> 法兰克，迪特尔·沃尔夫冈，时而称“法兰基”；1904年6月3日生于科隆；学历：柏林洪堡大学及科因警校；婚姻：1930年与沃特劳德·洛薇结婚，一儿一女；主管：科隆警察局刑事调查部，至1940年；少校，情报部，非洲军团，至？（不明）
>
> 隆美尔手下情报人员中的出名人物，据称此人是审讯高手，残忍的施刑者。

想到自己曾如此接近这样一个危险人物，弗立克不禁浑身发抖。饶有经验的警探把他的才能和技巧用在军事情报方面，这将是一个非常可怕的对手。他在科隆已有妻小，看来这并没妨碍他在法国也找个情人。

珀西回来了，她把照片递过去：“就是这个人。”

“迪特尔·法兰克！”珀西说，“我们了解他。真有意思。从你在广场上无意听到的那些话推断，隆美尔可能派给他某种反抵抗组织的工作。”他在自己的小本子上记了几个字，“我得让军情六处知道这件事，照片是向他们借的。”

有人敲门，珀西的秘书探头进来说：“有人要见你，斯威特上校。”那姑娘带着一种媚态。慈父般的珀西从不会引得秘书们表现成这样，因此弗立克猜到来客一定是个迷人的男士。“一个美国人。”姑娘补充了一句。这就明白了，弗立克想。美国人是最富有魅力的，至少女秘书们这么认为。

“他是怎么找到这儿的？”珀西问。果园宫的地址一般来说是保密的。

“他去了巴克尔大街46号，是那里的人送他过来的。”

“他们不该这么做。看来这人游说功夫不浅，他是谁？”

“钱塞勒少校。”

珀西看了看弗立克。她不认识名叫钱塞勒的人，然后她就想到了早上在蒙蒂的总部遇到的那个少校，傲慢自大，对她又如此粗鲁。“噢，上帝，是他，”她反感地说，“他要干吗？”

“让他进来。”珀西说。

保罗·钱塞勒进了屋，他走路一瘸一拐，这一点弗立克早上没注意到，或许一天下来情况变得更糟了。他长着一张讨人喜欢的美国人面孔，鼻子挺大，下巴前凸，就算原来英俊漂亮，现在也被一只残缺的左耳破了相，那耳朵只剩下原来的三分之一，基本上只有耳垂了。弗立克估计他是打仗时受的伤。钱塞勒举手敬礼，说：“晚上好，上校，晚上好，少校。”

珀西说：“我们特别行动处不太讲究敬礼，钱塞勒。请坐吧。什么风把你吹来了？”

钱塞勒拉过一把椅子，摘下他的军帽。“很高兴赶上你们二位都在。”他说，“一整天我大部分时间都在琢磨早上的那次谈话。”他自谦地笑了笑，“但是，我得承认，我也花了一部分时间仔细想了一下我那些武断的措辞，要是当时我能考虑到就好了。”

弗立克忍不住笑了，她也是这么做的。钱塞勒接着说：“斯威特上校，你暗示说，军情六处可能没把袭击电话交换站的所有情况都讲出来，这引起了我的注意。克拉莱特少校尽管对我很无礼，但并不意味着她在事实上撒了谎。”

弗立克差不多已经原谅了他，但现在她又火了起来。“无礼？我？”

珀西说：“闭嘴，弗立克。”

她不说话了。

“所以我就派人去拿你的报告，上校。当然，这一请求是以蒙蒂办公室的名义下达的，而非以我个人的名义，于是急救护士队的司机就把报告急速送到了我们总部。”

他是做事严肃的那一类型，知道如何巧妙操控军事机器，弗立克心想，这人尽管狂妄傲慢，但不失为一个有用的同盟。

“我读了报告，发现失败的主要原因是情报有误。”

“这可是军情六处提供的！”弗立克愤怒地说。

“是的，这我注意到了，”钱塞勒带着一丝嘲讽说，“显然，军情六处要掩盖自己的无能。我自己并不是一个职业军人，但我父亲是，因此我很熟悉部队间的这种官僚欺诈行为。”

“对了，”珀西想了想说，“你是不是钱塞勒将军的儿子？”

“正是。”

“说下去。”

“如果你们的上司今早参加了会议，以特别行动处的角度汇报情况，军情六处就不会得逞。他临到开会的头一分钟被叫走，这巧合简直太不寻常了。”

珀西有些怀疑，说：“他是被首相召见才缺席的，我认为军情六处安排不了这种事。”

“丘吉尔没来参加，唐宁街的助理主持的会议。这是在军情六处鼓动下才作出的安排。”

“哼，见他的鬼！”弗立克气愤地说，“这帮卑鄙小人！”

珀西说：“他们为欺骗自己的同事绞尽脑汁，要是这种聪明劲儿用在搜集情报上就好了。”

钱塞勒说：“我也仔细看了你的计划，克拉莱特少校。化装成清洁工偷偷进入城堡当然很冒险，但这办法可行。”

这是不是说她的计划会被重审？弗立克不太敢问这句话。

珀西冷静地看了钱塞勒一眼。“既然这样，你准备做些什么呢？”

“事有凑巧，我今晚跟我父亲一块吃的晚饭。我把整个事情跟他讲了，我问他，一个将军的助手遇到这种情况应该怎么办。我们当时是在萨伏伊饭店。”

“那么他是怎么说的？”弗立克迫不及待地问。她才不管他们去的是什么饭店呢。

“他说我应该去找蒙蒂，告诉他，我们犯了一个错误。”他做了一个鬼脸，“跟哪个将军打交道都不容易，他们从来不喜欢重新考虑已经做过的决定。不过有时候的确需要这么做。”

“那你会去吗？”弗立克满心希望地问。

“我已经去了。”

珀西吃惊地说：“你可真会抓紧时间，一点儿也不耽误啊！”

弗立克简直大气不敢喘，这简直不太可能。经过了一整天的失望，她竟然会得到自己期盼的第二次机会。

钱塞勒说：“总体来说，蒙蒂对这件事的态度非常不错。”

弗立克无法抑制兴奋的心情。“天哪，他对我的计划到底说了什么？”

“他同意了。”

“感谢上帝！”她一下跳了起来，再也坐不住了，“又给了一次机会！”

珀西说：“真是太好了。”

钱塞勒摆了摆手提醒他们：“还有两件事。第一件你们或许不太喜欢。他让我来负责指挥行动。”

“你？”弗立克说。

“为什么？”珀西说。

“将军发布命令，谁还敢盘问为什么。我很抱歉，这事让你们很失望。蒙蒂信任我，不管你们信任不信任。”

珀西耸了耸肩膀。

弗立克说：“那另外一件事是什么？”

“时间有约束。我不能告诉你们什么时候进攻，实际上具体日期还没有最终决定。但我可以告诉你们，我们要尽快完成这项使命。如果你们下周一前不能到达目标，那大概就太迟了。”

“下周一！”弗立克说。

“对，”保罗·钱塞勒说，“我们还有整整一周。”

第三天

1944年5月30日，星期二

11

弗立克在黎明时分离开伦敦，开的是一辆文森特彗星牌摩托车，它有一个非常强大的500毫升引擎。路上空寂无人。汽油供应实行严格配给制，驾车者可能会由于没必要的旅程而被关进监狱。她开得非常快，这很危险，但很让人兴奋，单为了这份快感就值得冒险。

她对这次任务的感觉也是这样，又恐惧，又渴望。头天晚上她跟珀西和保罗待到很晚，一边喝茶一边做计划。他们决定小组需要六名妇女，这是一个班次的清洁工人数。应该有一名炸药专家，还得有名电话机械师决定安放炸药的确切位置，确保能够炸毁交换站。她想要一名射击能手和两名敢打敢冲的士兵。加上她自己，一共就是六个人了。

她只有一天时间找到这些人。小组需要进行两天最低限度的训练——哪怕不学别的，也要学会跳降落伞，训练定在周三和周四。他们要在周五被空投到兰斯附近，周六晚上或周日进入城堡。有一天的空闲时间以备调整误差。

她从伦敦大桥过河，摩托车呼啸着经过伯蒙德塞和罗斯海斯，码头被炸弹炸毁，房屋也被炸得破烂不堪，随后她开上了旧肯特路，这是历代朝圣者前往坎特伯雷的必经之路。离开郊区后她加大油门，任摩托车随意驰骋，刹那之间所有烦恼都随风吹到了脑后。

她在六点之前就赶到了索默斯霍尔姆，这是考菲尔德男爵的乡间别墅。弗立克知道，男爵本人威廉·考菲尔德此时正在意大利作战，与第八军一道进攻罗马。他的妹妹戴安娜·考菲尔德阁下是目前住在这里的唯一一位家族成员。巨大别墅的几十间客房和佣人房已经成了伤兵休养所。

弗立克慢了下来，摩托车以步行速度开上了一条上百年的菩提树夹围的林荫道，前面是一座硕大的粉红色花岗岩建筑，拱柱、台榭、山墙和屋顶，还有无数的窗户和烟囱，林林总总，尽收眼底。她把车停在砾石铺就的前院，旁边是一辆救护车和散乱停放的几辆吉普车。

在大厅里，护士们四处忙着端茶倒水。士兵都躺在这里静养，但早晨还是要叫醒他们。弗立克向人打听管家莱利夫人在哪儿，有人告诉她说她在地下室。弗立克找到她时，她正忧心忡忡地盯着锅炉，旁边站着两个穿工装裤的男人。

“你好，妈。”弗立克说。

母亲使劲拥抱着她。她比自己的女儿还要矮些，也像她那么纤瘦，不过跟弗立克一样，她比看上去更结实。母亲的拥抱让弗立克出不来气。她挣脱出来，连喘带笑地说：“妈，你快把我憋死了！”

“我要不是亲眼见到你，都不知道你是死是活。”母亲说。她的口音仍然带着一丝爱尔兰腔，她是在四十五年以前随父母离开科克的。

“锅炉出问题了？”

“锅炉从来没有烧过这么多热水。这些护士都有洁癖，强迫那些可怜的战士每天洗澡。去我厨房吧，我给你弄点早餐。”

弗立克的时间很紧，但她告诉自己，自己应该跟母亲多待一会儿，再说她也得吃点儿什么。她跟着妈妈上楼，进了佣人住宿区。

弗立克就是在这幢房子里长大的。她曾在佣人的大厅里玩耍，在林子里疯跑，上的是一英里外的乡村小学，后来上了寄宿学校和大学，假期也要回到这儿。她在这儿格外受宠。按说像她母亲这样的职位，一有了孩子就不得不放弃工作，她妈妈却没被解雇，部分是因为男爵不那么守旧，但主要还是他害怕失去一个这么出色的管家。弗立克的父亲是一个仆役长，可在她六岁的时候他就死了。每年二月，弗立克和妈妈都要陪着这家人去他们的尼斯别墅，弗立克就是在那儿学会说法语的。

老男爵，也就是威廉和戴安娜的父亲，曾非常喜欢弗立克，鼓励她学习，就连学费也是他负担的。弗立克获得助学金进入剑桥让他非常高兴。战争开始不久他就去世了，弗立克十分悲伤，就像失去了自己的父亲一样。

现在这家人只占据这幢房子的一小部分，原来仆役长的餐具室现在成了厨房。弗立克的母亲烧上一壶水。“一片吐司就行了，妈。”弗立克说。

母亲没理会她，开始炸培根片。“看来你还挺好的，”她说，“你那帅气的丈夫怎么样？”

“米歇尔还活着。”弗立克说。她在餐桌前坐下。培根的香味诱得她口水大增。

“活着？听上去显然是不太好，受伤了吗？”

“他屁股上挨了一枪，但要不了命。”

“你早就看清他了，对吧。”

弗立克笑了说：“妈，行了！我不想说这个。”

“不说不行，他是不是改了拈花惹草的毛病？这大概不算军事秘密吧。”

弗立克一直惊叹她母亲十分准确的直觉，这可真了不得。“我希望他改邪归正了。”

“嗯，你说的改邪归正有没有具体所指？”

弗立克没有直接回答：“你注意到没有，妈，男人有时候好像看不到一个女孩到底有多蠢。”

妈妈厌恶地哼了一声：“这种事就这样。我估计，那女孩一定很漂亮。”

“嗯。”

“年轻吗？”

“十九。”

“你把这事儿跟他说清楚了？”

“嗯，他答应改过。”

“你要是不总在外面跑，他或许能够说到做到。”

“我希望吧。”

妈妈显得有些不高兴地说：“那么，你还要回去对吧。”

“无可奉告。”

"你还做得不够吗？"

"我们还没打赢战争，这么说吧，我还没有打赢。"

妈妈把盛着培根和几只鸡蛋的碟子放在弗立克面前，这有可能是一个星期的粮食配给。抗议的话已经到了嘴边，弗立克把它压了下去。还是欣然接受馈赠吧，再说，她已经忍不住要狼吞虎咽一番了。"谢谢，妈，"她说，"你把我宠坏了。"

她母亲满意地笑了，弗立克大嚼起来。她边吃边自嘲地想，不论自己怎么刻意回避，妈妈已经毫不费力弄清了她想知道的一切。"你真该去军事情报部门工作，"弗立克说，嘴里塞满了煎蛋，"你当审讯官最合适了，把我都掏干净了。"

"我是你母亲，我有权知道。"

的确没太大关系，妈不会再提起这些事儿的。

母亲呷了一口茶，看着弗立克吃饭。"你就想着靠你自己打赢战争，是吧，"她的话里既有溺爱又有挖苦，"你打小就是个独立的孩子，独立得都有点儿过头。"

"我说不清是怎么回事。一直有人照顾我。你忙的时候，也总是有五六个佣人围着我转。"

"我想可能因为我一直鼓励你尽早自立吧，因为你没有父亲。每次你想让我给你干什么，比如装自行车链、缝个扣子什么的，我都会说：'自己试着干吧，不行的话我再帮你。'十有八九你都是自己弄成的。"

弗立克吃完了培根，用一块面包擦净盘子。"很多事情都是马克帮我弄的。"马克是弗立克的哥哥，比她大一岁。

她母亲的脸僵住了。"这倒是真的。"她说。

弗立克内心叹息一声，妈妈跟马克两年前大吵了一次。他在一家剧院当舞台监督，跟一个名叫斯蒂夫的人住在一起。很早以前妈就知道马克“不是结婚成家的料”，但马克一时兴起，过分坦白地告诉妈妈，说他爱斯蒂夫，两人像夫妻一般过日子。这对妈妈来说简直是致命一击，打那时起她就不跟儿子说话了。

弗立克说：“马克是爱你的，妈。”

“现在算是吧。”

“我真希望你能愿意见他。”

“没问题。”妈妈拿起弗立克的空盘子，放到水池里洗净。

弗立克不满地摇了摇头说：“妈，你也太倔了。”

“你的倔脾气不就是这么来的嘛。”

弗立克苦笑了一下。经常有人说她太倔强，珀西就说她倔得像头骡子。她也努力让自己随和一些。“好吧，我看你也拿你自己没办法。反正我也不想跟你争，尤其是刚吃下这么一顿丰盛的早餐。”话虽这么说，她还是希望两个人能尽快和解。

看来今天做不到了，她站了起来。

妈妈笑着说：“见到你就好。我一直担心你。”

“我来这儿还有别的理由，我要跟戴安娜谈谈。”

“谈什么？”

“我不能告诉你。”

“恐怕你不是要带她跟你去法国吧。”

“妈，嘘！谁提过去法国的事儿了吗？”

“我是这么想的。因为她枪打得很好。”

“无可奉告。”

“她会拖累你，让你送命的！她不懂什么是纪律，她哪里知道这些啊！打小她受的就不是这样的教育。当然了，这也不是她的过错。可是你要是指望她能干什么，那就太傻了。”

“对，这些我知道。”弗立克不耐烦地说。决定已下，她不想跟妈妈再探讨这个问题。

“她做过几个跟战争有关的工作，哪个都没干好。”

“这我知道。”但戴安娜是个神枪手，弗立克没时间挑三拣四，只能有什么就用什么。她主要担心的倒是戴安娜可能会拒绝。组织不能强迫任何人从事秘密任务，这是一种全然志愿性的工作。“现在戴安娜在哪儿，你知道吗？”

“我估计她在林子里，”妈妈说，“她一早就出去打兔子了。”

“我猜她就是。”戴安娜喜欢所有猎杀性运动：猎狐、猎鹿、追野兔、射松鸡，甚至包括钓鱼。如果没有更好的事情可做，她就会去打兔子。

“听枪声就能找到她。”

弗立克亲了亲母亲的脸颊。“谢谢你的早餐。”说着，她朝门口走去。

“别跑到她枪口那头去。”妈妈在她身后喊了一句。

弗立克从员工出口出去，经过厨房外的花园，走进房子后面的林子里。树上长出的新叶让林子郁郁葱葱，荨麻已长到齐腰高。弗立克穿的是长筒摩托皮靴和皮裤，擦过低矮的杂草、树丛。她想，吸引戴安娜的最好办法就是发出挑战。

她往林子里走了大约四分之一英里才听到了枪声。她站住脚，听了听方向，然后喊道：“戴安娜！”没人应声。

她朝枪声的方向走去，一分钟左右就喊上几声。最后她听到了回应：“这边，乱嚷嚷什么，你这个傻瓜！”

“我就过来，放下枪。”

她在一块空地上找到戴安娜，她坐在地上，背后靠着一棵橡树，抽着烟。猎枪放在她的膝上，枪膛大开着，准备重新装弹，她的身边放着半打死兔子。“嗨，是你呀！”她说，“你把兔子全给吓跑了。”

“反正明天还会来的。”弗立克打量着她的童年玩伴。戴安娜很有一些男孩子气，深色头发剪得短短的，鼻子上和左右两边长着雀斑。她上身穿的是猎手夹克，下面是一条灯芯绒裤子。

“你好啊，戴安娜。”

“无聊，失落，沮丧，此外都还行。”

弗立克往她身边的草地上一坐。一切可能比她想象的容易。“怎么了？”

“我哥哥出征意大利，可我却待在这英国乡下，等着慢慢烂掉。”

“威廉怎么样？”

“他一切都还好，在为战争出力，可就是没人给我一份合适的工作。”

“我也许能帮帮你。”

“你是急救护士队的。”她猛吸了一口烟，吐出烟雾，“亲爱的，我可当不了女司机。”

弗立克点点头，戴安娜的确放不下架子为战争做仆役打杂的工作，可是给大部分女人派的都是类似的活计。“我到这儿来，就是想给你介绍点儿更有趣的事儿做。”

“什么事？”

“你或许不喜欢。这件事非常难，又有危险——”

戴安娜疑惑地看着她说："是关于什么的？在灯火管制时摸黑开汽车吗？"

"我不能跟你讲太多，因为这是机密。"

"弗立克，亲爱的，你不会是搞那种密探活动的吧。"

"我这个少校可不是靠给将军们开车、接送他们去开会得来的。"

戴安娜使劲盯着她："你这是当真的？"

"一点儿不假。"

"我的老天。"戴安娜不禁大为惊讶。

弗立克需要确认她是自愿参加。"这么说你愿意去做某种非常危险的事？我的意思是，你很可能因此丧命。"

戴安娜并不害怕，反倒很兴奋地说："我当然愿意。威廉能冒险参战，我为什么不行？"

"你这是当真的？"

"我字字认真。"

弗立克暗暗松了口气，她已经为自己招到了第一名队员。

戴安娜显得十分热心，因此弗立克决定先给她泼点儿冷水。"这里有一个条件，你可能觉得比冒险本身更难接受。"

"什么条件？"

"你比我大两岁，社会地位也一直比我高。你是男爵的女儿，而我不过是管家的孩子。这倒没什么，我也没有什么抱怨的，我妈也说过，该是什么就是什么。"

"不错，亲爱的，那你到底想说什么？"

"这次行动由我负责，你得对我保持尊敬。"

戴安娜一耸肩膀说："这不成问题。"

“这有可能成问题，”弗立克强调说，“你会觉得不习惯，但我会对你很严格，让你尽快习惯这一点。我得先提醒你。”

“是，先生！”

“我们那个部门不太讲究礼节，所以你用不着叫我先生或女士。不过我们的军纪很严，尤其是行动开始以后。如果你忘了这一点，你要担心的就不只是我发脾气了。若违反命令，我就有权处决你。”

“亲爱的，这太戏剧性了！不过我当然明白这个。”

弗立克不敢保证戴安娜真正理解了，但她已经表现得够好了。弗立克从衣服衬里撕下一片衬垫，在上面写下汉普郡的一个地址。“整理一下够三天使用的东西。这是你要去的地方。你从滑铁卢搭乘火车去布罗肯赫斯特。”

戴安娜看着那地址说：“噢，这不是蒙塔古勋爵的庄园吗？”

“现在大部分被我们部门占用了。”

“你那叫什么部门？”

“内部事务研究局。”弗立克说的是通常使用的假名称。

“这名字比乍听上去更刺激。”

“你就使劲猜吧。”

“那我什么时候开始？”

“你今天就得到那儿。”弗立克站起来，“你从明天早上开始接受训练。”

“我跟你一起回屋子里收拾一下。”戴安娜也站起来，“能先透露点儿情况吗？”

“能说的我都说了。”

戴安娜抓起猎枪，显得有点儿局促不安。当她再与弗立克四目相对时，脸上第一次流露出坦率的表情。“为什么选我？”她说，“你大概知道谁都不用我。”

弗立克点点头说：“我就实话实说吧，”她低头看着地上血淋淋的死兔子，接着把眼光转向戴安娜那张漂亮的脸，“你是一个杀手，”她说，“这正是我所需要的。”

12

迪特尔一直睡到十点，醒来时还隐约能感觉到吗啡造成的头痛，但除此以外，他感到兴奋、乐观、自信。昨天那一场血腥审讯给他提供了一个重要线索。那个代号为“中产者”的女人，以及她在杜波依斯大街的那幢房子，可能会引他接近法国抵抗运动的心脏。

但也可能引向一条死胡同。

他喝下了一升的水，又吞下三片阿司匹林，摆脱吗啡的后劲儿，然后，他拿起了电话。

他先给黑塞中尉打了个电话，他也住在这家酒店，只是房间档次稍低。“早上好，汉斯，你睡得好吗？”

“很好，谢谢，少校先生，我去市政厅查对了一下杜波依斯大街的那个地址。”

“干得好，伙计。”迪特尔说，“你有什么发现？”

“那房子的主人和住户都是同一个人，是珍妮·蕾玛斯小姐。”

“但也有可能有其他人住在那儿。”

“我也开车从那儿过了一下，看看情况，那地方看上去很安静。”

“准备一下，一个小时内出发，开我的车。”

“好的。”

“还有，汉斯——你采取主动，干得不错。”

“谢谢你，先生。”

迪特尔挂了电话。他脑子里想着这个蕾玛斯小姐到底什么样。加斯东说，波林格尔抵抗组织里没人见过她，迪特尔相信他没有说谎，这房子就是一个“切断防护”。新来的特工除了在那儿跟这个女人接触以外什么都不知道。如果被抓，他们不会暴露任何抵抗组织的信息。至少理论上是这样的，但世上没有十全十美的安全防范措施。

估计蕾玛斯小姐单身未婚。她可能很年轻，从父母那里继承了房产，或者是个中年待嫁的女人，也可能是个老处女。他想，如果带上个女人应该对自己有帮助。

他回到卧室。斯蒂芬妮正坐在床上，梳理着她那浓密的红头发，双乳露在床单上面。她的确知道让自己如何看上去更诱人。

但他抑制住了再爬到床上去的冲动。

“你能为我做件事情吗？”他说。

“我愿意为你做任何事情。”

“任何事情？”他坐到床上，抚摸着她裸露的肩膀，“你愿意看我跟另一个女人在一起吗？”

“当然，”她说，“你跟她做爱时，我会舔她的乳头。”

“我知道你会的。”他满意地笑了。他以前也有过别的情妇，但没有哪一个像她一样。“不过不是这种事情。我想让你跟我去逮捕一名抵抗组织的女人。”

她的脸上没有任何表情。“很好。”她平静地说。

他想试探一下她的反应，问她对这种事有什么想法，是否真的感到高兴。不过他决定权且接受她的同意，不去深究。“谢谢你。”他说着，转身回到了客厅。

蕾玛斯小姐可能是独自一人，但另一方面，房子里也可能藏满了盟军的特工，全都武装到了牙齿，他需要后援力量。他翻看了一下自己的笔记本，然后把隆美尔在拉罗什-居雍的电话给了酒店的接线员。

德国人占领这个国家时，法国的电话系统已不堪重负。此后，德国人改善了设备，增加了数千公里的电缆，安装了自动交换机。现在系统仍在超负荷运转，但已经比原来好多了。

他找隆美尔的助手莫德尔少校。过了一会儿，他就听到了那个熟悉、冰冷而清晰的声音。

“莫德尔。”

“我是迪特尔·法兰克，”他说，“你都好吧，沃尔特？”

“很忙。”莫德尔干脆地说，“有什么事？”

“我这里有了很大进展。我无法说得太细，因为这是酒店的电话，我要逮捕至少一名间谍，或许是几名。我觉得元帅愿意听到这种消息。”

“我会告诉他的。”

“不过我希望得到一些支援。现在整个事情全靠我和一名中尉两个人，我很绝望，我还让我的法国女友给我帮忙。”

“这好像不太明智。”

“嗯，她靠得住，但让她对付训练有素的恐怖分子不行。你能给我派六名精明强干的士兵吗？”

“用盖世太保，他们就是干这个的。”

“他们不可靠。你知道他们不愿意跟我们合作，我需要靠得住的人。”

“这不可能。”莫德尔说。

“你看，沃尔特，你知道这对隆美尔多么重要，是他让我做这项工作，确保抵抗组织不会阻碍我们的灵活调动。”

“是的，但元帅的期望是你自己去做，而不是动用他的作战部队。”

“这我就没把握了。”

“我的上帝，够了！”莫德尔抬高了嗓门，“我们正在用很少的兵力捍卫整个大西洋海岸线，可你周围到处是身强力壮的人，除了去抓那些吓得躲进谷仓的老犹太人就没别的事做。去干你的事儿，别缠着我！”电话“咔哒”一声就挂断了。

迪特尔吓了一跳，莫德尔发这么大脾气，实在太反常了。无疑是因为面临入侵威胁，让他们十分紧张。不过结果已经很明显了，迪特尔必须靠自己的力量。

一声叹息之后，他查了查其他号码，给圣-塞西勒城堡拨了电话。

他接通了威利·韦伯。“我要突袭抵抗组织的住所，”他说，“我可能需要从你那儿调几名精锐士兵。你能派四名战士和一辆汽车到法兰克福酒店吗？要不要我再跟隆美尔通一次话？”

这句威胁的话实属多余，韦伯很愿意让他的人参与行动，这样一来，盖世太保就能以此邀功求赏了。他答应半个小时后派车过来。

跟盖世太保一道工作让迪特尔感到担忧，他无法控制他们，但他别无选择。

他开始刮胡子，一边开着收音机，调到一个德国电台。他听到太平洋战区的第一次坦克战昨天在比亚克岛打响，日本占领军已经将入侵的美国162D步兵团赶回他们的滩头阵地。该把他们推进海里，迪特尔想。

他穿上一件深灰色精纺外套，配上浅灰色的细条纹棉衬衫和一条带白色小圆点的黑色领带。那些小圆点不是印的，而是织上去的，这个小细节让他愉快。他考虑了一下，然后脱下外套，把皮枪套挎在肩上。他从衣柜里取出那把瓦尔特P38自动手枪放进皮套，随后把外套穿上。

他坐下喝了一杯茶，看着斯蒂芬妮穿衣服。见她穿上一件凝脂色的连裤内衣时他想，法国人制作的内衣实在是世界上最漂亮的。他喜欢看她穿长袜，看那光滑的纤丝罩上她的大腿。“绘画大师们为什么不画一画这个场景呢？”他说。

“因为文艺复兴时期的女人没穿过纯丝长袜。”斯蒂芬妮说。

她穿戴完毕后，他们就出了门。

汉斯·黑塞正站在迪特尔的希斯巴诺-苏莎旁边等他们。那年轻人既仰慕又艳羡地盯着斯蒂芬妮看，对他来说，她魅力无穷，却又遥不可及。迪特尔觉得这就像一个贫寒女子眼巴巴看着卡地亚商店的大橱窗一样。

迪特尔那辆车的后面是一辆黑色的前驱雪铁龙轿车，里面坐着四个穿便服的盖世太保。韦伯少校也决定亲自出马，迪特尔看到他坐在前排司机边上，身穿绿色花呢西装，就好像一个去教堂的农民。“跟着我，”迪特尔告诉他，“我们到那儿的时候，请先待在你的车里，直到我叫你的时候再出来。”

韦伯说：“你到底是从哪儿搞的这辆车？”

“这是一个犹太人送的贿赂，”迪特尔说，“我帮他逃到美国去了。”

韦伯不太相信地哼了一声，但这件事倒是真的。

虚张声势是对付韦伯这种人的最好办法。如果迪特尔把斯蒂芬妮藏匿起来，韦伯会立即怀疑她是犹太人，可能早就开始调查了。可迪特尔总是带着她招摇过市，因此韦伯的脑子里也就没出现过任何怀疑。

汉斯发动了汽车，他们一路朝杜波依斯大街进发。兰斯是一个人口超过十万的富裕乡镇，但街上没有多少汽车。开车的只有执行公务的警察、医生、消防员，当然，还有德国人。市民外出都是骑自行车或步行。汽油用于运送食品和其他基本用品，但许多商品是由马车运输。香槟是这里的主要产业。迪特尔喜爱各种香槟，陈年坚果香槟，新酿或淡味的不标年份的混酿香槟，还有精制的白中白香槟，各种半干的甜点香槟，甚至包括巴黎交际花喜爱的俏皮的粉红香槟。

杜波依斯大街是城边一条绿树成荫的街道，令人十分愉快。汉斯在一幢一侧有个小院的大房子前面停下车，这就是蕾玛斯小姐的家。迪特尔能打破她的精神防线吗？女人比男人更难对付。她们容易尖声惊叫，但坚持的时间更长。他在女人身上失过几次手，对付男人却从未失败过。如果这一次遭受挫败，他的调查也就到此为止了。

“我一挥手你就过来。”他下车时对斯蒂芬妮说。韦伯的雪铁龙停在了后面，盖世太保的人按照指示留在了车上。

迪特尔朝房子旁边的庭院看了一眼，那儿有一个车库。此外他看到一个小花园，有修剪整齐的树篱和长方形的花坛，还有一条用耙子耙平的碎石小径，看来主人很会拾掇。

前门边上的是一根老式的红黄相间的绳子，他拉了一下，就听到里面传来一阵机械铃铛的金属声响。

开门的女人六十岁左右，她用玳瑁发夹把白色的头发束在脑后，穿了一件蓝色的衣服，上面有小白花的图案，外面罩了一件干净的白色围裙。“早上好，先生。”她很有礼貌地说。

迪特尔笑了一下。她是一个无可挑剔、温文尔雅的外省妇女。他已经考虑好怎么折磨她了，他感到大有希望，精神为之一振。

他说：“早上好……是蕾玛斯小姐吗？”

她从他的衣服，路边停着的车，或许也从他的德国口音里感觉到了什么，眼里露出一丝恐惧。她说话时声音有些颤抖：“有什么需要帮助的吗？”

“你是一个人吗，小姐？”他仔细地看着她的脸。

“是的，”她说，“只有我一个人。”

她说的是真话，这一点他很肯定。这样一个女人要是说谎，她的眼睛也会把自己出卖的。

他转身示意斯蒂芬妮过来。“这是我的同事。”他不再需要韦伯那帮人了，“我有几个问题要问你。”

“问题？什么问题？”

“我可以进来吗？”

“可以。”

前面客厅里配的是黑木家居，被磨得很光亮。防尘盖罩着一架钢琴，墙上挂着一张兰斯大教堂的雕版画。壁炉上摆着几样饰物，一只玻璃纤维做的天鹅，一个瓷娃娃，一个透明的玻璃球，里面是凡尔赛宫模型，还有三只木头骆驼。

迪特尔在毛茸茸的软垫沙发上坐下，斯蒂芬妮坐在他身边，蕾玛斯小姐坐在对面一个直背椅子上。她很是丰腴，迪特尔察觉到这一点。经过四年的占领，法国人里没有几个胖子，吃食显然是她的弱点。

小桌上放着一盒香烟和一个大号打火机，迪特尔翻开烟盒，发现里面的烟卷是满的。“要抽烟请随意。”他说。

她显得稍有不快，她那一代女性从不接触烟草。“我不抽烟。”

“那么是谁抽呢？”

她摸了一下她的下巴，这是一个不诚实的迹象。

“来客。”

“什么样的来客呢？”

“朋友，邻居……”她有些不安。

“还有英国间谍。”

“这太荒谬了。”

迪特尔给了她一个最迷人的微笑。“你是一个很受尊敬的女士，显然是受到误导参与了犯罪活动，”他用友好而坦率的口吻说，“我不会耍弄你，也希望你不至于太愚蠢，对我说谎。”

“我什么也不会告诉你的。”她说。

迪特尔假装失望，实际上他为进展如此迅速而高兴。她已经不再假装自己不知道他在谈什么。这就跟招供了一样。“我要问你一些问题，”他说，“如果你不回答，我就要在盖世太保总部继续问。”

她挑衅般地看了看他。

他说：“你在哪里跟英国特务见面？”

她一言不发。

“他们怎么跟你接头？”

她的目光跟他的碰在一起，十分坚定。她已镇定下来，随他的便了。真是个勇敢的女人，他想，她可能很难对付。

“暗号是什么？”

她不回答。

“你把这些特务转交给谁？你怎么跟抵抗组织接触？谁是那儿的负责人？”

沉默。

迪特尔站了起来。“请跟我走。”

“好吧，”她坚定地说，“也许你会允许我把帽子戴上。”

“当然。”他朝斯蒂芬妮点点头，“跟小姐去，请不要让她使用电话或写下什么东西。”他不想让她留下任何讯息。

他在客厅里等着。她们回来时，蕾玛斯小姐已经去掉了围裙，换上一件轻便大衣，戴了一顶钟形女帽，那款式在战争爆发前就已经过时了。她提着一个结实耐用的棕色手提包。三人正往前门走去，蕾玛斯小姐说：“哦！我忘了带上我的钥匙。”

“没有这个必要。”迪特尔说。

“门会自动锁上，”她说，“我回来时得用钥匙开门。”

迪特尔看着她的眼睛。“你难道不明白吗？”他说，“你在你的房子里掩藏英国恐怖分子，你现在被逮捕了，是在盖世太保的手中。”他摇了摇头，脸上的悲伤表情并非完全是假装出来的，“不管发生什么，小姐，你都不会再回家了。”

她意识到自己身上将要发生的一切可怕事情，她的脸变白了，踉跄了几步，抓着一张肾形的桌子边沿才站稳了。桌上一只插着干花的中国花瓶晃了一晃，险些倒下。然后蕾玛斯小姐镇定下来，直起腰，放开桌子，又一次挑衅地看了他一眼，昂头走出了自己的房子。

迪特尔让斯蒂芬妮坐上前排的乘客位子，自己跟囚犯坐在后面。在汉斯开车送他们去圣-塞西勒的路上，迪特尔礼貌地开始了谈话：“你是出生在兰斯吗，小姐？”

“是的，我父亲是大教堂唱诗班的指挥。”

她有宗教背景。迪特尔脑子正在计划着，这算得上一个好消息。“他退休了吗？”

“他五年前去世了，一直病了很长时间。”

“你母亲呢？”

“我很年轻的时候她就死了。”

“这么说，你是一直照顾着生病的父亲？”

“照顾了二十年。”

“噢。”她一直单身，原来是因为这个，她把一生都花在了照顾有病的父亲身上。“然后他把房子留给了你。”

她点点头。

“有人会认为这是他一生辛劳的服侍赢得的小小酬劳。”迪特尔同情地说。

她蔑视地看了他一眼，说：“人做这种事情不是为了酬劳。”

"当然不是。"他不在意她话里的指责，如果她能让自己觉得在道德和社会地位上比迪特尔高出一等，那他的计划就更有望实现了。"你有兄弟姐妹吗？"

"没有。"

迪特尔已经看得十分真切，她所掩护的特务们都是一些年轻男女，就像她自己的孩子一样。她要哺育他们，给他们洗洗涮涮，跟他们谈话，或许还要关心他们的两性关系，不要让他们做出什么不道德的事情，至少在她的屋檐下保持本分。

现在她却要因此而丧命。

但是首先，他希望她能把一切都告诉他。

盖世太保的雪铁龙跟着迪特尔的车进了圣-塞西勒。他们在城堡的院子里停了车，迪特尔对韦伯说："我要带她上楼，把她放在一间办公室里。"

"为什么？地下室里有牢房。"

"到时候你就知道了。"

迪特尔带着囚犯上楼，进入盖世太保办公区。迪特尔看了看各间办公室，挑了最繁忙的一间，这是打字室兼邮件收发室，里面都是穿着漂亮衬衫、打着领带的年轻男女。他把蕾玛斯小姐留在走廊，关上门，拍了拍手吸引大家注意。然后，他用平静的声音说："我要带一名法国妇女到这儿来。她是个犯人，但我希望你们大家对她友善，客气，听懂了吗？要像客人一样待她。要让她觉得受到尊重，这一点很重要。"

迪特尔把她带进屋里，让她在一张桌子旁边坐下，低声说着道歉的话，把她的脚踝铐在桌子腿上。他让斯蒂芬妮陪着她，把黑塞叫到外面："去让食堂准备午餐，摆上托盘。汤，主菜，一点儿红酒，一瓶矿泉水，多带些咖啡。再带餐具、杯子和餐巾过来。一切都要做得体面好看。”

中尉钦佩地咧嘴笑了一下，他不知道他的上司到底要干什么，但他肯定那是一个聪明的把戏。

几分钟后，他端着一个托盘回来。迪特尔接过来，进了办公室，他在蕾玛斯小姐面前坐下。“请吧，”他说，“现在是午饭时间。”

“我不能吃东西，谢谢你。”

“或许只吃一点儿汤。”他把酒倒入她的杯子里。

她往酒里兑了一点儿水，啜饮着，然后又尝了一口汤。

“怎么样？”

“很好。”她认可地说。

“法国食物十分精美，我们德国人效仿不来。”迪特尔信口说着话，想让她放松下来，她的汤喝掉了大半。迪特尔又给她倒了一杯水。

韦伯少校走进来，怀疑地看着犯人面前的托盘。他用德语对迪特尔说：“我们这是在奖赏窝藏恐怖分子的人吗？”

迪特尔说：“小姐是位有教养的女士。我们该好好招待她。”

“我的上帝。”韦伯说了一句，转身走了。

她拒绝了主菜，但把咖啡都喝了。迪特尔很高兴，一切都按照计划进行。等她吃喝完毕，他再向她提问：“你在什么地方跟盟军特工接头？他们是怎么认出你来的？接头暗号是什么？”她看上去有些焦虑，但仍拒绝回答。

他一脸忧愁地看着她。“很遗憾你拒绝跟我合作，而我却如此好意地招待你。”

她稍显困惑。“我很感激你的好意，但我不能告诉你任何事情。”

斯蒂芬妮坐在迪特尔的身边，也有些茫然。他能猜到她在想什么：你真以为一顿美餐就能让这个女人开口吗？

“好吧。”他说着站起身，好像要离开。

“可是，先生，”蕾玛斯小姐说，显得局促不安，“我想要……去趟女士化妆室。”

迪特尔用刺耳的声音问：“你是想去厕所？”

她脸红了。“是的，我是这个意思。”

“我很抱歉，小姐，”迪特尔说，“这是不可能的。”

13

在周一的深夜，蒙蒂对保罗·钱塞勒说的最后一句话是：“如果你只能为这场战争做一件事，那就把电话交换站毁掉好了。”

保罗在这天早晨醒来时，脑子里还回荡着这句话。这是一个简单的指令，如果他能够完成，将会有助于打赢战争。如果失败的话，战士们会丧命，而他可能会为输掉的战争而懊悔终生。

他一早就去了贝克街，但珀西·斯威特已经在那里了，坐在他的办公室里，就着烟斗吞云吐雾，眼睛盯着六箱子的文件。他是那种典型的在军队混事儿的人，穿着一件格子外套，留着牙刷般的小胡子。他看着保罗，带着几分敌意。“我不知道为什么蒙蒂让你负责这次行动，”他说，“我并不介意你只是一个少校，而我是上校，这些东西本来没什么意思。可是你从未指挥过任何秘密行动，但我干这行已经有三年。这应该有所区别吧？“

“是的，”保罗快活地说，“当你需要有绝对把握完成某项工作，你就会把它托付给你信任的人。蒙蒂信任我。”

“但不信任我。”

“他不认识你。”

“明白了。”珀西没好气地说。

保罗需要珀西的合作，因此他要安抚一下对方。他环顾一下办公室，看到一张镶在镜框里的照片，是一个穿中尉制服的年轻男子和一个戴着一顶大帽子、较为年长的女人。那男子看上去像三十年前的珀西。“是你儿子？”保罗猜道。

珀西马上变温和了。“大卫现在在开罗，”他说，“我们在沙漠战争中有过一些倒霉的时刻，尤其是隆美尔到达托布鲁克那会儿，不过现在好了，他那儿不再是枪林弹雨，这很让我高兴。”

那女人黑头发，黑眼睛，长着一张刚毅的脸，与其说她漂亮，不如说那是一种阳刚的俊美。“这是斯威特夫人吗？”保罗问。

“罗莎·曼。她是妇女参政者，在二十年代很有名，她总是用她婚前的名字。”

“妇女参政者？”

“为妇女获选参政的活动家。”

保罗推断，珀西喜欢作风强悍的妇女，因此他喜欢弗立克也就好理解了。“我得承认你刚才说对了，我的确有这个不足，”

他坦率地说，“我曾参与过秘密行动，上过第一线，但现在我是第一次作为一个组织者，所以我会非常感谢你的帮助。”

珀西点点头。“我已经见识到你促成一件事情的能耐了，”他略微笑了一下说，“但是，如果你要听什么忠告的话……”

“请说。”

“按弗立克说的去做。没有任何人像她那样，潜伏了那么长时间，最后幸存下来。她的知识和经验无人可及。尽管在理论上她由我管，但我所做的不过是提供她需要的东西而已。我从来不会去指指点点，告诉她该干什么。”

保罗有些犹豫。他从蒙蒂那里获得了指挥权，他是不会因为某人的建议就把它转交出去的。“我会牢记的。”他说。

珀西看上去很满意，他指着文件问：“我们开始吗？”

“这都是什么东西？”

“一些人的档案，原来考虑让他们当特工，后来由于种种原因被否决了。”

保罗脱下他的外套，挽起了袖口。

他们两个花了一上午的时间一起看文件。有些人甚至没有经过面试，有些是见面后被拒绝的，大多数是没有通过特别行动处的训练课程而被筛选下来的——弄不清代码、无法使用枪支或者听到要从飞机上带着降落伞往下跳就吓得歇斯底里。他们大多二十出头，另外还有一个相同点是都能说一种外国话，流利程度就跟讲自己的母语一样。

文件实在太多，但没有几个合适的人选。珀西和保罗剔除了所有男人和那些不会讲法语的女人后，他们手头只剩下了三个名字。

保罗有些灰心，他们刚刚开始就遇到了如此大的障碍。“即便假设弗立克今早去招募的那个女人已经招募了进来，我们最少也要找到四个人。”

“戴安娜·考菲尔德。”

“而且这几个人既不是爆炸专家，也不是电话机械师！”

珀西比较乐观。“他们到特别行动处参加面试之前不是，但现在可能就是了。女人什么东西都能学会。”

“好吧，那我们就试试看。”

他们花了一会儿工夫就找到了这三个人的下落。让人更为失望的是其中一个已经死了。另外两个人在伦敦。一个叫鲁比·罗曼，不幸的是她正被关在霍洛威——贝克街以北三英里的妇女监狱里，等待谋杀案的审判。另一个叫莫德·瓦伦丁，档案上只是简单地写了一句“心理上不适合”，她是急救护士队的一名司机。

“只剩两个！”保罗沮丧地说。

“我担心的不是数量，而是质量。”珀西说。

“我们从一开始就知道这些人是淘汰下来的。”

珀西的声调变得愤怒起来：“但我们不能拿这种人让弗立克去冒生命危险！”

保罗发现，珀西在拼命保护弗立克。这老家伙愿意交出行动的控制权，但不肯放弃当弗立克守护天使的角色。

一阵电话铃声打断了他们的争论。是西蒙·福蒂斯丘，军情六处的那个穿细条纹外套的幽灵，就是他在圣-塞西勒的失利问题上对特别行动处大加指责。“有什么需要我帮忙的吗？”保罗谨慎地说。福蒂斯丘这人不值得信任。

“我想我可以给你们帮点儿忙，”福蒂斯丘说，“我知道你们要实施克拉莱特少校的计划。”

“谁告诉你的？”保罗怀疑地问，因为这件事还是保密的。

“我们就别纠缠这事了吧，我自然希望你们的任务取得成功，尽管我是反对的，但我愿意提供帮助。”

保罗很生气跟这家伙谈论这次行动，但追问下去也没有意义。“你认识哪位能说流利法语的女电话机械师吗？”他问。

“不认识。但有一个人你应该见一见，她的名字是丹妮丝·鲍耶女士，一位非常漂亮的姑娘，她的父亲是因弗罗齐侯爵。”

保罗对她的血统不感兴趣。“她的法语说得怎么样？”

“她跟法国的继母长大，那是因弗罗齐侯爵的第二任妻子。她很愿意效自己的一份力。”

保罗很怀疑福蒂斯丘这个人，但为了找到合适的人选也顾不得这个了。“我怎么才能找到她？”

“她在亨登的皇家空军部队。”保罗不知道“亨登”是什么意思，福蒂斯丘随即解释道：“那是北伦敦郊区的一个机场。”

“谢谢你。”

“成不成都告诉我。”福蒂斯丘挂上了电话。

保罗跟珀西讲了电话的内容，珀西说：“福蒂斯丘想往我们这里安插他的奸细。”

“我们不能因为这个原因就不要她。”

“当然。”

他们先看的人是莫德·瓦伦丁。珀西把会面地点安排在芬丘奇酒店，就在特别行动处总部的街角上。他解释说，他们从不带陌生人去64号。“如果我们没有招她，她就可能猜到要她做某种秘密工作，但她无法知道这个组织的名称，也不知道办公室在哪儿。所以哪怕她泄露出去也没有多大害处。”

“很好。”

“你母亲娘家姓什么？”

保罗愣了一下，想了一会儿说：“托马斯，她叫伊迪丝·托马斯。”

“那你就叫托马斯少校，我是考克斯上校。我们没必要用真名实姓。”

珀西并不是白混事儿的，保罗想。

保罗在酒店的大堂里见到了莫德，她立刻引起了他的兴趣。她人长得漂亮，有点儿卖弄风情，制服上衣紧绷着胸部，很俏皮地斜戴着帽子。保罗用法语对她说：“我的同事在一个私人房间里等我们。”

她调皮地看了他一眼，也用法语回答。“我一般不跟陌生男人进酒店房间，”她傲慢地说，“但是看在你的分上，少校，我可以破个例。”

他脸红了。“不过是个会客室，有桌子什么的，不是卧室。”

“哦，那就好。”她有点儿嘲弄地说。

他决定换个话题。他察觉她有法国南部口音，便问：“你老家是哪里的？”

“我是在马赛出生的。”

“那你在急救护士队做什么工作？”

“我给蒙蒂开车。”

“是吗？”保罗不打算透露自己的情况，但他忍不住要问，“我为蒙蒂工作过一阵子，但我不记得见过你。”

“啊，也不是总给蒙蒂开，我为所有高级将领开车。”

“哦，是吗，这边请。”

他把她引进房间，给她倒上一杯茶。保罗发现，莫德很喜欢被人注意。珀西提问她的时候，他就仔细观察着这个姑娘。她很小巧，尽管不像弗立克那么纤瘦，人也很可爱，玫瑰花蕾般的小嘴巴，还特别涂了红色的唇膏，一边脸颊上还有一颗美人痣——这或许是画上去的。深色头发带波浪卷。

“我十岁的时候全家搬到了伦敦，”她说，“我父亲是个厨师。”

“他在哪儿工作？”

“他在克拉里奇饭店当首席糕点师。”

“真了不得。”

莫德的档案就放在桌子上，珀西轻轻往保罗一边推了推，保罗瞥见了这个小动作，眼睛随之移到了莫德第一次面试时的记录。“父亲：阿尔芒·瓦伦廷，三十九岁，克拉里奇饭店厨房搬运工。”

面试结束了，他们让她到外面等着。“她生活在一个幻想的世界里，”等门一关上，珀西就说，“她把她父亲提升为大厨，自己的姓也改成了更高贵的瓦伦丁。”

“难怪以前被刷了下来。”

保罗觉得珀西可能要拒绝莫德。“但是我们现在不能那么挑剔了。”他说。

珀西吃惊地看了看他说：“她会对秘密行动造成威胁！”

保罗做了一个无奈的手势。“我们没别的选择。”

“这太疯狂了！”

保罗想，珀西恐怕是爱上了弗立克，只不过由于结了婚，年龄也大很多，就把这种感情转变成一种父亲般的关爱。这让保罗对他更有好感，但是要想把事情办成就必须抵制珀西这种谨小慎微的做法。“我看，我们不能淘汰莫德。弗立克见到她时，会自己拿主意的。”

“我觉得你说得也对，”珀西不情愿地说，“万一受到审问，她这种编故事的能耐可以派上用场。”

“不错，那就算她一个。”保罗把她叫了进来。“我们正在组建一个小组，我希望你成为其中一员，”他对她说，“你能承担某种危险的工作吗？”

“我们能去巴黎吗？”莫德急切地说。这种反应有点儿不合常理。

保罗迟疑了一下，然后说：“你为什么问这个？”

“我喜欢去巴黎。我从来没去过。都说那是世界上最美丽的城市。”

“不论你去哪儿，都不会有时间到处观光的。”珀西说，毫不掩饰他的恼火。

莫德好像并不在意。“太可惜了，”她说，“那我也愿意去。”

“那你怎么看待危险任务呢？”保罗继续追问。

“没问题，”莫德爽快地说，“我不怕。”

到时候你会害怕的，保罗想，但他什么也没说。

他们开车从贝克街出来向北行驶，经过饱受炸弹摧残的工人居住区，每条街上都至少有一座房子被炸得只剩黑乎乎的外壳，或者干脆成了一片瓦砾。

保罗要在监狱外面跟弗立克会合，两人一道面试鲁比·罗曼。珀西要继续赶往亨登，去见丹妮丝·鲍耶女士。

珀西手里握着方向盘，自信地在肮脏的街道上拐来拐去。保罗说："你对伦敦很熟。"

"我在这附近出生。"珀西回答。

保罗一时来了兴趣，他知道，一个贫穷家庭的孩子最后当上英国陆军上校，这种情况并不多见。"你父亲是靠什么为生呢？"

"用马车拉煤卖。"

"他有自己的生意？"

"没有，他给煤炭商人干活。"

"你是在附近上的学吗？"

珀西笑着，他知道，对方在查他的老底，但他似乎并不介意。"当地的一位牧师帮我获得助学金，上了一所好学校。我在学校那儿改掉了伦敦口音。"

"是有意的吗？"

"算不上是有意的。我给你讲一个故事，在战争爆发前我从事过政治。有人总是问我，'像你带有这种口音的人，怎么成了一个社会党党员呢？'我解释说，我是受学校的鞭打才改掉原来的口音的。这么回答总能让那些自高自大的家伙闭嘴。"

珀西把车停在一条树木夹围的街道上。保罗向外望去，看见一座梦幻般的城堡，有城垛、塔楼和高高的尖塔。"这是监狱？"

珀西做出一个无奈的手势。"维多利亚时代的建筑。"

弗立克站在门口等候，她穿着急救护士队的制服，有四个口袋的束腰外衣和一条裙裤，戴了一只小翻沿帽子。皮带束紧她纤细的腰身，让她看上去更加娇小，一缕漂亮的卷发从帽子下面逸散出来。保罗惊讶地看了好一会儿。“她可真是个漂亮姑娘。”他说。

“她是结了婚的。”珀西直截了当地说。

他还提前警告我一下，保罗觉得这挺有意思，便问：“跟谁？”

珀西停顿了一下，然后说：“我觉得你也应该知道。是法国抵抗组织的米歇尔，波林格尔小组的领导人。”

“哦，谢谢。”保罗下了车，珀西继续开车离开。他想，看到他和珀西从档案里只筛选出这么几个人，弗立克也许会生气。保罗只见过她两次，两次她都对他大嚷大叫。不过，这会儿她看来挺高兴，他跟她提起莫德，她说：“看来我们已经有了三名队员，包括我在内，这么说工作已经完成一半了，而现在刚下午两点。”

保罗点点头，这也是看问题的一种角度。他很着急，但这么说也没解决什么问题。

霍洛威的入口处是一个中世纪的门房，有几个箭头形的狭长窗户。“为什么没有整个统一起来，建一扇铁闸门和一座吊桥呢？”保罗说。通过门房进入院子，有几个穿着深色衣服的女人在种蔬菜。在伦敦，每一小片荒置的土地都种上了蔬菜。

监狱赫然出现在他们面前，门边守着石头怪物，身形巨大、长着翅膀的狮身鹰首兽用爪子抓着钥匙和镣铐。正门的房子两侧连着四层的楼房，每层都有一长排狭窄的尖角窗户。“这是什么鬼地方啊！”保罗惊叹道。

“女权参政者曾在这里进行绝食，”弗立克告诉他，“珀西的妻子就在这儿被强行灌食。”

“我的上帝。”

他们走了进去，空气中带着刺鼻的漂白粉味道，就好像当权者指望用消毒剂杀灭犯罪的细菌。保罗和弗立克找到了林德莱小姐的办公室，她是一个桶形身材、长着一张坚硬的胖脸的主管助理。“我不知道你们为什么要见罗曼，”她说，接着又不满地加了一句，“显然你们也不打算告诉我。”

弗立克的脸上浮上一丝轻蔑之色，保罗看出她似乎要开口挖苦对方，便连忙插嘴说：“我很抱歉，但这是秘密。”他带着迷人的微笑说，“我们只是奉命行事。”

“我们大家都是公事公办，”林德莱小姐稍稍缓和地说，“不管怎样，我必须警告你们，罗曼是个很暴力的囚犯。”

“我明白，她是个杀人犯。”

“不错。她应该吊死，可眼下法律太宽松了。”

“的确是。”保罗说，虽然他一点儿也不这么认为。

“一开始她是因为醉酒进来的，后来，她在操场上打架，杀了另一个囚犯，所以正在等待谋杀判决。”

“一个难对付的家伙。”弗立克很有兴致地说。

“是的，少校。她乍看上去挺讲道理，但不要被她骗了。她很容易被激怒，一眨眼就能发作。”

“她一发作就要命。”保罗说。

“你说的一点儿不错。”

“我们时间很紧，”弗立克不耐烦地说，“我想现在就见她。”

保罗急忙补充说：“如果你方便的话，林德莱小姐。”

“好吧。”主管助理领他们出来。坚硬的地面和光秃秃的墙壁让这里发出教堂一般的回声，远处的喊叫声、关门声和靴子在铁制过道上发出的叮当声组成了持续的声音背景。他们通过一条狭窄的走廊和一段陡峭的楼梯，来到会面室。

鲁比·罗曼已经等在那里。她的皮肤呈深棕色，直发是暗黑色的，还长着一双凶猛的黑眼睛。不过，她不是那种传统的吉卜赛美女，她的钩鼻子和往上翘的下巴让她看上去倒像个侏儒。

林德莱小姐离开了，留下一名看守在隔壁房间透过玻璃门监视着。弗立克、保罗和囚犯围着一张破破烂烂的桌子坐下，桌子上面有个肮脏的烟灰缸。保罗随身带了一包好彩香烟，他把香烟放在桌子上，用法语说：“请随便用。”鲁比拿了两支，一支叼在嘴上，另一支夹在耳朵后面。

保罗问了几个一般性的问题，以打破沉默。她回答得既清楚、又有礼貌，但是口音很重。“我父亲到处旅行，”她说，“我还是小姑娘那会儿，我们跟随一个大游艺戏团在法国到处走。我父亲有个气枪打靶摊子，我母亲卖带巧克力沙司的热烤饼。”

“你是怎么来英国的？”

“我十四岁时，爱上了在加来遇到的一个英国水手，他叫弗雷迪。我们结了婚——当然，我撒谎说我已经够了岁数——然后就来伦敦了。几年前他丧了命，他的船在大西洋被德国潜艇打沉了。”她颤抖着说，“冷冰冰的坟墓。可怜的弗雷迪。”

弗立克对这些家史不感兴趣，便问：“说说你是怎么进来的。”

“我自己弄了个炭火盆，在街上卖烤薄饼。可是警察不断来骚扰我。有天晚上，我喝了点儿白兰地——我承认，我就好这个——不知怎么的，我就跟人争吵起来了。”她换成了伦敦腔的英语，“警察说让我滚远点儿，我也就破口大骂。他使劲推我，我就干倒了他。”

保罗看着她，觉得很有趣。她只有中等个头，身材结实，但她长着一双大手，两条腿上满是肌肉。他能想象得出伦敦警察被她放平了的样子。

弗立克问：“后来呢？”

“他的两个哥们儿从街角赶了过来，我没能赶紧离开，因为喝了白兰地，他们踢我，抓我进了号子。”见保罗不解地皱起了眉头，她加了一句，“也就是警察局。总之，那第一个警察不好意思说我攻击警察，不愿意承认让一个女孩家给搁地上了，就按酗酒和妨碍治安关了我十四天。”

“接着你又干了一架。”

她瞥了弗立克一眼。“我不知道怎么对你们这类人解释这里面的事儿。有一半的姑娘都疯了，她们全都有武器。你可以把勺子磨得像把刀子；或者找根铁丝磨尖了，做成一把锥子；也可以用线拧成一根绞索。看守从来不干涉犯人之间的打斗，他们宁愿看着我们互相揪扯。所以不少人身上都是伤痕累累。”

保罗感到震惊，他以前从未接触过监牢里的人。鲁比描述的这幅场景十分可怕。或许她有所夸大，但她看上去平静、诚实。她并不在乎别人是否相信她的话，只是在干巴巴、慢悠悠地讲述事实，看上去似乎兴趣缺缺，但也没有更好的事情可做。

弗立克问："什么事让你杀了那个女人？"

"她偷了我的东西。"

"什么东西？"

"一块肥皂。"

我的上帝，保罗想，她为了一块肥皂就能杀人。

弗立克问："你是怎么做的呢？"

"我把肥皂拿了回来。"

"然后呢？"

"她找上门来，手里拿了一根用椅子腿做的棍子，上面箍了个水管接头，她用那东西打我脑袋。我看她是要杀了我。可我有刀。我捡到过一长条碎玻璃片，把宽的一头用旧自行车轮胎捆成了刀把。我把刀往她喉咙里一插，她就再也打不了我第二下了。"

弗立克忍着没有发抖，说："这应该算是自卫吧。"

"不算，因为你得证明你当时不可能跑开。再说我拿一块玻璃做了刀，这就算预谋杀人。"

保罗站了起来。"请你跟看守在这儿等一会儿，"他对鲁比说，"我们出去一下。"

鲁比对他笑了一笑，这是她第一次显得让人愉快，尽管不太漂亮。"你真客气。"她感激地说。

到了走廊，保罗说："多恐怖的故事！"

"别忘了，这里的人都说自己是无辜的。"弗立克审慎地说。

"不管怎样，我看她可能受罚过重了。"

"我说不准，我觉得她是一个杀手。"

"所以我们不要她。"

“正相反，”弗立克说，“我要的就是她。”

他们回到房间里面。弗立克对鲁比说：“如果你能从这儿出去，愿不愿意做一种危险的工作？”

她以问代答：“我们是要去法国吗？”

弗立克眉毛一挑。“你怎么想起问这个问题？”

“你们一开始跟我说法国话，我估计是考查我会不会说法语。”

“这种工作我不能讲得太细。”

“我敢打赌是有关敌后破坏活动。”

保罗感到震惊，鲁比理解问题相当快。见他如此惊奇，鲁比便接着说：“一开始我以为你们想要我给你们当翻译，但这并没什么危险。所以我们可能是去法国。可英国部队除了轰炸桥梁和铁路线，还能干什么呢？”

保罗一言不发，但十分惊叹她的推理能力。鲁比皱起了眉头说：“我弄不明白的是，为什么要弄一个清一色的女人队伍。”

弗立克瞪大了眼睛。“你是怎么想到这个的？”

“如果你们需要男人，干吗还来找我？你们肯定是走投无路了。把一个女凶犯从牢里弄出去并不容易，哪怕为了某种要紧的战争任务。那么，我到底哪里特别？我敢来硬的，可是能说法语的硬汉子成百上千，早就准备好参加这种秘密活动了。所以，挑上我的唯一原因就是我是个女的，大概女人不太可能引起盖世太保的怀疑……我说得对吗？”

“我无可奉告。”弗立克说。

“好吧，如果你们要我，我就干。我能再拿一支香烟吗？”

“当然。”保罗说。

弗立克说："你要明白这工作很危险。"

"明白，"鲁比说，点燃一支好彩，"总不会比待在这个该死的监狱更危险吧。"

离开鲁比以后，他们回到主管助理办公室。"我需要你的帮助，林德莱小姐，"保罗说，再一次表示奉承，"告诉我你需要什么手续才能释放鲁比·罗曼。"

"放了她？她可是个杀人犯！为什么要释放她？"

"恐怕我无法告诉你。但我可以向你保证，如果你知道她要去什么地方的话，你不会认为那是什么幸运的逃生，而是恰好相反。"

"明白了。"她说，但并未完全平静下来。

"我要让她今晚就离开这里，"保罗接着说，"但我不想让你处于任何一种尴尬的境地。因此我要知道你需要哪个部门的批准。"他真正想弄清的是她能找出什么借口阻碍这件事。

"我在任何情况下都不能释放她，"林德莱小姐说，"她已经被地方裁判法院押回这儿，所以只有法院可以释放她。"

保罗很有耐心地问："那么，你觉得需要什么手续？"

"她必须由警察押解，押到地方法官面前，公诉人或者公诉人代表，需要告诉地方法官，对罗曼的所有指控都被撤销，然后法官就会开恩宣布她获得自由。"

想到面前有这么多麻烦，保罗皱起了眉头。"她应该先签署加入部队的文件，然后才能去见法官，这样，一旦法院放了她，她就处于军事纪律的约束下……否则她可能会一走了之。"

林德莱小姐仍然将信将疑。"他们为什么要撤销指控？"

"检察官是政府官员不是？"

"是。"

"那就不成问题了。"保罗站了起来，"我晚上再回到这儿来，带着地方法官，还有检察部门的人，还有军队的司机，把鲁比带到……她的下一个驿站。你看还有什么障碍吗？"

林德莱小姐摇着头说："我遵命行事，少校，就跟你一样。"

"好吧。"

他们离开了那里。到了外面，保罗停住脚望了望身后。"我还从未到过监狱，"他说，"我不知道我指望自己看到什么，但这可不像神话传说里的东西。"

他对这幢建筑的品评听上去不合时宜，弗立克脸色阴沉。"这里吊死过好几个女人，"她说，"根本就不是什么神话。"

保罗好奇为什么她的脾气变得如此糟糕。"我猜你是把自己当成这里的犯人了，"他说，忽然他明白过来，"这是因为你有可能在法国蹲进大牢。"

弗立克看上去吃了一惊。"我看你说对了，"她说，"不知为什么我十分痛恨这个地方，看来是因为这个。"

她也可能会被吊死，保罗想，但他把这一念头压在心里。

他们一路走着，去就近的地铁站。弗立克想着心事。"你很有洞察力，"她说，"你知道如何让林德莱小姐站在我们这边。要是我就可能得罪她，给自己树敌。"

"没那回事。"

"一点儿不假，你把鲁比这只母老虎变成了小猫咪。"

"我不想让这种女人讨厌我。"

弗立克笑了说："你这话让我一下子有了自知之明。"

听到她这么说，保罗很是得意，不过他已经在考虑接下来的问题。“午夜前，我们就得再凑齐半个小组的人，抵达汉普郡的训练中心。”

“我们把它叫作‘女子精修学校’，”弗立克说，“是啊，现在有戴安娜·考菲尔德、莫德·瓦伦丁、鲁比·罗曼。”

保罗冷冷地点了点头说：“散漫的贵族，分不清幻想和现实的小妖精，脾气暴虐的吉卜赛杀人犯。”一想到弗立克可能被盖世太保吊死，他的心情就跟珀西当初担心招募者的才干一样，变得焦躁不安。

“要饭的不能那么挑肥拣瘦。”弗立克乐呵呵地说，心情不像刚才那么坏了。

“可我们还是既没找到爆炸专家，也没找到电话机械师。”

弗立克看了一下手表，说：“现在刚下午四点。也许特别行动处已经教会丹妮丝·鲍耶怎么炸毁电话交换站了。”

保罗笑了笑，弗立克乐观起来真是让人难以招架。

他们到了地铁站，搭上一趟车。他们没法谈论有关任务的事，因为旁边坐的都是乘客。保罗说：“今天早上我了解了一点儿珀西的情况，我们驾车经过他小时候住的街区。”

“他的举止习惯，甚至口音都是从英国上流社会学来的，但这只是表象。在他体面的老斜纹呢外套下面，是一颗街头斗殴少年的心。”

“他说，他在学校因为说话有下层人的口音挨过鞭子。”

“他是靠助学金上学的，这种孩子在嫌贫爱富的英国学校一般很难熬。这我知道，我也是带助学金上学的。”

“你也改掉了原来的口音吗？”

“没有。我在伯爵的家里长大，口音一直没变。”

保罗心想，难怪弗立克和珀西两个人处得那么好：他们都来自下层社会，一点一点沿着社会阶梯爬上来。跟美国人不同，英国人不觉得阶级偏见有什么错，尽管他们听美国南方人说黑人是劣等人种会大惊失色。“我觉得珀西很喜欢你。”保罗说。

“我像爱父亲一样爱他。”

这种情感看来是真实的，保罗想，但这也就此对保罗明确说清了她跟珀西的关系。

弗立克已安排好在果园宫跟珀西见面。他们来到那儿时，看到大楼外面停着一辆车。保罗认识那个开车的司机，他是蒙蒂的一名随从。“先生，有个人正在车里等你。”司机说。

后面的车门一开，保罗的妹妹卡罗琳从里面下来。“噢，我的老天！”他说。她扑到他的怀里，保罗抱住了她，说：“你来伦敦干吗？”

“我不能告诉你，不过我有几个小时空闲时间，我求蒙蒂办公室的人借给我一辆车来看你。给我买杯喝的？”

“我连一分钟的空闲都没有，”他说，“就算你来了我也没时间。但你可以把我带到白厅。我得找一个叫作公共检察官的人。”

“那我带你到那儿去，我们有话车上说。”

“那好，”他说，“我们走！”

14

弗立克站在楼门前，回头看见一个穿着美军中尉制服的漂亮女孩下了车，张开双臂抱住了保罗。她看得出保罗很高兴，紧紧抱着那女孩。这大概是他妻子、女友或者未婚妻，大概是偶然来伦敦的。她肯定属于驻英美军部队，参加进攻行动的。保罗跳上了她的车。

弗立克走进果园宫，心里感到一丝悲哀。保罗有个姑娘来看他，两个人相亲相爱，能够意外造访对方。弗立克希望米歇尔也能突然出现在她身边，可是，现在他正躺在兰斯的一张床上，让一个不要脸的十九岁美女精心照料着。

珀西已经从亨登返回。弗立克见到他正在沏茶。“你那位皇家空军姑娘怎么样？”她问。

“丹妮丝·鲍耶女士正赶往女子精修学校。”他说。

“好极了！我们现在有四个了！”

“不过我有点儿担心。她爱自吹自擂。她夸耀她在空军里的工作，该说不该说的细节跟我说了一大堆。看看她怎么训练的你就知道了。”

“她大概不怎么了解电话交换站的事儿吧。”

“一无所知，也不懂爆破。喝茶吗？”

“好的。”

珀西把茶杯递给她，自己在简陋的旧书桌边坐下。

“保罗在哪儿？”

“他去找检察官了，他想今晚把鲁比·罗曼从监狱弄出来。”

珀西探究似的看了她一眼。“你喜欢他吗？”

“比刚开始好点儿。”

“我也是。”

弗立克笑了说：“他迷倒了那个管监狱的老母夜叉。”

“鲁比·罗曼怎么样？”

“很吓人。她跟另一个犯人为一块肥皂打架，切断了那个人喉咙。”

“上帝。”珀西难以置信地摇摇头，“我们凑的是什么倒霉的队伍啊，弗立克？”

“危险的队伍，本来就应该这样，这不是什么问题。此外，一般来说我们都应该留有富余，以便在培训过程中剔除一两个最不满意的。我担心的倒是还没有找到我们需要的行家，如果只把这么几个能打能拼的女孩带进法国，却炸错了电缆，那就没意义了。”

珀西喝完茶，然后去填他的烟斗。“我认识一个会讲法语的女爆炸专家。”

弗立克很是惊讶。“这太好了！可你为什么不早说呢？”

“一开始我想到过她，但马上否决了，她一点儿也不合适，但我当时没料到我们会这么困难。”

“她哪点儿不合适？”

“她四十岁左右。特别行动处很少使用岁数这么大的人，尤其是我们还有跳伞任务。”他擦着了一根火柴。

在这个问题上，年龄并不是什么障碍，弗立克想。她兴奋起来，说：“她会志愿加入吗？”

“我觉得很有可能，特别是如果我去问她的话。”

“你们是朋友。”

他点点头。

“她是怎么成了爆炸专家的？”

珀西有点儿难为情，手里依然拿着那根火柴。他说：“她是撬保险柜的。我几年前认识的她，当时我在伦敦东区搞政治工作。”火柴烧完了，他又擦着了一根。

“珀西，真没想到你过去这么不务正业。她现在在什么地方？”

珀西看了看手表。“现在是六点。每天晚上这个时候，她应该是在‘泥鸭子’私人酒吧。”

“混小酒馆的。”

“就是。”

“那就快点着你那该死的烟斗，咱们这就去那儿。”

坐进车里后，弗立克又说：“你怎么知道她是撬保险柜的？”

“这事尽人皆知。”

“哦？连警察也知道？”

“对。在伦敦东区，警察和恶棍都是一块儿长大的，他们上同样的学校，住在同一个街区，全都互相认识。”

“如果他们知道谁是罪犯，干吗不把他们抓进监狱？我猜他们是没得到证据。”

“事情总是这样的，”珀西说，“他们需要定案判罪时，就逮捕一个相关行当的家伙，如果是一宗盗窃案，他们就抓上一个窃贼，不管他是不是跟具体的罪案有关，因为他们一向善于制造案子，收买证人，伪造供词，制造当庭物证。当然，有时他们也犯错误，把无辜的人关进监狱。他们也利用这个系统公报私仇，了结个人恩怨，等等。不过，生活中没有十全十美，对吧？”

“所以按你的意思，法院和陪审团那套繁琐的程序都是一场闹剧？”

“一个异常成功、长期有效的闹剧，为那些当侦探、律师和法官的人提供十分优厚的就业条件，否则这些公民就毫无用处了。”

“你那撬保险柜的朋友进过监狱吗？”

“没有。如果你愿意交付大笔贿赂，又能跟那些侦探广结人缘的话，就可以逃过起诉。假如你跟卡拉汉探长的老妈住在同一条街上，有事没事经常过去拜访一下，问她有没有要买的东西，看看她儿孙的照片什么的……探长就不太可能把你抓到监狱里去。”

弗立克想到几小时前鲁比讲的故事。对有些人来说，生活在伦敦就跟活在盖世太保统治下一样。情况真的跟她想象的差那么远吗？“我弄不清你说的是真是假，”她对珀西说，“真不知道该相信什么。”

“噢，我当然说的是真的，”他说着，笑了一下，“不过我也没指望你会相信。”

他们到了斯特普尼，离码头已经不远。这儿是弗立克所见到的遭炸弹破坏最厉害的地方，整条街道被夷为平地。珀西开车拐进了一条狭窄的死巷子，在一个酒吧门前停下。

“泥鸭子”是一个幽默的绰号，酒吧的名字其实是“白天鹅”。尽管称作私人酒吧，却并非为私人开设，只是为了有别于那种地板上到处是锯末、一品脱啤酒便宜一便士的公共酒吧。弗立克想，要是把这种差别解释给保罗听，他一定会觉得有意思。

杰拉尔丁·奈特坐在酒吧紧里头的一张椅凳上，仿佛她是这儿的主人似的。她一头扎眼的金黄色头发，浓妆艳抹，但看上去还挺合适。她的体态丰满，显然穿了紧身胸衣才稍显有形。一根燃烧着的香烟放在烟灰缸上，烟嘴上印着一圈口红印，再也没有谁比她看上去更不像一名特工了。弗立克心里有点儿泄气。

“珀西·斯威特，瞧我见到谁了！”这女人说，她的声音听上去好像一个伦敦佬学着拿腔拿调，“你跑这儿来访贫问苦吗，你这该死的老共产党？”显然她很高兴见到他。

“你好，‘果冻’，见见我的朋友弗立克。”珀西说。

“很高兴认识你。”她边说边跟弗立克握手。

“‘果冻’？”弗立克好奇地问。

“没人知道我从哪儿弄了这么个外号。”

“明白了，”弗立克说，“跟你的姓连在一起就是‘葛里炸药’[①]。”

“果冻”没搭茬。“珀西，你买的时候顺便给我要一杯马丁尼。”

弗立克对她用法语说：“你在伦敦的这个区附近住？”

“我十岁开始就住这儿，”她用带着美国口音的法语回答，

---

① 在英文中，“葛里炸药”（Gelignite）与“果冻”·奈特（Jelly Knight）的读音相似。

“我生在魁北克。”

这不太好，弗立克想。德国人可能注意不到口音的差别，但法国人一定会。“果冻”只得扮作加拿大出生的法国公民，这倒能说得通，但也比较罕见，容易引起注意。算了，管它的呢。“不过，你认为自己是英国人。”

“是英格兰人，不是英国人，”“果冻”嗔怒道，她又换回英语，“我归属英格兰教会，我给保守党投票，我不喜欢外国人、异教徒和共和党人。”她瞥了珀西一眼，补充说，“当然，这会儿不算。”

珀西说：“你应该去约克郡，住在山上的农场里，那里自从北欧海盗来过之后就再也看不到外国人。真不知道你在伦敦怎么能活得下去，到处都是俄国布尔什维克、德国犹太人、爱尔兰天主教徒，还有威尔士的新教徒，他们到处盖那种小教堂，就像鼹鼠一样把草地都毁了。”

“伦敦跟原来不一样了，珀西。”

“跟你是外国人那会儿不一样了？”

这种争论一开始就没完没了。弗立克忍不住打断了他们。“听说你是个爱国者，我非常高兴，‘果冻’。”

“你为什么对这种问题感兴趣，能问一下吗？”

“因为你可以为自己的国家做件事。”珀西插了进来，“我跟弗立克谈到过你的……专长，‘果冻’。”

“果冻”低头看着她那涂成朱红色的指甲，说：“谨慎，珀西，请你谨慎点儿。谨慎是勇气之本，《圣经》上就是这么说的。”

弗立克说：“你想必知道目前这个领域已经有了不小的发展，

我指的是塑料炸弹。”

“我尽量跟上时代。”“果冻”摆出一副谦逊的姿态说。突然她脸色一变，警觉地看着弗立克，问：“是不是跟战争有关？”

“是。”

“我加入。只要为了英格兰，我什么事都肯做。”

“你要离开几天。”

“没问题。”

“也可能回不来。”

“这他妈的是什么意思？”

“这件事很危险。”弗立克平静地说。

“果冻”有点儿慌乱。“噢。”她咽了口唾沫，“那，也没什么太大区别。”她显得没什么底气。

“你想好了？”

“果冻”顿了一下，心里暗暗盘算着，然后说道：“你们想让我去炸掉什么东西？”

弗立克默默地点了点头。

“不是在国外吧，是吗？”

“有可能。”

“果冻”顿时花容失色。“啊，我的老天，你们想让我去法国，是不是？”

弗立克没说什么。

“去敌后！上帝，我太老了，干不了这个，我已经……”她迟疑了一下，“我已经三十七了。”

她看上去要大五岁，弗立克想，不过嘴里却说：“那有什么，我们差不多一般大，我也快三十了。我们还不老，还能冒险干点儿什么，对吧？”

“你是你，我是我。”

弗立克的心往下一沉，“果冻”不会同意的。

她想，整个计划都搞砸了。根本不可能找到能完成这项任务又能说法语的女人，这个计划一开始就注定失败。她转身离开“果冻”，有点儿想哭。

珀西说：“‘果冻’，我们请你干的这件事对打赢战争来说至关重要。”

“珀西，你编点儿别的瞎话吧，或许我还相信。”她打哈哈说，但看上去很严肃。

他摇摇头说：“这话毫不夸张。它能决定战争的胜负。”

她盯着他，一言不发。内心的斗争让她的脸扭曲起来，变得很难看。

珀西说：“而且，你是整个国家唯一胜任这个工作的人。”

“别扯了。”她半信半疑。

“你是仅有的女性保险柜爆破专家，又会说法语——你以为你还能找到几个这样的人？告诉你吧，根本没有。”

“你说的都是实话，是吗？”

“我这辈子从没这么实在过。”

“见你的鬼，珀西。”“果冻”不说话了，沉默持续了很长时间。弗立克屏住呼吸。最后“果冻”开了口说：“好吧，你这个混蛋，我干。”

弗立克一下子高兴起来，吻了吻她。

珀西说：“上帝保佑你，‘果冻’。”

“果冻”说：“我们什么时候开始？”

"现在，"珀西说，"等你喝完这杯杜松子酒，我带你回家收拾东西，然后我们坐车去训练中心。"

"什么，今晚？"

"我跟你说过这件事很重要。"

她喝下她的杯中残酒。"好吧，我准备好了。"

看着她那丰腴的臀部从酒吧凳上滑下来，弗立克不禁想，真不知道她怎么对付跳伞这一关。

几个人离开了酒吧。珀西对弗立克问："你一个人坐地铁回去行吧？"

"当然。"

"那我们明天在精修学校见。"

"我会准时到的。"弗立克说着，跟他们告别。

她赶往就近的地铁站，感到满心欢喜。这是一个温和的夏日傍晚，东伦敦到处一片生机。几个蓬头垢面的男孩子用棍子和一个磨秃的网球玩板球；一个穿着脏工作服的男人正赶着回家吃晚饭；一个穿制服的休假士兵，口袋里装着一包香烟和几个先令，昂首阔步在便道上走着，仿佛世间的快乐尽在掌握之中，让路过的三个穿无袖连衣裙、戴着草帽的女孩讪笑不已。所有这些人的命运都要在未来几天内作出定断，想到这儿，弗立克的心里又变得沉甸甸的。

坐在回贝斯沃特的地铁上，她的情绪又低落下来。她还是没有找到整个小组最关键的成员。没有电话机械师，"果冻"有可能把炸药放错地方。尽管还是能够造成破坏，但如果能在一两天内修复的话，花费这么大的努力去冒险就不值了。

回到她的单人间，她发现哥哥马克正在等她。她紧紧拥抱他，吻他。“真没想到你来了，这太好了！”她说。

“我有一个晚上的空闲，所以我想带你出去喝一杯。”他说。

“斯蒂夫在哪儿？”

“正在莱姆里吉斯给部队演《奥赛罗》。现在我们基本上都在给ENSA工作。”ENSA是“全国娱乐服务协会”的简称，专门为部队组织演出活动。“我们去哪儿？”他说。

弗立克很累，第一个反应是哪儿也不想去。但她想到自己周五就要去法国了，这可能是她最后一次跟哥哥在一起的机会。“伦敦西区怎么样？”她问。

“我们去逛逛夜总会。”

“好极了！”

他们离开家，手挽着手上了大街。弗立克说：“我今天早上见到妈了。”

“她怎么样？”

“很好，但她对你和斯蒂夫的事儿还是不肯软下来，我很遗憾。”

“我也没指望什么。你怎么那么巧，能见到妈？”

“我去了趟索默斯霍尔姆，解释起来得花半天时间。”

“应该是什么保密活动吧，我猜。”

她笑了一下算作承认，想到自己的问题还没有解决，她又叹了口气说：“我想，你认识的人里头，不会刚好有一个能说法语的女电话机械师吧？”

他停下脚步，说：“嗯，大概有吧。”

15

蕾玛斯小姐很痛苦。她僵硬地坐在小桌子后面那张硬硬的直背椅子上，自我克制让她的脸看上去像一张面具。她一动也不敢动，还戴着她的钟形帽子，紧紧抓着她放在膝头的皮手提包。她那肥胖的小手有节奏地按着提包带，手指上没戴任何戒指，事实上她只戴了一件首饰，那是一个小巧的银制十字架项链。

在她周围，工作到很晚的文员和秘书穿着漂漂亮亮的制服，继续在打字、整理档案。按照迪特尔的指示，当与她的目光相对时，他们礼貌地微笑，每过一会儿就会有一个姑娘跟她说上一两句，给她送水或咖啡。

迪特尔坐在那儿看着她，黑塞中尉和斯蒂芬妮分别坐在他的两侧。汉斯·黑塞有着德国工人阶层那种坚韧和镇定，冷静地旁观着，各种折磨拷问他见过太多了。斯蒂芬妮的情绪就不那么平静了，但她也在练习克制。她看上去不太高兴，但什么也没说，她活着的目的就是为了取悦迪特尔。

蕾玛斯小姐的痛苦不仅仅是身体上的，迪特尔很清楚这一点。比爆裂的膀胱更糟糕的是她就要在这些彬彬有礼、穿着考究的工作人员面前把自己弄得满身污秽。对一位高尚的老妇人来说，这简直是一场噩梦。他很佩服她的毅力，琢磨着她是否准备招供，把一切都告诉他，还是打算继续撑下去。

一个年轻的下士在迪特尔身边立正，说：“请原谅，少校，韦伯少校，办公室有请。”

迪特尔本想让士兵捎话说，如果你想见我，就自己过来，但他想到暂时没必要跟韦伯撕破脸，如果自己让他几分，韦伯还可能更合作些。“好的，”然后他对黑塞说，“汉斯，如果她招供的话，你知道该问些什么。”

“是的，少校。”

“如果她不招……斯蒂芬妮，可以去体育咖啡馆，给我弄瓶啤酒，再带一个杯子过来好吗？”

“当然可以。”能有个理由离开这个房间，她简直感激不尽。

迪特尔跟着下士到了威利·韦伯的办公室。这是一个位于城堡前端的大房间，有三个高大的窗户俯瞰广场。迪特尔望着城镇的上空夕阳西下，倾斜的光线照射在中世纪教堂的弧形拱门和扶壁上，轮廓鲜明。他看见斯蒂芬妮穿着高跟鞋横穿广场，那步态就像一匹赛马，轻盈优美，同时又强大有力。

士兵们在广场上干活，把三根粗壮的木梁整齐地竖成一排。迪特尔皱起了眉头说：“这是行刑队吗？”

“处决周日遭遇战里活下来的恐怖分子，”韦伯回答，“我知道你已经审问完他们了。”

迪特尔点了点头说：“他们把知道的东西都告诉我了。”

“公开枪毙他们，警告其他想加入抵抗组织的人。”

“好主意，”迪特尔说，“不过，这对加斯东倒合适，但贝特朗和吉纳维芙的伤很重，我很奇怪他们竟然还能走。”

“他们会被抬着去见上帝。不过我叫你来不是为了这件事，我在巴黎的上司一直在问我，有没有取得什么新进展。”

“那你是怎么跟他们说的，威利？”

“经过了四十八小时的调查，你拘捕了一名老妇人，她的房子里可能藏过盟军特工，也可能没有，到现在她还什么也没说。”

“那你希望告诉他们什么呢？”

韦伯煞有介事地拍了一下桌子。“我希望告诉他们，我们已经端掉了法国抵抗组织！”

“那还需要更多时间，四十八个小时不够。”

“你为什么不折磨这头老母牛？”

“我正在折磨她。”

“不让她上厕所！这叫什么折磨？”

“在这种情况下，我认为这种办法最有效。”

“你总认为自己比别人高明。你一直傲慢自大。但现在是新德国了，少校。你不会因为你是教授的儿子，就什么都高人一等。”

“别胡说八道了。”

“你真以为如果你父亲不是大学里的头面人物，你能当上科隆科刑事情报部最年轻的负责人吗？”

“我也得跟其他人一样通过考核。”

“奇怪的是，其他人的能力也跟你一样，就从来没有这个好运。”

难道韦伯脑子里真是这么想的？“看在上帝的分上，威利，你不会以为就因为我父亲是个音乐教授，整个科隆警察部队就合伙串通给我打高分吧，这太可笑了！”

“这种事在过去司空见惯。”

迪特尔叹了口气，韦伯倒也说对了一半。在德国的确存在特权保护和裙带关系，不过，这并不是威利未获晋级的原因。真正的原因是他愚蠢，他这种人只能在那种狂热盲从比个人才干更重要的组织里混饭吃，此外别无他途。

迪特尔不想再讨论这种愚蠢的话题。“别担心蕾玛斯小姐的事，”他说，“她马上就会开口的。”他转身朝门口走去，“我们也要把抵抗组织连窝端掉，只需稍等片刻。”

他回到了大办公室，蕾玛斯小姐开始发出低低的呻吟。见过韦伯后迪特尔稍稍失去了一点儿耐心，他决定加快速度。斯蒂芬妮回来后，他把杯子放到桌上，打开酒瓶，在犯人面前慢慢把杯子倒满啤酒。她的两眼溢出了痛苦的眼泪，泪水顺着她丰满的脸颊流下来。迪特尔不紧不慢地把啤酒喝完，放下杯子。“你的痛苦差不多结束了，小姐，”他说，“马上你就能解脱了，一会儿你就会回答我的问题，然后你也会轻松下来的。”

她闭起了眼睛。

“你在哪里跟英国特工接头？”他停顿了一下，“你们怎么认出对方？”她一言不发。“暗号是什么？”

他等了一会儿，然后说：“好好想想这些问题的答案，要清清楚楚，明白无误，时间一到，你就立刻告诉我，不必犹豫，也不要解释。然后你的痛苦就一下子结束了。”

他从口袋里掏出手铐的钥匙。“汉斯，抓紧她的手腕。”他低头打开把她的脚踝跟桌子腿锁在一起的手铐，然后抓住她的胳膊。“跟着我们，斯蒂芬妮，”他说，“我们去女厕所。”

他们出了房间，斯蒂芬妮在前面引路，迪特尔和汉斯搀着犯人，她艰难地蹒跚着，身子向前弯曲，紧咬着嘴唇。他们来到走廊尽头，停在标有“女士”的门前。蕾玛斯小姐看门牌，大声呻吟起来。

迪特尔对斯蒂芬妮说：“把门打开。”

她照做了。里面是一个干净的、贴了白色瓷砖的房间，有一个洗手池，毛巾搭在架子上，还有一排小隔间。“好了，”迪特尔说，“痛苦快要结束了。”

“求求你，”她低声说，“让我去。”

“你在哪里跟英国特工接头？”

蕾玛斯小姐哭了起声。迪特尔轻轻地说：“你在哪里见那些人？”

“在大教堂，”她抽泣着，“在地下室里。请让我去！”

迪特尔满意地长出了一口气，她招了。他又问：“你什么时候跟他们见面？”

“下午三点钟，我每天都去。”

“你们彼此怎么相认？”

“我穿着不成对的鞋，一只黑色，一只棕色，现在我可以去吗？”

“还有一个问题，暗号是什么？”

“‘为我祈祷’。”她想往前走，但迪特尔紧紧抓住她，汉斯在另一边也抓紧了。

“‘为我祈祷’，”迪特尔重复着，“是你说的，还是特工说的？”

“特工说的——啊，我求你了！”

“那你怎么回答？”

“我回答，‘我为和平祈祷’。”

“谢谢你。”迪特尔说着，放开了她。

她冲进了厕所。

迪特尔朝斯蒂芬妮示意了一下，后者也进了厕所，关上门。

他无法掩饰自己的得意。“你看，汉斯，我们有了这么大的进展。”

汉斯也很高兴。“大教堂的地下室，每天下午三点钟，黑色和褐色的鞋子，‘为我祈祷，’以及回答‘我为和平祈祷’。好极了！”

“你出去时，把犯人带到牢房，交给盖世太保。他们会安排她消失在某个集中营里。”

汉斯点点头说：“这有点儿过分吧，先生。我是说，这个女士挺老的。”

“是有点儿，不过你想想被她掩护的恐怖分子杀害了德国战士和法国平民，就一点儿不过分，根本算不上什么惩罚。”

“从这一点看就好理解了，先生。”

“你看，一个线索是怎么引出另一个线索的，”迪特尔沉思着说，“加斯东供出了那房子，房子引出了蕾玛斯小姐，她又供出了地下室，地下室能给我们……引出什么呢？”他开始思考利用这一新信息的最佳方法。

问题的重点是抓住这些特工，但要让伦敦蒙在鼓里。如果这件事情处理得当，盟军会按照这条线路派遣更多的特工，浪费大量资源。在荷兰已经有了先例，五十多名花大价钱培训出来的破坏分子直接被空投到了德国人的手里。

理想的情况是，伦敦派出的下一个特工会去大教堂地下室，找到等在那里的蕾玛斯小姐。她带他回家，他用无线电给伦敦发回消息，通告一切正常。等他出门时，迪特尔就会拿到他的密码本。随后，迪特尔就逮捕这名特工，继续以他的名义向伦敦发送消息，读取回复。实际上，他将操纵一个完全虚构的抵抗组织，这种设想简直太让人兴奋了。

威利·韦伯走了过来问："怎么样，少校，犯人招了吗？"

"她招了。"

"不早不晚，她说了什么有用的东西吗？"

"你可以跟你的上司说，她供认了她的接头地点和暗号。以后再有特工来这儿，我们就能当场抓住他们。"

韦伯顿时来了兴致，尽管仍有些敌意。"他们在哪儿接头？"

迪特尔犹豫了，他宁可什么也不告诉韦伯，但不说又难免得罪他，而他还需要这个人的帮助。他只能实话实说："大教堂的地下室，下午三点钟。"

"我应当通知巴黎。"韦伯走了。

迪特尔继续思考他下一步该做什么。杜波依斯大街的房子是一个切断防护点，波林格尔抵抗组织中没有人见过蕾玛斯小姐。从伦敦来的特工也不知道她长得什么样，因此才需要识别标志和暗号。如果他能找人冒充她……但找谁呢？斯蒂芬妮带着蕾玛斯小姐从厕所里走了出来。

她可以做这件事。

她比蕾玛斯小姐年轻不少，样子也完全不同，但那些特工不知道这一点。她让人一看就知道是个法国人，她需要做的事情也就是在一两天的时间里照料一下特工。

他拉起斯蒂芬妮的手臂，说："犯人让汉斯去处理。走，我去给你买杯香槟。"

他带着她走出城堡。广场上，士兵们已经干完了活，三根柱子在夜晚的光线中投下长长的阴影。少数几个当地人沉默而警觉地站在教堂的门外。

迪特尔和斯蒂芬妮进了咖啡馆，他要了一瓶香槟。"谢谢你今天帮了我的忙，"他说，"我很感激。"

"我爱你，"她说，"你也爱我，我知道，尽管你从来没说过这句话。"

"但是你对今天的一切有什么感觉？你是法国人，而且你祖母的血统我们也最好不提，还有，至少我知道你不是法西斯主义者。"

她使劲摇着头。"我已不再相信什么国家、血统和政治了。"她激动地说，"我被盖世太保抓住时，没有一个法国人帮我，也没有犹太人帮我。无论是社会主义者、自由派或者共产党都没帮过我。在监狱里我冻得要死。"她的脸色变了，嘴唇上常挂着的性感微笑消失了，眼睛里闪着一丝嘲弄。她仿佛回到了过去可怕的情景中，抱着双臂连连打抖，尽管外面是暖和的夏夜。"不只是外面冷，不只是表皮上的感觉。我觉得寒冷渗入了我的整个心、内脏和骨髓。我想我可能再也暖和不过来了，就这么冷冷地躺进坟墓。"好半天她都没再说话，脸色变得惨白，这一刻，迪特尔感到了战争的极端恐怖。然后她又说道："让我无法忘怀的是你公寓里的火，那是炭火。那时候我都忘了那种炽热的温暖到底是什么感觉。这让我又变回了人。"她从恍惚中回过神来，"你拯救了我。你给我食物和酒，为我买衣服穿。"她又像原来那样笑了，那是带着挑战和诱惑的笑，“伴着熊熊的炭火，你爱上了我。”

他握着她的手。“这一点儿都不难。”

“你给了我安全保护，这个世界没有一个人是安全的。所以，现在我只信你一个。”

“希望你说的是真话。”

“当然。”

“还有一件事你可以为我做。”

“任何事情都可以。”

“我想让你冒充蕾玛斯小姐。”

她扬了扬精心修剪的眉毛。

“你要装成她，每天下午三点钟到大教堂地下室去，穿上一只黑色、一只褐色的鞋。如果有人靠近你，说‘为我祈祷’，你就回答，‘我为和平祈祷’。把这个人带到杜波依斯大街的房子里去，然后给我打电话。”

“听起来很简单。”

香槟送过来了，他倒上两杯，准备跟她开诚布公：“尽管很简单，但也有点儿危险。如果这个特工以前见过蕾玛斯，他就会知道你是冒充的。那你就会有危险。你会去冒险吗？”

“这对你重要吗？”

“这对战争很重要。”

“我不管什么战争。”

“这对我也很重要。”

“那我答应。”

他举起杯子。“谢谢你。”他说。

他们碰了碰杯子，喝干了这一杯。

外面的广场上，枪声大作。

迪特尔透过窗户，望见木头柱子上捆绑着的三个人形瘫软下来，一排士兵放下步枪。一群市民远远地观望着，沉默无声，一动不动。

16

战时紧缩政策并没让苏荷区发生明显的变化，在伦敦西区中心地带的这片红灯区里，还是那群年轻的男人在街上晃悠着，啤酒喝得醉醺醺的，尽管他们大多人都穿着军服。便道上溜达的也还是同样的女孩，她们浓妆艳抹，穿着紧身衣裙，到处搜寻着潜在的客人。由于灯火管制，俱乐部和酒吧外的灯光招牌都给关掉了，但所有的地方还都在营业。

马克和弗立克在晚上十点到达十字夜总会。夜总会经理是一个穿着礼服、打着红色领结的年轻男子，他像老朋友一样跟马克打招呼。弗立克兴致很高，马克认识一个女电话机械师，弗立克就要跟她见面，这让她乐观起来。马克只说她名叫葛丽泰，跟影星葛丽泰·嘉宝的名字一样，其他都没怎么说。弗立克再追问下去，马克就说："你自己看了就知道了。"

马克交钱付入场费，跟经理寒暄的时候，一旁的弗立克发现他好像变了个人。他变得更外向，说话的声音更轻快，还做着夸张的手势。弗立克觉得哥哥还扮演着另一个角色，平时深藏不露，到了晚上才改头换面。

他们走下一段楼梯进了地下室，这里光线昏暗，烟气腾腾。弗立克看见低矮的舞台上有一个五人乐队，还有一个小舞池，几张零散摆放的桌子，屋子周围还有几个小包间。她怀疑这是专为马克这种“不结婚成家”的家伙们开办的所谓“男人夜总会”。虽然大部分客人都是男的，但其中也夹杂着少数几个姑娘，有些人穿着打扮十分迷人。

一位侍者说了声：“你好，马基[①]。”把手放在马克的肩膀上，却朝弗立克这边送来敌视的一瞥。

“罗比，这是我妹妹，”马克说，“她名叫费利西蒂，但我们一直叫她弗立克。”

侍者的态度立刻变了，朝弗立克友好地笑了笑说：“很高兴见到你。”他把他们引到一张桌子旁。

弗立克估计罗比刚才怀疑她是马克的女友，让马克转了向，因而对她产生恶意，但随后知道她不过是马克的妹妹，也就对她好起来了。

马克笑着问罗比：“基特怎么样了？”

“还行吧，我觉得。”罗比说，难掩愠怒之色。

“你们打架了，对吧？”

马克很迷人的样子，甚至有些轻佻，弗立克从未见过他露出自己的这一面。事实上，她觉得这可能才是真正的马克。那另一

① 马克的昵称。

个角色，他在白天谨小慎微扮演的自我，却可能只是一个幌子。

“我们什么时候不吵不闹呢？”罗比说。

“他不会欣赏你。”马克带着略显夸张的忧郁神情说，摸着罗比的手。

“你说得对，祝福你。喝点什么吗？”

弗立克要了杯苏格兰威士忌，马克点了马提尼。

弗立克不太了解他们这种人。她也见过马克的朋友斯蒂夫，去过他们两人共住的公寓，但她没见过他们的朋友。尽管她对他们的世界十分好奇，但要问什么问题又显得不太体面。

她甚至不知道这些人是如何称呼自己的。她所知道的那些称呼或多或少让人觉得讨厌：搅基者，同性恋，男妖精，等等。“马克，”弗立克说，“你们怎么称呼那种喜欢男人的男人？”

他咧开嘴笑了笑说：“我们叫‘音乐剧’，亲爱的。”他说着，很女子气地挥了一下手。

弗立克想，我得记住这个。现在她可以跟马克这么说了：“他是‘音乐剧’吗？”她已掌握了他们的第一条暗语。

一个穿红色短裙的高个子金发女郎招摇着走上舞台，引起一片掌声。“这就是葛丽泰，”马克说，“她白天的工作就是电话机械师。”

葛丽泰唱了一首《当你潦倒落魄时没人记得你》。她的嗓音浑厚、忧郁，但弗立克一下子就听出她有德国口音。

她冲着马克的耳朵大喊，压过乐队的奏乐声：“我好像听你说她是法国人。”

“她能说法语，”他纠正道，“但她是德国人。”

弗立克一下变得很失望。这不行，葛丽泰说法语的时候也一定带着德国口音。

观众很喜欢葛丽泰，每首歌都报以热情的掌声，当她伴着音乐摇臀摆腿时，更是连喝彩带口哨。但弗立克无法放松下来尽情欣赏。她心里很着急。她还是没找到她的电话机械师，却浪费了大半个晚上来这儿瞎忙活。

她该怎么办呢？不知道她自己要掌握电话机械师的初级基础要花多少时间。她学习技术并不费劲，在学校的时候还组装过一台收音机。说到底，她只要了解怎样有效破坏那套设备就够了。要不她去邮政局找个人，跟着学上两天？

麻烦的是，谁也弄不清当破坏者进入城堡后，等待他们的到底是哪一种设备。那可能是法国或德国的，也许是两种的混合体，甚至可能包括美国的进口机械——美国这方面的技术远远领先于法国。设备的种类很多，城堡担负着各种不同功能。这里有手动交换、自动交换，还有串联其他交换站的转接交换，以及通往德国的所有重要新中继线路的放大站。只有经验丰富的工程师才能在进到里面亲眼见到时，确切分辨出它们来。

当然，在法国也能找到工程师，如果有时间，弗立克可能来得及找到个女人。这个想法不太实际，但她还是考虑了一下。特别行动处可以给每个抵抗组织发消息。如果那里有合适的女人，她要花上一两天去兰斯，时间也许赶得及。不过，这样计划不太稳妥。抵抗组织里有女电话机械师吗？如果没有，弗立克就要浪费两天时间，然后才能知道整个计划泡汤了。

不，她要有十足的把握才行。她的念头又回到了葛丽泰身上。她的法语可能不过关。盖世太保或许不会注意她的口音，因为他们自己也是这样说法语的，但法国警察就会注意到这一点。

她非装成法国人不可吗？法国也有不少德国妇女：军官的妻子、部队中的年轻女性、司机、打字员和无线电话务员。弗立克又觉得有希望了。怎么不行呢？葛丽泰可以装扮成军队秘书。不，那样不行——军官见到她会对她下命令的。还是装成平民更安全些。她可以是一个军官的年轻妻子，跟丈夫住在法国，不，住在维希，那里离得更远。还得编个故事，解释为何葛丽泰跟几个法国女人一道旅行。也许小组里的某个人可以扮成她的法国仆人。

她们进入城堡以后呢？弗立克十分清楚，没有哪个德国女人会在法国当清洁工。葛丽泰怎么才能蒙混过关？话说回来，德国人大概不会发现她的口音，但法国人会发现。让她不要对任何法国人开口说话？假装她得了喉炎？

她或许能侥幸对付过去几分钟，弗立克想。

虽说这不是一个万全之策，但比其他几个办法都好。

葛丽泰唱了最后一首欢快的布鲁斯歌曲《厨房男人》，歌词充满了双关语。观众喜欢其中那句“我吃下了他的油炸圈，只把里面的洞留下”。葛丽泰在热烈的掌声中离开舞台，马克站起身，说：“我们去更衣室找她谈谈。”

弗立克随他进了舞台旁边的门，向下经过一段臭烘烘的水泥走廊，到了一块昏暗的区域，到处堆着啤酒和杜松子酒纸箱。这里就像一个破败的酒吧下面的酒窖。他们走近了一扇门，门上有一张用图钉固定的粉红色明星剪纸。马克敲了敲门，不等里面回应就把门打开。

小房间里有一个梳妆台，镜子四周是明亮的化妆灯，一只凳子，一张葛丽泰·嘉宝的《双面女人》电影海报。一顶精心制作的金色假发放在一个人头形状的架子上。葛丽泰在舞台上穿的红色裙装挂在墙壁的挂钩上。弗立克惊讶地看到，面对镜子坐在凳子上的，是一个长着胸毛的年轻男子。

她倒吸了一口气。

没错，这就是葛丽泰。那张脸带着浓妆，嘴唇涂得十分鲜艳，还戴着假睫毛，眉毛也拔得很整齐，一层妆粉掩盖了黑色的胡茬。头发剪得很短，显然是为了戴假发。那假胸大概是嵌在衣服里面的，但葛丽泰的长袜只脱掉了一半，脚上还穿着高跟鞋。

弗立克转过头，对马克指责道："这你怎么不早说！"

他哈哈一笑。"弗立克，认识一下格哈德，"他说，"他就喜欢别人认不出来。"

弗立克见格哈德对此也很高兴。当然了，她把他当成了真正的女人，这让他很快活。这是对他的才艺的奖赏，她的反应对他来说并非无礼，完全不会伤害他。

但他是一个男人，她想要的是一个女电话机械师。

弗立克一下子失望透顶。葛丽泰本来会成为整个拼图的最后一块，有了这个女人，团队就建成了。现在，任务又陷入悬而未决之境。

她对马克发起火来。"你简直太坏了！"她说，"我还以为你能解决我的问题，可你只会开玩笑。"

"这不是开玩笑，"马克气愤地说，"如果你想找一个女人，就找葛丽泰好了。"

"我不能这么做。"弗立克说，这想法太荒谬了。

真的不能吗？葛丽泰蒙混了她的眼睛，她也同样可能骗过盖世太保。如果他们抓住他，把他剥干净了，那就露馅了，但如果真到了那个地步，整个计划也已经完蛋了。

她又想到了特别行动处的组织关系，想到了军情六处的西蒙·福蒂斯丘。“上级领导不会同意的。”

“那就不告诉他们。”马克出主意说。

“不告诉他们？”弗立克开始很吃惊，但马上觉得这办法也不错。如果葛丽泰能骗过盖世太保，她也同样可以骗过特别行动处的人。

“行吗？”马克问。

“行吗？”弗立克重复着这个问题。

格哈德说：“马克，亲爱的，你们这是在干吗？”他的德国腔比唱歌的时候还重。

“我也不太清楚，”马克对他说，“我妹妹干的是保密工作。”

“我给你解释，”弗立克说，“但首先你要告诉我，你是怎么来伦敦的？”

“哎呀，我亲爱的，打哪儿说起呢？”格哈德点着了一支烟，“我是从汉堡来的。那是十二年前的事儿了，当时我十七岁，还是个电话机械学徒工。那座城市很美，有酒吧，夜总会，里面都是享受上岸假期的水手。那是我度过的最好时光。十八岁时，我遇到了我一生的爱，他叫曼弗雷德。”

格哈德的眼里充满了泪水，马克握起他的手。格哈德抽泣着，用一种毫无女人气的姿态继续说：“我一直喜欢女人衣服、花边内衣和高跟鞋，还有帽子、手袋什么的。我爱听长裙摆动的沙沙声。可那些日子我弄得粗糙极了，我都不知道怎么涂眼线。曼弗雷德一样一样地教我。他不穿女人衣裳，你知道。”格哈德的脸上现出一丝爱怜，“事实上，他非常男性化，在码头当搬运工人。但他爱看我装扮，教我怎么做才对。”

“你为什么要离开呢？”

“他们带走了曼弗雷德。那些该死的纳粹，亲爱的。我们在一块待了五年，但有一天晚上他们来抓他，从此我再也没有见过他，他可能已经死了，我觉得单是坐牢就会让他死掉，但我什么把握也没有。”眼泪溶化了他的睫毛膏，在他扑了粉的面颊上流出一条条黑线，“他也可能活着，待在哪个该死的集中营里，你知道。”

他的悲伤感染了弗立克，她强忍下泪水。到底是什么东西钻进了那些人的大脑，让他们去迫害别人？她问自己，到底是什么东西，让纳粹折磨像格哈德这种不会对他人造成任何伤害的怪人？

“后来我就到了伦敦，”格哈德说，“我父亲是英国人。他原来是利物浦的水手，在汉堡下船时遇到了一位漂亮的德国女孩，跟她结了婚。他在我两岁的时候死了，因此我根本不了解他，但他给了我他的姓氏——奥瑞利，我也一直拥有双重国籍。不过，1939年，为了弄护照还是花光了我的所有积蓄。回过头看，我走得正是时候。好在哪个城市都需要电话机械师，所以我来到这儿，在伦敦成了一个受欢迎的变装女歌手。”

“你的故事挺伤感的，”弗立克说，“我很难过。”

“谢谢你，亲爱的。可眼下到处都是伤感故事，对吧？你为什么来找我？”

“我需要一个女电话机械师。”

“到底为了什么？”

“我不能跟你说太多。马克刚才说了，这是秘密。我能告诉你的只有一样，这个工作很危险，你可能会丧命的。”

“这真太可怕了！不过，你能猜出我干这种打打杀杀的事儿不太行。他们就说我心理上不适合当兵，这么说也不差。要是在部队，可能有半数新兵要揍我，另一半会在晚上溜上我的床铺。”

“能打能杀的士兵我已经找到了，我只需要你的技术。”

“这么说，有机会去打那些该死的纳粹？”

“一点不错。如果我们成功了，就会给希特勒的政权造成巨大破坏。”

“那好，亲爱的，这女孩归你了。”

弗立克笑了。我的上帝，她想，我解决了。

第四天

1944年5月31日，星期三

17

子夜时分，南英格兰的道路上车水马龙。军用卡车车队隆隆经过条条大路驶向海岸，轰鸣声震彻黑暗城镇的上空。村民们从睡梦中爬起来，站在自家卧室的窗户边上，满心疑虑地盯着看不到头的车队，睡梦全被它们搅了。

“我的上帝，”葛丽泰说，“真的就要进攻了。”

她和弗立克在半夜过后不久就离开了伦敦，这辆车是借来的，是一辆巨大的白色林肯“大陆”，弗立克很喜欢开这种车。葛丽泰穿着一套不太惹眼的衣服，一件普通的黑色礼服，戴着暗色的假发。直到任务结束之后，她才能再变回格哈德。

弗立克希望葛丽泰真像马克所说的那样，是个专家。她在邮政总局当过工程师，因此可以推测，她知道弗立克在说些什么。但弗立克还没来得及对她进行测试。现在，他们跟在坦克转运车后面慢慢爬行时，弗立克把任务简单解释了一下，她忧心忡忡，就怕两人的交谈中暴露出葛丽泰的知识欠缺。“德国人在城堡里安置了一个新的自动线交换机，处理柏林与占领军之间所有额外电话和电传往来。”

一开始葛丽泰对这个任务抱着怀疑态度。“可是，亲爱的，就算我们成功了，什么又能阻止得了德国人马上改变电话网络路线呢？”

“线路承载量。整个系统已经超载。在柏林外围的‘齐柏林’陆军指挥中心每天处理一百二十万个长途电话和两万条电传消息。当我们进攻法国时数量更大。而法国系统在大部分地区仍然使用手工交换。你想想，如果自动交换失灵了，所有电话都靠原来的老方式，通过接线员完成的话，要花上十倍的时间。那样，百分之九十的电话就永远接不通了。”

“军方可以禁止平民打电话。”

“那也好不了多少，民用通信只是很小的一部分。”

“是这样。”葛丽泰思索着，“那么，我们就要去破坏常规设备机架。”

“那是管什么用的？”

“为自动交换供应音质和振铃电压什么的，上面还有寄存中继器，能把电话区号转换成路径指令。”

“这能让整个交换失灵吗？”

“不能，而且损坏也能够恢复。你要端掉手动交换、自动交换、长途放大器、用户电报交换、电传放大器，它们可能放在不同的房间。”

“你得清楚，我们不能随身携带太多炸药——六个女人日常手袋里能藏下多少，就能带多少。”

“这倒是个问题。”

米歇尔原来都是通过阿尔诺德搞定这些事情的。阿尔诺德是波林格尔的成员，曾在法国的PTT（邮政电传电话局）工作过，可弗立克没有问过具体细节，而阿尔诺德也已经死了，他在一次袭击中被杀。“肯定有哪个设备是所有系统通用的。”

“有，主配线板就是。”

“那是干什么用的？”

“主配线架，两套大的终端架。所有外面来的电缆进入架子的一端，所有从交换机来的电缆进入另一端，用跨接线把它们连接起来。”

“那套东西在什么地方？”

“在电缆室旁边的房间。理论上说，你要用够热的火把电缆上的铜熔化。”

“重新把电缆接起来要多长时间？”

“两天吧。”

“你能保证吗？我住的那条街上的电缆炸弹炸断了，一个邮政局的老工程师几个小时就给接好了。”

“街上的电缆维修很简单，只要把断头连在一起就行，红色接红色，蓝色接蓝色。但主配线板有数百个交叉连接。两天是保守的估计，还得保证修理工手头有记录卡。”

“记录卡？”

“上面显示线路走向，一般这东西都保存在主配线室。如果我们也把这些记录卡烧掉，他们就得花上好几个礼拜反复测试才能弄清怎么连接。”

弗立克现在想起米歇尔曾说过，抵抗组织在PTT的人已经准备毁掉保存在总部的记录副本。“听起来不错。现在，你听好了。早晨我要跟其他人解释我们的任务，我跟他们讲的东西完全不一样，是编造出来的另一套故事。”

“为什么？”

“只有这样，万一我们中有人被捕或受到审讯的话，才不会损害我们的任务。”

“哦。”葛丽泰静下心来想了想，“真吓人。”

“只有你一个人了解真相，所以你不要说出去。”

“别担心，我们同性恋都擅长保守秘密。”葛丽泰的用词让弗立克很吃惊，但她没做任何评论。

女子精修学校地处英格兰最为宏伟庄严的大宅之一——博里，它位于新福列斯特，是紧靠南部海岸的一座庞大的庄园。它的主体建筑叫作宫殿楼，原是蒙塔古勋爵的家。很多巨大的乡间别墅隐藏在环绕的树林之中，自成一体。这些房子大多数在战争开始不久就已腾空，因为年轻的主人外出服役，那些老年人则设法逃到了安全的地方。十二幢房子被特别行动处征用，用于培训特工、学习安全防护、无线报务、地图判读以及一些特殊技能，比如偷窃、破坏、伪造和无声暗杀。

他们在凌晨三点到达这里。弗立克开上一条坑坑洼洼的小道，经过一个牛栏，在一座大房子前面停下来。每次到这儿来，总好像是进入了一个幻想的世界，欺骗和暴力的话题在这儿不过是家常便饭。整幢房子也相应带着一种不真实的气氛。尽管里面大概有二十间卧室，但它却按照一战前流行的乡村农舍风格建造而成。烟囱和顶窗、四坡屋顶以及贴砖的壁柱，这一切在月光的映衬下显得十分古拙有趣，它就像儿童小说插画里的大房子，整天可以在里面玩捉迷藏的游戏。

这里到处静悄悄的。弗立克知道，小组的其他成员已经在这儿了，现在他们在睡觉。她对这儿很熟，在顶楼找出两间空房。她和葛丽泰两人各住一间，舒舒服服上了床。弗立克躺在床上，不知自己如何才能让这群乌合之众变成一支战斗队伍，想着想着就睡着了。

她在六点钟起床。由窗户向外望去，她能看见索伦特河口。在灰色的晨光中，河水看上去就像水银。她烧了一壶用来剃须的热水，端到葛丽泰的房间，然后把其他人喊了起来。

珀西和保罗最先来到房子后部的大厨房，珀西要茶，保罗要咖啡。弗立克让他们自己去弄。她参加特别行动处不是来伺候男人的。

“有时候我还给你倒茶呢。”珀西愤愤不平地说。

“你那是出于贵人风度，”她回应道，“就好像公爵礼让女仆进门一样。”

保罗哈哈大笑。“你们这些家伙，真要把我笑死了。”

六点半钟部队厨师到了，几分钟后他们就围在一张大桌子边，开始吃煎蛋和厚厚的培根片。特工们不实行食品配给制，他们需要积存身体储备。一旦投入行动，可能一连几天无法获得适当的营养供应。

姑娘们一个个下来了，弗立克见到莫德・瓦伦丁时大吃一惊。无论珀西还是保罗，两个人都没说过莫德到底有多漂亮。她的穿着打扮近乎完美，玫瑰花蕾般的嘴唇涂着鲜艳的口红，好像是准备去萨伏伊饭店吃午饭。她在保罗旁边坐下，挑逗般地说：“睡得好吗，少校？”

看见鲁比·罗曼那张海盗一般的黑脸，弗立克心里松了一口气。要是鲁比趁半夜溜走，跑得无影无踪，她大概也不会太吃惊。当然，鲁比还得按谋杀罪给抓回来。她还没有被赦免，更确切说，只是撤销了对她的指控，但随时都可以重新恢复。这让鲁比想跑也跑不掉，但她好勇斗狠，肯定要利用各种机会逃跑。

“果冻”·奈特进来了。在大清早见到她，她的真实年龄就显露出来了。她坐在珀西旁边，给他送去一个温柔的笑容。“你大概睡得很香吧。”她说。

“良心清白睡梦香。”他答道。

她笑了起来，说：“那个该死的良心我们根本没有。”

厨师送过来一盘熏肉和煎蛋，但她做了个怪相。“不了，谢谢你，亲爱的，”她说，“我得留意我的身材。”她的早餐是一杯茶水和几支香烟。

葛丽泰走进屋子，弗立克屏住了呼吸。

她穿了一件漂亮的棉布裙子，里面带了假胸。粉色的开襟羊毛衫让肩膀的线条变得很柔和，她还用一条薄纱围巾遮住男人的喉结。她的头上戴着暗色的假发，脸上扑了很多脂粉，但嘴唇和眼睛只着了淡妆。跟舞台上扭捏作态的形象相比，今天她扮演的是日常生活中的年轻女性，恐怕她会因为自己的个子太高而尴尬吧。弗立克给大家介绍了一下，观察着其他女人的反应。这算是对葛丽泰变装技巧的第一次测试。

大家都愉快地笑笑，谁都没看出哪里有什么不对。弗立克松了一口气。

除了莫德以外，还有一个人弗立克以前没见过，那就是丹妮丝·鲍耶女士。珀西在亨登面试过她，尽管种种迹象表明这个人有点儿轻浮，不太稳重，但他还是招下了她。她原来是个普普通通的女孩，黑头发长得很密，显得有点儿目中无人的样子。尽管是侯爵的女儿，但她身上缺乏典型上层社会女孩的那种轻松自信。弗立克有点儿可怜她，只是丹妮丝实在缺少魅力，让人喜欢不起来。

这就是我的小组，弗立克想：一个小妖精，一个杀人犯，一个撬保险柜的，一个男扮女装的同性恋，还有一个不太灵光的女贵族。她发现这里缺了一个人，另一个贵族呢？现在已经是七点半了，戴安娜还没露面。

弗立克问珀西："你没通知戴安娜六点钟吹起床号吗？"

"我所有人都通知到了。"

"一刻钟前我敲过她的门。"弗立克站起来，"我得再去检查一下。她的卧室是十号，对吧？"

她上楼去敲戴安娜的门，见里面没有应声，她便推门而入。房间里就像刚被一枚炸弹击中一样——乱七八糟的床上放着一只打开的手提箱，枕头掉在地上，灯笼短裤上了梳妆台。不过弗立克觉得这都算正常。戴安娜身边总少不了人，他们的工作就是跟在她后边收拾，弗立克的母亲就是其中之一。这里没人，戴安娜一定是去了什么地方。必须让她清楚，她的时间不再归她自己，弗立克恼火地想。

"她不见了。"她对其他人说，"我们先不等她了，开始吧。"她站在桌子的前端，"有两天的培训任务摆在我们面前，然后，在周五晚上我们空降到法国。我们是一个清一色的女性小组，因为在法国占领区女性活动起来较为方便，不易引起盖世太保的怀疑。我们的任务是炸毁马尔斯村附近的铁路隧道，那里离兰斯不远，在法兰克福和巴黎之间的铁路干线上。”

弗立克瞥了一眼葛丽泰，她知道这故事是编出来的。葛丽泰静静坐着，往烤面包上抹着黄油，没有抬头看她。

“特工的课程通常是三个月，”弗立克接着说，“但是，这条隧道必须在周一晚上摧毁。在两天的时间里，我们希望教你们学会一些基本的安全规则，让你们掌握如何跳降落伞，训练你们正确使用武器，还要给你们展示怎样杀人才能不出声响。”

尽管化了浓妆，莫德顿时脸色惨白。“杀人？”她说，“你们要让这些姑娘们去干这个？”

“果冻”反感地嘟囔了一句：“现在可是在打该死的战争，知道吗？”

戴安娜从花园那边进了屋子，她用灯芯绒短裤搂着几样蔬菜。“我去林子里溜了一圈，”她兴致勃勃地说，“简直妙极了。你们看，温室看护人给了我这么多东西。”说着她从口袋里掏出几个熟透了的西红柿，放在餐桌上。

弗立克说：“坐下，戴安娜，简报会你迟到了。”

“对不起，亲爱的，我错过你可爱的讲话了吧？”

“你现在是在部队，”弗立克生气地说，“告诉你七点钟到厨房，那就必须七点到。”

“你不会拿女校长那套惩罚我，对吧？”

“坐下，闭嘴。”

“非常抱歉，亲爱的。”

弗立克提高了声音：“戴安娜，我说闭嘴的时候，你不必跟我说什么‘非常抱歉’，也不要再叫我亲爱的，只管闭上嘴。”

戴安娜默默坐下，但看样子气鼓鼓的，有些不服。真见鬼，弗立克想，这事处理得不太好。

厨房的门咣当一声开了，一个个子较矮、十分结实、年纪四十岁左右的男人进了屋。他的制服衬衣上的军衔是中士。“早上好，姑娘们！”他热情地招呼道。

弗立克说：“这位是比尔·格里菲斯中士，我们的教导员之一。”她不喜欢比尔。这位军队体育教练的身体格斗课让人很不舒服，他在弄伤别人时也毫无歉意。她还注意到，比尔在给女人上课时表现就更差。“我们已经为你准备好了，中士，现在就开始好吧？”她站到一边，倚靠在墙上。

“你的愿望就是我的命令。”他多余地来了一句。他站在她刚才站的桌子前端。“降落伞着陆好比什么呢，”他说，“就像从十四英尺高的墙上往下跳。这个厨房的天花板比那还低一点儿，应该像从楼上往花园里跳。”

弗立克听到“果冻”低声说：“噢，我的老天爷。”

“你不能一落地就直直站在那儿，”比尔接着说，“如果你想用站立姿势降落的话，你的腿就会断掉。唯一安全的办法是倒下。所以首先我们要教你的是怎么倒下来。如果有谁想让衣服干干净净的，就去那边的机房换上工作服。我们三分钟后在外面集合，然后开始练习。”

女人们去换衣服的时候，保罗要走。“我们明天要训练飞行跳伞，可他们竟然说没有飞机给我们用，”他对弗立克说，“我要去伦敦踢他们的屁股。”弗立克想，恐怕他也想去见见他的那个姑娘吧。

花园里有一张旧松木桌子，一个丑陋的维多利亚时代桃花心木衣柜，还有一把十四英尺高的木梯子。“果冻”有点儿惊慌失措。“你们是要我们从这个倒霉的大衣柜上往下跳，是吗？”她问弗立克。

“我们做了示范以后你们再跳。”弗立克回答，“然后你们就会惊讶地发现，居然这么简单。”

“果冻”看着珀西。“你这个杂种，”她说，“你就让我来干这个？”

她们全都准备好了以后，比尔说：“一开始我们练习从零高度跳。一共有三种方法：向前，向后，还有侧向。”

他示范了三种动作，很轻松地往地上摔倒，然后像体操运动员一样敏捷地弹跳起来。“你必须把两条腿并拢。”他顽皮地补充说，“所有年轻女士都该这样。”没有一个人笑，“不要乱甩胳膊，这样会打破平衡，让胳膊贴在身体两侧。不要担心自己受伤。如果你弄折了一只胳膊，那就会疼得要死，比什么都糟糕。”

跟弗立克预想的一样，年轻的姑娘做起来没什么困难，讲清楚做法以后，戴安娜、莫德、鲁比和丹妮丝都能像体操运动员那样落下。鲁比做了一次由站立直接摔倒的动作后，就没耐心做下去了，她爬上了梯子。“还不到时候！”比尔对他嚷道，但已经晚了。她纵身一跳，落地很完美。做完她就走到一边，坐在树下点着了一支烟。弗立克想，看来她要给我找麻烦了。

弗立克原来更担心的是“果冻”。她是整个小组的关键成员，只有她懂得炸药。但她早几年前就没有那种少女的轻盈和灵敏了。跳伞对她来说很难，不过，她很勇敢。从站立姿势摔倒时她“哎哟”了一声，站起来就骂骂咧咧，但还是准备再试一次。

让弗立克吃惊的是，最糟糕的学生竟是葛丽泰。“我干不了这个，”她对弗立克说，“我跟你说过这种打打杀杀的事我不行。”

这是葛丽泰头一次说超过两个单词以上的话，“果冻”皱了皱眉头说：“什么怪腔怪调。”

“让我来帮帮你，”比尔对葛丽泰说，“站好了。只管放松。”他抓起她的肩膀，随后猛然发力把她摔倒在地上。她摔得很重，疼得叫了一声。她挣扎着爬起来，站稳了，但让弗立克泄气的是，她居然开始哭起来。“上帝啊，”比尔厌烦地说，“他们给我们派的都是什么人啊？”

弗立克瞪了他一眼。她可不能让比尔的粗暴毁了自己的电话机械师。“你对人温和点儿。”她厉声对他说。

他却不依不饶地说：“盖世太保可比我狠多了！”

弗立克得自己动手弥补一下了，她拉起葛丽泰的手，说：“我们俩单独练习练习。”她们绕过房子，在花园里另找了一块地方。

“对不起，”葛丽泰说，“我真恨那个小男人。”

“我知道。现在，我们一起做，先膝盖着地。”两人面对面跪坐着，手拉着手。“你只管跟着我做。”弗立克慢慢向一边倒下，葛丽泰模仿着她的动作。两人一同倒在地上，手还没有放开。“你看，”弗立克说，“这就好了，对吧？”

葛丽泰笑了说：“他怎么不能像你这样呢？”

弗立克耸了一下肩膀。“男人嘛，”她咧嘴笑了，“现在，我们试试从站姿倒下，好吧？我们也是这么做，手拉手。”

她跟葛丽泰两人完成了比尔跟其他人做的所有练习。葛丽泰很快有了信心，他们回到小组里，大家在练习跳桌子。葛丽泰加入进来，降落得很完美，让大家为她鼓起掌来。

练习进行到从衣柜上往下跳，接着最后从梯子上跳。当“果冻”跳下梯子，完美地打了一个滚，再站起身时，弗立克上前拥抱了她。“我真为你骄傲，”她说，“干得好。”

这让比尔挺反感。他转身对珀西说：“这么容易的动作费了半天劲，总算做对了，竟然还有拥抱，这到底是什么见鬼的部队？”

“你习惯习惯吧，比尔。”珀西说。

18

在杜波依斯大街上的那幢大房子里，迪特尔带着斯蒂芬妮的手提箱上了楼，走进蕾玛斯小姐的卧室。

他看着这里的一切，收拾整齐的单人床，老式的胡桃木衣橱，还有一把祈祷椅凳，诵经台上面还放着一串念珠。“要装作这里就是你自己的家，并不太容易。”他不安地说，把箱子放在床上。

“我就说是从未婚的姑妈那儿继承下来的，我也懒得按照自己的口味收拾它。”她说。

“很聪明，不过那样的话，你也得把这儿弄得更乱一点儿。”

她打开提箱，拿出一条黑色的睡衣，将它随意地搭在祈祷椅凳上。

“这就好一点儿了。”迪特尔说，“如果电话响了，你怎么对付呢？”

斯蒂芬妮想了一会儿，然后她才开口说话，她压低嗓音，她把自己巴黎上流社会的口音换成有教养的外省人的腔调说：“你好，是的，我是蕾玛斯小姐，请问你是谁？”

“很好。”迪特尔说。这种假扮骗不了近亲好友，但偶然打来电话的人不会察觉到有什么不对，尤其是电话线路还会造成失真，就更让人分不清真伪了。

他们在屋子里到处查看着。屋子里还有另外四间卧室，每间都为客人准备好了，床铺得整整齐齐，每个盥洗架上都放着干净的毛巾。厨房里，在应该摆放一只小平底锅和一把单人咖啡壶的地方，他们发现了一只大炖锅和一袋够蕾玛斯小姐吃一年的大米。地窖里的葡萄酒是便宜的普通品种，但那里还有半箱上好的苏格兰威士忌。在房子旁边的车库里停着一辆战前的小型西姆卡五号，那是法国版的菲亚特，意大利人把这种车叫作“托波利诺”。车况很好，油箱里装满了汽油。他摇起发动手柄，发动机立刻开始旋转。当局绝不可能允许蕾玛斯小姐为这辆车购买稀缺的汽油和备件，好让她开着去购物。这车想必是由抵抗组织提供燃料、负责保养的。他不清楚她会编出什么理由，跟人解释自己可以开车到处跑，也许她可以假装自己是个助产士。“老母牛把一切弄得井井有条。”迪特尔说。

斯蒂芬妮开始准备午餐，他们在路上顺便买了一些东西。商店里没有鱼和肉，他们买了一点儿蘑菇和生菜，还有一条白面包，那是法国面包师用很差的面粉和麸皮做出来的，他们只能搞到这些。

斯蒂芬妮调制了沙拉，用蘑菇做烩饭，他们把在食品柜里找到的一些奶酪也全吃掉了。现在，餐室的桌子上留着面包屑，厨房的水池里有了脏盘子，这房子看上去就像是有人住的了。

“可以说，战争让她过上了从未有过的好日子。”迪特尔说。他们开始喝咖啡。

“你怎么能这么说呢？她已经去了战俘营。”

“想想以前她过的日子。一个单身女人，没有丈夫，没有家庭，父母也死了，接着，这些年轻人进入了她的生活，一些勇敢的姑娘小伙子冒死赴险。他们会跟她倾诉他们的爱情、他们的恐惧。她把他们藏在自己的房子里，给他们威士忌和香烟，然后送他们上路，祝愿他们好运。这可能是她一生中最激动人心的时刻。我敢打赌，她从来没有这么幸福过。”

“也许她宁愿过得平平静静，跟别的女人去买帽子，为大教堂摆放鲜花，一年去巴黎听一次音乐会。”

“没有人真正喜欢平静的生活。”迪特尔往餐室的窗外瞥了一眼，“见鬼！”一个年轻女子推着一辆自行车进了小道，车子前轮上有个大篮子。“这到底是谁？”

斯蒂芬妮盯着越走越近的来客。“我该怎么办？”

迪特尔没有马上回答。闯入者是一个普普通通、不胖不瘦的女孩，长裤上带着泥巴，工装衬衫的腋下有一大块汗渍。她没按门铃，直接把自行车推到了院子里。他有点儿气馁。难道他的把戏这么快就露馅了？

“她去后门了，可能是个亲戚或者朋友。你要见机行事，应付一下。出去跟她见面，我在这儿听着。”

他们听见厨房的门一开一关的声音，那姑娘用法语喊了一句："早上好，是我。"

斯蒂芬妮走进厨房。迪特尔站在餐室的门边守候，在那里能听得一清二楚。那姑娘吃了一惊，问道："你是谁？"

"我是斯蒂芬妮，蕾玛斯小姐的外甥女。"

来客毫不掩饰自己的怀疑。"我没听说她有个外甥女。"

"她也没有对我说起过你。"迪特尔听见斯蒂芬妮的声音和蔼愉悦，知道她在假装亲近。"请坐一会儿吧，篮子里是什么东西？"

"都是些吃的。我叫玛丽，住在乡下，我能多搞到点儿食品，拿一些送给……小姐。"

"哦，"斯蒂芬妮说，"是给她的……客人。"一阵窸窸窣窣的声音，迪特尔猜到斯蒂芬妮正在看篮子里用纸包住的食物。"这真太好了！鸡蛋……猪肉……草莓……"

迪特尔想，怪不得蕾玛斯小姐能一直保持丰满体态呢。

"这么说，你知道。"玛丽说。

"是的，我知道姨妈的秘密生活。"听到她说"姨妈"这个称呼，迪特尔一下子想到，无论他还是斯蒂芬妮，都不曾问过蕾玛斯小姐的名字。如果玛丽发现斯蒂芬妮连自己"姨妈"的名字都不知道，伪装也就被拆穿了。

"她在哪儿？"

"她去艾克斯了。你记不记得查尔斯·门顿，就是原来在大教堂当教长的？"

"不，我不知道。"

"也许你太年轻了。查尔斯是我姨妈父亲最好的朋友，他退休后去了普罗旺斯。"斯蒂芬妮即兴发挥，十分出色，让迪特尔刮目相看。她沉着冷静，也很有想象力，“他突然心脏病发作，她就去照顾他了。她外出时如果有客人来，她请我帮忙照顾一下。”

“她什么时候回来？”

“查尔斯看来活不太久的。另一方面，战争也快结束了。”

“她没有跟任何人说过这个查尔斯。”

“她跟我说了。”

看来斯蒂芬妮这次会蒙混过去，迪特尔这样想。如果她再坚持一会儿，玛丽就会相信她，自己走了。玛丽也许会把这儿的事情跟别人说，但斯蒂芬妮说得有鼻子有眼，这类事情在抵抗运动中也很常见。跟军队不同的是，像蕾玛斯小姐这样的人可能擅离岗位，让别人代替一下。这种情况自然会让抵抗组织的领导人急得发疯，但他们也毫无办法，毕竟整个队伍都是由志愿者组成的。

他又觉得有了希望。“你从哪儿来？”玛丽问。

“我住在巴黎。”

“你姨妈瓦莱丽还藏着别的外甥女吗？”

哦，迪特尔想，蕾玛斯小姐的名字叫瓦莱丽。

“没有了——至少我不知道。”

“你是个骗子。”

玛丽的声音变了。准是哪儿出了岔子。迪特尔叹了口气，从外衣下面掏出自动手枪。

斯蒂芬妮说：“你到底在说些什么呀？”

“你在胡说，你连她的名字都不知道。她根本不叫瓦莱丽，她叫珍妮。”

迪特尔用拇指把保险栓向左扳过去，让手枪处于击发状态。

斯蒂芬妮并不买账，继续说："我一直叫她姨妈来着。你这也太无礼了。"

玛丽鄙视地说："我一开始就看出来了。珍妮从不会相信你这种穿高跟鞋又喷香水的人。"

迪特尔几步走进厨房。"真可惜，玛丽，"他说，"如果你稍稍轻信一点儿，或者再笨一点儿，你本来可以一走了之的。可是现在，你被捕了。"

玛丽看着斯蒂芬妮，说："你这盖世太保的婊子。"

这句伤人的奚落很厉害，斯蒂芬妮的脸立刻红了。

被激怒的迪特尔差点用手枪去抽玛丽。"到了盖世太保手里，你就知道自己不该说这种话了。"他冷冷地说，"那里的贝克尔中士会审问你。当你疼得乱叫、浑身流血、乞求怜悯时，想想你是怎么随便侮辱人的。"

玛丽好像要跑，迪特尔甚至希望她拔腿跑掉，那样，他只要开枪射杀她，问题就解决了。可她没跑，她肩膀往下一耷拉，开始哭了起来。

眼泪打动不了他。"脸朝下趴在地上，两手放在背后。"

玛丽照做了。

他收起手枪。"我看见地窖里有绳子。"他对斯蒂芬妮说。

"我去取。"

她带着一根晾衣绳回来。迪特尔把玛丽的手和脚捆上。"我得把她带回圣-塞西勒，"他说，"不能把她放在这儿，英国特工可能今天会来。"他看了看手表，现在是下午两点。他有足够的时间把她带到城堡，然后三点钟再赶回来。"你得一个人去教堂地下室了，"他对斯蒂芬妮说，"开车库那辆小车。我也会去大教堂，但你可能不会见到我。”他吻了她一下。这简直就像丈夫离家去办公室上班一样，他心里这样自嘲地想。然后他举起玛丽，把她扛在自己肩上。“我得抓紧时间。”他说着，朝后门走去。

出门时，他回头又说了一句：“把自行车藏起来。”

“别担心。”她答道。

迪特尔背着被捆的姑娘穿过院子，走上大街。他打开汽车的后备箱，把玛丽放了进去。要不是她那句“婊子”，他本来会让她坐在后座上的。

他“砰”的一声盖上车盖，四下看了看。没有一个人，但这种街上总是有各种观察者，透过他们的百叶窗窥视外面的动静。他们会看到蕾玛斯小姐昨天被带走，也可能记住了这辆大个儿的天蓝色汽车。只要他的车一开走，这些人就会议论一个男人刚把一个姑娘放进他汽车的后备箱。换了平常，他们可能要打电话报警，但是在占领区，没人愿意跟警察接触，除非他们迫不得已，尤其是在盖世太保介入的情况下。

对迪特尔来说，关键的问题是抵抗组织是否得知蕾玛斯小姐已被逮捕。兰斯是一座城市，不是一个小村子。这里每天都有人被捕，小偷、杀人犯、走私犯、黑市商人、共产党分子、犹太人。有可能杜波依斯大街发生的事情并未传到米歇尔·克拉莱特的耳朵。

但这并没有保证。

迪特尔钻进车里，朝圣-塞西勒开去。

19

整个小组在上午的训练中表现相当不错，这让弗立克感到欣慰。每个人都学会了跳伞中最难的降落技术，可是地图判读部分的训练却不是非常成功。

鲁比从未上过学，几乎不会读写，对她来说，读地图就像是读一张写满中文的纸。莫德弄不懂方向，不明白东北偏北是什么意思，对着教练娇滴滴地忽闪着眼睛。丹妮丝呢，尽管她受过昂贵的教育，却完全不能理解坐标的意义。弗立克忧心忡忡地想，如果小组在法国相互散失了，她们无法依靠自己的本事找到正确的路线。

下午他们接着学习的是一些硬功夫，武器教练是吉姆・卡德威尔上尉，性格与比尔完全不同。吉姆人很闲散，有一张棱角分明的脸，留着一撮浓密的黑胡子。姑娘们握着点45口径柯尔特自动手枪，却连六步之外的一棵树也打不中，对此他只是和蔼地咧嘴笑笑。

鲁比摆弄起自动手枪来十分顺手，弹无虚发。弗立克怀疑她以前就用过手枪。当吉姆两手把着她的胳膊教她如何使用李-恩菲尔德“加拿大人”步枪时，她就更来劲了。吉姆在她耳边低声说了句什么，她笑脸相对，黑眼睛里闪过一丝邪恶的光。弗立克想，她已经在女子监狱里待了三个月，自然十分享受男人的触摸。

“果冻”也是这样，对枪械毫不陌生，十分轻松。不过，这部分训练中最出类拔萃的还是戴安娜。她用步枪射击，每发一弹都直中靶心，又稳又狠，一下就打光了两个各装五发子弹的弹夹。“好极了！”吉姆吃惊地说，“你可以代替我了。”

戴安娜得意洋洋地看着弗立克。“不能什么都是你拿第一。”她说。

我到底做了什么才让她这么说？弗立克问自己。或许戴安娜想起了两个人上学时弗立克总是样样领先吧？小孩子间的争强好胜难道还一直在她心里作祟？

只有葛丽泰一个人通不过。这一回，她又表现得比真正的女人还柔弱。她用手捂着自己的耳朵，每声枪响她都紧张地跳一下，扣扳机时吓得闭上眼睛。吉姆耐心地辅导她，给她一对耳塞挡住噪音，手把手教她如何轻轻扣动扳机，可就算这样也没什么效果，她太过忸怩，根本打不准目标。“我天生不是干这个的料！”她绝望地说。

“果冻”说：“那你到底来这儿干什么？”弗立克马上插了进来，“葛丽泰是工程师。她要告诉你在哪儿安放炸药。”

“我们干吗要一个德国工程师？”

“我是英国人，”葛丽泰说，“我父亲生在利物浦。”

“果冻”怀疑地哼了一声：“你那叫利物浦口音？那我还是德文郡公爵夫人呢。”

“有劲儿留在下节课上用吧，”弗立克说，“下面我们要学习徒手格斗。”这种斗嘴让她心烦，她需要她们之间相互信任。

她们回到房子的花园里，比尔·格里菲斯在那儿等着。他换了短裤和网球鞋，正在草地上做俯卧撑，没穿衬衣。看他站起来的时候，弗立克觉得他在有意炫耀自己的结实体格。

比尔喜欢把武器交给学生，让对方袭击自己，以此教授自卫防身术。这样一来，他就可以展示自己如何徒手击败攻击者。这种讲法很有戏剧性，能留下很深的印象。比尔有时候过分依赖武力，但弗立克觉得特工自然会习惯这些的。

今天他用的各种武器都摆在旧松木桌子上，一把模样凶残的餐刀，据他说是纳粹党卫军的武器；一把瓦尔特P38自动手枪，弗立克见过德国军官携带的就是这种手枪；一根法国警察用的警棍；一根黑黄两种颜色相间的电线，他称之为绞索；一只断了瓶颈的啤酒瓶子，玻璃碴参差不齐，十分尖利。

他穿上衬衣开始训练。“看看到底如何摆脱一个用枪指着你的人。”他一边讲解，一边拿起瓦尔特手枪，用拇指扳到击发状态，把枪递给莫德，她用枪指着他。“抓住你的人迟早要挟持你去什么地方。”他转过身来，两手向上举起，“机会在于，他要紧跟在你身后，用枪戳着你的背部。”他走了一个大圈，莫德一直跟在后面。“现在，莫德，我让你在感觉我要逃跑的瞬间扣动扳机。”他略微加快了脚步，莫德不得不加快步子跟上他，就在这工夫，他一侧身子，猛地转过来。他把莫德的右手腕扭在自己的胳膊下，用了一个向下猛砍的动作击中她的手。她叫了一声，扔掉了手枪。

“这里你很容易犯下严重错误，”他对揉着自己手腕的莫德说，“这时候不能跑，否则德国鬼子马上会捡起手枪朝你后背开枪。你要这么做才行……”他捡起瓦尔特，对准莫德，扣动扳机。“砰”的一声枪响。莫德惊叫起来，葛丽泰也不例外。“这枪装的是空弹，伤不了人。”比尔说。

弗立克觉得比尔实在没必要这么一惊一乍的。

“几分钟后我们相互练习这些技巧。”他继续说。他拿起那根电线，转身对着葛丽泰。“把它绕在我的脖子上。我说开始，你就使劲拉，有多大劲使多大劲。”比尔把电线递给她，“盖世太保，或者通敌的法国宪兵，会用这根绳子玩意儿杀了你，但他没法用它把你整个提起来。好了，葛丽泰，勒住我。”葛丽泰迟疑了一下，然后拉近了绳索。绳子嵌入比尔强健的脖子里。他两腿向前一冲，后背着地倒了下来，葛丽泰丢开了手里的绳子。

“不幸的是，”比尔说，“这么一来，你就趴在了地上，而敌人站在你的上方，这种情况极为不利。”他站起身来，“我们再做一遍。但是这次在倒地之前，我要抓住敌人的手腕。”他们各自准备好，葛丽泰拉紧绳索。比尔抓住她的手腕，倒在地上，也拉着她向前倒下。她扑倒在比尔身上时，他弯起一条腿，用膝盖狠击她的肚子。

她滚到地上，蜷缩起身子，一边喘气一边干呕。弗立克说：“我的天哪，比尔，你轻点儿好不好！”

他却很得意。“盖世太保比我可要狠多了。”

弗立克走过去，帮助葛丽泰站起来。“对不起。”弗立克说。

“他简直是个该死的纳粹。”葛丽泰喘息着说。

弗立克扶着葛丽泰进了屋子，让她在厨房里坐下。厨师正在削土豆，准备做午饭，他给葛丽泰送上一杯茶，葛丽泰感激地接了过来。

弗立克回到花园，见比尔已经找到了下一个牺牲品——鲁比，把警棍递给她。鲁比现出很狡猾的神情，弗立克想，如果我是比尔，对她可得小心点儿。

弗立克以前看比尔展示过这套技巧。当鲁比抬起右手用警棍打他，比尔就抓住她的胳膊，一扭，然后把她从他的肩上扔出去。她就给四仰八叉摔在地上，疼痛不堪。“来吧，吉卜赛姑娘，”比尔说，“用警棍打我，有多大劲使多大劲。”鲁比抬起了胳膊，比尔朝她扑过来，可接下来的动作就和之前说的完全不同了——比尔去抓鲁比的胳膊，却扑了个空，警棍掉在了地上。鲁比靠近比尔，猛地抬起膝盖，冲着他的腹股沟来了一下，他疼得一声惨叫。接着，鲁比揪住他的衬衣，狠狠朝前一拉，使劲撞了一下他的鼻子。然后，抬起她那坚硬的黑色系带皮鞋，朝比尔的小腿踢了一脚，他跌倒在地，鼻子里流出血来。

“你这狗娘养的，你不应该这么做！”他叫嚷着。

“盖世太保比我可要狠多了。”鲁比说。

20

迪特尔在法兰克福酒店外面停下车，时间刚好差一分三点整。他急匆匆穿过鹅卵石广场，赶往大教堂，处于教堂扶壁上天使雕像的无情凝视之下。实在不能指望第一天就有盟军的特工出现在集合地点，但从另一方面看，如果入侵行动迫在眉睫，盟军就会孤注一掷，倾巢出动。

他看见蕾玛斯的西姆卡五号停在广场的一侧，看来斯蒂芬妮已经到了。自己能够及时赶到松了一口气。要是发生任何不测的话，迪特尔不希望情况全部让她一个人来应付。

他经过西侧的大门进到凉爽阴暗的教堂内部，举目寻找汉斯·黑塞，发现他正坐在后排的长凳上。他们互相略微点了点头，但没有说话。

迪特尔立刻感到自己有些冒犯上帝——他策划的这个勾当不该选在这种地方。他知道，自己并不比一般的德国人更虔诚，但他也肯定不是异教徒。在这个千百年来一直庇护人类的圣洁之地捉拿间谍，让他感到很不舒服。

但他很快打消了这种迷信想法。

迪特尔穿过建筑物的北侧，进了北面长长的通道，脚下的石头发出清脆的响声。他走进耳堂，看见那里的大门、栏杆和通向地下室的楼梯，那是在高高的圣坛下面。他想，斯蒂芬妮就待在下面，脚上穿的鞋子一只黑，一只棕。从这儿他可以同时监视两个方向，后面是他刚走过的北通道，前面是建筑物另一端弯曲的回廊。他跪了下来，合上双手开始祈祷。

迪特尔祈祷着："主啊，宽恕我施加在囚犯身上的痛苦吧。你知道，我要恪尽职守。还请宽恕我对斯蒂芬妮犯下的罪孽，我知道不该这样，但你让她如此可爱，让我无法抗拒诱惑。保佑我亲爱的沃特劳德，帮助她照顾鲁迪和小茂西，保护他们不要遭到英国皇家空军的轰炸，保佑元帅隆美尔打败入侵者，赋予他力量，把盟军侵略者推回大海。祈祷这么短，可有这么多事，你知道，我现在身负重任，要干很多事情。阿门。"

他四下看了看。现在还没有礼拜仪式，但边上小礼拜堂的长凳上也零零散散有几个人，有的在祈祷，有的则面容肃穆，默默坐着。几个游客在过道上闲逛，低声谈论着中世纪的建筑，伸长脖子凝视着上方的巨大拱顶。

如果英国特工今天露面，迪特尔打算只在旁边观察，以免出现意外。最好什么都用不着他做，斯蒂芬妮会跟特工说话，交换密码，然后带他回杜波依斯大街的家。

在这之后，他的计划就有点儿不确定了。特工也许会为他引出更多人，从某种角度说，这可能是一个突破，迪特尔能顺藤摸瓜，抓住某个疏忽大意的家伙，这人手里有写好名字和地址的清单；无线电台和密码本就会落到迪特尔的手上。或者，他能抓获弗立克·克拉莱特这种人，严刑拷打之下让她供出一大半法国抵抗运动分子。

他看了看手表。三点过五分。大概今天不会有人来了。他抬起头来，突然大吃一惊，他看见了威利·韦伯。

他跑这儿来干什么？

韦伯一身便衣，穿着他的绿色花呢外套，跟他在一起的是一个年轻的盖世太保，穿着方格子夹克。他们从大教堂的东头进来，绕过回廊朝迪特尔这边走过来，但他们并没有看见他。他们走到地下室门口那里，便停了下来。

迪特尔暗暗咒骂着，这下可能全毁了。他甚至期望今天不会有什么英国特工出现。

他朝北面的通道望了一眼，看见一个提着一只小手提箱的年轻男子。迪特尔眯起了眼睛，教堂里面的人大多没这么年轻。这人穿着一件破旧的法国款式的蓝色外衣，但长相却像斯堪的纳维亚人，红头发，蓝眼睛，淡粉色的皮肤。这些搭配看起来很像英国人，但也可能是德国人。乍一看，他可能是个穿便衣的官员，到处观光，甚至是来祈祷的。

不过，他的举动暴露了来意。他沿着过道走着，带着某种动机，既不像观赏建筑的游客，也不像参加礼拜的人那样去找个位子坐下。迪特尔的心狂跳起来。第一天就来了特工！他手里提着的几乎可以肯定是一台箱式收发报机，这也意味着他带着密码本。这简直超出了迪特尔的期望。

但是韦伯却来这儿捣乱了。

特工从迪特尔身边走过，放慢了步子，显然是在找地下室。韦伯看到了这个人，仔细打量了一阵，然后转过身去，假装观赏柱子上的雕刻。

迪特尔想，或许不会出什么事儿。韦伯跑到这儿来固然愚蠢，但也许他只是打算观察观察。他不会愚蠢到想要掺和进来吧？他甚至有可能毁掉这个绝佳的机会。

那个特工发现了地下室的门，沿着石阶走了下去，消失在门里面。

韦伯朝北面耳堂的方向看去，朝那里点了点头，迪特尔看见又有两个盖世太保藏在风琴台那儿，这更让他感到不妙。韦伯如果只是观察，根本不用带上四个人。迪特尔不知有没有时间跟韦伯说上几句话，让他把自己的人撤掉，但韦伯肯定不干，他们绝对会吵起来，然后——

可是，他根本没有时间。斯蒂芬妮很快就从地下室走了上来，那个特工紧随其后。

她走上最后一级台阶时看见了韦伯。这让她十分吃惊，一时不知如何是好，就像一个演员登上舞台时，突然发现那里上演的是另一出戏。她踉跄了一下，那年轻的特工抓住了她的胳膊肘。她很快恢复了镇静，稳住了步子，对他投去感激的一笑。干得漂亮，我的好姑娘，迪特尔心想。

这时，韦伯却迎了上来。

"不！"迪特尔脱口说道，但谁也没有听见。

韦伯抓起特工的胳膊，说了句什么。迪特尔的心猛地一沉，看来韦伯就要抓人了。这戏剧性的一幕让斯蒂芬妮有些摸不着头脑，她不由得退后了一步。

迪特尔立刻站起来，快步朝这伙人走去。他只能认为韦伯想要抓住特工，把功劳揽在自己手里。这极端愚蠢，但也极有可能。

还没等迪特尔走近，那特工便摆脱了韦伯，拔腿就跑。

紧随韦伯的那个穿方格子夹克的年轻人反应极快，他一个箭步跟上前去，飞身一扑，两只胳膊搂住了特工的膝盖。特工摇晃了一下，但他动作敏捷有力，盖世太保没有抓住他。特工恢复了平衡，站起来接着跑，那箱子还提在他手上。

突如其来的奔跑声和两人扭打的声音在静静的教堂里显得十分刺耳，人们都在张望。特工朝迪特尔这边跑。迪特尔看到即将发生的事情，暗暗叫苦。另外两个盖世太保从北面的耳堂跑出来。特工一见，想必猜出了他们是什么人，便马上转身往左跑，但已经来不及了。其中一人伸出一只脚将他绊倒。他一头栽倒在地，短粗的身子噗通一声摔在石头地板上。手提箱飞了出去。两个盖世太保一下子扑到他的身上。韦伯跑上前来，看上去十分得意。

"他妈的！"迪特尔大声说，忘了自己是在什么地方。这群愚蠢的疯子把一切都毁了。

也许，他还能够挽回局面。

他把手伸进外套，掏出他的瓦尔特P38，拉开保险栓，把枪对着趴在特工身上的两个盖世太保。他用法语大声喊道：“马上放开他，否则我就开枪了！”

韦伯说：“少校，我——”

迪特尔朝空中开了一枪，枪声在大教堂的拱顶回荡着，吞没了韦伯泄露出的那个字眼。“安静！”迪特尔用德语说。韦伯受了惊吓，闭上了嘴巴。

迪特尔用枪筒戳着其中一个盖世太保的脸，又用法语大声嚷着：“起来，起来，放开他！”

两个家伙张皇失措，乖乖起身退到一边。

迪特尔看了看斯蒂芬妮。他用蕾玛斯的名字叫她：“珍妮！快走！离开这儿！”斯蒂芬妮跑了起来。她绕着几个盖世太保兜了一个大圈，朝西面的大门跑去。

特工慌忙爬了起来。“跟着她！跟着她！”迪特尔朝他大声喊道，指着方向。那男人抓起手提箱便跑，跳过唱诗班的木台后背，由教堂的中殿飞奔而去。

韦伯跟他的三个助手看傻了眼。“脸朝下趴着！”迪特尔命令他们。趁他们乖乖就范，他慢慢后退，仍用枪指着他们。然后他转身跑了起来，去追斯蒂芬妮和那个特工。

那两个人已经跑出了门口，迪特尔停下来跟汉斯说话，他正傻呆呆地在靠近大教堂的背面站着。“去跟那几个该死的傻瓜说几句，”他气喘吁吁地说，“解释一下我们在做什么，千万不要让他们跟着我们。”他把手枪塞进皮套，跑出了教堂。

西姆卡五号的引擎已经开始旋转，迪特尔把特工推进狭窄的后座，自己坐上前排乘客座椅。斯蒂芬妮脚踩踏板，小汽车就像香槟酒瓶塞一样从广场上射了出去。

汽车在大街上飞奔，迪特尔转身通过后窗向外看。“没有人跟踪，”他说，“开慢点儿。别让宪兵把我们拦下。”

特工用法语说：“我是‘直升机’。这到底是怎么回事啊？”

迪特尔明白“直升机”是他的代号。他想起了加斯东跟他说的蕾玛斯小姐的代号。“这位是‘中产者’。”他说，指了指斯蒂芬妮，“我是查伦顿。”他随口胡诌，不知为何说出的却是萨德侯爵被幽禁的监狱的名字，“这几天‘中产者’受到怀疑，在大教堂会合可能被监视，所以她让我跟她一块来。我不是波林格尔小组的，‘中产者’这里就是‘切断防护’。”

“是的，我明白。”

“反正，我们已经知道盖世太保在这儿设下了陷阱，幸好她让我来这儿打掩护。”

“你真了不起！”“直升机”激动地说，“上帝，我真吓坏了，我以为我第一天就搞砸了呢。”

你的确搞砸了，迪特尔暗暗想道。

迪特尔觉得自己挽回了局面，“直升机”现在十分相信迪特尔是抵抗组织成员。“直升机”的法语听起来无可挑剔，但明显没有好到足以听出迪特尔轻微的口音。还有什么能让他在事后回想时起疑心的呢？迪特尔在骚乱开始时站了起来，喊了句：“不！”但一个简单的“不”字没有太大意义，而且他觉得没有任何人听见他喊了这句话。威利·韦伯用德语朝迪特尔喊了一句“少校”，迪特尔开了一枪，以免他再乱说。“直升机”是否听到了这个词？会不会对此苦思冥想呢？不会，迪特尔自信地想。如果“直升机”理解这个词的意思，他会认为韦伯是对其他盖世太保说的，他们全都穿着便衣，什么官衔都有可能。

“直升机”现在对迪特尔深信不疑，认准是迪特尔把他从盖世太保的利爪下解救出来的。

别人可能不那么容易糊弄，有了一个新的抵抗成员，代号是查伦顿，是由蕾玛斯小姐招收的，这种解释合情合理。对伦敦，对波林格尔抵抗组织的领导米歇尔·克拉莱特都说得通。双方都会提出问题，进行核查，迪特尔只要及时应对就行，毕竟不可能预测到所有的情况。

他让自己稍稍放松，享受一下胜利的滋味。他离自己打垮法国北部抵抗组织的目标更近了一步，即使愚蠢的盖世太保从中作梗，他也依然大功告成了，这实在让人振奋。

现在要做的是尽最大可能利用“直升机”的信任。特工应该继续工作，相信自己未被怀疑。这样，他就能引导迪特尔，找到更多特工，或许有几十个，但这需要做一番巧妙安排。

他们到了杜波依斯大街，斯蒂芬妮把车开进了蕾玛斯小姐的车库。他们由后门进入屋内，在厨房里坐下。斯蒂芬妮从地窖拿了一瓶苏格兰威士忌，给每个人都倒了一杯。

迪特尔急于确认“直升机”带着一台收发报机。他说：“你最好马上向伦敦发消息。”

“我准备晚上八点发，十一点接收。”“直升机”说。迪特尔暗暗记在心里。“但是，你需要尽快告诉他们在大教堂会合不安全。我们不要让他们往那儿派任何人了。今天晚上可能还会派出其他人的。”

“哦，我的上帝，对呀，”年轻人说，“我要用紧急频率。”

“你把无线电台设在厨房这儿就行。”

“直升机”把那只沉甸甸的箱子放在桌子上，打开它。

迪特尔满意极了，暗自长舒了一口气。到手了。

箱子内部被一分为四，两侧是两个隔槽，中间又分一前一后。迪特尔立刻看见中间后面的格子里放着发报机，莫尔斯键放在右下方的角落里，中间前面的格子里是接收机，还有耳机的插座，右边隔槽里是电源。等特工打开左面隔槽的盒盖，才看清里面装的是各种零部件和配件，电源线、转接器、架空天线、连接线、耳机、几只备用管、保险丝和一把螺丝刀。

这套设备精巧紧凑，迪特尔很是喜欢，这样的东西像是德国人造的，完全不是他所想象的英国人那种杂乱无章的货色。

他已经知道“直升机”收发报的时间，现在，他要知道他所使用的频率，还有最重要的，就是密码。

“直升机”把导线接上插头。迪特尔说：“我还以为它是用电池的。”

“电池或主电源都可以用。我知道盖世太保的惯用伎俩，他们寻找非法无线电发射源时，就分区切断城里的电力，什么时候无线电信号断了，也就找到了。”

迪特尔点点头。

“用这个东西，如果屋子里没电了，你只要把这个转个方向，就切换到电池供电了。”

“非常好。”迪特尔决定要把这个情况通知盖世太保，也许他们还不知道。

“直升机”把电源线插入电源插座，然后拿出架空天线，请斯蒂芬妮把它挂在一个高柜子上。迪特尔翻看厨房的抽屉，找到一支铅笔和一本便签本，那可能是蕾玛斯小姐写购物单的。“你可以用这个记下消息编码。”他帮忙地说。

“首先我要弄清该说些什么。”“直升机”挠挠头，然后开始写下了一行英文字：

抵达顺利句号地下室接头不安全句号被盖世太保抓住但逃脱完毕

“我想现在就写这些。”他说。

迪特尔说：“我们应该给以后来的人提供一个新的接头地点。比如火车站旁边的站前咖啡馆。”

“直升机”把这记了下来。

他从箱子里取出一块丝绸手帕，上面印着复杂的字母对应表。他还拿出一个有十几张纸的本子，上面印着一些无意义的五字母词汇。迪特尔认出那是一次性的加密系统编码表，除非你手里头有密码本，否则这种系统无法破解。

“直升机”从本子上抄下来一组五个字母的单词，写在他那行消息的上方。然后他按照他写下来的这些字母从丝绸手帕上选出替代字母；在“到达”这个单词的头五个字母上方，他从一次性密码本上写下了第一组字母，是BGKRU。首字母B告诉他从丝绸手帕的格子中哪一列寻找，在B列顶部的字母是Ae。这告诉他把“到达”这个词的第一个字母“A”换成“e”。

密码不可能用通常的方法破解，因为下一个“A”就不再用“e”，而是用其他字母替代。事实上，一个字母可能被任何字母替代，只有使用五字母的密码本才能解密消息。即使破译员把加密消息和其原始的语言消息一并搞到手，也没法使用它们读取其他消息，因为下一条消息将使用密码本其他页的内容加密，正因为如此，它被称作一次性密码本。每一页都只用一次，然后烧毁。

“直升机”给消息加密后，便“咔哒”一声拨开开关，开始拧一个用英文标着“晶体选择”的旋钮。迪特尔认真看着，发现表盘上有三个淡淡的用黄色蜡笔做的标记。“直升机”怕自己记不准，标出了他的电台位置。他使用的晶体方式肯定是用于紧急情况的。其他两个标记，一个大概是传输，另一个是接收。

他终于调好了。迪特尔看到，频率转盘上他也用黄色蜡笔做了标记。在发送消息之前，他发出了一行字母，检查接收站的情况：

HLCP DXDX QTC1 QRK？K

迪特尔皱起了眉头，琢磨着。第一组是呼号“直升机”，下一个“DXDX”就弄不清楚是什么意思了。在“QTC1”结尾的数字“1”看来好像这组字母的意思是“我有一条消息发送给你”。在“QRK？”结尾有个问号，让他觉得这是在问接收信号是否清楚明白。“K”的意思是“结束”，这他知道。最后只剩下了一个神秘的“DXDX”。

他决定猜猜看。“不要忘了写你的安全标记。”他说。

“我没忘。”“直升机”说。

迪特尔断定，那一定就是“DXDX”了。

“直升机”拧到“接收”，所有的人都听到了莫尔斯电码的回复：

HLCP QRK QRVK

这一次，第一组字母还是“直升机”的呼号。第二组的“QRK”在发出的消息里出现过。因为没有问号，那么就应该是“我收到信号清楚明白”的意思。他不明白“QRV”代表什么，但他觉得那应该是“请继续”的意思。

“直升机”用莫尔斯电码敲出他的消息，迪特尔在看着，感到得意极了。这简直就是间谍捕手的梦想，把一个特工抓在手中，而对方却并不知道自己已被俘虏。

消息已经发送出去。“直升机”立刻关闭了电台。盖世太保会使用无线电测向设备追捕间谍，操作这套设备超过几分钟就有危险了。

在英国，这条消息会被转录、解码，转交给“直升机”的上级主管，在答复之前可能要与其他人商量；这些事情可能需要几个小时，所以“直升机”要在约定的时间等待回应。

现在，迪特尔要把他和无线电台分开，最重要的是，跟他的密码资料分开。“我估计你想跟波林格尔小组取得联系。”他说。

“是的。伦敦想知道还剩下多少人。”

“我们让你跟‘莫奈’接上头，‘莫奈’是他们领导的代号。”他看了看他的手表，顷刻间脑子里“嗡”的一声，他戴了一只德国陆军军官配发的手表，如果“直升机”认出它来，游戏就结束了。迪特尔极力克制着自己的声音，说：“我们还有时间，我开车带你去他家。”

“远不远？”“直升机”急切地说。

“在市中心。”

这个“莫奈”，也就是米歇尔·克拉莱特，现在不可能在家。他不会再住这幢房子，迪特尔已经去那里查过了，邻居们都说不知道他去了什么地方。迪特尔并不觉得吃惊，“莫奈”早料到被捕的同志受审时可能供出他的名字和住址，自己已经躲起来了。

“直升机”准备收起无线电台。迪特尔说：“电池是不是需要经常充电？”

“对——事实上，他们跟我们说，一有机会就把它插上电，让它总是保持充好电的状态。”

“那你为什么不把它放在那儿？我们可以回来以后再收起来，现在先让它充电。如果有人来的话，‘中产者’几秒钟就能把它藏起来。”

“好主意。”

“那我们走吧。”迪特尔引着他到了车库，倒退着把西姆卡五号开出来，然后他说，“在这里等一分钟，我跟‘中产者’说句话。”

他回到屋里。斯蒂芬妮正在厨房，眼睛盯着餐桌上放着的手提无线电台。迪特尔从配件隔槽里拿出一次性密码本和丝绸手帕。“复制一份你要花多长时间？”他说。

她扮了个鬼脸说：“这些乱七八糟的字母全都复制？至少一个小时。”

“尽量快点儿抄，但不能出任何错误。我让他在外面待一个半小时。”

他回到车里，开车带着“直升机”去市中心。

米歇尔·克拉莱特的家是一座小巧优雅的单独住宅，就在大教堂附近。“直升机”去敲门时，迪特尔在车上等着，几分钟后，特工回来了，说："家里没人。"

"你可以早上再来看一下，"迪特尔说，"还有，我知道抵抗组织常在一家酒吧露面。"他其实根本不知道这种事，"我们去那里看看能不能碰上我认识的人。"

他把车停在车站旁，随便选了一家酒吧。两人坐下喝着淡如白水的啤酒，等了一个钟头，然后才回到杜波依斯大街。

他们走进厨房时，斯蒂芬妮朝着迪特尔略微一点头。他明白她已经把所有的东西都复制了下来。"我看这样，"迪特尔对"直升机"说，"你一整晚都在外面跑，想必愿意洗个澡吧。你还真得刮刮胡子。我带你去你的房间，让'中产者'给你准备洗澡水。"

"你们真是太好了。"

迪特尔让他住在顶楼离浴室最远的一个房间里。一听到浴室里传出"哗哗"的水声，他就立刻钻进房间，搜查他的衣服。"直升机"有一套换洗的内衣和袜子，全都带着法国商店的标签。他的上衣口袋里有法国香烟和火柴，一条有法国标签的手帕，还有一只钱包。钱包里有不少钞票，整整五十万法郎，要是真有新车可买的话，这些钱足够买一辆豪华轿车了。身份证件无可挑剔，但显然都是伪造的。

此外，还有一张照片。

迪特尔惊讶地盯着照片。那上面是弗立克·克拉莱特。他不会看错，这正是他在圣-塞西勒广场见过的那个女人。发现这张照片对迪特尔来说真是天大的运气，对她，则是一场灾难。

她穿着泳衣，露出强健的双腿和晒黑了的胳膊。衣服紧裹着一对小巧的乳房和纤细的腰身，还有她那很讨人喜欢的浑圆的臀部。她的颈部挂着亮晶晶的水滴，也许是汗滴，脸朝着照相机，带着淡淡的笑意。在她身后焦点稍稍模糊的地方，两个穿泳裤的年轻男子正准备潜入河里游泳。这张照片显然是在一个普通的游泳聚会上拍的，但她半裸的胴体，湿润的头颈，再加上那轻慢的微笑，让这张照片显得尤为性感。这一切跟背景上的男孩无关，她似乎就要为了照相机后面的人脱去泳装，展露自己的身体。这是一个女人对自己愿意与之做爱的男人展露的微笑，迪特尔这样想着，怪不得那个年轻人把这张照片视若珍宝。

出于种种考虑，特工一般不准带着照片进入地方区域。“直升机”对弗立克·克拉莱特的情感会毁了她，同样也会毁掉大半法国抵抗组织。

迪特尔把照片插进自己的口袋，离开了房间。总的说来，他认为这一天的工作干得十分漂亮。

21

保罗·钱塞勒同军队的官僚机构足足战斗了一整天，威胁、恳求、哄骗，又亮出蒙蒂的名字，最后才为训练小组争取到了一架第二天练习跳伞的飞机。

坐上赶回汉普郡的火车时，他发现自己十分渴望再次见到弗立克。她的很多地方都让他喜欢。她聪明、坚强，长得也十分耐看，他急于知道她是否单身。

在火车上他读了报纸上的战争新闻。东部战线上的长期平静已被打破，昨天，德国在罗马尼亚展开强攻，势头凶猛。德国人的耐力依然不减，尽管到处都在撤退，但依然有能力负隅顽抗。

火车晚点了，他没有赶上精修学校六点整的晚餐。晚饭后一般还要安排再上一门课，晚上九点学生才能自由活动，一小时后就寝。保罗看到大多数学员都聚在房子的客厅里。客厅里有一个书柜，一个装着各种棋牌游戏的柜子，一个无线电装置，还有一张一半大小的台球桌。他在弗立克身边的沙发上坐下，平静地问道："今天过得怎么样？"

"比我们预期的要好，"她说，"不过所有课程安排得太紧了。我不敢保证他们到了野外还能记得多少。"

"我想，学点儿总比什么都不学要好。"

珀西·斯威特在跟"果冻"玩扑克牌，用零钱计输赢。保罗觉得，"果冻"的确是个人物。一个专业撬保险箱的人，竟然觉得自己是位英国贵妇，应该受人尊重。"'果冻'的表现怎么样？"他问弗立克。

"不错。体能训练上她比别人更困难，不过谢天谢地，她咬牙坚持下来了，最后跟那些年轻人一样过了关。"说到这儿弗立克停了一下，皱起了眉头。

保罗说："还有别的事儿？"

"她对葛丽泰很敌视，挺成问题。"

"一个英国女人恨德国人，也没什么奇怪的。"

"不过这不合理，葛丽泰受纳粹的迫害可比'果冻'多。"

"'果冻'不知道这些。"

“她知道葛丽泰准备去打纳粹。”

“这些事情大家谁都不管什么合理不合理的。”

“对极了。”

葛丽泰正在跟丹妮丝说话，保罗觉得，更确切是丹妮丝在说，葛丽泰在听。“我的同父异母兄弟，福尔斯勋爵，是歼击轰炸机飞行员，”保罗听她用那种带吞音的贵族腔调说，“他一直在训练飞行，在部队进攻时执行支援任务。”

保罗皱起了眉头。“你听她在说什么？”他问弗立克。

“听见了。她不是在胡编乱造，就是缺乏慎重，口无遮拦。”

他看了看丹妮丝。这个姑娘身材瘦削，总带着一种刚刚被人冒犯的样子。他不觉得她在胡编乱造。“她看来不像是富有想象力的那种类型。”他说。

“我同意，我觉得她在泄露机密。”

“我明天最好安排一个小小的测试。”

“好的。”

保罗想单独跟弗立克在一起，这样他们说话就更自由些。“我们去花园四周转转吧。”他说。

他们出了屋子，外面的空气很温和，白天的余晖一小时后才会散尽。房子带有一个大大的花园，几英亩的草坪上点缀着各种树木。莫德和戴安娜在一棵山毛榉下面的长凳上坐着。莫德一开始挑逗过保罗，但保罗没搭理她，看来她也就死了心。现在她在专心致志地听戴安娜滔滔不绝地讲着，用一种近乎崇拜的眼神看着她。“不知道戴安娜在跟她说什么，”保罗说，“她快把莫德迷倒了。”

“莫德喜欢听她讲自己去过的地方，”弗立克说，“时装表演，舞会，还有远洋巨轮。”

保罗想起莫德曾经问过他，执行任务会不会去巴黎，当时让他很惊讶。“也许她想跟我一起去美国。”他说。

“我注意到了，她在你面前显摆来着，”弗立克说，“她很漂亮。”

“不过，她不是我喜欢的类型。”

“为什么不是？”

“说真话吗？她不够聪明。”

“好，”弗立克说，“我很高兴。”

他眉毛一扬说：“为什么？”

“要是你真看上她，我就会把你看低了。”

他觉得这话说得实在有点儿自高自大。

“很高兴受到你的肯定。”他说。

“别讽刺，”她指责道，“我可是在恭维你。”

他笑了，不由得更加喜欢上她，哪怕她表现得很强势，也让他心仪不已。“算了，我收回，是我出言在先。”他说。

他们经过两个女人的身边时，听到戴安娜说：“后来，伯爵夫人说，‘把你那花里胡哨的爪子拿开，别碰我丈夫，’然后就把一杯香槟浇在珍妮弗的脑袋上，接着珍妮弗去抓伯爵夫人的头发，一把就扯了下来，因为那是一头假发！”

莫德笑了起来说：“我真想去那儿看看！”

保罗对弗立克说：“看来大家都在互相交朋友。”

“我很高兴这一点，我需要他们像一个集体一样团结合作。”

花园渐渐隐入远处的森林，不觉间二人已经走进了林子里。只有微弱的光线透过茂密的树叶洒向地面。“这里为什么叫‘新森林’呢？”保罗说，“这林子看起来有年头了。”

“你还真打算让英国的地名全都合情合理？”

他笑了。“不，我可不想。”

他们默默地走了一会儿。保罗觉得很浪漫，他想吻她，但她手上戴了结婚戒指。

“我四岁的时候，亲眼见到了国王。”弗立克说。

“现在的国王吗？”

“不，是他父亲，乔治五世。他到索默斯霍尔姆来了。当然，我没法靠近他。不过，星期天早上他到厨房花园散步，见到了我，说，‘早上好，小姑娘，你准备好了去教堂吗？’他的个子很矮，但声音很洪亮。”

“你是怎么回答的？”

“我说：‘你是谁？’他回答说：‘我是国王。’后来，按照家里人的说法，我说：‘你不是国王，你不够高大。’幸好，他笑了。”

“看来你从小就不敬权贵。”

“看来是的。”

保罗听到一声低低的呻吟。保罗眉头一蹙，朝声音的方向看去，只见鲁比·罗曼跟那位武器教练吉姆·卡德威尔在一起。鲁比身子靠着大树，吉姆紧紧抱着她，两个人正在狂吻。鲁比又呻吟起来。

保罗发现，他们不光是接吻，还在干别的事情。这让他有点难堪，但同时又感到一种冲动。吉姆的手在鲁比的罩衣下面忙碌着，她的裙子被提到了腰部，保罗能够看见她棕色的大腿和股沟处浓密的毛发。鲁比抬起另一条腿，膝盖弯曲着，脚高高搭在吉姆的屁股上。两个人的前后动作让人一目了然。

保罗看了看弗立克，这一幕她也看得清清楚楚。她盯着看了一会儿，表情里既有震惊，又有些别的东西。然后她迅速转身走开，保罗跟上她，两个人沿着原路返回，尽量不弄出声响。

当他们走得稍远些，他说："真对不起。"

"不是你的错。"她说。

"可我还是觉得抱歉，我不该带你走这条路。"

"我一点儿也不介意。我从来没见过有人……干这个。倒是很甜蜜。"

"甜蜜？"要让他说，他可不会选这个字眼，"你知道，你可真是让人难以捉摸啊。"

"你只是刚刚才发现这一点吗？"

"别讽刺，我可是在恭维你呢。"他说，模仿着她说过的话。

她笑了。"那么，我收回，我出言在先。"

他们走出了林子，日光很快暗淡下来，房子里为了灯火管制都拉上了窗帘。山毛榉下的椅子空了下来，莫德和戴安娜已经离开。"我们在这儿坐一会儿吧，"保罗说，"我不想立刻进屋。"

弗立克顺从地坐下，并没说话。他坐在她的身边，看着她。她就让他这么看着，一言不发，但她在想着什么。他抓起她的一只手，抚摸着她的手指。她看着他，脸上的表情让人难以理解，但她并没有抽回自己的手。他说："我知道不应该，但我真的很想吻你。"她不回答，仍然带着那种谜一样的神情看着他，半是愉悦，半是忧伤。他觉得她不说话就是默许，就吻了她。

她的嘴唇柔软而湿润。保罗闭起了眼睛，用心品味这种柔情。让他吃惊的是，她的嘴唇张开了，他感觉到了她的舌尖，他张开自己的嘴。

他用双臂搂住她，把她揽在自己怀里，可她从他的怀抱中滑脱出去，站了起来。“够了。”她说，然后转身朝屋子那边走去。

他望着她在暗下来的天色中离去。她那小巧、优雅的身体突然间成了这个世界上他最渴望的东西。

等她消失在屋子里，他才跟着走了进去。在客厅里，戴安娜一个人独自坐着，抽着烟，像在想着什么事情。由着一时冲动，保罗靠近她坐下，问：“你跟弗立克自小就互相认识？”

戴安娜感到惊讶，但温和地笑了笑说：“她很可爱，是吗？”

保罗不想把自己心里的东西太多泄露出去。“我挺喜欢她，想对她多了解了解。”

“她总是渴望冒险，”戴安娜说，“她喜欢每年二月我们去巴黎的长途旅行，我们会在巴黎住一个晚上，然后乘坐蓝色列车一路前往尼斯。有一年冬天，我父亲决定去摩洛哥。我认为这是弗立克生活中的最好时光，她学了几句阿拉伯语，在露天市场跟商人们交谈。我们那时候读过不少勇敢的维多利亚时代女探险家的回忆录，她们穿着男人的服装游历中东。”

“她跟你父亲相处得好吧？”

“比我好。”

“她丈夫怎么样？”

“弗立克交往的男人都带点儿外国情调。在牛津，她最要好的朋友是个尼泊尔男孩，名叫拉金德拉，在圣希尔达学院高年级公共休息室引起了不小的恐慌。我能告诉你这些，不过我自己也不清楚她是否跟他有什么不端行为。有个叫查理·斯坦迪士的男孩发疯似的爱上了她，但他太无聊了，让她受不了。她爱上米歇尔，因为他既迷人，又是个外国人，还十分聪明。她就喜欢这样的。”

“异国情调。”保罗重复道。

戴安娜笑了：“别担心，你能行。你是美国人，尽管一只耳朵只有半个，但聪明又机灵，至少你有机会。”

保罗站了起来。谈话转移到了私密话题上，让他觉得不太舒服。“你这么说，我只当是接受恭维吧，”他笑了笑说，“晚安。”

他上楼时路过弗立克的房间，房门下露出里面的灯光。

他穿上睡衣上床睡觉，但躺在床上却无法入睡。他太兴奋、太幸福了，怎么睡得着呢。他一次次回想着那个吻，真希望自己跟弗立克也像鲁比和吉姆那样，毫无羞耻地放纵自己的欲望。为什么不？他想，我怎么就不能呢？

整座房子静了下来。

午夜刚过，保罗起身下床。他沿着走廊走到弗立克的门前，轻轻敲了敲门，然后进了屋。

“喂。”她轻声说。

“是我。”

“我知道。”

她仰卧在单人床上，头枕着两只枕头。窗帘被重新拉开，月光照进了小小的房间。他能很清楚地看见她鼻子和下巴笔直的轮廓线，他原来觉得这凿子一般的下巴并不好看，但现在觉得那简直像是天使的下巴。

他在她床边跪了下来。

“回答是——不。”她说。

他抓起她的手，吻着她的掌心。“求你了。”他说。

“不。”

他俯身去吻她，但她把头扭到了一边。

“就一个吻不行吗？”

“如果我吻了你，我就会忘乎所以。”

听到这话他很满意。这意味着，她的感觉跟他是相同的。他吻了她的头发，然后吻了她的前额和脖子，但她的脸一直躲着他。他隔着她的睡衣吻了她的肩膀，然后又把嘴唇在她的胸前来回擦着。“你也想的。”他说。

“出去。”她命令道。

“别这样。”

弗立克转过身面向保罗。他凑过去吻她，但她把手指放在嘴唇上，就像制止他说话一样。“走，”她说，“我是当真的。”

他看着月光下她那可爱的脸。她的表情带着一种决断。尽管他对她了解不多，但他明白她的意志不容轻视。他万分不情愿地站了起来。

他想再试一试。“你看，我们就——”

“不必再说了。走。”

他转身离开了房间。

第五天
1944年6月1日，星期四

22

迪特尔只在法兰克福酒店睡了几个小时，清晨两点就起床了。现在他是独自一人，斯蒂芬妮正跟英国特工“直升机”待在杜波依斯大街的房子里。这天上午，“直升机”就要去找波林格尔组织的领导人，迪特尔必须跟着他。他知道“直升机”要从米歇尔·克拉莱特的房子开始找起，因此决定天亮前就把一组监视人员派到那儿去。

他很早就动身，驱车前往圣-塞西勒，穿过一座座洒满月光下的葡萄园，最后把他的大轿车停在城堡前面。他先去了地下室的照相室，暗房里没有人，但为他洗印的照片挂在那儿，像挂在晾衣绳上的衣服。迪特尔把照片从绳子上拿下来，仔细打量着，回想起她冒着枪林弹雨救下她丈夫的情形。他试图在这漂亮的泳装姑娘那无忧无虑的表情中找到那种钢铁般的意志，但这上面一点儿痕迹都没有。毫无疑问，那意志是在战争中锻炼出来的。

他把底片装进口袋，拿起那张原照，这张照片必须偷偷还给“直升机”。他找到一个信封和一张白纸，想了想，然后写道：

我亲爱的：

趁“直升机”洗漱时，请把这个放到他里面夹克的口袋里，就好像是从他钱包里掉出来一样。谢谢你。

D.

他把这张字条和照片放进信封，封好后在正面写上“蕾玛斯女士”。他要找时间把它送出去。

他经过那几间牢房，通过窥视孔看了看玛丽，那个昨天突然出现在杜波依斯大街的房子里，给蕾玛斯小姐的“客人”送食品的姑娘。她躺在沾满血迹的床单上，惊恐地大睁着两眼，死死盯着墙壁，发出一阵阵低沉呻吟，就像一台出了故障但还没被关掉的机器。

迪特尔在昨天晚上审讯了玛丽。她没有供出什么有用的情报。她反复说自己不认识任何抵抗组织的人，只认识蕾玛斯小姐。迪特尔倾向于相信她的话，为防万一还是让贝克尔中士给她上了刑。但是，她并没有改变她的口供，这也让迪特尔确信，她的失踪不会引起抵抗组织的警觉，继而怀疑杜波依斯大街那里的蕾玛斯小姐已被冒名顶替。

眼前被酷刑摧残的形体让他感到片刻的沮丧。他还记得这个姑娘昨天推着自行车出现在过道上的样子，实在是一幅充满健康活力的画面。她是个快活的姑娘，尽管有点儿愚蠢。一个简单的错误就让她的一生走向恐怖的终结。当然，她命该如此，因为她帮助了恐怖分子。不过说到底，这件事想来还是十分可怕的。

他把这些想法从头脑里赶走，沿着楼梯上楼。在底层，夜班接线员在各自的交换台前忙碌着。往上一层原来是一个个豪华得难以想象的大卧房，现在改做了盖世太保的办公室。

自从韦伯在大教堂遭受惨败以后，迪特尔还没有见过他，估计这家伙肯定躲在什么地方舔伤口。不过，他已经跟韦伯的副手谈过，要求派四名穿便衣的盖世太保，早晨三点到这儿，准备当天承担监视任务，迪特尔也命令黑塞中尉到场。现在，他拨开应付灯火管制的窗帘，向外观望。月光照亮了停车场，他看见汉斯正步行穿过院子，但没有看到任何其他人。

他来到韦伯的办公室，吃惊地发现他竟然在那儿，一个人坐在办公桌后面，装模作样地就着一盏绿色灯罩的台灯看文件。

“我要的人在哪儿？”迪特尔说。

韦伯站了起来。“你昨天用枪对着我，”他说，“你竟敢威胁一个军官，这他妈的是什么意思？”

迪特尔没料到他竟然会这样。本来是他韦伯自己出丑，到头来竟如此气势汹汹，难道他真不明白他犯了一个十分可怕的错误吗？“这都是你自己的错，你这个白痴，”迪特尔恼怒地说，“我不想让那个人被捕。”

“你这么做，会受到军事法庭审判的。”

迪特尔真想就势奚落他几句，但他及时打住了。不错，他认识到，他不过是做了必要举动以挽救局面；但在官僚体制下的第三帝国，一名军官因为其动机被法庭提审，这也并非不可能。他的心往下一沉，但他必须装出一份自信。“那就往上控告我吧，我完全可以在法庭上证明自己的清白。”

“你实际上开了枪！”

迪特尔忍不住说：“我估计这种场面在你整个军事生涯中，也没见过几次吧。”

韦伯的脸腾地红了，他从来没参加过战斗。“枪应该用来对付敌人，而不是自己的军官同事。”

“我向空中开的枪。如果让你吓着了，我很抱歉。不过你当时在破坏一个一流的反间谍活动，你不觉得军事法庭要考虑这一点吗？你在执行谁的命令？恰恰是你表现得毫无纪律。”

“我逮捕了一名英国恐怖组织的间谍。”

“逮捕他到底为了什么？他不过是只身一人，而他们还有很多人，如果把他放掉，他就会给我们带出别的人——或许是一大帮人。而你不听命令贸然行事，差点儿毁了这个好机会。算你走运，我救了你，否则就会铸成大错。”

韦伯一脸狡诈。“你如此热心放掉一个盟军特工，相当值得上面的某些权威人物怀疑。”

迪特尔叹了口气说：“别再犯傻了。我可不是什么可怜的犹太店主，不会让这种恶意的流言吓倒，你说我是叛徒也没人会相信。告诉我，我要的人在哪儿？”

“间谍必须立即逮捕。”

“不，不能逮捕他，如果你要试试，我就开枪打死你。我的人在哪儿？”

“我拒绝把紧缺的人手派给这种不负责任的任务。”

“你真要拒绝？”

“对。”

迪特尔盯着他，他原以为韦伯既没胆量，也没这么愚蠢。

“你想过没有，如果陆军元帅知道这事儿，会怎么处理你？”

韦伯面带惧色，但仍满不在乎地回答了。“我不在军队，”他说，“这里是盖世太保。”

不幸的是，他说对了，迪特尔沮丧地想。沃尔特·莫德尔安排得倒好，责令迪特尔用盖世太保的人，不从战员紧缺的沿海作战部队给他调人，但盖世太保没有义务听命于迪特尔。

隆美尔的名字能让韦伯感到惧怕，但这种威力过一会儿就消失了。

现在，迪特尔除了黑塞中尉，就再没有其他帮手了。可他和汉斯不靠援助能应付跟踪“直升机”的任务吗？很难，但他没有别的办法。

他想再要挟一下。“你真的愿意承担这种拒绝的后果吗，威利？你可要惹下最可怕的麻烦了。”

“相反，我觉得你才有麻烦呢。”

迪特尔失望地摇摇头，他再无话可说。他跟这个白痴争来争去，已经花了太多时间。他走了出去。

他在大厅里见到了汉斯，把情况跟他解释了一下。他们来到城堡的后部，这里原来是仆人住宿的地方，现在是工程设备区。昨晚汉斯已经安排好，他们要借一辆邮电局用的货车和一辆脚踏摩托车，这种摩托车的小发动机只能用脚踏板打火。

迪特尔不知韦伯是否知道车辆的事，下令工程师不要借给他们。但愿他不会。半小时后天就亮了，他已经没时间再跟他争吵了。不过一切很顺利，迪特尔和汉斯穿上工作服，把脚踏车放在货车后面，开起车就走了。

他们开进兰斯城，沿杜波依斯大街行驶，然后把车停在拐角处，汉斯下车往回走，就着黎明的熹微光线把装着弗立克照片的信封投进信筒。“直升机”的卧室在屋子后面，所以不用太担心他看到汉斯，会再认出他来。

他们到达米歇尔·克拉莱特在市中心的房子时，太阳已经升起来了。汉斯把车停在一百米以外，然后打开一个邮电局的检修井，装作在工作的样子，一边看着房子那边的动静。这是一条繁忙的街道，街上停着不少车，因此这辆货车并不显眼。

迪特尔留在车上，不让外面看到自己，心里回想着跟韦伯的一番争吵。这家伙很愚蠢，但他指出了致命的一点。迪特尔这样做是在冒险。“直升机”也许会从他手里溜走，消失掉。这样，迪特尔就失去了线索。既安全又方便的做法是拷问“直升机”。但是，尽管让他溜走很危险，却能带来丰厚回报。如果一切顺利的话，“直升机”就成了一块金子。迪特尔一想到胜利就在咫尺之间，唾手可得，心中就涌出一股强烈的冲动，连脉搏都快了起来。

另一方面，如果出了问题，韦伯就会加以利用，大做文章，他会跟所有人炫耀自己如何反对迪特尔的冒险计划。但迪特尔不允许自己被这种官僚的是非评断吓倒，像韦伯这样爱玩弄这类游戏的，都是世界上最卑鄙最下贱的人。

城市渐渐活跃起来。最先出现的是女人，她们一路走着，来到米歇尔房子对面的面包店。商店关着门，但她们耐心地站在外面，一边等一边聊着天。面包是配给的，但迪特尔猜就算这样也会供应不足，所以尽责的家庭主妇早早赶到，确保她们得到自己的那一份。当店门终于打开时，她们都争先恐后地挤进去，不像德国的家庭主妇，会整齐地排成一队，迪特尔想到这儿，觉得很有一种优越感。他看见那些女人拿着面包出来，想到自己要是吃上一点儿早餐就好了。

随后，上班的男人们穿着靴子，戴着贝雷帽出现了，人人都带着便宜布料做的背包，里面装着他们的午餐。孩子们刚开始离家去上学时，“直升机”出现了，他蹬着曾属于玛丽的自行车。迪特尔坐直了身子。自行车的篮子里放着一个长方形的东西，用一块抹布盖着，迪特尔猜测，那一定是手提电台了。

汉斯从检修井里探出头来观望。

“直升机”走到米歇尔的门前敲门，当然，里面没人应门。他在台阶上站了一会儿，趴着窗户往里面看了看，然后又在街上转来转去，想找到房子的后门。迪特尔知道，那房子没有后门。

迪特尔曾建议过“直升机”下一步做什么，“沿这条街去一个叫里吉斯之家的酒吧，点咖啡和面包卷，然后坐着等。”迪特尔希望的是，抵抗组织可能在监视米歇尔的房子，等待伦敦派来的使者。他并没有指望有人整天守在这里，但或许有位同情的邻居同意盯着这个地方。“直升机”明显单纯的样子就能打消旁观者的顾虑，只凭他走路的样子，任何人都能看出他既不是盖世太保，也不是法国秘密警察。迪特尔很有把握，抵抗组织肯定会以某种方式注意到他，不久就会露头，跟“直升机”说话，这个人很可能会引导迪特尔找到抵抗组织的心脏。

一分钟后，“直升机”按照迪特尔的建议行动了。他骑上自行车沿街来到酒吧，坐在人行道上的桌子旁边，看上去在享受着阳光。他要了一杯咖啡，这咖啡是代用品，用谷物烤制而成，但他看上去喝得津津有味。

过了二十分钟左右，他又去里面要了一杯咖啡和一份报纸。他开始认真读起报纸来。看那样子他十分有耐心，好像要等上一整天。这很好。

早晨慢慢过去，迪特尔开始怀疑这么等下去是否有用。波林格尔组织或许在圣-塞西勒的大屠杀中已被消灭干净，不能再活动了，没剩下任何人来完成哪怕最最重要的任务。要是“直升机”无法让他找到任何其他恐怖分子，那就太让人失望了。韦伯会高兴死的。

到了“直升机”必须点份午餐才能继续占着这张桌子的时候了。一个侍者走过来跟他说话，然后端来一杯茴香酒。这也是仿制品，用人工合成的东西替代八角，但还是让迪特尔舔了舔嘴唇，他真想喝上一杯酒。

另一位顾客在“直升机”的餐桌旁坐下。这里一共有五张桌子，按说这位顾客应该选离得较远的一张才更自然，迪特尔觉得有希望了。新来者是个胳膊腿都挺长的男子，三十多岁，穿着一件蓝色的钱布雷绸衬衫和海军帆布长裤，但迪特尔直觉认为，他身上并没有劳动者的气质。他是别的什么人，也许是一个艺术家，装成无产阶级的样子。他靠着椅背坐着，交叉起两腿，把右脚踝放在左膝上，这姿势突然让迪特尔觉得似曾相识。难道他以前见过这个人吗?

侍者走过来，这个顾客要了点儿什么。一分钟之内什么都没有发生。这个男人是否在偷偷观察“直升机”，或许只不过在等他的饮品？侍者用托盘端过来一杯淡淡的啤酒。这人痛痛快快喝下一大口，满意地擦了擦嘴。迪特尔有些灰心，这人不过是口渴而已。但同时，他又觉得自己以前见过这擦嘴的动作。

这时候，这个新来的人开始跟“直升机”说话。

迪特尔紧张起来，难道他一直在等待的事情发生了?

他们随便交谈了几句，尽管离得很远，迪特尔仍能感到新来者有种迷人的个性。“直升机”笑着，很起劲地说着。几分钟后，“直升机”指着米歇尔的房子，迪特尔猜测他在询问在哪儿能找到房子的主人。对方像典型的法国人那样一耸肩膀，迪特尔想象他在说“我可不知道”，但“直升机”好像还要刨根问底。

新来者喝干了他的啤酒，迪特尔快速回想着，他一下子明白这个男人是谁了，这个发现实在吓了他一跳，让他从座位上跳了起来。他在圣-塞西勒广场见过这个男人，在另一张咖啡桌前，跟弗立克·克拉莱特坐在一起，就在战斗开始之前——这人就是她的丈夫，是米歇尔本人。

“没错！”迪特尔用拳头砸了一下仪表盘，得意地说道。他的策略看来是正确的——“直升机”把他带到了当地抵抗组织的心脏。

但他却没有料到有如此程度的收获，他只是希望出现一个信使，这个信使会带着“直升机”——还有他——找到米歇尔。现在，迪特尔为难了。米歇尔是个难得的战利品，迪特尔应该马上逮捕他吗？还是跟上他，以便逮到更大的鱼呢？

汉斯关上检修井盖，上了货车，说：“接上头了，先生？”

“对。”

“然后呢？”

迪特尔不知道然后该怎么办——逮捕米歇尔，还是跟踪他？

米歇尔站了起来，“直升机”也跟着站起来。

迪特尔决定跟着他们。

“我们该怎么办？”汉斯焦急地说。

“把脚踏车拿下来，快！”

汉斯打开后车门，把机动脚踏车抬了出来。

两个男人把钱放在咖啡桌上走开。迪特尔看出米歇尔走路有点儿瘸，想起交火时他挨过一颗子弹。

他对汉斯说："你跟上他们，我在后面跟着你。"然后他发动了货车的引擎。

汉斯骑上脚踏车，猛蹬了几下，打着了火，他慢慢在街上开着，与猎物保持着一百米的距离。迪特尔跟着汉斯。

米歇尔和"直升机"转过街角，跟了一分钟后，迪特尔看见他们停下来，看着一家店铺的橱窗，那是一家药店。当然，他们并不想进去买药，这是为了防范监视。等迪特尔开车经过以后，他们转身沿原路返回，如果有辆汽车掉头往回开，他们就会发现，因此迪特尔不能再继续跟踪了。不过，他看见汉斯在一辆卡车后面停下，折了回来，远远在街的另一头，但两个男人仍在他的视线之内。

迪特尔绕了一个街区，又跟上了他们。米歇尔和"直升机"朝火车站走去，汉斯仍跟在后面。

迪特尔问自己，这两个人是否知道自己被跟踪了呢。在药店前的把戏表明他们很有戒心，不过他认为他们并没注意这辆邮电局的货车，他大部分时间都处于他们的视线之外，但他们可能发现了机动脚踏车。迪特尔认为，改变方向是米歇尔采取的例行预防措施，看来他是个富有经验的地下工作者。

两个男人穿过车站前的花园。花园里没有花，但有几棵树，枝头鲜花怒放，并不在意眼下进行的战争。车站是一座坚实的古典式建筑，壁柱和山形墙显得十分沉重，装饰过于繁复，很像建造它们的那些19世纪的生意人。

如果米歇尔和“直升机”上了一列火车，迪特尔该怎么办？他要是也登上同一列火车，那可就太危险了。“直升机”必然会认出他来，甚至连米歇尔都可能想起在圣-塞西勒广场见过他。不，应该让汉斯上火车，迪特尔在路上跟踪。

他们经过三个古典式拱门之一进入车站。汉斯放下他的脚踏车，跟着他们进去，迪特尔也停车进了车站。如果两个人去售票处，他就要告诉汉斯排在他们身后，跟他们买同一个目的地的火车票。

他们没去售票窗口。迪特尔走进车站时，正赶上汉斯跑下一段楼梯，进入铁路线下连接各个站台的地道。也许米歇尔已经提前买好了车票，迪特尔想。这不是问题，没有车票汉斯也能上车。

在地道的两端都有台阶通上一个个站台。迪特尔跟着汉斯走过了所有的站台入口。迪特尔生怕跟丢了目标，上楼梯时加快步子，到了车站的后门入口。他跟上了汉斯，他们一块上了库尔塞勒大街。

几幢大楼最近被炸弹炸过，但在那些清除了碎砖烂瓦的道路延伸处，停放着一些汽车。迪特尔扫视着整条街道，心里立刻涌上一阵惊恐。一百米之外，米歇尔和“直升机”跳上了一辆黑色的汽车。迪特尔和汉斯根本无法追上他们。迪特尔去摸他的枪，但这个距离对手枪来说实在太远。车开走了，那是一辆黑色的雷诺“莫纳奎特尔”，在法国算是最普通的汽车，迪特尔没法看清它的牌号，它从街上匆匆驶过，转个弯就不见了。

迪特尔咒骂着，这一手来得很简单，但十分有效。他们利用地下通道，让跟踪者丢下自己的车辆，而另一头有辆汽车在等着他们，帮他们逃脱了。他们可能都没有发现后面的盯梢，就像药店外的掉头一样，地下通道的把戏或许只是一个例行预防措施。

迪特尔一脸愁容，他孤注一掷，却输了这局。韦伯要喜出望外了。

“我们现在怎么办？”汉斯说。

“回圣-塞西勒。”

他们回到货车那里，把脚踏车放进车厢，驱车前往总部。

迪特尔还有一线希望，他知道“直升机”使用无线电的时间，以及分配给他的频率，用这些信息还可能再把他抓回来。盖世太保有一个十分精密的系统，经历了战争的发展和磨炼，能检测到非法的广播并追寻到它们的源头，许多盟军特工就是这样被抓获的。英国人改进了训练，无线操作员使用了更完善的安全防范措施，总是在不同位置发送无线信号，从不持续发送十五分钟以上，但还是能抓到几个粗心大意的。

英国人是否怀疑“直升机”已经被发现了？“直升机”现在会把自己的冒险经历统统告诉米歇尔。米歇尔会仔细向他盘问大教堂的抓捕和随后逃脱的事。他对那个代号叫查伦顿的新人会特别感兴趣。不过，他没有理由怀疑蕾玛斯小姐不是真的。米歇尔从未见过她，所以就算“直升机”偶然提及她是位年轻漂亮的红发女郎，而不是中年老处女，也不会引起他的警觉。“直升机”完全想不到他的一次性密码本和丝绸手帕已被斯蒂芬妮小心地做了副本，他的频率——用黄色蜡笔在刻度盘上做的标记——也已被迪特尔记了下来。

迪特尔开始想，或许，他并非全盘皆输。

他们回到城堡时，迪特尔在走廊里碰到了韦伯。韦伯使劲盯着他，说：“你把他搞丢了，对吧？”

豺狼总能闻到血腥味，迪特尔想。

“是的。”跟韦伯说谎有违他的尊严。

“哈！”韦伯很是得意，“你应该把这活儿留给专家干。”

“好吧，我会的。”韦伯显得有些吃惊，迪特尔接着说，“他要在今晚八点向伦敦发报。这是一个证明你专业水平的机会，让人看看你到底有多棒。把他找出来，抓住他。”

23

渔夫客栈是一间很大的酒吧，如同一座堡垒立在河口的岸边，它的烟囱就好像一根根炮塔，烟熏的玻璃窗恰似堡垒的观察狭缝。门前的花园里有个褪了色的牌子，警告顾客不要接近海滩，那里早在1940年就埋上了地雷，防止德军入侵。

自从特别行动处搬到了附近，这酒吧每天晚上都很热闹，紧闭的窗帘后面灯火通明，钢琴喧声不断，酒吧里比肩接踵，一直延伸到外面花园那温和宜人的夏夜之中。歌声沙哑，酒意浓重，体肤间的亲密接触控制得恰当体面，空气中充溢着放纵和宣泄的味道，因为每个人都知道，今夜在酒吧纵情欢笑的这些年轻人，明天就要登程出发去完成一项任务，或许从此一去不返。

两天的培训课程结束后，弗立克和保罗把他们的小组带到这家酒吧。姑娘们都换上外出的装扮。莫德穿了一件粉红色的夏装，显得比任何时候都漂亮；鲁比虽说人长得不美，但她不知从哪儿借来一条黑色的短裙，显得十分性感；丹妮丝女士套了一件牡蛎色的丝绸礼服，看来代价不菲，可她瘦骨嶙峋，穿什么看上去都一样；葛丽泰的身上是一套舞台服装，一条短裙和一双红色的鞋子；就连戴安娜也换掉了平常穿的灯芯绒裤子，穿了一条时髦的长裙，让弗立克吃惊的是，她竟然还涂了口红。

小组有了自己的代号——“寒鸦”。他们将在兰斯附近跳伞着陆，这让弗立克想起了“兰斯的寒鸦”这个典故，传说中那只鸟偷走了主教的指环。“僧侣们弄不清究竟是谁偷了指环，主教便诅咒起这个无名的窃贼来。”弗立克跟保罗喝着威士忌，对他解释说。她的酒里兑了水，而他的加了冰块。“接着，他们发现了那只全身乱糟糟、脏兮兮的寒鸦，才知道它中了诅咒的法力，一定就是祸首。我在学校里背过整篇故事——

白天过去
夜晚已经降临
僧侣和修士们彻夜找寻
当看门人见到
那扭扭曲曲的鸟爪
可怜的小寒鸦一步一摇
不再欢跳
不像昨天那样叫
它的羽毛全都颠倒
它的翅膀耷拉，站也站不了
它的脑袋光秃秃就像手掌没有毛

它两眼昏花

浑身无力像在爬

好啦，他们顾不得语法，齐声大喊：“就是它！”

“果不其然，他们在鸟巢里找到了指环。”

保罗点点头，微笑着。弗立克知道，如果自己讲的是冰岛话，他也会丝毫不差地点头、微笑。他不在乎她说什么，他只是想看着她。她并没有过多经验，但一个男人恋爱的时候，她能看得出来，现在保罗就爱上了她。

她带着放任的心情过完了这一天。昨天晚上的吻让她既震惊又激动。她告诉自己，她不能干出某种不正当的事情，她想赢回背叛了自己的丈夫的爱。但是保罗的激情把她心里的优先顺序颠倒了过来。她生气地问自己，既然保罗有意拜倒在她的脚下，她又何必排队等待米歇尔的垂爱呢。她差一点儿让他上了她的床——其实，她倒希望他不那么绅士，因为如果他不理会她的拒绝，掀开床单就上，她可能也就让步了。

在其他时候，她又为自己竟然吻了他而感到害臊。这种事情到处都有，想来挺可怕。在整个英格兰，女孩子们已经把前线参战的丈夫和男友忘得一干二净，与到访的美国军人陷入爱河。难道她也像那些没脑子的店员一样坏，只因为这些美国佬说起话来像电影明星，就跟他们上床吗？

最糟糕的是，她对保罗的感情威胁到了她的工作，让她分心。她手上掌握着六个人的生命，加上进攻计划中的一项重要元素，她真没必要去想他的眼睛是淡褐色还是绿色的。怎么说他也算不上女人眼中的完美偶像，下巴太大，还有那半只耳朵，尽管他的脸也算有点儿魅力——

“你在想什么呢？”他说。

她这才意识到自己可能一直在盯着他。“我在想我们能不能把这事儿办成。”她撒了个谎。

“我们能，只需要一点点运气。”保罗说。

“我到现在为止还算幸运。”

莫德在保罗身边坐下。“谈到运气嘛，”她闪动着她的睫毛说，“我能向你要支香烟吗？”

“自己拿吧。”他把桌子上的一包好彩推给她。

莫德把一支香烟放在双唇之间，保罗为她点着了。弗立克朝酒吧对面瞥了一眼，见戴安娜正恼火地往这边瞧着。莫德和戴安娜已经成了一对好朋友，但戴安娜从来就不懂得跟人分享任何东西。那么，莫德干吗来对保罗调情呢？也许是为了惹火戴安娜。看来保罗不去法国是件好事，弗立克想，在一个年轻女人的集体里，他会不由自主地起到一种分裂人心的作用。

她巡视了一下房间的四周。“果冻”和珀西在玩一种互相欺骗的赌博游戏，一个人要猜测对方紧握的手里有多少枚硬币。珀西在一轮接一轮地买着酒精饮料。这是刻意而为。弗立克需要了解“寒鸦”们在豪饮的影响下会有何反应，要是她们里头有人变得吵吵闹闹、轻率随便或者好斗生事，到了战场上她就会采取预防措施。最让她担心的是丹妮丝，她现在已经打开话匣子，坐在角落跟一个穿上尉军服的男人神聊起来。

鲁比也喝了不少，但弗立克对她抱有信心。她是一个奇怪的混合物，她几乎不能读也不能写，地图阅读和加密课上得一塌糊涂，但她却是小组里最聪明、直觉最敏锐的人。鲁比时不时盯上葛丽泰一眼，可能已经猜到葛丽泰是一个男人，但值得称赞的是，她什么也没说。

鲁比跟武器教练吉姆·卡德威尔坐在酒吧里。她在跟女招待说话，但同时用她棕黑色的小手摸着吉姆的大腿内侧，两个人之间开始了一场旋风式的恋爱。他们总是躲着别人，无论是早上喝咖啡的间歇，午饭后半小时的休息，还是下午茶时间，一有机会两人就偷偷搞上几分钟。吉姆看上去就好像刚跳下飞机，但还没有打开他的降落伞，他的脸上总是带着一种痴迷般的喜悦。鲁比并非美人一个，鼻子下钩，下巴上翘，但她是一枚地地道道的性感炸弹，而吉姆已经被她炸得满地打滚。弗立克简直有点儿嫉妒，吉姆自然不是她所喜欢的类型——她爱过的男人都是知识分子，或者至少非常聪明——她嫉妒的不过是鲁比正在享受的情色之欢。

葛丽泰倚在钢琴边，手里拿着一杯粉红色的鸡尾酒，她正在跟三个男人说话。他们看上去更像是当地居民，而不像是精修学校的人。这几个人已经不再惊讶她的德国口音——显然她已经讲了她那来自利物浦的父亲的故事——现在她又拿汉堡夜总会的奇闻逸事迷惑住了他们。弗立克能看出他们毫不怀疑葛丽泰的性别，他们把她当成一个来自他乡但很有魅力的女人，给她买饮料，为她点烟，她触碰他们时，他们还会快活地笑起来。

弗立克看见，其中一个男人坐在了钢琴前面，弹出了几个和音，期待地看着葛丽泰。酒吧里面安静下来，葛丽泰开始献唱《厨房的男人》：

不知那男孩怎么撬开蛤

观众立刻意识到每句歌词都带有性的暗示，哄然大笑起来。葛丽泰唱完了，给钢琴家的嘴唇上来了一个吻，这让他兴奋不已。

莫德离开保罗，去酒吧里找戴安娜了。跟丹妮丝聊天的那个上尉这时走了过来，对保罗说："她把一切都跟我说了，先生。"

弗立克点点头，感到失望，但并不惊讶。

保罗问他："她都说了什么？"

"说她明天晚上要去炸马尔斯村附近的铁路隧道，就在兰斯附近。"

这是掩人耳目的说法，但是丹妮丝把它当成了真事，透露给了一个陌生人。弗立克怒火中烧。

"谢谢你。"保罗说。

"很遗憾。"中尉耸了耸肩。

弗立克说："早发现总比晚发现好。"

"是你自己去告诉她，先生，还是由我来处理？"

"我先跟她谈谈，"保罗回答，"如果你不介意，就先在外面等她。"

"好的，先生。"

上尉离开了客栈，保罗把丹妮丝叫过来。

"他突然就离开了，"丹妮丝说，"要我看，这种行为可真不好。"她显然觉得被怠慢了，"他是个爆破教练。"

"不，他不是，"保罗说，"他是个警察。"

"你是什么意思？"丹妮丝迷惑不解，"他穿着上尉的制服，他跟我说——"

“他跟你说的是谎话，”保罗说，“他的工作是去逮那些向陌生人泄密的人。他逮住你了。”

丹妮丝的脸往下一拉，随后她又恢复了镇静，变得愤愤不平。“那么说，这是一个诡计，你给我设了圈套？”

“很不幸，我成功了，”保罗说，“你把一切都告诉他了。”

意识到自己被戳穿了，丹妮丝就试图轻描淡写，蒙混过关。“那要怎么惩罚我？罚抄一百行作业，取消游戏时间？”

弗立克真想上去抽她一个嘴巴，丹妮丝的自我吹嘘会危及整个小组的生命。

保罗冷冷地说：“我们这里没有那种惩罚。”

“哦，那太谢谢你了。”

“但你得离开小组，你不能跟我们一起去了。你今晚就得离开，跟那个上尉走。”

“要是回我原来在亨登工作的地方，那可就太蠢了。”

保罗摇摇头，说：“他不会把你带回亨登的。”

“为什么？”

“你知道得太多了，不能允许你自由活动。”

丹妮丝这才开始显得有些担心。“你准备对我怎么样？”

“他们会把你放在一个地方，让你坏不了什么事儿，我认为通常是苏格兰的一个孤立的基地，那里的主要功能是整理大批的账目。”

“那不就跟监狱一样！”

保罗想了一会儿，然后点点头。“差不多。”

“那要多久？”丹妮丝丧气地问。

“谁知道呢？大概要到战争结束吧。”

“你真是个无赖！”丹妮丝狂暴地说，“我真希望从未遇到过你。”

“你可以离开了。”保罗说，“你得感谢是我抓到了你，否则，抓住你的人就是盖世太保了。”

丹妮丝扬着头走了出去。

保罗说：“我希望如此残酷并非没有必要。”

弗立克不这样认为，这个愚蠢的母牛应该得到更严酷的惩罚。不过，她想给保罗留点儿好印象，就说：“没必要把她一棍子打死，有些人就是不适合这个工作，这不是她的错。”

保罗笑了起来。“你可真会说谎啊，”他说，“你其实觉得我对她太宽容了，是不是？”

“我认为把她钉在十字架上都算轻的。”弗立克气愤地说，可保罗却笑了，这种幽默的态度让她怒气全消，最后她也笑着说：“我骗不过你的火眼金睛，对吧？”

“但愿吧。”说完他又严肃了起来，“幸好我们多招了一名队员，没有丹妮丝不会影响大局。”

“可现在我们就一个也不能少了。”弗立克疲倦地站起身，“我们现在最好上床休息。今晚她们能最后睡个好觉，短时间之内都睡不成了。”

保罗往屋子四下看了看，说：“戴安娜和莫德不在这儿。”

“她们可能到外面透气去了。我去找她俩，你去召集其他人吧。”见保罗点头同意，弗立克便往外走去。

到了外面，也看不见这两个姑娘的影子。她停下来站了一会儿，看见河口平静的水面在夜色下泛着光，她转身朝客栈停车场那边走过去。一辆棕褐色的军用奥斯丁开走了，她瞥见坐在后面的丹妮丝正在哭泣。

还是没找见戴安娜和莫德，弗立克心里直纳闷，皱着眉头穿过了柏油路到了客栈的后身。这里是一个堆放着旧铁桶和一摞摞板条箱的小院，穿过院子就是一个小仓房，木门敞开着，她走了进去。

里面很暗，一开始她什么也看不见，但她能感觉到这里有人，她听到了喘息的声音。直觉告诉她不能出声，一动不动。她的眼睛渐渐适应了昏暗光线，这里是一间工具棚，各种扳手和铲子整齐地挂成一排，一台大个儿的割草机摆放在地中央，戴安娜和莫德就在里面的犄角处。

莫德紧贴着墙站着，戴安娜正在吻她。弗立克的脸沉了下来。戴安娜脱掉了上衣，露出了一只极为实用的大胸罩。莫德的粉红格子裙向上卷到了腰部。看得再清楚些，弗立克发现戴安娜的手插进了莫德的短裤里。

弗立克惊呆了，在那儿站了一会儿。莫德看见了她，两人目光相对。“你都看清楚啦？”她傲慢地说，“是不是想拍张照片啊？”

戴安娜惊得一跳，把手抽了回去，躲到莫德的身后，她转过身去，一脸惊恐万状。“我的上帝。”她说。她用一只手拉好胸前的外衣，用另一只手捂着自己的嘴巴，羞愧难当。

弗立克磕磕绊绊地说：“我——我——我只是过来说一声，我们得离开了。”说完她就转过身，跌跌撞撞地走了出去。

24

无线电报务员并不是百分之百的隐身人，在他们出没的幽灵世界，朦胧之中可以窥见那若隐若现的鬼影。盖世太保无线电探测小组设在巴黎一处巨大、昏暗的大厅之中，他们就是专门搜寻这些幽灵的。迪特尔曾造访过那个地方。三百个圆圆的示波器屏幕闪烁着绿色的光，无线电广播以竖直的线条出现在监视器上，这条线的位置显示着传输的频率，线的高低显示信号强弱。报务员们不分昼夜，静默而警觉地观察着屏幕，让他觉得就像一群监视着人类罪恶的天使。

这些报务员了解那些常规的电台，无论是德国的还是外国的。一有流氓露头他们就能立刻发现。出现这种情况时，报务员就拿起办公桌上的电话，联络三个跟踪站，两个位于德国南部的奥格斯堡和纽伦堡，一个在布雷斯特的布列塔尼。报务员会把这个流氓的广播频率通告他们。跟踪站装备了测向仪，这是用来测量角度的仪器，每个站都会在几秒钟内说明广播发自何方。他们把这一信息发送回巴黎，由报务员在墙上的大地图上画出三条线，三条线相交处便是嫌疑人无线电台的位置。然后报务员打电话通知最靠近这一位置的盖世太保机构。当地盖世太保早已准备好了车辆，车上装备了他们自己的探测仪器。

迪特尔正坐在一辆这样的车上，这是一辆加长的黑色雪铁龙，正停在兰斯的郊外。他还带了三名有无线电侦测经验的盖世太保。今晚他并不需要巴黎方面的帮助，迪特尔已经知道"直升机"要使用什么频率，而且他也推测"直升机"会在城里的某个地方发报（因为无线报务员要想在农村地区隐藏起来十分困难）。车里的接收器已经调整到了"直升机"的频率。它会测量电波的强度及方向，如果表盘上的指针抬高，迪特尔就会知道他正在接近这台发报机。

此外，坐在迪特尔旁边的盖世太保身上带着接收器和天线，就藏在他的雨衣下面。他的腕子上有一块像手表一样的测量表，能显示信号强度。当搜索范围缩小到具体街道、街区或一座建筑，他就把任务接过来，徒步侦测下去。

坐在前座的盖世太保膝头放着一把大锤子，用来砸开房门。

迪特尔曾打过一次猎。他不喜欢乡间的追逐活动，宁愿享受城市里更为精致的娱乐活动，但他的枪法很准。眼下，等着"直升机"开始向英国发送加密报告，让他想起了那次狩猎，这就像大清早躺在藏身之处，紧张而急切地期待着小鹿开始活动，品味着这期待带来的欣喜。

抵抗组织并非小鹿，他们是狡猾的狐狸，迪特尔想。他们潜伏在地洞里，偶尔出来，跑到鸡舍屠戮一番，然后又钻回地下。弄丢了"直升机"让他十分难堪，他急于再把他抓住，甚至不太介意自己需要依靠威利·韦伯。他只是一心要杀狐狸。

这是一个晴朗的夏夜。车子停在城市的最北端。兰斯是一座小城，迪特尔估计从一头开到另一头，几乎用不了十分钟。他看了看手表，八点过一分。"直升机"迟迟没有发出信号。也许他今天晚上不会发报……但这不太可能。今天“直升机”遇到了米歇尔。他可能希望尽快向上级汇报他的成功，并通告他们波林格尔还剩下多少人。

米歇尔在两个小时前往杜波依斯大街的房子打过电话。迪特尔当时就在那儿。那一刻非常紧张。斯蒂芬妮接了电话，模仿着蕾玛斯小姐的声音。米歇尔说了他的代号，问“中产者”是否还记得他——这个问题让斯蒂芬妮放下心来，因为这说明米歇尔不太熟悉蕾玛斯小姐，所以不会发现有人冒名顶替。

米歇尔向她询问她招募的新成员，那个代号叫查伦顿的人，“他是我表兄，”斯蒂芬妮粗声粗气地说，“我们小时候就认识了，我可以用性命为他担保。”米歇尔告诉她，她没有权利招人，至少应该跟他商量一下，不过他看来相信了她编的瞎话，迪特尔吻了斯蒂芬妮，说她的戏演得好极了，加入法兰西剧院都不成问题。

不管怎样，“直升机”都很清楚盖世太保会监听他，想把他逮住。他必须冒这个险，如果他不向国内发回信息他也就没用处了。他要尽可能用最短的时间发出电报，如果他要发很多信息，他就会把它拆成两份或更多部分，从不同的位置发送它们。迪特尔唯一希望的是“直升机”会铤而走险，留在频段的时间稍长一点儿。

时间一秒一秒地过去，频段上寂静无声，几个人不安地抽着烟。然后，到了八点五分，接收机“哔哔”响了起来。

按照预先安排，司机立刻发动了汽车，往南驶去。信号更强了，但变化的速度不快，迪特尔担心他们并非直接朝向发射源。

果不其然，当他们经过市中心的大教堂时，指针落了回来。

后座上，一个盖世太保在用短波收音机通话，向一英里外的无线电侦测车上的人询问着。过了一会儿他说："西北地区。"

司机立刻调头向西，信号开始加强了。

"抓到你了。"迪特尔松了一口气。

但五分钟已经过去了。

汽车向西飞驰，信号变得更强，"直升机"继续敲击着他提箱式电台的莫尔斯键，或许就藏在城市西北的一间浴室、阁楼或者仓房里。同时，在圣-塞西勒城堡，一名德国无线报务员正收听着同样的频率，记下这条加密信息。磁线录音机也把它记录下来了。然后，迪特尔就用斯蒂芬妮誊抄的一次性密码本把它解密出来，不过这信息并不如发信人更重要。

他们开进了一个街区，这里都是又高又大的老房子，大多破旧衰败，被分成小间公寓租给学生和护士。信号的声音更大了，随后又突然变弱。"开过了，开过了！"前座的盖世太保嚷道。司机倒了一下车，然后刹住。

已经过了十分钟。

迪特尔跟三个盖世太保冲出车门。雨衣下面藏着便携式侦测仪的那一个沿着便道快步走着，不停查看手腕上的计量表，其他人跟在后面。他走了一百米后，突然转过身来，停住脚步，指着一座房子。"就是这儿，"他说，"但发射已经停止了。"

迪特尔发现窗户上没有窗帘，抵抗组织喜欢利用废弃的房子发送情报。

带着大锤子的盖世太保两下就敲开了房门，几个人一齐冲进屋里。

地板上光光的，没有地毯，屋里散发着一股霉味。迪特尔猛地推开一扇门，房间里面空空如也。

迪特尔打开里屋的门，几步穿过这间空房间，看了看厨房，里面没有人。

迪特尔往楼上跑。楼上有一个窗户，正好朝着花园。迪特尔向外望去，看见“直升机”和米歇尔正从草地上跑过去。米歇尔一瘸一拐，“直升机”拎着他的小手提箱。迪特尔骂了一句。他们一定在盖世太保砸开前门时从后门溜走的。迪特尔回头大声喊道：“后面的花园！”几个盖世太保跑了起来，他跟在后面。

到了花园，他看见米歇尔和“直升机”爬过栅栏，进了另一家院子。他跟着其他人一块追，但离两个逃亡者太远了。他和三个盖世太保攀过栅栏，穿过这第二个花园继续追赶。

等他们跑到下一条街，刚好看见一辆黑色的雷诺“莫纳奎特尔”消失在拐角处。

“见鬼。”迪特尔说。一天之内，“直升机”第二次从他的掌心里溜走了。

25

他们回到房子里后，弗立克给整个小组准备饮料。军官通常不会为自己的部下亲自做可可，但按照弗立克的观点，这只不过说明军队里很少有人懂得领导艺术。

保罗站在厨房里看她等着壶里的水烧开，她感觉得到他那抚爱的目光。她知道他要说什么，也已经准备好了怎么答复。跟保罗陷入爱河十分容易，但她不会背叛自己的丈夫，他正冒着生命危险战斗在被纳粹占领的法国。

不过，他却问了个让她吃惊的问题："战争结束后你要干什么？"

"我盼着过一种无聊的生活。"她说。

他笑了说："你过够了兴奋日子。"

"实在太多了。"接着她想了一会儿，"我还是想当一名教师，把我对法国文化的热爱分享给年轻人。教导他们理解法国文学和绘画，或者不那么曲高和寡的东西，比如烹饪和时装。"

"那么你要走向教职了？"

"读完我的博士，在大学里找份工作，让那些内心狭隘、上了岁数的男教授们纡尊降贵。也许会写一本法国指南，或者甚至写本食谱。"

“听起来挺温顺的，既然经过了现在这种生活。”

“可这很重要。年轻人对外国人了解多了，就不太可能像我们这么愚蠢，邻里间互相残杀。”

“我不知道这么说对不对。”

“你呢？你在战后有什么计划？”

“哦，我的打算简单多了。我要娶了你，带你到巴黎度蜜月。然后我们就安安稳稳过日子，生几个孩子。”

她盯了他一眼。“你不觉得这要征求我的同意吗？”她恼火地说。

他一下子严肃起来说：“几天来除了这事儿我什么都没想。”

“我已经有丈夫了。”

“但你并不爱他。”

“你没权利说这种话！”

“我知道，但我不得不说。”

“怎么我一直以为你说话很圆滑？”

“通常来说是的。水开了。”

她把水壶移开炉架，把开水倒进一个盛了可可粉的瓷壶里。“往托盘里放几个杯子，”她对保罗吩咐道，“干点儿家务你就不会整天想着成家了。”

他照做了。“你用专横跋扈这一套也不能把我搪塞过去，”他说，“我正好吃这一套。”

她往可可里加了奶和糖，倒入他摆好的杯子中。“既然这样，就把盘子端到客厅去吧。”

“这就去，头儿。”

进了客厅，他们看见“果冻”和葛丽泰正在争吵，两人面对面站在屋子中央，其他人在旁边看着，觉得有趣，又有点儿吃惊。

“果冻”说：“你又不用它！”

“我在那上面搭脚来着。”葛丽泰回答。

“这儿的椅子不够。”“果冻”手里抓着一只鼓鼓的坐垫，弗立克估计这是她从葛丽泰那儿硬抢过来的。

弗立克说道：“女士们，请停一下！”

她们没理会她。葛丽泰说：“你说一句就好了，甜心。”

“我用不着在自己的国家征求一个外国人的同意。”

“我不是外国人，你这个肥婊子。”

“噢！”这种羞辱一下子激怒了“果冻”，她伸手去抓葛丽泰的头发。葛丽泰的深色假发被她一把扯在了手里。

紧贴头皮的黑色短发露了出来，突然葛丽泰看上去明明白白地像个男人。珀西和保罗知道这个秘密，鲁比已经开始怀疑，但莫德和戴安娜着实吃了一惊。戴安娜说：“上帝啊！”莫德则吓得叫了一声。

“果冻”最先缓过神来。“你个性变态！”她得意洋洋地说，“我的老天爷，这是个外国的性变态！”

葛丽泰哭了。“你这该死的纳粹！”她抽噎着。

“我打赌她是个间谍！”“果冻”说。

弗立克说：“住嘴，‘果冻’。她不是间谍。我知道她原来是男人。”

“你知道！”

“保罗也知道。珀西也知道。”

“果冻”看了看珀西，珀西严肃地点点头。

葛丽泰转身要走，但弗立克抓住了她的胳膊。“别走，”她说，“请坐下。”

葛丽泰坐下了。

“‘果冻’，把那该死的假发给我。”

“果冻”把它交给弗立克。

弗立克站在葛丽泰面前帮她把假发戴上。鲁比很快明白弗立克要做什么，就从壁炉架上拿过一面镜子，走到葛丽泰面前举着，让葛丽泰调整好假发，端详着镜子，用手帕擦去泪痕。

“现在大家都听我说，”弗立克发话了，“葛丽泰是机械师，没有机械师我们就无法完成任务。一个清一色的女性小组在敌占区生存下来的机会要大得多。这样一来，我们就需要葛丽泰装成一个女人。所以，你们适应一下吧。”

“果冻”轻蔑地哼了一声。

“还有件事我要解释一下，”弗立克盯着“果冻”说，“你可能注意到了，丹妮丝已经不在了。今晚给她做了一个小小的测试，她没有通过。她离开了小组。不幸的是，最后两天来她知道了一些秘密，不能让她再回到原来工作的地方。因此她去了英格兰的一个偏远的基地，她或许要在那儿一直待到战争结束，不得离开。”

“果冻”说：“你不能这么做！”

“我当然能，你这个白痴，”弗立克不耐烦地说，“现在是战争，不记得了？我对丹妮丝这么做，如果其他任何人被小组开除，我也这么做。”

“我根本就没加入军队！”“果冻”抗议道。

“错了，你加入了。你已经得到军官的委任，就在昨天喝茶以后。你们都是。你们会得到军官的薪水，尽管现在还没有到手。这就是说你们要受军纪的约束。这你们都清楚得很。”

“那我们就是囚犯了吗？”戴安娜说。

“你们是在军队，”弗立克说，“这大同小异。喝完你的饮料就去睡觉吧。”

大家一个接着一个离开了房间，最后只剩下戴安娜。弗立克正等着这个机会。看到两个女人激情拥吻，实在令她大为震惊。她回想起上中学时有的女生互相产生爱慕之情，私下交换情书，手牵着手走路，有时甚至还要接吻。不过就她所知这种关系不会进一步发展下去。话说回来，她跟戴安娜就互相练习过法国式接吻，以便日后有男朋友时知道该怎么办。现在，弗立克觉得，那些亲吻对戴安娜比对她意味着更多的东西。但是她从不知道一个成年妇女会渴望另一个女人。理论上说，她明白女人中也有像她哥哥马克和葛丽泰这样的，但她想象不出她们会在花园仓房里相互摸来摸去这种事。

这要紧吗？在平常生活中无所谓。马克和他的同志们很幸福，或者说，至少在没人打扰的时候他们很快活。但是戴安娜和莫德的关系会影响整个行动吗？未必。说到底，弗立克自己的丈夫也在抵抗组织工作。诚然，两种情况不太一样。刚刚萌发的爱恋充满激情，会导致精神涣散。

弗立克可以想办法把两个恋人分开——但这么做会让戴安娜更加不听摆布。再说，这种恋情也容易变成一种灵感之源。弗立克一直想让这些女人团结合作，这件事情或许有用。因此她决定适可而止，顺水推舟。但是戴安娜有话要说。

“不是你看见的那样，真的不是，”戴安娜直截了当地说，“天啊，你得相信我的话。这不过是件蠢事，一个玩笑——”

“你还想喝点儿可可吗？”弗立克说，“我看壶里还剩了点儿。”

戴安娜不知所措地看着她，过了一会儿才说：“你怎么说起可可来了？”

“我不过是想让你平静下来，让你知道不会仅仅因为你吻了莫德，世界就到了末日。你还曾经吻过我呢，记得吗？”

“我知道你会提这件事，但那只是孩子气的玩意儿，跟莫德不一样，不仅仅是接吻。”戴安娜坐下，她那张骄傲的脸皱成了一团，开始哭起来，“你知道不止这些，你能看见的，天哪，我做的是什么事情啊。你究竟怎么想呢？”

弗立克小心选择她的措辞说：“我想你们两个人非常甜蜜。”

“甜蜜？”戴安娜不敢相信，“你不觉得恶心？”

“当然不。莫德是个漂亮姑娘，看来你已经爱上了她。”

“实际上就是这样。”

“那就别再感到害臊了。”

“怎么能不害臊？我是个同性恋！”

“我要是你就不这么看。你只需小心点儿，不要去得罪那种思想狭隘的人，比如‘果冻’，但这没什么值得羞耻的。”

“我会一直这样吗？”

弗立克想了想。答案或许是肯定的，但照直说显得太狠心了。“问题是这样，”她说，“我认为有些人，比如莫德，不过是喜欢让别人爱，这样他们就高兴，不管对方是男人还是女人。”事实上，莫德既浅薄又自私，还很放荡，但弗立克把这种想法使劲压下去。“另外一些人就更难改变了，”她继续说，“你要把心思放宽点儿。”

“我觉得这下我跟莫德不能参加任务了。”

“这是完全没有的事。”

“你还让我们去？”

“我仍然需要你们。再说我不觉得这有什么区别。”

戴安娜拿出一条手帕擤了擤鼻子。弗立克站起来走向窗户那边，让她有时间恢复镇静。一分钟后，戴安娜的声音就平和多了。“你实在是宽宏大量。”话里还带着点儿她原有的自负。

“上床睡觉吧。”弗立克说。

戴安娜顺从地站起身。

“要是换了我……”

“怎么？”

“我就去跟莫德睡。”

戴安娜感到震惊。

弗立克一耸肩膀。“这可能是你最后的机会了。”她说。

“谢谢你。”戴安娜小声说，朝弗立克靠近了一步，伸开胳膊像是要抱住她，但接着又停住了。“你不会愿意让我吻你的。”她说。

“别犯傻。”弗立克说着，拥抱了一下她。

“晚安。”戴安娜说，然后离开了房间。

弗立克转身向花园里望去。月亮有四分之三大小，过几天就会变成一轮满月。一股微风吹动着森林的新枝嫩叶，天气就要变了。她希望英吉利海峡不会出现风暴。不列颠变化无常的气候会毁掉进攻计划。她想，肯定有不少人正在为好天气而祈祷。

她得上床睡一会儿。她离开房间，上了楼，想着自己跟戴安娜说的话。“换了我，我就去跟莫德睡。这可能是你最后的机会了。”她在保罗门前犹豫了一会儿。戴安娜的情况不同——戴安娜是单身。可弗立克是结了婚的人。

但这可能是她最后的机会。

她敲了一下门，然后走了进去。

26

迪特尔垂头丧气地坐在雪铁龙上，跟侦测小组一块返回圣-塞西勒城堡。他去了防弹地下室的无线电监听室，威利·韦伯正在那里，一副气哼哼的样子。迪特尔想，今夜这场落败的唯一安慰，就是在迪特尔失策的地方，韦伯也没有什么胜算，所以也就不能对他幸灾乐祸了。但迪特尔必须忍受韦伯各种常胜不败的叫嚣，只为了能把“直升机”抓进行刑室就行。

“你有他发送的消息吗？”迪特尔问。韦伯把一份打字机打出来的信息的碳复写本递给他，说：“已经把它送往柏林的密码分析室了。”

迪特尔看了看一串无意义的字符串。“他们解不开这种密码。他使用的是一次性密码本。”他把这张纸折起来，放进口袋里。

“那你要它有什么用？”韦伯说。

“我有他的代码本的复写本。”迪特尔说。这不过是一个微小的胜利，但让他感觉好多了。

韦伯吞下一口气说："这条消息可能告诉我们他在什么地方。"

"是的。他预定在晚上十一点收到答复。"他看了看手表。离十一点还差几分钟。"我们把它记录下来，然后我一块儿把它们解码。"

韦伯离开了。迪特尔在这间没有窗户的房间里等着。十一点整，已经调到"直升机"收听频率的接收机开始发出长短不一的哔哔声。一位报务员写下一个个字母，磁线录音机也同时转动起来。哔哔声停下来后，报务员拉过一台打字机，把他记在记事本上的内容打下来，最后给了迪特尔一份碳复写本。

两份信息可能包含一切，也可能毫无用处。迪特尔这样想着，坐到他那辆车的方向盘后。月色明亮，他沿着弯曲的道路穿过一座座葡萄园来到兰斯，在杜波依斯大街停下车。这实在是盟军进攻的好天气。

在蕾玛斯小姐的房子里，斯蒂芬妮正在厨房等着他。他把两份加密信息放在桌上，拿出斯蒂芬妮从密码本和丝绸手帕上抄下来的副本。他揉了揉眼睛，开始给"直升机"发出的第一条信息解码，把译文写在蕾玛斯小姐用来记购物单的便签本上。

斯蒂芬妮沏了一壶咖啡。她站在他背后看了一会儿，问了几个问题，然后就拿起第二份信息自己破译起来。

迪特尔解密的那份信息简单说明了教堂里发生的事件，把迪特尔称作查伦顿，说他是由蕾玛斯小姐招募的，因为她担心接头的安全。里面还说，"莫奈"（米歇尔）采取了非常规步骤，已打电话向"中产者"确认查伦顿是否值得信赖，他很满意。

电文列出了波林格尔抵抗组织在星期天战斗中幸存下来的成

员的代号。一共只有四个人。

这很有用，但没有告诉他在哪儿能找到那些间谍。

他喝了一杯咖啡，等着斯蒂芬妮完成破译。终于，她把那张写满华丽笔体的纸递到他的手里。

他读着电文，几乎不敢相信自己如此幸运。电文是这样写的：

准备接应六人小组伞降代号寒鸦领导人雌豹六月二号周五下午十一点到达石头场

“我的天哪。”他低声说。

“石头场”是一个代号，但迪特尔知道那是什么意思，因为加斯东在第一次审讯时就告诉他了。那是查特勒村外牧草场上的降落地点，这个小村子离兰斯五英里远。迪特尔现在已确切得知“直升机”和米歇尔明晚会出现在什么地方了，他要抓住他们。

他还能多抓六个盟军特工，让他们直接降落到他的手心里。

其中之一就是“雌豹”——弗立克·克拉莱特，这个对法国抵抗组织了解最多的女人。在他的拷问下，她会向他供出他所需要的情报，敲断抵抗组织的脊梁，及时阻止他们对盟军进攻部队提供支援。

“全能的基督啊。”迪特尔说，“真是个大突破。”

第六天

1944年6月2日，星期五

27

保罗和弗立克两个人在聊天。

他们并排躺在床上。屋里黑着灯，但月亮透过窗户照了进来。他赤裸着，因为她进房间时他就是这样的。他总是光着身子睡觉，穿过走廊去浴室时只穿一件睡衣。

当她走进来的时候他已经睡着了，但他立刻就醒了，翻身跳下床来，他的潜意识认定若在深夜有人造访，就一定是盖世太保。他用手掐住她的脖子，接着才意识到来人是谁。

他大为惊讶，心里又是激动，又是感激。他关上房门，然后去吻她，就站在那里，吻了很长时间。他毫无准备，一切就好像在做梦。他真害怕他会醒过来。

她抚摸着他，感觉着他肩膀、后背和他的胸口。她的手很柔软，但她的触摸却很坚定，像在探索着什么。“你的毛真多。”她低声说。

“像一只猿猴。”

“但没那么帅。”她取笑道。

他看着她的嘴唇，喜欢它们在她说话时动起来的样子，想着他立刻就会用他自己的嘴唇去碰它们，顿觉爱意绵绵。他笑了说：“我们躺下吧。”

他们躺在床上，脸对着脸，但她一件衣服都没有脱，连鞋也没脱。光着身子跟一个穿得严严实实的女人躺在一起，让他感到一种奇怪的兴奋。他十分享受这种不必急于跑向下一个球垒的感觉，想让这一时刻永远延续下去。

“跟我说点儿什么。”她用一种慵懒、性感的声音说。

“说什么？”

“什么都行。我觉得我不认识你。”

这又是怎么回事？他从未交往过这样的女孩。她晚上来到他的房间，躺在他的床上但还穿着自己的衣服，然后开始质问他。“你就是为这个来的？”他快活地问，看着她的脸，“来审问我吗？”

她轻柔地笑了。“别担心，我想跟你做爱，但不着急。跟我说说你的初恋情人。”

他轻轻用指尖抚摸她的脸颊，循着她下巴的曲线。他不知道她想要什么，她的心思跑到哪儿去了。她让他乱了阵脚。“我们可以互相抚摸着，一边说话吗？”

“可以。”

他吻她的嘴唇。“也可以亲吻吗？”

“可以。”

“那我觉得我们应该谈上一阵儿，也许一年两年。”

"她叫什么名字？"

弗立克并不像她装的那么自信，他想。事实上她十分紧张，因此她才问这些问题。如果能让她觉得舒服，他就会回答的："她叫琳达。那时候我们都实在太小了——我都不好意思说我们有多小。我第一次吻她，她十二岁，我也只有十四岁，你可以想象吗？"

"当然可以。"她咯咯笑了，瞬间她又变成了一个女孩，"我十二岁时就吻过男孩子。"

"我们一直假装跟一帮朋友出去，一般我们晚上都这么干，不过我们马上就摆脱其他人，去电影院什么的，我们这么交往了几年，才开始有真正的性行为。"

"是在美国吗？"

"在巴黎，我的父亲是使馆的武官。琳达的父母有一家酒店，专门接待美国游客。我们总是跟一大群外籍孩子一起玩。"

"你们在哪儿做爱？"

"在酒店。这很容易。有很多空房间。"

"第一次是什么感觉？你们有没有采取什么预防措施？"

"她从她父亲那儿偷来一只那种橡胶玩意。"

弗立克的手指尖往他的肚子下面滑去。他闭上了眼睛。她说："是谁把它戴上的？"

"是她。那非常刺激。我几乎一下子就出来了。要是你不小心……"

她把手移向他的髋部，说："我真想在你十六岁的时候认识你。"

他睁开眼睛。他不再想让这一刻永远持续下去了。事实上，他发现自己急于往下进行。“你能……”他的嘴唇发干，只能咽了口唾沫，“你能脱掉一点儿衣服吗？”

“可以，可是预防措施……”

“我的皮夹里有，在床头柜上。”

“好。”她坐直身子，脱了鞋，把它们扔在地板上，随后站起来解开她的上衣。他看得出来她很紧张，所以他说：“不要着急，我们有一整夜时间。”

有好几年保罗都没见过女人脱衣服了。他一直过着节制的生活，陪伴他的只有墙上的性感女郎招贴，她们总是穿着精致的丝绸和蕾丝，还有紧身胸衣、吊袜腰带和透明睡衣。弗立克穿的是件宽松的棉衬裙，没戴胸罩，内衣下面隐现的轮廓让他心急似火，他想，这对小巧而优雅的乳房可能并不需要支撑。她褪下她的裙子。她的内裤是纯白棉布做的，褶边在大腿上围了一圈。她的身体很娇小，肌肉却很发达。她就像一个在校女生换好衣服准备去打曲棍球，但他觉得这比墙上的女郎性感多了。

她再次躺下。“这样好点儿了？”她说。

他抚摸着她的髋部，感到了温暖的皮肤，然后是棉布，然后又是皮肤。他发现，她还没有做好准备。他强迫自己耐心一点儿，让她来掌握速度。“你还没告诉我你的第一次呢。”他说。

让他惊奇的是，她害羞了。“不像你们那么好。”

“哪方面呢？”

“在一个可怕的地方，一个到处尘土的库房里。”

他愤愤不平。是哪个白痴能说服弗立克这样特别的女孩，乖乖跟着他躲进柜橱匆忙了事？“你当时多大了？”

“二十二岁。”

他以为她会说十七岁。“老天。那个年龄，你本该舒舒服服在床上才对。”

“是不太对劲。”

她又放松下来，保罗感觉得到，于是他鼓励她多讲一些：“那，到底是哪儿不对了？”

“大概我并不想做。我是被劝着才做的。”

“你不爱那个人吗？”

“不，我爱。但我没准备好。”

“他叫什么名字？”

“我不想告诉你。”

保罗猜测那就是她的丈夫米歇尔，便决定不再问下去。他吻着她，说：“我能摸你的乳房吗？”

“你愿意摸哪儿都行。”

没人跟他说过这种话。她这样开放让他感到吃惊，感到兴奋。他开始探察她的身体。就他的经验，大多数女人在这种时候都闭起眼睛，可她却睁着双眼，带着期待和好奇的神情审视着他的脸，更撩拨起他心中的欲火。就好像她可以不用别的方法，只凭这样看就能探察他。他的两手探寻出她胸部轻巧的外形，用手指感知着她那对娇羞的乳头，了解它们长什么样子。他把她的内裤脱掉，那里的毛发卷曲，蜜一样的颜色，密密丛丛，而在其下的左侧，有一块像溅出的茶水一般的胎记。他低头去吻这块地方，嘴唇让那体毛清脆地刷擦着，舌头品味着她润湿的地方。

他察觉她开始体味着快感。她的紧张消失了。她的四肢伸展开来，松弛、放纵，但她的髋部却急切地朝他贴过来。他探寻她私处的折皱，慢慢兴奋起来。她的动作变得更加急切了。

她把他的头推向一边。她脸色通红，呼吸沉重。她移到床头柜一边，打开他的皮夹，找到了橡胶套，一个小纸包里装着三只。她摸索着撕开纸包，拿出一只给他套上。然后，她骑跨在他的身上，让他仰身躺着。她低头亲吻着他，对着他的耳朵说："小宝贝，你在我的里面会舒服极了的。"然后她直着坐好，开始动起来。

"脱了你那内衣。"他说。

她从头上脱掉它。

他向上看着她，她那张可爱的脸上集聚起剧烈的表情，漂亮的乳房欢快地上下动着。他觉得自己就是世界上最幸运的人。他希望一直这样下去，直到永远，没有黎明，没有明天，没有飞机，没有伞降，没有战争。

他想，在整个生命之中，没有任何东西胜过爱情。

一切结束后，弗立克脑子里的第一个念头是：我该怎么跟米歇尔说呢?

她并未觉得不快。她对保罗充满爱与渴望。有那么一会儿，她感到跟他的亲密之情胜过跟米歇尔在一起的时候。她希望在她的余生每天都跟他做爱。这可麻烦了。她的婚姻完了。她应该一见到米歇尔就立刻告诉他。她不能假装，不能装作自己对米歇尔也有这样激烈的感觉，连几分钟都不行。

米歇尔是在保罗之前唯一与她保有亲密关系的男人。她本该把这告诉保罗，但谈起米歇尔让她感到不忠。这更像是一场背叛，而非简单的通奸。总有一天她会告诉保罗，他只是她的第二个情人，她或许会说他是她的最爱，但她决不会跟他谈论自己跟米歇尔的性事如何。

不过，跟保罗这次并不仅仅是性爱上不一样，区别还在她自己身上。她从未像问保罗这样问过米歇尔，问他从前的性经历。她从没有跟他说过“你愿意摸哪儿都行”。她从未给他戴过套子，也从未骑在他身上做过爱，更没跟他说过他在她里面会很舒服。

当她挨着保罗躺在床上，另一重人格在她身上出现了，就像走进十字夜总会后马克身上发生的变化一样。她突然感到她可以想说什么就说什么，怎么喜欢怎么来，只要自己愿意，不用担心别人怎么看她。

跟米歇尔就从来不是这样。从当他的学生开始，弗立克就一心想打动他，但从未真正跟他和睦相处，甚至连稳固的关系都没能建立起来。她一直以来都在寻求他的赞许，而他从来不这么对她。在床上，她想办法取悦他，而不是让自己高兴。

过了一会儿，保罗说：“你在想什么呢？”

“我在想我的婚姻。”她说。

“想它什么？”

她不知应该跟他坦白多少。他晚上那会儿曾跟她说过，他想跟她结婚，但这是在她进他的卧室之前。女人之间流传着一种说法，男人从来不会与主动跟他们上床的女孩结婚。从弗立克跟米歇尔的经验来看，这话并不总是正确的。但不管怎样，她决定把真相的一半告诉保罗。“它结束了。”

“很果断的决定。”

她撑着胳膊肘抬起身子，看着他。

“你觉得麻烦了？”

“正相反。我希望这意味着我们还能再次见到对方。”

“你当真吗？”

他伸出胳膊抱住她说：“我害怕告诉你我有多认真。”

“害怕？”

“我怕我前面说过的蠢话把你吓跑了。”

“说你要娶我、生孩子什么的？”

“我说的是真话，可那种方式太傲慢自大了。”

“没关系，”她说，“如果大家都客客气气的，那就说明谁也不真正在意谁。虽然表达笨拙不雅，但可能更加真诚。”

“我认为你对。我倒没这样想过。”

她抚摸着他的脸。她看得见齐刷刷的胡茬，感觉到那黎明的光线正在一点点变强。她强迫自己不去看她的手表，她不愿意一次次查看他们还剩多少时间。

她的手指在他脸上滑动着，用指尖描摹着他的容貌特征——他浓密的眉毛、深深的眼窝、一只大鼻子、子弹打缺的耳朵、性感的嘴唇、突出的下巴。“你这儿有热水吗？”她突然问道。

“有，这是豪华间。水池在屋角那儿。”

她起来了。

他问：“你要干什么？”

“你待着别动。”她光着脚走在地板上，感觉到他在看着自己赤裸的身体，希望她看上去不像整个髋部那么宽。水池上方的架子上放着一只杯子，里面是牙膏和一把木制牙刷，她看出那是法国货。玻璃杯旁边有一把安全剃刀、一个刷子和一只剃须皂碗。她打开热水龙头，把剃须刷在里面蘸了蘸，在他的皂碗里弄出些泡沫。

“你到底在干什么啊？”他说。

“我要给你刮刮胡子。”

“为什么？”

“过一会儿你就知道了。”

她在他脸上涂满了肥皂沫，然后拿起他的安全剃刀，把刷牙杯子里注满了热水。她像刚才做爱时那样骑跨在他身上，开始小心地一下一下给他刮胡子。

“你怎么学会干这个的？”他问。

“别说话，”她说，“我见过我母亲给我父亲刮过，见过很多次。我爸是个酒鬼，到后来自己都拿不稳剃刀了，我妈就每天给他刮。下巴抬起来。”

他顺从地扬起头，她把他喉咙那块敏感的皮肤刮干净。做完这些以后，她用一块蘸了热水的绒布面巾把他的脸擦干净，然后用毛巾为他揩干。“我应该给你来点儿面霜，但我觉得你这种男人不会用。”

“我从来没想过要用那东西。”

“没关系。”

“接下来干什么？”

“还记得我刚才去拿你钱夹以前你做什么来着吗？”

“记得。”

“那你知不知道为什么我没让你接着做下去？”

“我以为你着急要……性交。”

“不是，是你的胡茬弄得我大腿根发痒，那里的皮肤最柔弱了。”

“啊，那对不起。”

“好了，现在你可以补偿我了。”

他皱了皱眉问："怎么补偿？"

她假装失望地叹了口气。"来吧，我的爱因斯坦。现在你的胡子没了……"

"啊——明白了！你是因为这才给我刮胡子？好啊，当然了。你想让我……"

她仰面躺下，面带微笑，展开她的两腿："这暗示应该够了吧？"

他呵呵笑起来。"我想足够了。"他说着，身子向下探去。

她闭上了眼睛。

28

旧舞厅位于圣-塞西勒城堡炸毁的西侧翼。这间屋子只有部分损坏，它的一端堆着一堆瓦砾，方形的石头和带雕刻的山墙以及一块彩绘墙壁埋在一堆尘土中，但其他部分完好无损。迪特尔想，这种效果倒也生动别致——晨光穿过天花板上的大洞照射在一排残破的柱子上，很像维多利亚时代绘画中的古典式废墟。

迪特尔已决定在舞厅举行通报会。另一种选择是在韦伯的办公室进行，但迪特尔不想给人留下一种印象，好像一切是由韦伯负责的。这里有一个小讲台，大概是为乐队使用的。他在上面布置了一块黑板。几个人从城堡的其他地方搬来一些椅子，在讲台前整齐地摆成四排，每排五把椅子——这种摆法完全是德国式的，迪特尔暗自笑了笑，法国人会毫无章法地随便乱放。韦伯召集了行动小组，他自己坐在讲台上，面对着大家，意在强调他是指挥官之一，并非听命于迪特尔。

两名指挥官同时到场，军衔相同但互相敌视，这是行动的大忌，迪特尔这样想道。

他在黑板上用粉笔画了一个查特勒村的详细地图。村子由三座大房子组成——应该是农场或者酿酒厂——外加六个村舍和一个面包房。这些房屋散落在一个十字路口四周，北面、西面和南面都是葡萄园，东面有一个宽阔的牧牛场，有 公里长，周围是一个大水塘。迪特尔认为这块地太潮湿，不适合种葡萄，应该是块牧场。

“伞兵会瞄准这块牧场降落，”迪特尔说，“这里应该经常用于飞机的起降，它的地势平整，地方很大，足够一架莱桑德起降，对一架哈德森来说也够长。旁边的水塘做地标很合适，从空中就能看见。接飞机的人会把草场南端的牛棚当作藏身处，躲在那里等飞机。

他停顿了一下继续说：“我们在这儿的人要记住，最重要的是我们要让那些伞兵落地。我们必须避免采取任何可能暴露我们的行动，不能引起接机人员或飞行员的怀疑。我们必须不声不响，无影无形，如果飞机掉头带着机上的特工飞回去，我们就会丧失一个千载难逢的好机会。伞兵里有一个女人，只要我们能抓住她，她就能向我们提供法国北部大部分抵抗组织的信息。”

韦伯说话了，主要是为了提醒大家他在这里。“请允许我再强调一下法兰克少校说过的话。不要冒险！不要耍花架子！严格按计划执行！”

“谢谢你，少校，”迪特尔说，“黑塞中尉把各位分成两个人一组，从A组一直到L组。地图上的每个建筑都标出了小组的字母。我们要在二十点整到达村子，迅速进入每一座房子。所有居民要集中到三个大房子里最大的那座，叫格朗丹家宅的，要他们一直待在那儿，直到一切结束。”

一名队员举起一只手。韦伯吼道：“舒勒，你可以讲话。”

“先生，如果抵抗组织的人去哪个房子里找人呢？他们会发现里面没人，就会怀疑了。”

迪特尔点了点头回答：“问得好，但我认为他们不会这样做。我的理由是接机成员都不是本地人。他们通常不会在靠近同情者居住的地方接应特工伞降——这是不必要的安全风险。我打赌他们会在天黑后直接去牛棚，不会去打扰村民。”

韦伯又说话了：“这是抵抗组织的正常程序。”他带着那种医生给出诊断的架势说。

“格朗丹家宅是我们的行动总部，”迪特尔接着说，“韦伯少校在那儿负责指挥。”他特意安排将韦伯排除在真正的行动之外。“那些被羁押的人要被锁在某个安全的地方，最好是地下室。他们必须保持安静，这样我们才能听到接机人员的汽车声，还有飞机的声音。”

韦伯说：“如有囚犯不听劝阻一直发出声音，射杀勿论。”

迪特尔继续说：“村民给关起来以后，A、B、C、D组要立刻前往通往村子的道路，占据隐蔽位置。一旦发现有车或行人进入村子，就用短波电台报告，除此以外不要有任何行动。要记住，你们不要阻拦任何进村的人，也不要做任何事情暴露你们的位置。”迪特尔四下看了看，悲观地想，不知道这帮盖世太保是否有足够的头脑执行这种简单的命令。

“敌人需要运送六名伞兵外加接机小组，所以他们会开一辆卡车或者客车，也许会开好几辆车。我估计他们会从这道门进入牧草场——那里的地面在这个季节比较干燥，不会让车子陷进泥里——然后把车停在牛棚和大门之间，就是这里。”他指着地图上的一个点。

“E、F、G、H组在水塘边上的这片树丛里，每组配备大电池探照灯。I、J两组留在格朗丹家宅里，跟韦伯少校看守囚犯，维持指挥所秩序。”迪特尔不想让韦伯介入抓捕现场，“K和L两组跟着我，在牛棚附近的篱笆后面。”汉斯已经弄清了这些人里谁的枪法最好，特地把他安排跟迪特尔一道行动。

“我用无线电与所有小组保持联络，负责牧场上的指挥。听到有飞机的声音——我们不要行动！看到有伞兵跳伞——我们不要行动！我们要看着跳伞者降落到地面，等待接应人员把他们聚合起来，去停车的地方。”迪特尔抬高了嗓门，主要是为了说给韦伯听。“在全部过程都完成后，我们才能上去抓人！”战斗员不能抢先行动，除非战场指挥官命令他们这样做。

“当我们都准备就绪，我就会发出信号，从这一刻起，直到最后收到结束的命令之前，A、B、C、D各组要逮捕任何企图进入或离开村子的人。E、F、G、H各组要打开手里的探照灯，照向敌人。K组和L组跟着我去逮捕他们。任何人不许向敌人开火——都清楚了吗？”

舒勒显然是小组里最爱思考的人，他又把手举了起来问：“要是他们对我们开火怎么办？”

“不能还击，如果他们死了就没用了！卧倒，继续用探照灯照他们。只有E和F组允许使用武器，他们的命令是射伤。我们要审问这些伞兵，而不是要杀了他们。”

屋子里的电话响了，汉斯过去拿起了听筒。“是找你的，”他对迪特尔说，“是隆美尔的总部打来的。”

时间选得真好，迪特尔想着，接过听筒。他先前给拉罗什-居雍的沃尔特·莫德尔打过电话，留下口信让莫德尔打回来。现在他说：“沃尔特，我的朋友，元帅怎么样？”

“很好，你有什么事？”莫德尔说，口气还是那么生硬。

“我认为陆军元帅很希望得知，我们今晚要展开一场小小的行动——在一批破坏者到达时逮捕他们。”迪特尔犹豫要不要在电话里说出细节，但这是一条德军军用线路，被抵抗组织窃听的危险很小。再说，赢得莫德尔对行动的支持非常重要。“我掌握的信息是，其中一人能够向我们提供大量信息，牵涉到不少相关抵抗组织。”

“好极了，”莫德尔说，“碰巧，我是在巴黎给你打电话。我从这儿开车到兰斯要多长时间，两个小时？”

“三小时。”

“那我会参加你的突击行动。”

迪特尔十分高兴。“我想，陆军元帅一定会满意的。我们十九点整在圣-塞西勒城堡见面。”他看了一眼韦伯，那家伙现在脸色发白。

“很好。”莫德尔挂了电话。迪特尔把听筒还给汉斯。“隆美尔元帅的私人助理莫德尔少校，今晚将和我们一道参加行动，”他耀武扬威地说，“这就又多了一个理由，需要我们确保各项工作无可挑剔，万无一失。”他笑着环顾四周，最后把目光停在韦伯那里，“我们这不是很幸运吗？”

29

“寒鸦”们坐在一辆小客车上一路向北进发，走了一整个上午。这是一次缓慢的旅程，穿过树叶茂密的林地和长满绿色麦苗的田野，曲曲弯弯地经过一个个沉睡的集镇，绕经伦敦向西而去。这里的乡村似乎已被战争遗忘，或许这里自从20世纪以来的确如此，弗立克真希望能一直这样下去。当他们穿过古老的温彻斯特时，弗立克想起了另一座教堂城兰斯，想到街上那些身穿制服、高视阔步的纳粹和坐在黑色轿车里横冲直撞的盖世太保，她暗自祷告着，感谢英吉利海峡阻挡了他们。她坐在保罗旁边，看了一会儿窗外田野，没多久——由于整晚都没睡，他们一直在做爱——她就把头倚在他的肩膀上睡着了。

下午两点他们到达贝德福德的桑迪村。客车沿着蜿蜒的乡间小路下来，上了一条尚未铺就的林间小径，然后就到了一幢叫作坦普斯福德公寓的大宅邸前。弗立克曾经来过这儿，这里是附近的坦普斯福德机场的集结点。安宁的心绪一下子消失了。尽管这地方充满18世纪的优雅，对她来说，却象征着飞入敌方领土前几小时那难以忍受的紧张状态。

他们没有赶上午饭时间，但餐厅为他们准备了茶水和三明治。弗立克喝着茶，但心急得无法吃下任何东西。不过其他人都狼吞虎咽吃完了。随后他们被带到了各自的房间。

过了一会儿，女人们在藏书室集合。这间屋子看上去更像是电影片场的藏衣室。屋里摆着一排排衣架，上面挂着各种服装，到处是帽子盒和鞋盒子，纸箱上标着法语写的“内裤”“袜子”和“手帕”，屋子中间还有一张支架桌和几台缝纫机。

替她们更衣的是吉耶曼夫人，她身材苗条，穿着罩衫裙和一件别致的短外衣，年纪五十上下。她的鼻梁上夹着一副眼镜，脖子上挂着一根皮尺，用一口标准的法语跟她们说话，还带着点儿巴黎腔：“正如你们所知，法国服装明显有别于英国服装，我不能说法国服装更时尚，但是你们知道，它们的确……更加时尚。”她做了一个法国式的耸肩动作，姑娘们都笑了。

这并不是什么时尚不时尚的问题，弗立克闷闷不乐地想：法国外套通常比英国的长十英寸，细节上也有许多差别，任何疏漏都会造成致命后果，让特工露馅。因此，这里的所有服装都是从法国购买，或者用新的英国服装跟难民换来的，也有的是依照法国原样制作，然后做旧，显得不那么新。

“现在是夏天，所以我们穿棉质衣服，轻便的毛外套或防雨外衣。”她朝坐在缝纫机前的两个年轻女人一摆手，“如果衣服不太合适，我的助手会帮助修改。”

弗立克说：“我们需要非常昂贵的那种衣服，但要用旧了的。要让我们看上去像有名望的妇女，以免引起盖世太保的怀疑。”当需要伪装成清洁工时，她们可以摘掉帽子、手套、皮带，立刻就能显得卑微一些。

吉耶曼夫人从鲁比开始。她仔细看了鲁比一分钟，然后从架子上拿来一套藏青色外套和一件褐色的雨衣。“试一试这些衣服。这外套是男式的，但法国人现在谁都没那么挑剔。”她朝房间另一头一指，“你可以在屏风后面换衣服，如果觉得不好意思，也可以去桌子后面的套房。我们都觉得那儿是房子主人偷偷看色情书刊的地方。”大家又笑了，只是弗立克没笑，她以前就听吉耶曼夫人说过这个笑话。

女裁缝仔细打量着葛丽泰，然后说：“我过一会儿再为你选。”她给“果冻”选完，又给戴安娜和莫德挑了衣服，她们几个都去了屏风后面。然后，她转身对弗立克低声说：“这是个玩笑吗？”

“你这是什么意思？”

她转过来对着葛丽泰，说：“你是个男人。”

弗立克轻声叹了口气，转过脸去，感到很受挫败。女裁缝几秒钟就看穿了葛丽泰的伪装，这实在是个不祥的预兆。夫人又说：“你可以蒙骗很多人，但骗不了我，这一点我可以保证。”

葛丽泰问：“为什么？”

吉耶曼夫人一耸肩，说：“比例全不对——你的肩膀太宽，髋部太窄，腿上肌肉很多，你的手也太大——这些让专家一看就看得出来。”

弗立克急切地说：“为了这次任务她就得是女人，请你尽最大可能把她打扮好。”

“当然——不过，看在上帝份儿上，别让裁缝看见她。”

“没问题。盖世太保里面不会有太多裁缝的。”弗立克的信心是装出来的，她不想让吉耶曼夫人看出她有多着急。

女裁缝再次打量葛丽泰，说：“我给你一套反差大点儿的裙子和上衣，能降低你的身高，再来一件四分之三身长的大衣。”她选好衣服，把它们交给葛丽泰。葛丽泰不太喜欢地看着这些衣服。她本想把自己打扮得更加迷人。不过，她没有任何抱怨。“我会害臊的，真得把自己锁在套房里边。”她说。

最后吉耶曼夫人给弗立克找了件苹果绿的裙子和匹配的外套。“这颜色能凸显你的眼睛，”她说，“既然你不爱夸耀卖弄，干吗不把自己打扮漂亮点儿呢？我会帮你展现出你的魅力，摆脱所有烦恼。”

这衣服很宽松，穿在弗立克身上就像一顶帐篷一样，但她用一条皮带束出了腰身。“你太时髦了，跟个法国女孩一样。”吉耶曼夫人说。弗立克没有告诉她，要这根皮带主要是为了带枪。

大家都穿上了新衣服，在房间里走来走去，装扮自己，一边咯咯笑着。吉耶曼夫人选得不错，她们都喜欢自己的衣服，只是有些服装需要改一下。“我们现在就改衣服，你们可以选一些配件。”夫人说。

她们很快丢掉了起先的顾忌，穿着内衣在屋里嬉笑逗趣，试着各种帽子和鞋子、围巾和手包。弗立克想，她们暂时忘记了等在前面的危险，享受着换上新衣的单纯快乐。

葛丽泰从套房里出来，一身打扮看上去相当惊艳。弗立克颇有兴致地打量着她。她把纯白色上衣的领子立起来，显得十分时髦，还穿了一件不定型的大衣，那大衣像斗篷一样披在她的肩上。吉耶曼夫人只是扬了扬眉毛，没作评论。

弗立克的衣服需要裁短。趁着加工的工夫，她仔细研究起那件外衣来。卧底特工的经验让她的目光十分锐利，不放过任何细节，她急急地检查边缝、衬里、纽扣和口袋，确信一切都是法国式的。她没看出有什么毛病。在衣领的标签上写着“拉斐叶百货店”[1]。

弗立克把自己的翻领刀给吉耶曼夫人看。这把小刀只有三英寸长，刀刃很薄，但十分锋利。它有一个小柄，但没有刀把。装在一个很薄的皮革刀鞘里，上面有穿线的小孔。“我想让你把它缝在翻领下面。”弗立克说。

吉耶曼夫人点点头，说：“我可以缝。”

她给大家每人一小叠内衣，每种都有两件，上面都带着法国店铺的标签。她选出来的内衣不仅人小合适，每个人最适合的款式也丝毫不差。“果冻”的是束身内衣，莫德的是漂亮的花边衬裙，给戴安娜的是藏青色灯笼裤和无骨胸罩，为鲁比和弗立克选了简单的内衣和短衬裤。“手帕上都带着兰斯不同洗衣店的标志。”吉耶曼夫人颇为自豪地说。

最后她拿出了各种各样的提包：一个帆布旅行包，一个格莱斯顿提包，一个肩袋，还有不同颜色和大小的廉价行李箱。每个女人都拿到一个。里面装着牙刷、牙膏、扑粉、鞋油、香烟和火柴，一切都是法国品牌。尽管只在很短的时间内使用，弗立克还是坚持给每个人都配了全套用具。

“必须记住，”弗立克说，“除了今天下午给你们的这些东西以外，你们什么也不能带。这决定了你们的生命安危。”

想到再过几个小时就要身处险境，没人再咯咯笑了。

弗立克说：“好了，请大家回到各自房间，穿上你们的法国服

① 即“Galeries Lafayette”，也就是国人通常所说的“老佛爷百货”。

装，包括内衣，然后到楼下吃晚餐。”

这座宅邸的主客厅里设立了一间酒吧。弗立克走进去时，看到里面已经有十几个人，有些人穿的是英国皇家空军的制服。弗立克以前到这儿来的时候了解到，这些人都是被指定去法国执行秘密飞行任务的。一张黑板上写着那些今晚离开的人的名字或代号，后面跟着离开这座房子的时间。弗立克见上面写着：

亚里士多德——19:50

詹金斯上尉和拉姆齐中尉——20:05

全体寒鸦——20:30

科尔盖特和邦特尔——21:00

浮泡先生、悖论、萨克斯管——22:05

她看了看手表。现在是六点半，时间还有两个小时。

她坐在酒吧里，环顾四周，心想，不知道这些人中谁能生还，谁将战死沙场。其中有的非常年轻，一边抽着烟一边说着笑话，看上去毫不在意。年长的人面色坚毅，品味着威士忌和杜松子酒，冷酷地意识到这可能是他们最后的一杯酒。她想到了他们的父母、他们的妻子或女友、他们的孩子。今晚的出征会在其中某些人心中留下无法消除的悲伤。

眼前出现的两个人打断了她阴郁的思绪，她不禁大吃一惊。西蒙·福蒂斯丘，这个军情六处老练油滑的官僚，穿着细条纹外套走进了酒吧——陪着他的是丹妮丝·鲍耶。

弗立克的脸沉了下来。

“费利西蒂，我很高兴逮住你了。”西蒙说。不等人家邀请，他就为丹妮丝拉过一只凳子。“杜松子酒和奎宁水，谢谢你的招待。你想喝什么，丹妮丝女士？”

“马丁尼，干型的。”

“你呢，费利西蒂？”

弗立克没回答他的问题。“她应该待在苏格兰的！”她说。

“你看，这里似乎有一些误解。丹妮丝把那个警察哥们的事儿都跟我说了——”

“没有误解，”弗立克态度强硬地说，“丹妮丝没通过课程，一切就这么简单。”

丹妮丝厌恶地哼了一声。

福蒂斯丘说：“我真不知道一个出自良好家庭又聪明伶俐的女孩怎么会通不过——”

“她是个碎嘴子。”

“什么？”

“她没法闭上她那张破嘴。她不值得信赖。不能让她这么自由地到处走！”

丹妮丝说：“你这恶毒无礼的女人。”

福蒂斯丘压着他的脾气，尽量把声音放低。“是这样，她的兄弟是因弗罗齐侯爵，跟首相特别接近。因弗罗齐亲自请求我给她这么个机会，你看，把她刷下来实在不太得体。”

弗立克抬高了嗓门：“我们还是直接点吧。”旁边的一两个军官扭头看他们。“为了你的上层阶级的朋友，你要我带上一个无法信任的人去敌后执行危险的任务，是不是？”

她正说着，珀西和保罗走了进来。珀西用毫不掩饰的敌意瞪着福蒂斯丘。保罗说：“我没听错什么吧？”

福蒂斯丘说："我带丹妮丝一道来是因为，说实话，不让她去会让政府难堪。"

"如果她去，我就会有危险！"弗立克打断他，"你是在白费力气。她被小组开除了。"

"你看，我实在不想亮出我的职衔——"

"什么职衔？"弗立克说。

"我从皇家骑兵团的上校职衔上退下来——"

"退役了！"

"——现在我是文职，相当于准将。"

"别逗了。"弗立克说，"你连部队的人都不是了。"

"我命令你带上丹妮丝。"

"那我不得不考虑一下我该如何回答。"弗立克说。

"这就好。我相信你不会后悔的。"

"好了，我想好回答了。滚你的蛋。"

福蒂斯丘脸腾地红了。他大概还从未听一个女孩说滚蛋。他一反常态，说不出一句话来。

"那好！"丹妮丝说，"我们也清楚是在跟什么人在打交道了。"

保罗说："你们在跟我打交道。"他转身又对福蒂斯丘说，"我是这次行动的指挥，我无论如何都不会让丹妮丝进入小组。如果你想争个究竟，就给蒙蒂打电话吧。"

"说得好，小伙子。"珀西加了一句。

福蒂斯丘终于能开口了，他伸出一根指头朝弗立克晃了晃，说："到时候你就知道了，克拉莱特女士，对我说那种话会让你会后悔的。"他从椅凳上站起身，"我很遗憾，丹妮丝女士，但我觉得我们能做的已经都做了。”

他们离开了。

“愚蠢的傻瓜。”珀西嘟囔着。

“我们吃晚餐吧。”弗立克说。

其他人已经在餐厅里了。这是“寒鸦”们在英国的最后一餐，因此珀西为每个人送上一份昂贵的礼物：吸烟的人每人一只银烟盒，不吸烟的人每人一只金粉盒。“它们上面都有法国标志，所以你们可以随身携带。”他说，女士们都很高兴，但他下面的话让她们的兴致又低落下来，“这些盒子也很有用。真正遇到麻烦的时候很容易就能典当出去，换成应急费用。”

食物很丰富，按战时标准就算是一场宴会了，“寒鸦”们一个个大快朵颐。弗立克不觉得很饿，但她强迫自己吃下一大块牛排，她知道在法国她一个礼拜也吃不上这么多肉。

他们吃完晚饭后，就该动身去机场了。她们回自己的房间去拿法国箱包，然后上了汽车。汽车载着他们沿着另一条乡间道路行驶，穿过一条铁路线，然后接近了一片农场建筑，它们处在一个巨大、平整的田野边缘。一块标志显示这里是直布罗陀农场，不过弗立克知道这就是皇家空军的坦普斯福德机场，而那些谷仓是重重伪装的尼森式活动营房。

他们走进一座看起来像牛棚的建筑，看见一个身穿制服的空军军官站在那里，守护着铁架上的各种设备。在分发装备之前，每个人都被搜查了一番。莫德的行李箱里有一盒英国火柴；从戴安娜的口袋里翻出《每日镜报》上撕下来的一块报纸，上面是完成了一半的填字游戏，但她发誓她原本打算把它留在飞机上；至于赌性成瘾的“果冻”，她带了一包扑克牌，每张上面都印着

“伯明翰制造”的字样。

保罗给她们分发身份证、配给卡、服装券。每个女人给了十万法郎，大多都是脏兮兮的一千法郎面值的钞票。这些钱相当于五百英镑，够买两辆福特汽车。

她们也得到了武器，点45口径的柯尔特自动手枪和锋利的双刃突击刀。这两样弗立克都没要。她带上她自己的枪，一支勃朗宁9毫米自动手枪。她在腰间系了一条皮带，她可以把枪挂在腰带上，紧要关头也能挂上一支冲锋枪。她还用她的翻领刀代替突击刀。突击刀较长，较有杀伤力，但有些笨重。翻领刀有一个巨大的优势，当特工受到盘查出示证件，她可以大大方方伸手去掏里面的口袋，然后在最后一刻抽出刀来。

此外他们还给戴安娜准备了李-恩菲尔德步枪，给弗立克配备了一支带消音器的司登“马克”二型冲锋枪。

“果冻”需要的塑胶炸药平均分给六个女人，这样，即使丢失一两个包，剩下的仍然足够完成任务。

莫德说：“它会把我炸飞了的！”

“果冻”解释说它其实是非常安全的。“我认识一个家伙以为它是巧克力，吃了一些，”她说。“我告诉你，”她补充说，“他都没怎么闹肚子。”

给她们准备的还有普通的圆形米尔斯手榴弹，带有常规的龟壳状外壳，但弗立克坚持要那种通用型方罐手榴弹，因为它们也可以当炸药起爆器用。

每个女人得到了一支自来水笔，它的空笔帽里装了自杀药丸。

在穿上飞行服之前，每个人被强制性地去了一次厕所。飞行服带有手枪袋，如果需要，特工可以在着陆后立即进行自卫。她们穿着外套，戴上头盔和护目镜，最后穿上降落伞背带。

保罗请弗立克出来一会儿。他手里还拿着最为重要的、能让这些女人以清洁工身份进入城堡的特殊通行证。如果一名“寒鸦”被盖世太保抓获，这个通行证会暴露任务的真正目的。为了安全起见，他把所有的通行证都给了弗立克，让她在最后一分钟分发出去。

然后他吻了吻她。她带着一种不顾一切的激情回吻着他，抓住他的身体靠向自己，不顾羞耻地把舌头伸进他的嘴里，直到她已觉得喘不过气来。

“活着回来。”他对着她的耳朵说。

一声小心的咳嗽打断了他们。弗立克闻到了珀西烟斗的味道。她从拥抱中脱开身。

珀西对保罗说：“飞行员在等着跟你说句话。”

保罗点点头，转身走开。

“确认一下他是否已经明白弗立克是指挥官。”珀西在他身后说道。

“一定。”保罗回答。

珀西脸色难看，让弗立克有了一种预感。“哪儿出问题了？”她说。

他从外衣口袋里拿出一张纸递给弗立克。“一个伦敦来的摩托车信使从特别行动处总部送来的，就在我们就要离开那座房子之前。这是布莱恩·斯坦迪什昨晚发来的。”他猛吸了一口烟斗，吹出一团烟雾。

弗立克在傍晚熹微的日光中看着那张字条。这是一份电报译文。看了上面的内容，她的肚子上像挨了狠狠的一击。她抬起头来，十分沮丧。“布莱恩让盖世太保抓到过！”

“只有几秒钟。”

“是这么说的。”

“有理由怀疑什么吗？”

“唉，他妈的。”她大声说。路过的一个飞行员猛然朝这边看着，不敢相信一个女人会说出这种话。弗立克把那张纸揉成一团扔在地上。

珀西弯下腰，把它捡起来，弄平了上面的折皱。“还是静下心来，好好想想。”他说。

弗立克深深吸了一口气。“我们有规定，”她决绝地说，“任何一个特工，如果被敌人俘虏，无论当时是什么状况，必须立刻返回伦敦汇报。”

“那样的话，你就没有无线报务员了。”

“没有我也可以对付。这个查伦顿是怎么回事？”

“我估计这很自然，蕾玛斯小姐可能招了什么人帮助她。”

“所有被招募者都要经过伦敦方面你的审查。”

“你很清楚，这种规定从未遵守过。”

“至少他们应该经过当地指挥员的批准。”

“不错，他被批准了——米歇尔满意，这个查伦顿可信。查伦顿从盖世太保手里救下了布莱恩。大教堂里发生的事情不可能是故意安排的，有可能吗？”

“或许这种事根本就没发生过，这份电报直接来自盖世太保总部。”

“但是，它的安全密码都对。再说，他们不会编造出这种又抓又放的故事。他们知道这会引起我们的怀疑，直接说他安全到达就行了。”

“你说得对，但我的感觉就是不对。”

“是的，我也一样，”他说，这话让她觉得吃惊，“但我不知道该怎么办。”

她叹了一口气。“我们必须冒险。没有时间做预防措施了。如果我们不在三天之内炸毁电话交换站，那就太晚了。我们无论如何都得走。”

珀西点点头。弗立克看见他眼里泛着泪光。他把烟斗放进嘴里，再把它拿出来。“好姑娘，”他说，他的声音低了下去，像是在耳语，“好姑娘。”

第七天

1944年6月3日，星期六

30

特别行动处没有自己的飞机，必须从英国皇家空军借用，就像拔他们的牙一样。1941年，空军不情愿地交出两架莱桑德，这种飞机又慢又沉，无法在战场上执行支援任务，但在敌方领土进行秘密降落十分理想。后来，在丘吉尔的施压下，两支陈旧的轰炸机中队被分配到特别行动处，虽然轰炸机司令部的头儿，亚瑟·哈姆斯，一直都想把他们要回去。到了1944年春天，几十名特工飞赴法国准备实施进攻计划时，特别行动处已经使用了三十六架飞机。

“寒鸦”们上的这架飞机是美国制造的双引擎哈德森轻型轰炸机，1939年一制造出来就被四引擎的兰开斯特重型轰炸机取代了。一架哈德森的前端有两挺机枪，皇家空军又在后部炮塔添了两挺。客舱后部是一个划水槽一样的滑道，伞兵可以沿着它滑入空中。机舱里没有座位，六名妇女和调度员都坐在金属地板上。

她们觉得又冷又不舒服，还感到害怕，但“果冻”突然咯咯笑了起来，把其他人也带动了。

她们旁边放着几十个金属箱子，每个都一人多高，都带着降落伞背带，弗立克估计里面装的都是投放给其他某个抵抗组织的枪支弹药，以便在德军敌后实施干扰，配合进攻。在将“寒鸦”投放到查特勒后，哈德森将飞往另一个目的地，然后掉转航向飞回坦普斯福德。

高度表失灵延迟了起飞时间，不得不换上另一个，因而当他们飞离英国海岸线时，已经是凌晨一点钟。飞越海峡时，飞行员将飞机下降到海拔几百英尺的高度，躲到敌方雷达侦测的水平线下，弗立克暗自祈祷千万不要被皇家海军的舰艇射下来，但飞机很快再次攀升到了八千英尺，越过设防的法国海岸线。它保持在这一高度，跨越被重兵防御的沿海地带——“大西洋壁垒”，然后再次下降到三百英尺，让领航稍稍变得容易一些。

领航员不停地查看着他的地图，用航位推算法判断飞机的位置，再通过地面的标志物加以确认。月亮在渐渐变圆，只差三天就要满月了，因此尽管有灯火管制，大的城镇仍然清晰可见。不过他们一般都有防空高射炮，必须躲开这些地方，同样，也要绕开军营和军事场所。河流和湖泊是最有用的地形特征，尤其是月亮会在水面发出反光。森林是一个个黑色的斑块，万一少了一个就明确意味着飞机已经偏离了航线。铁路线的闪光，蒸汽机喷出的火焰，以及不顾灯火管制偶尔闪亮的车灯，都大有帮助。

一路上弗立克都在冥思苦想，琢磨着那条有关布莱恩·斯坦迪什和新人查伦顿的消息。事情有可能是真的。盖世太保从星期日在城堡抓到的某个囚犯嘴里了解到大教堂地下室的接头情况，他们设了陷阱，布赖恩落入圈套，但在蕾玛斯小姐招用的新人的帮助下逃脱出来。这是完全可能的。然而，弗立克十分痛恨这种合理的解释。只有事情遵循标准程序，并不要求任何解释时，她才觉得安全可靠。

当他们接近香槟省[1]，另一个导航标发挥了作用。这是最近的一项发明，被称作尤利卡-雷别卡系统。一个无线电导航台从兰斯的某个秘密地点发出呼号。哈德森上的乘员不知道它的确切位置，但弗立克知道，米歇尔把它放在了大教堂的塔楼上——这是尤利卡那一半。飞机上的是雷别卡，那是一个插在导航仪边上的无线电接收器。当导航仪收到尤利卡从大教堂发出的呼号时，他们已到达兰斯北部约五十英里处。

发明者的意图是想要尤利卡与接机小组同在着陆场，但这是行不通的。这个设备重达一百磅以上，偷偷运送这么笨重的东西实在不可能，通过检查站时，再笨的盖世太保也不会被糊弄过去。米歇尔和其他抵抗组织领导人决定把尤利卡放在一个永久的位置，不带着它到处跑。

因此，导航员要恢复使用传统的方法找到查特勒。不过他很幸运，因为弗立克就在他旁边，她在多种情况下在这儿降落过，可以从空中识别这块地方。结果，他们穿过了村子东面约一英里的地方，但弗立克发现了池塘，便让飞行员重新定向。

他们盘旋着，从三百英尺的空中飞过奶牛牧场。弗立克可以看到闪光的路径，四个闪烁的微弱光点形成一个L形，在L字母的末端，灯光闪出事先约定的暗号。飞机攀升到六百英尺，这是跳

① 位于巴黎以东，是法国最北部的葡萄种植区，首府即兰斯市。

降落伞的理想高度，高度再高，风就可能将伞兵吹离降落地点；再低的话，降落伞有可能没有足够的时间全部打开。

“只等你准备好了。”飞行员说。

“我没准备好。”弗立克说。

“怎么回事？”

“有点儿不对头。”弗立克的直觉对她发出了警报。不仅是布莱恩和查伦顿那件事让她烦心，此外还有别的。她用手往西面村子的方向指着：“瞧，没有灯光。”

“你觉得奇怪吗？这是灯火管制。再说现在是凌晨三点钟。”

弗立克摇摇头说：“这里是农村，他们不太在乎灯火管制。而且，总会有人醒着，比如新生儿的母亲，或者哪个夜里睡不着的人，还有快要考试的学生。我从没见过这种漆黑一团的时候。”

“如果你真觉得这里有问题，那我们就该快点儿离开这儿。”飞行员不安地说。

还有件什么事情困扰着她。她去搔她的头发，可手却触到了头盔。那个念头一下子溜掉了。

她该怎么办？她总不能仅仅因为查特勒村民严格遵守了一次灯火管制规定，就中止整个行动。

飞机飞过了这块场地，倾斜着转弯。飞行员焦急地说：“别忘了，我们每飞过一次都会增加风险。村子里所有人都能听见我们的引擎声，会有人给警察打电话。”

“对了！”她说，“我们可能已经把这里全都吵醒了。可是，却没有一个人开灯！”

“我说不好，乡下人可能什么都不关心。他们就像常说的，全都只顾自个儿。”

“胡说，他们跟别人一样爱打听，爱热闹。这种情况太奇怪了。”

飞行员越发不安起来，但他依然在绕圈子。

突然间，她想起来了。“面包师应该生炉子。通常从空中就能看见他的炉火。”

“是不是今天他关门了？”

“今天礼拜几？礼拜六。面包师可能礼拜一或礼拜二关门，但从来不会在礼拜六关门。这里发生了什么？简直就像一座鬼城！”

“我们离开这儿。”

就像有人把所有村民都抓了起来，包括面包师，然后把他们锁进了谷仓——如果盖世太保正趴在下面等着她，他们就会这么干。

她不能中止行动。这次任务太重要了。但直觉清楚地告诉她，不要在查特勒跳伞。“要冒险就要担风险。”她说。

飞行员已经耐不住了。“你到底要怎么办？”

突然，她想起了客舱里的那些装着供给品的箱子。“你的下一个目的地是哪儿？”

“我不应该告诉你。”

“通常是不应该，不错。但现在我必须知道。”

“沙特尔北面的一块牧场。”

那就是“教区委员”抵抗小组。“我认识他们。”弗立克有些兴奋地说，这是一个解决办法，“你可以把我们跟那些箱子空投在那儿，那里有人接应，他们能照顾我们。我们可以在今天下午到达巴黎，明天早上到兰斯。”

他抓起操纵杆说：“你真要这么做吗？”

“可以吗？”

“我可以把你们空投在那儿，没问题，战术问题你来决定。你是任务的指挥官——他们跟我说得很清楚。”

弗立克焦急地思索着。她的怀疑可能是毫无根据的，这样一来，她就需要通过布莱恩的无线电台给米歇尔发条消息，告诉他尽管她没在那儿降落，她还是来了。但如果布莱恩的电台落到了盖世太保的手里，她就应该最小限度地发出信息。不管怎样，这样做是可行的。她可以写一个简要的无线电信号，交给飞行员，让他给珀西带回去，布莱恩会在几个小时后收到它。

她还要改变原来所作的在行动后集结“寒鸦”返回的既定安排。目前计划是，一架哈德森在星期日上午两点在查特勒降落，如果“寒鸦”们没出现在那儿，飞机就会在第二天晚上的同一时刻再回来。如果查特勒已经泄露给盖世太保，无法继续使用，她就应该把哈德森引向另一个在拉罗克的飞机场，它在兰斯西部，代号是“金色田野”。任务将延长一天，因为她们要从沙特尔乘车去兰斯，因此接应的飞机应该在星期一上午两点到达，如果没接到，在星期二同一时间再来。

她掂量着几种结果。转到沙特尔意味着损失了一天时间。但是，在查特勒降落可能意味着整个行动失败，所有“寒鸦”都会死在盖世太保的酷刑室。不用再比较了。“去沙特尔。”她对飞行员说。

“知道了，照办。”

飞机倾斜着转了个弯。弗立克走进后面的机舱。“寒鸦”们全都用期待的眼神看着她。“计划有了改变。”她说。

31

迪特尔趴在篱笆下面观望着，一脸的茫然，而那架英国飞机一次次在奶牛牧场上空绕着圈子。

为什么迟迟没有动静？飞机两次飞过了降落地点，灯火指引的跑道尽管简陋，也已各就各位。难道是接应领导闪出了错误代码？或许是盖世太保的某种动作引起了他们的怀疑？这简直让人发疯。费利西蒂·克拉莱特离他只有几码的距离。如果他朝飞机开上几枪，幸运的话还有可能击中她。

然后，那飞机倾斜着身子，转了个弯呼啸着往南飞去了。

迪特尔又羞又恼。弗立克·克拉莱特溜走了，当着沃尔特·莫德尔、威利·韦伯和二十个盖世太保的面耍弄了他。

他用两手捂住自己的脸，这样待了好一会儿。

到底是哪儿出了问题？原因可能各种各样。飞机的引擎声渐渐远去，迪特尔听到有人愤怒地用法语喊叫着。抵抗组织看来跟他一样困惑不已。他最可靠的猜测是，弗立克这个经验丰富的领导者，闻到了可疑的味道，中止了跳伞行动。

沃尔特·莫德尔躺在他旁边的泥土地上，问他："现在你要怎么办？"

迪特尔稍稍考虑了一下。现在这里有四名抵抗组织的人：领导人米歇尔，他还为那次枪伤而一瘸一拐；“直升机”，那个英国无线电报务员；一个迪特尔不认识的法国人，还有一个年轻女子。他要怎么对付他们？他放掉“直升机”的策略从理论上说很巧妙，可是这一招导致了两次让他丢脸的逆转，他已经没有勇气再继续下去了。他必须从今晚的惨败中捞到点儿什么。他要恢复到传统的审讯方法，希望这能挽救整个行动——同时挽救他的名声。

他拿出短波无线电的话筒，对准他的嘴唇。“所有单位，这是法兰克少校，”他轻声说，“行动，我重复一遍，采取行动。”然后他站起身，掏出他的自动手枪。

藏在树丛里的探照灯一下子全亮了。空场中央的四名恐怖分子被毫不留情地照了个正着，突然之间变得不知所措，不堪一击。迪特尔用法语叫道：“你们被包围了！把手举起来！”

他身旁的莫德尔也掏出他的鲁格尔手枪。跟着迪特尔的四个盖世太保用他们的步枪瞄准抵抗分子的腿。片刻之间，一切变得不确定起来。抵抗分子会开火吗？如果他们开火，就要开枪撂倒他们。运气好的话，他们可能只受点儿伤。但今天晚上迪特尔没有多少运气。如果这四个人都被打死，他就会空手而归。

他们迟疑着没动。

迪特尔上前一步，进入光线之内，四名步枪手也跟着他向前移动。“二十支枪在对着你们，”他喊道，“不要去拿你们的武器。”

其中一个人开始跑了起来。

迪特尔骂了一句。他看见红色的头发在灯光中闪动。这是“直升机”。这个愚蠢的男孩像横冲直撞的公牛一样穿过田野。“开枪。”迪特尔平静地说。四个步枪手一齐小心瞄准，射击。

寂静的草场上传出清脆的爆响。“直升机”又跑了两步，接着扑倒在地上。

迪特尔看着其他三个人，等待着。慢慢地，他们把双手向上举起来。

迪特尔对着短波无线电说：“牧场上的所有小组，向里面靠拢，抓捕犯人。”他收起了他的手枪。

他走到“直升机”躺着的地方。他一动不动。盖世太保的步枪手是朝他的腿开枪的，但是在黑暗中很难击中一个移动目标，其中有一个人打得太高，让一颗子弹穿过他的脖子，打断了他的脊髓或颈静脉，也许两者都打穿了。迪特尔在他身边蹲下，摸了摸他的脉搏，脉搏没了。“你算不上我见过的最聪明的特工，但你是一个勇敢的孩子，”他平静地说，“愿上帝让你的灵魂安息。”他用手将那双眼睛合上。

他去看剩下的那三个人，他们被缴了械，捆绑起来。米歇尔可能会抗拒审讯。迪特尔见过他打仗的样子，领教过他的勇气。他的弱点可能是他的虚荣心。他长相英俊，是个好色之徒。拷打他的时候应该在他面前放面镜子，打碎他的鼻子，敲掉他的牙齿，划破他的面颊，让他明白他若继续抗拒，每分钟都会变得更加丑陋不堪。

另外那个人身上有一种职业人士的气质，或许是个律师。一个盖世太保从他身上搜出了一张允许宵禁时出行的通行证，拿给迪特尔看，上面的名字是克劳德·鲍勒医生。迪特尔认为这证件是伪造的，但当他们搜查抵抗分子的车辆时，在上面发现了一个真的医生用的包，里面满是仪器和药品。面对逮捕他脸色苍白，但很沉着。这个人可能也很难对付。

那个姑娘应该是最有希望的。她十九岁左右，漂亮，长着长长的黑发和一双大眼睛，但看上去有点儿茫然。她的证件上写的是吉尔贝塔·杜瓦尔。迪特尔从对加斯东的审讯中得知，吉尔贝塔是米歇尔的情人，弗立克的情敌。如果处理得当，她会很容易掉头转向。

德军的汽车一辆辆从格朗丹家宅的谷仓里开出来。几个俘虏跟着盖世太保上了一辆卡车。迪特尔命令他们分别关押这些人，以防他们互相串供。

他跟莫德尔坐着韦伯的梅赛德斯返回圣-塞西勒。“真是一出该死的闹剧，”韦伯轻蔑地说，“完全是浪费时间，浪费人力。”

“不能这么说，”迪特尔说，“我们抓获了四个颠覆分子，让他们不能再从事破坏活动——毕竟，盖世太保也该做这件事——而且，更有利的是他们有三个人仍然活着，能接受审讯。”

莫德尔说：“你希望从他们那里得到什么？”

“那个死了的，就是‘直升机’，是个无线电报务员，”迪特尔解释道，“我掌握了他的密码本的副本。不幸的是他没有随身带着他那套家伙。如果我们能找到这台发报机，就可以模仿‘直升机’。”

“你不能使用其他无线电发射器吗，既然你已经知道了他使用的频率？”

迪特尔摇摇头说：“每台发射机的声音都不相同，经验丰富的人一听就听得出来。那种小手提箱发报机十分独特，它省略了所有不必要的电路以减小体积，其结果是音质很差。如果我们恰好从其他特工那里缴获过一台完全一样的机器，倒是可以冒险使用一下。”

“我们或许在哪儿能找到一台。”

“如果有，也可能是在柏林。找到‘直升机’的机器更容易些。”

“你要怎么找它？”

“那个姑娘能告诉我它在哪儿。”

此后一路上迪特尔一直在考虑着自己的审讯策略。他可以在男人面前折磨那个姑娘，但他们可能会挺过去。最好是在姑娘面前拷打那几个男人。但应该能找到一个更简单的办法。

当他们经过兰斯中心的公共图书馆时，一个计划在他脑海中形成。他以前就注意过这座大楼。这是一颗小小的明珠，是一个小花园中矗立的用棕色石块制成的装饰派设计杰作。“你不介意让车在这儿停一会儿吧，韦伯少校？”他说。

韦伯低声给他的司机下了命令。

“后备箱里有没有什么工具？”

“我不知道，”韦伯说，“你要干什么？”

司机说：“有的，少校，我们有维修工具箱。”

“里面有大号的锤子吗？”

“有。”司机跳下车。

“不会耽搁几分钟时间。”迪特尔说着下了车。

司机递给他一把长柄的锤子，锤头短粗结实。迪特尔经过安德鲁·卡内基的半身像朝图书馆走去。当然这里是关着的，到处漆黑一片。玻璃门外被精心锻制的铁栅栏围护起来。他前后走了几步，绕到大楼的侧面找到了地下室的入口，那里只有一扇普通的木板门，上面标着“市档案馆”的字样。

迪特尔挥起大锤对着门锁砸下去，只消四锤便砸开了锁头。他进入里面，打开灯。他沿着狭窄的楼梯跑上楼，穿过休息大厅进入小说区。在沿着F字母找到了福楼拜的作品，拿出那本他要找的书——《包法利夫人》。这并不是什么运气，因为全法国任何一家图书馆都应该有这本书。

他把书翻到第九章，找到他在琢磨的那个段落。那段文字和他记忆里的一点儿不差。他要让这段话好好为自己服务一下了。

他回到了车上。莫德尔觉得很有趣。韦伯怀疑地问：“你想读点儿东西了？”

“我有时候失眠。”迪特尔回答。

莫德尔笑了起来。他从迪特尔手里拿起书，读了上面的标题。“世界文学经典。”他说，“不管失眠不失眠，我这还是第一次见到有人砸开图书馆来借书。”

他们驶入了圣-塞西勒。到达城堡的时候，迪特尔的计划已经完全成形了。

他命令黑塞剥光米歇尔的衣服，把他绑在行刑室的椅子上准备受审。“让他看拔指甲的刑具。”他说。“把它们放在他面前的桌子上。”这些事情做完后，他从楼上的办公室拿了一支钢笔、一瓶墨水和一沓信纸。莫德尔躲在行刑室的角落里观看。

迪特尔花了几分钟时间打量着米歇尔。这位抵抗组织领导人个子很高，眼睛周围的皱纹很吸引人。他那种坏男孩的样子很讨女性喜欢。现在他有些害怕，但意志坚定。迪特尔想，他正在思考如何挺住严刑拷打，尽量坚持得更久一些。

迪特尔把钢笔、墨水和信纸放在桌上，跟指甲钳子摆在一起，表明这些东西可以互相替代。“把他的手解开。”他说。

黑塞遵照了吩咐。米歇尔脸上的表情一下子放松了许多，但也害怕这不是真的。

迪特尔对沃尔特·莫德尔说：“在审讯囚犯之前，我都要获取他们的笔迹样本。”

“他们的笔迹？”

迪特尔点点头，他看着米歇尔，后者好像听懂了这简短德语对话表达的意思。他显得很有希望的样子。

迪特尔从口袋里掏出《包法利夫人》，打开它，把它放在桌子上。“把第九章抄下来。”他用法语对米歇尔说。

米歇尔犹豫了。这种要求似乎无害。他怀疑这是一个诡计，这迪特尔看得出来，但他看不出究竟是为什么。迪特尔等待着。抵抗组织被告知要尽一切可能推迟严刑折磨的开始。米歇尔迫不得已地把这当成一种拖延手段，这件事不大可能无害，但总比把他的指甲拔出来好。经过很长时间的停顿，他说：“好吧。”然后写了起来。

迪特尔看着他。他的字迹很大，笔体夸张。印刷的两页他写了六张信纸。米歇尔再往后翻页时，迪特尔拦住了他。他让汉斯把米歇尔送回他的牢房，把吉尔贝塔带上来。

莫德尔看着米歇尔写的东西，困惑地摇摇头说：“我看不出你想干什么。”他还回这几张纸，又坐到刚才的位子上。

迪特尔非常小心地撕开其中一张，只留下一部分句子。

吉尔贝塔走了进来，面带惊恐但充满蔑视。她说：“我什么也不会告诉你们，我永远不会背叛我的朋友。再说，我什么也不知道。我只管开车。”

迪特尔让她坐下，并给她递上一杯咖啡。“这是真咖啡。”他说。法国人只能喝到代用咖啡。

她啜饮着，说了声谢谢。

迪特尔打量着她。她很漂亮，长长的黑头发，黑眼睛，尽管表情上显得有些愚钝。“你是一个可爱的女人，吉尔贝塔，”他说，“我不相信你有一颗凶手的心。”

“是的，我没有！”她由衷地说。

“女人做一切都是因为爱情，对吧？”

她惊讶地看着他说：“你很懂。”

“我还知道你的一切。你爱上了米歇尔。”

她低下头去，一言不发。

“当然，他已经结了婚。很可惜。但是你爱他。因此你就帮助抵抗组织。一切出于爱，不是恨。”

她点点头。

“我说对了？”他说，“你要回答。”

她低声说：“对。”

“但你被误导了，我亲爱的。”

“我知道我做错了——”

“你没理解我的意思。说你被误导，并不仅仅是说你违反了法律，而是指爱上米歇尔这件事。”

她迷惑地看着他说：“我知道他结了婚，但——”

“我恐怕得说他并不真正爱你。”

“可他爱我！”

“不，他爱他的妻子。费利西蒂·克拉莱特，也就是弗立克。一个英国女人——不时髦，也不太漂亮，也比你大几岁——

但他爱的是她。”

泪水涌上了她的眼睛，她说：“我不相信你的话。”

“他给她写信，你知道吧。我知道他托信使把他的消息带回英国。他给她写情书，说他是多么想念她。非常老式，非常富有诗意，我还读过一些。”

“这不可能。”

“我们逮捕你们的时候，他身上还带着一封。他想要销毁它，就在刚才，但我们设法保留了几张残片。”迪特尔从口袋里掏出他撕过的那张纸，递给她。“这不是他的笔迹吗？”

“是的。”

“这是一封情书……还是别的什么？”

吉尔贝塔慢慢读起来，她的嘴唇颤动着：

> 我一直在想着你，对你的思念让我变得绝望！啊，请原谅我！我将离开你！别了！我要走得远远的，远到你再也听不到我的消息；但是今天，我不知是什么驱使着我到你这儿来。而天意是无法抗拒的；天使的微笑也是无法抗拒的；人总是会被美丽、迷人、可爱的东西所吸引。

她把那张纸扔在地上，抽泣起来。

“很抱歉是我把这告诉你。”迪特尔轻柔地说。他从他外套前胸的口袋里掏出白色的亚麻手帕，递给她。她把脸埋在这条手帕里。

时候到了，现在应该把这场谈话不知不觉变成审讯。“我估计自从弗立克离开以后，米歇尔就一直跟你住在一起。”

“比这还长，”她愤怒地说，“六个月，每天晚上都在一起，除了她在城里的时候。”

“在你的家里？”

“我有一个居室，很小。但够两个人……两个相爱的人住。”她继续哭了起来。

迪特尔努力保持着轻松的对话般的语调，拐弯抹角地谈到真正让他感兴趣的话题。“地方那么小，让‘直升机’跟你们住在一起也很困难吧？”

“他不住在那儿，他今天才来。”

“但你肯定盘算过他该在那儿住吧。”

“不，是米歇尔给他找的地方，在莫里哀大街的旧书店上面有个空房间。”

沃尔特·莫德尔在他的椅子上突然转了一下身，他意识到这一步步都是为了什么。迪特尔小心地忽视着他，随便问着吉尔贝塔：“你们去查特勒接飞机时，他是不是把他的东西留在你那儿了？”

“没有，他把它带到那个房间去了。”

迪特尔问到了关键问题：“包括他的小手提箱？”

“是的。”

“呃。”迪特尔得到了他想要的东西。“直升机”的电台在莫里哀大街书店上面的屋子里。“我对这个愚蠢的母牛审讯完了，”他对汉斯用德语说，“把她交给贝克尔吧。”

迪特尔自己那辆蓝色的希斯巴诺-苏莎正停在城堡前面。他让沃尔特·莫德尔坐在身边，汉斯·黑塞坐在后座上，自己飞快地开着车，穿过村庄进入兰斯城，很快就找到了莫里哀大街上的书店。

他们破门而入，顺着一个光秃秃的木制楼梯登上店堂上面的屋子。屋里没有家具，只有一个铺着粗糙毯子的草垫子。简陋的床铺旁边的地板上放着一瓶威士忌，一个装盥洗用品的小包，以及一只小手提箱。

迪特尔把它打开，给莫德尔看里面的无线电台。“有了这个，”迪特尔得意洋洋地说，“我就可以变成‘直升机’。”

在返回圣-塞西勒的路上，他们讨论要发出一条什么样的信息。“首先，‘直升机’要知道为什么伞兵没有跳伞，”迪特尔说，“于是，他会问：‘出了什么事？’你同意吗？”

“他应该很生气。”莫德尔说。

“于是，他会说：‘归根结蒂发生了什么事？’”

莫德尔摇摇头。“我战前在英国学习过，‘归根结底’太正式了，它是‘究竟’这个词的忸怩作态的用法，部队里的年轻人决不会这么说。”

“或许他会说，‘这他妈的怎么回事’。”

“太粗鲁，”莫德尔反对说，“他知道这些消息都是由女人来解码。”

“你的英语比我好，你选吧。”

“我认为他应该说，‘见鬼，到底出了什么事？’这能反映他的愤怒，这种男性的诅咒不会冒犯大多数女人。”

“好吧。然后，他想知道他接着该怎么办，因此要问下一步的命令。他会怎么说？”

“或许说‘发送指令’。英国人不喜欢‘命令’这个词，觉得它不够优雅。”

“很好。我们要他们尽快回复，因为‘直升机’很急切，我们也一样。”

他们到达城堡，走进地下室的无线监听室。一位中年的报务员约阿希姆给电台接上电源，调到“直升机”的紧急频段，这时迪特尔已经把商量好的电文写下来了：

见鬼，到底出了什么事？发来指令。立刻回复。

迪特尔强迫自己控制耐心，认真地教约阿希姆如何为电文编码，包括安全标记。

莫德尔说：“他们不会知道坐在机器前面的不是‘直升机’吗？他们不能识别发送者的个性特征，类似笔迹什么的吗？”

“是的。”约阿希姆说，“不过我已经听过几次这家伙发报的声音，我可以模仿他。就好比学某人的口音，就像学法兰克福人说话一样。”

莫德尔有点儿怀疑。“你只听了两遍就能完全扮演一个人？”

“不是完全，不。但是特工一般在发报时都压力很大，躲在某个藏身处，担心被我们抓到，因此有些变化就可以归到这种紧张上。”他开始打出一个个字母来。

迪特尔计算出他们至少还要等一个小时。在英国的监听站，这份消息还要被解码出来，然后交到“直升机”的主管手中，那家伙一定已经睡下了。这个主管可能通过电话获知这条信息，当即作出答复，但就算这样，信息还是得加密、传输，然后再由约阿希姆破译。

迪特尔和莫德尔去了地面一层的厨房，他们看见那儿有个正开始准备午餐的下士，便让他给他们端上香肠和咖啡。莫德尔着急返回隆美尔的总部，但他想留下来看看能有什么收获。

天亮了以后，一个穿党卫队制服的年轻妇女进来告诉他们，回复已经收到，约阿希姆差不多已经把它打出来了。

他们赶紧下楼。韦伯已经在那儿了，他自有诀窍，总能及时出现在第一线。约阿希姆把打出来的消息递给他，给迪特尔和莫德尔各持一份碳复写本。

迪特尔读道：

寒鸦放弃跳伞但在别处着陆等待雌豹跟你联络

韦伯脾气乖戾地说："没透露多少消息。"

莫德尔也有同感："真令人失望。"

"你们两个都错了！"迪特尔喜滋滋地说，"'雌豹'现在在法国——我有她的照片！"他不无炫耀地从衣袋里拿出那几张弗立克·克拉莱特的照片，递给韦伯一张。"去把印刷机从床底下拉出来，印上一千张。十二小时内我要让兰斯的街头贴满这张照片。汉斯，去把我的车加满油。"

"你要去什么地方？"莫德尔说。

"去巴黎，带着其他照片，在那儿也如法炮制。我现在抓住她了！"

32

伞降完成得十分顺利。那些箱子被先推了出去，这样它们就不会砸到伞兵的脑袋上。然后，“寒鸦”轮流坐在滑道的顶部，调度员拍了拍她们的肩膀，她们就沿着斜道滑入空中。

弗立克留在最后跳。她一跳下去，哈德森便转身向北，消失在夜色中。她希望整个乘组好运。天几乎就要亮了。因为晚上的各处延误，他们不得不在危险的日光下完成最后的飞行旅程。

弗立克降落得很完美，着地时她的膝盖弯曲，双手缩拢在身体两侧。她一动不动地躺了一会儿。法国土地，她惊恐地想，这是敌方领土。现在，她是一个罪犯，一个恐怖分子，一个间谍。如果她被捉住的话，就会被处决。

她把这些念头赶走，站了起来。几码以外，一头驴站在月光下看着她，然后低下头去吃草。她可以看到附近有三只箱子。远处，有六七个抵抗组织的人四散在田野上，两个两个地抬起沉重的箱子，把它们搬走。

她挣脱她的降落伞背带，脱掉头盔和飞行服。她正忙着，一个年轻人朝她跑了过来，气喘吁吁用法语说：“我们不是来接任何人员的，只接补给品！”

“计划发生了变化，”她说，“别担心，安东跟你在一块儿吗？”安东是教区委员抵抗小组领导人的代号。

“他在。”

“告诉他‘雌豹’来了。”

“哦——你就是‘雌豹’？”他十分惊奇。

“是的。”

“我是‘骑士’。我很高兴见到你。”

她往天上瞥了一眼。天色已经由黑变灰。“请你尽快找到安东，‘骑士’，告诉他我们有六个人需要运送出去。没有多余的时间了。”

“好的。”他匆匆走了。

她把降落伞折叠成一个小捆，然后去寻找别的“寒鸦”。葛丽泰落在一棵树上，擦过上面的树枝时被刮破了皮，但停下来时再没受什么重伤。她设法脱掉了背带，从树上爬下来。其他人都安全降落在草地上。“我很为自己自豪，”“果冻”说，“但就算给我一百万英镑我也不做第二次了。”

弗立克注意到抵抗组织的人带着箱子往空场的南端去了，便带着“寒鸦”们也往那里走去。她看见那里停着一辆建筑工地用的有篷货车，一辆马车，还有一辆老式林肯轿车，它的盖子拿掉了，用一台类似蒸汽电机供电。她对此并不惊讶，只有最基本的运输经营才能分配到汽油，法国人才想出各种天才的方式来发动他们的汽车。

抵抗小组的人已经把箱子装上马车，现在正用装蔬菜的空箱子把它们盖在下面，更多的箱子装上了建筑篷车后面。指挥工作的人就是安东，他身材瘦削，四十岁左右，戴着一顶油腻腻的帽子，穿的是蓝色的短工装夹克，嘴上还叼着一根黄色的法国烟卷。他吃惊地盯着她们。“六个女人？”他说，“这是妇女缝纫组吗？”

要是有人拿女人开玩笑，最好不要理睬，弗立克对此早有认识。她严肃地对他说：“这是我领导的一次最为重要的行动，我需要你的帮助。”

“当然。”

“我们要搭乘火车去巴黎。”

“我可以把你们送到沙特尔。”他抬头看了一下天空，算计着离天亮还有多少时间。然后指了指田野尽头，一座农舍隐约可见。“你们可以先藏在一个谷仓里，等我们处置完这些箱了，再回来接你。”

“这主意不太好。”弗立克果断地说，“我们不能停下来，必须走。”

“第一趟去巴黎的火车十点钟开车，我可以在十点前把你们送到。”

“胡扯，没人知道火车什么时候开。”这话一点儿不错。盟军轰炸，加上抵抗组织的破坏，还有反抗纳粹的铁路工人有意出错，这些已经完全搞乱了列车行程表。唯一能做的就是去车站等待，直到火车出现。但最好是早点儿赶到那里。“把箱子放到谷仓里，现在就带我们去。”

“不可能，”他说，“我必须在天亮前藏好这些供给品。”

大家都停下工作，听他们两人争论。

弗立克叹了口气。在安东的世界里，箱子里面的枪支子弹最最重要。它们是他权力和威望的来源。她说：“这件事更重要，相信我。”

"对不起——"

"安东，听我说。如果你不答应我，我向你保证，你以后别想再从英国收到一个箱子。你很清楚我说到做到，你看着办。"

一个短暂的停顿。安东不想在自己人面前妥协让步。不过，如果武器的供应中断，这些人就会去别的地方。这是英国军官唯一可以在法国抵抗组织方面利用的优势。

但这种优势的确有效。他怒视着她。慢慢地，他把抽完的烟头从嘴里拿下来，把它捏灭，扔在地上。"那好吧，"他说，"上车。"

女人们帮着卸下箱子，然后一个个爬上车。地板很脏，满是水泥、灰土和油渍。但她们找到一些碎布袋子垫着，省得坐在地板上弄脏了衣服。安东给她们关上了车门。

"骑士"钻进驾驶室。"好了，女士们，"他用英语说，"我们开拔了！"

弗立克冷冷地用法语说："不要说笑，拜托，也不要说英语。"

他发动了汽车。

在轰炸机机舱的金属地板上飞行了五百英里以后，"寒鸦"们坐在建筑工的篷车后面，还要走二十英里。令人惊讶的人是"果冻"——这位岁数最大、最胖、六个人中最不合适的一个，却最为坚忍，对这样那样的不便之处开着玩笑，篷车急弯时她失控翻倒在一边，也让她对自己笑个不停。

可当太阳升起，篷车进入小城沙特尔时，大家的心情又阴沉下来。莫德说："真不敢相信我在干这个。"戴安娜捏着她的手。

弗立克提前做好了计划。"从现在起，我们分成两人一对。”她说。小组划分在精修学校时已经定好。弗立克让戴安娜跟莫德在一组，如果不这样，戴安娜就会大吵大闹。弗立克自己跟鲁比一组，因为她希望遇到问题时有人商量，而鲁比是“寒鸦”里最聪明的。不幸的是，葛丽泰只能跟“果冻”一组。“我还是闹不清为什么我要跟个外国人在一起。”“果冻”说。

“这可不是茶话会，”弗立克生气地说，“你不能跟你最好的朋友坐在一起，这是一次军事行动，让你怎么做你就怎么做。”

“果冻”收住了口。

“我们还得修改原来编好的说辞，解释为什么要坐火车，”弗立克继续说，“有什么想法？”

葛丽泰说：“我是兰莫少校的妻子，他是在巴黎工作的德国军官，我跟我的法国女仆一道旅行。我原来是去参观兰斯的大教堂。现在，我想，我应该是参观了沙特尔大教堂后，正在往回返。”

“很不错。戴安娜？”

“莫德和我都是秘书，在兰斯的一家电气公司工作。我们到沙特尔是因为……莫德跟她的未婚夫失去了联系，我们以为他会在这儿，但没找到。”

弗立克点头，表示满意。有成千上万的法国妇女寻找失踪的亲人，尤其是年轻男子，他们可能在轰炸中受伤，被盖世太保逮捕，被送往德国的劳教营，或者被抵抗组织所招募。

她说：“我是一个寡妇，丈夫是股票经纪人，1940年被杀害。我到沙特尔来是为了接丧失父母的表妹，带她到兰斯跟我一起住。”

女人当特工的巨大优势之一是她们可以在全国各地到处活动，并不会引起怀疑。相比之下，一个男人若在他工作地点以外的地方被发现，就会自然而然地被当成抵抗分子，年轻人尤其让人怀疑。

弗立克对司机说：“‘骑士’，找个安静的地方让我们下车。”在被占领的法国，人们使用所能得到的任何交通方式。即便如此，六个穿着体面的女人从建筑工的篷车后面爬出来，这景象也十分扎眼，容易引起注意。“我们可以自己找到火车站。”

几分钟后他停下车，掉转了方向，然后跳下车来给她们打开车的后门。“寒鸦”们下了车，发现这里是一条铺着鹅卵石的狭窄小巷，两边都是高高的房子。穿过屋顶的缝隙，她们可以看见大教堂的一角。

弗立克再把计划给大家说了一遍：“我们去火车站，到了那儿就买去巴黎的单程车票，搭第一趟列车。每一对都要装作不认识其他人，但我们在火车上要尽量坐得靠近些。我们到了巴黎再会合，你们知道地址。”她们准备去一家便宜旅馆，名叫“礼拜堂旅店”，女店主尽管不是抵抗组织的人，却值得信赖，不会问任何问题。如果她们及时赶到，就可以立即转往兰斯。否则她们就要在旅馆待一宿。弗立克不愿意去巴黎——那里到处都是盖世太保和他们的帮凶——但是要坐火车就必须经过它。

只有弗立克和葛丽泰知道“寒鸦”的真正使命，别人还是以为她们要炸毁铁路隧道。

“戴安娜和莫德先走，快走，快！接着是‘果冻’和葛丽泰，慢一点儿。”她们走开了，看上去有些害怕。“骑士”跟她们握了手，祝愿她们好运，然后开车返回田野，去取剩下的那些箱子。弗立克和鲁比也走出了小巷。

踏上法国小镇的头几步总是感觉很糟。弗立克觉得遇见的所有人都知道她是谁，就好像她背后挂了个牌子，写着“这是英国特工，朝她开枪”。但人们从她身边走过，并没觉得她有什么特别，在她与一个宪兵和几名德国军官擦肩而过之后，她的脉搏才开始恢复正常。

她还是觉得很奇怪。她一辈子都品行端正体面，所受教育也告诉她要尊敬警察，视其为友。“我讨厌站在法律的对立面，”她跟鲁比用法语轻声嘀咕了一句，“好像我做了什么缺德事似的。”

鲁比低声笑了两下。“我倒很习惯，”她说，“警察跟我一直是冤家对头。”

弗立克惊讶地想到，礼拜二鲁比还是一个被关在监狱里的谋杀犯，这四天过得太慢了。

她们来到了大教堂，它坐落在山顶上，一看见它，弗立克就感到心头一阵激动。它代表着法国中世纪文化的顶峰，任何教堂都无法与之媲美。现在，一切让她倍感痛惜，要是在和平时代，她会花上好几个小时在此流连，慢慢欣赏这座大教堂的。

她们下了山，朝车站走去。车站是一座现代化的石头建筑，颜色跟大教堂相同。她们进了一个用方形的褐色大理石砌成的大厅。售票窗口前面排着长队。这是一个好征兆，说明当地人对火车的正点运行比较乐观。葛丽泰和“果冻”在排着队，但哪儿也没有戴安娜和莫德的影子，她们或许已经上了站台。

她们站在队伍里，前面是一张反抵抗组织的招贴画，画着一个拿着枪的恶棍，身后是斯大林。上面写着：

他们蓄意谋杀！

就藏在我们旗帜的褶皱里

这说的就是我，弗立克想。

她们买好了车票，也没出什么事儿。上站台前必须通过一个盖世太保的检查站，弗立克的脉搏跳得更快了。葛丽泰和“果冻”排在她们前面。这是她们第一次遭遇敌人。弗立克祈祷她们能够保持冷静。戴安娜和莫德想必已经通过检查了。

葛丽泰用德语跟那几个盖世太保说话。弗立克能清楚地听见她在重复那个编造出来的故事。“我知道有个兰莫少校，”其中一名盖世太保说，他是一个中士，“他是工程师吗？”

“不是，他是在情报部门。”葛丽泰回答。她看来相当平静，弗立克想到，假装成另一个人大概算是她的第二天性。

“你肯定喜欢大教堂吧，”他健谈地说，“此外这个乱糟糟的地方就没什么可看的了。”

“是啊。”

他转身去查“果冻”的证件，开始讲法语：“你跟着兰莫太太到处旅游？”

“是的，她对我很好。”“果冻”回答。

弗立克听出她的声音颤抖，知道她吓坏了。

中士说：“你们去主教邸宅了吗？那儿实在值得一看。”

葛丽泰用法语回答：“我们去了，实在让人难忘。”

中士一直在看“果冻”，等待她的回答。她吓得有点儿发懵，过一会儿才说：“主教的老婆非常亲切。”

弗立克的心一下子沉到了脚底。“果冻”会说一口流利的法语，但她对外国的情况一无所知。她没意识到只有英国教堂的主教可以娶妻，法国是天主教国家，神职人员都是独身的。“果冻”第一次被查就把自己暴露了。

会发生什么事呢？弗立克的司登冲锋枪，连同枪架和消声器都在她的行李箱里，拆解成了三部分，但她背在身上的破旧皮肩袋里放着她的勃朗宁自动手枪。现在，她小心地拉开肩袋的拉锁，以便随时掏出枪来，她看到鲁比也把她的右手放在雨衣口袋里，那里藏着一把手枪。

“老婆？”中士问“果冻”，“什么老婆？”

“果冻”一下子不知所措。

“你是法国人？”他说。

“当然。”

葛丽泰立刻插了进来。“不是他的老婆，是他的管家婆。”她用法语说。这种解释很合理：在法语里，“老婆”是une femme，而“管家”只是在une femme后面加了一个de m é nage。

“果冻”意识到自己犯了个错误，立刻说：“是的，当然了，我的意思是他的管家。”

弗立克屏住了呼吸。

中士犹豫了片刻，然后耸了耸肩，把证件还给她们。“我希望你们不会等太长时间，火车快来了。”他又换成德语说。

葛丽泰和“果冻”往前走去，弗立克这才松了一口气。

当快轮到她和鲁比，她们正要递上自己的证件时，两个穿制服的宪兵挤了进来。他们在检查站停了一下，草草地向几个德国兵敬了个礼，并没出示证件。中士点了点头说：“走吧。”

弗立克想，要是由我负责这里的安全，我就要对这种情况严加防范。什么人都可以装扮成警察。不过，德国人素来对穿制服的人毕恭毕敬。他们的国家被一群疯子所控制，这大概也是原因之一。

现在该轮到她跟盖世太保说故事了。“你们是表姐妹？”中士说，看看鲁比，又转过来看她。

“长得不太像，对吧？”弗立克装出一种欢快的样子说。实际上两个人没有任何相似之处。弗立克是金发碧眼，皮肤很好，而鲁比则是深色头发，黑眼睛。

“她长得像吉卜赛人。”他粗鲁地说。

弗立克假装生气。“可她不是。”至于鲁比的发色和肤色，她补充说，“她的母亲，也就是我叔叔的妻子，是那不勒斯人。”

他耸了耸肩，对鲁比说：“你父母是怎么死的？”

“他们坐的火车被搞破坏的人掀翻了。”

“抵抗分子？”

“对。”

“我很同情你，女士。那些人都是牲口。”他递回证件。

“谢谢你，先生。”鲁比说。弗立克点点头。她们走了过去。

这个检查站可不太好通过。弗立克想。希望别的地方盘查得别这么厉害，她的心脏都快受不了了。

戴安娜和莫德去了酒吧。弗立克透过窗户看见她们在喝香槟。她挺生气。特别行动处给的那些一千法郎一张的钞票不是用来干这个的。此外，戴安娜应该意识到，她的大脑每时每刻都要保持清醒。不过，在眼下这种场合，弗立克对此毫无办法。

葛丽泰和“果冻”坐在一条长凳上。“果冻”看起来变乖了，这显然是因为一个她所认为的外国变态刚刚救了她一命。弗立克不知道她的态度现在会不会改善一些。

她跟鲁比在不远处又找到了一条长凳，坐在那里等待着。

随后的几个小时，越来越多的人挤到站台上来。有穿套装的男人，看起来像赶往巴黎办事的律师或者地方政府官员，还有一些穿戴稍好的法国妇女，以及零零散散的穿制服的德国人。“寒鸦”们手里有钱，有伪造的口粮配给本，能从酒吧里买到黑面包和代用咖啡。

十一点的时候火车来了。车厢满满的，没多少人下车，弗立克和鲁比只能站着。葛丽泰和“果冻”也一样，但戴安娜和莫德在一个六人的包厢里找到了座位。包厢里坐着两个中年女人和两个宪兵。

这两个宪兵让弗立克有些担心。她想法挤到那间包厢门口的地方站着，从这里可以透过窗户监视他们。幸好，经过一个不眠之夜，外加在车站上喝了香槟酒，火车一开出车站戴安娜和莫德就睡着了。

火车嘎嚓嘎嚓地慢慢穿过树林和起伏的田野。一小时后，两个法国女人下了火车，弗立克和鲁比立刻蹭到空出的席位上。然而，弗立克几乎马上就后悔不该这么做。那两个宪兵二十多岁，立即跟她们搭起了话，他们很高兴能跟女孩聊天，熬过漫长的旅途。

他们名叫克里斯蒂安和让-马里。两人都二十多岁。克里斯蒂安很英俊，长着一头卷曲的黑发和棕色的眼睛，让-马里有一张精明、狡猾的脸孔，留着一撮漂亮的小胡子。克里斯蒂安很健谈，坐在中间的座位，鲁比坐在他旁边。弗立克坐在对面的座位上，她旁边的莫德歪着身子，把头靠在戴安娜的肩膀上。

两个宪兵说，他们是到巴黎提拿一个囚犯。这件事与战争无关。这人是当地人，杀了自己的妻子和继子，然后逃到巴黎去了，被巴黎的警察抓住，招认了罪行。他们的工作就是把他带回沙特尔受审。克里斯蒂安从他的制服上衣口袋里掏出一副准备铐犯人的手铐，以此证明他们不是在吹牛。

随后的一个小时，弗立克对克里斯蒂安该了解的都了解清楚了。对方等着她讲自己的事作为回报，因此弗立克就把原来准备好的那一套又加工了一番，添枝加叶，跟真实情况越来越远了。这掏空了她的想象力，但她告诉自己，这也算一个很好的练习，以应付更为严苛的审问。

他们途经凡尔赛，穿过被炸弹蹂躏的圣昆廷火车修理厂。莫德醒了过来。她记得要说法语，却忘了她不应该认识弗立克，所以她问："哎，我们到哪儿了，你知道吗？"

两个宪兵给弄懵了。弗立克告诉过他们，她和鲁比跟两个睡觉的姑娘没有关系，可莫德却像对朋友一样跟她说起话来。

弗立克保持着冷静，笑了一下，说："你不认识我。我看你是把我当成你朋友了，她在那边。你还有点儿没睡醒。"

莫德眉毛一拧，意思是"你装什么傻啊"，接着才察觉克里斯蒂安正在看着自己。她做了一个表示自己明白了的手势，装出一副诧异的样子，惊恐地用手捂住嘴巴，然后十分牵强地说："当然，你说得对，对不起。"

不过，克里斯蒂安并不是那种多疑的人，他对莫德笑了笑，说："你睡了两个小时。我们在巴黎的市郊。可是，你可以看见，火车不走了。"

莫德送了他一个她最拿手的、让人迷乱的微笑。“你觉得我们什么时候能到？”

“这个问题啊，小姐，你可把我难住了。我不过是常人一个。只有上帝能预见未来。”

莫德笑了起来，好像他说了什么绝顶聪明机智的话，弗立克也放松下来。

接着，戴安娜醒了，大声说话，而且是英语：“老天爷，我的头真疼，该死！现在是什么时候了？”

片刻之后，她看到了宪兵，马上发现自己做了什么——但已经太晚了。

“她说英语！”克里斯蒂安说。

弗立克看见鲁比去摸她的枪。

“你是英国人！”他对戴安娜说，然后他看着莫德，“你也是！”他对着整个车厢的人挨个看了看，发现了真相，“你们都是！”

弗立克探身抓住了鲁比的手腕，她已经把雨衣口袋里的枪掏出了一半。

克里斯蒂安看到这个动作，便顺着往下看鲁比的手里有什么，同时说：“还有武装！”要不是他们的性命受到威胁的话，他这一番惊讶表现看上去十分滑稽。

戴安娜说：“噢，天啊，搞砸了。”

火车猛地向前拉了一下，开动起来。

克里斯蒂安压低声音说：“你们全是盟军的特工！”

弗立克提心吊胆地看他要干什么。如果他掏出枪来，鲁比就会开枪打他。然后她们就必须从火车上跳下去。运气好的话，她们可能在盖世太保被惊动之前消失在铁轨边的贫民窟里。火车加快了速度。她不知是否她们现在就该跳车，一会儿它就开得更快了。

凝固的几分钟过去了。随后克里斯蒂安笑了。“祝你们好运！”他说，把声音压低得像耳语一般，“我们会为你们保密的！”

他们是同情者——感谢上帝。弗立克大大松了一口气。“谢谢你。”她说。克里斯蒂安问：“什么时候会大进攻？”

他天真地认为如果有人知道这种机密，会这么随随便便暴露出来，但为了推动话题，她说：“现在起每一天都有可能。或许就是星期二。”

“真的？那太好了，法国万岁！”

弗立克说：“我很高兴你站在我们一边。”

“我一直都反对德国人。”克里斯蒂安有些自傲地说，“我在工作的时候，私下里也悄悄给抵抗组织提供一些有用的服务。”他朝自己鼻子的侧面拍了拍。

弗立克连一秒钟也不相信他。他反对德国人是毫无疑问的，经过了四年的食品短缺、衣衫褴褛和宵禁的生活，大多数法国人都反对德国人。但他如果真的帮助过抵抗组织，他就不会告诉任何人——相反，他会非常害怕被人发现。

不过，帮不帮助抵抗组织倒关系不大。重要的是他得懂见风使舵，就不会在大进攻的前几天把盟军特工交到盖世太保手上，否则他很有可能会为此付出代价。

火车慢了下来，弗立克看到他们就要进入奥赛火车站。她站了起来。克里斯蒂安吻了一下她的手，用颤抖的声音说：“你是一位勇敢的女士。祝你好运！”

她第一个下了车。一踏上站台，她就看到一个工人在贴一张布告。布告上有什么东西让她觉得眼熟。再仔细一看，她的心停止了跳动。

那上面有她的照片。

她从来没有见过这张照片，也想不起来自己什么时候穿泳装照过相。背景是一片阴云，就像是用笔画上去的一样，所以看不出什么线索。布告上有她的名字，还有她的另一个化名：弗朗西斯·鲍勒，并注明她是个杀人犯。

那个工人刚刚干完这个活。他拿起一桶糨糊和一叠布告走开了。

弗立克意识到，她的照片一定已经贴满了整个巴黎。

真是一个可怕的打击。她一下子僵在了站台上。巨大的惊恐让她觉得几乎要呕吐，随后她控制住了自己。

第一个问题是她要如何走出奥赛火车站。她沿着站台看去，出站口那里就有一个检查站。她必须设想守在那里的盖世太保军官已经见到了她的照片。

怎么才能通过他们？她不能靠编故事的办法蒙混过去。如果他们认出她，就会逮捕她，任何说辞都无法说服德国军官不这么做。要是“寒鸦”们冲杀出去呢？她们会干掉检查站的这几个人，但可能还会殃及车站上的其他人，包括法国警察，他们也可能先开枪，然后再发问。这太冒险了。

她发现，倒是有一种办法。她可以把行动的指挥交给其他人——或许是鲁比——让她们在她前面通过检查站，最后把她放弃。这样，行动并不会被毁掉。

她转过身去。鲁比、戴安娜和莫德已经下了火车。克里斯蒂安和让-马里跟在后面也要下车。这时弗立克想起了克里斯蒂安口袋里的手铐，脑子里突然有了一个大胆的计划。

她把克里斯蒂安推回车厢，自己跟着他爬了上来。

他不知道这是否在耍弄自己，不安地笑了一下，问："怎么回事？"

"看那儿，"她说，"墙上贴了我的布告。"

两个宪兵都朝外看去。克里斯蒂安脸变白了。让-马里说："我的上帝，你真是间谍！"

"你得救我。"她说。

克里斯蒂安说："我们有什么办法？盖世太保——"

"我必须通过检查站。"

"他们会逮捕你的。"

"不，如果我已经被逮捕了，就不会了。"

"你是什么意思？"

"给我戴上手铐。假装你抓住了我，带着我通过检查站。如果他们拦住你，就说你要把我送到福煦大道84号。"这是盖世太保总部的地址。

"然后呢？"

"叫一辆出租车。跟我一块上车。然后，当我们远远离开车站，给我取下手铐，找一条安静的街道让我下车。你们接着去你们要去的地方。"

克里斯蒂安非常害怕。弗立克能看出他根本不愿意干这种事情，但刚才对抵抗组织的一番高谈阔论又让他很难推脱。

让-马里很平静。"这样能行，"他说，"他们不会怀疑穿着制服的警察。"

鲁比爬上了车厢。“弗立克！”她说，“那布告——”

“我知道。两位宪兵正准备铐着我通过检查站，然后再把我放掉。如果出了问题，你就接管行动的领导权。”她改用英语说，“忘了铁路隧道的事儿，那是掩人耳目的瞎话，真正的目标是圣-塞西勒的电话交换站。但不到最后一刻不要告诉其他人。现在把她们都叫上来，快。”

几分钟后，她们全都挤进车厢。弗立克把计划告诉她们。然后说：“如果这个不起作用，我被逮捕的话，你们无论如何都不要开枪。车站的警察太多。如果展开枪战你们肯定会输。完成任务才是第一位的。不用管我，你们走出车站，到了酒店再会合，继续行动。鲁比负责指挥。没必要再讨论了，没时间了。”她转过身来对克里斯蒂安说，“给我手铐。”

他犹豫了一下。弗立克真想对他大叫“快拿出来，你这夸夸其谈的胆小鬼”，但她没这么做，相反，她低下声音，像在耳语般地说：“谢谢你救了我的命——我永远不会忘记你，克里斯蒂安。”

他掏出了手铐。

“你们其他人，现在就走吧。”弗立克说。

克里斯蒂安弗把弗立克的右手跟让-马里的左手铐在一起，然后他们下了火车，三人并排走上了站台，克里斯蒂安拿着弗立克的旅行箱和装着自动手枪的肩袋。人们排成一队通过检查站。让-马里大声说：“靠边，请靠靠边，女士们，先生们，借过一下。”他们直接往队前走，就像在沙特尔车站那样。两个宪兵对盖世太保军官敬礼，但并没有停步。不过，正在查验证件的那位负责的上尉抬起头来，平静地说：“等一下。”三个人都站住了。弗立克意识到自己完了。上尉仔细地看了看弗立克。“她就是布告上的那个人。”

克里斯蒂安似乎吓得说不出话来。过了片刻，让-马里回答道：“是的，上尉，我们是在沙特尔抓到她的。”

感谢上苍，弗立克想，两个人里还算有一个头脑冷静。

“干得好，”上尉说，“但你们要把她带到哪儿去？”

让-马里接着回答：“我们奉命将她送往福煦大道。”

“你们需要车吗？”

“车站外面有辆警车等着我们。”

上尉点点头，但还是没有放他们走。他继续打量着弗立克。弗立克开始觉得是否自己的这一招露馅了，自己脸上哪里不对，让他看出她不过是装成一个囚犯而已。终于他说话了：“这些英国人。他们竟然派小姑娘为他们打仗。”他难以置信地摇着头。

让-马里明智地闭口不语。

最后上尉说了句：“走吧。”

弗立克和两个宪兵通过检查站，走进阳光下。

33

保罗·钱塞勒对珀西·斯威特大为光火，痛恨至极，因为他刚知道布赖恩·斯坦迪什的那条消息。“你欺骗了我！”保罗朝珀西大喊，“你故意把我支开，省得碍你的事，然后才把这告诉弗立克！”

“的确如此，但这么办最——”

“我是指挥——你有没有权力对我隐瞒任何消息！”

“我觉得那样的话你会中止飞行。”

“也许我会——也许我应该这么做。”

“但你那么做是出于对弗立克的爱，而不是因为出于行动的需要。”

这下珀西触到了保罗的痛处，因为保罗跟小组的成员睡觉，危害了他作为领导者的地位。这就让他更加恼火。但他强迫自己压抑住这股怒气。

他们无法联络上弗立克的飞机，在敌人领空的飞行必须遵守无线电静默的规定，因此两人只能留在机场过夜，一边抽烟一边踱步，为他们——以不同方式——爱着的女人担心。保罗的上衣口袋里放着一支法国的木牙刷，那是他在跟弗立克共度一晚后，在周五早晨一块用过的。他一般来说并不迷信，但他此刻不停地摸着这支牙刷，就像在抚摸着她，相信她平安无事。

当飞机返回时，飞行员告诉他们弗立克如何对查特勒的接机小组心生疑虑，最后在沙特尔附近跳伞，保罗一下子放了心，差点没哭出来。

几分钟后，珀西接到了伦敦特别行动处打来的电话，获悉布莱恩·斯坦迪什要求了解出了什么问题。保罗决定把弗立克草拟并让飞行员带回来的那份信息作为答复发出去。如果布赖恩是自由的，那信息会通知他“寒鸦”已经落地，会跟他联系，但没有透露进一步消息，因为他有可能已经落到盖世太保手里。

仍然没人知道那里发生了什么。这种不确定性让保罗难以承受。无论走哪条路，弗立克都会去兰斯。他必须知道她会不会落入盖世太保布设的陷阱。有没有什么方法来检查一下布赖恩发出信息是真是假?

他的信号带有正确的安全标记，珀西反复检查了两遍。但盖世太保知道安全标记的事，他们可以拷打布赖恩，获悉他的标记。珀西说，也有一些微妙的检查办法，但要依靠监听站的姑娘们协助才行。于是保罗决定去那儿走一趟。

起初珀西反对这么做。参与军事行动的人闯入信号系统会造成危险，他说，这会扰乱数百个特工信号服务的顺利运行。保罗不理这一套。随后，信号站的负责人说，他很高兴保罗可以按预约访问那里，在两三个星期后可以吗?不，保罗说，我想的是两三个小时内。他坚持这样，开始语气缓和，但不依不饶，最后又拿出蒙蒂的怒脾气相威胁。这样，他便去了格兰登安德伍德。

保罗小时候上的是主日学校，那时他一直为一个神学问题所苦恼。他注意到，在他跟父母住的地方——弗吉尼亚州的阿灵顿，跟他年龄相仿的孩子都是同一时间，在晚上七点半上床睡觉。这就意味着他们同一时间祷告。如果这些声音一起升上天堂，上帝怎么可能听到他保罗的声音呢？牧师只是说，上帝可以做任何事情，他并不满意牧师的答案，他知道这是一种借口。这个问题困扰了他好几年。

如果他那时候能到格兰登安德伍德看一看，他也就明白了。

像上帝一样，特别行动处要收听无数的消息，其中不少往往发生在同一时间。秘密特工在他们的藏身之处同时敲击莫尔斯键，就像阿灵顿那些同时在晚上七点半钟跪在自己床边的九岁孩子。特别行动处全都能够收听到。

格兰登安德伍德也是一座巨大的乡村别墅，主人将它腾出来，让军队接管。这里的正式名称是53a站，它是一个监听站。在它宽敞的平地上架设着一座座无线电天线，组成了一个巨大的弧形，就像是上帝的耳朵，在倾听北起挪威的北极、南抵尘土飞扬的西班牙南方这一广泛区域内的信息。四百名无线电报务员和解码员在大房子里工作，其中大多是来自急救护士队的年轻女性，他们住在院子里临时搭建的尼森式活动营房里。

琼·贝文思主管带着保罗到处转了转，她是个大块头女人，戴着一副眼镜。起初，她被这位代表蒙哥马利来访的大人物吓坏了，但保罗面带微笑，轻声细语，这才让她放松下来。她带他到发报室，在这里一百多名女孩挨排坐着，每人都戴着耳机，手头有笔记本和铅笔。一块大黑板上写着特工的代码以及传输时间——他们称其为“计划表”，始终用美国的发音方式说这个词——以及他们可能使用的频率。气氛高度凝重，唯一的声音来自一位报务员敲击的莫尔斯电码声，告诉特工她这里接收的信号清晰准确。

琼把保罗介绍给露西·布里吉斯，一个漂亮的金发姑娘。她说话带有很重的约克郡口音，保罗得集中精力才能听懂她在说什么。"'直升机'？"她说，"欸，我知道'直升机'——他是新来的。他在二十点发电，二十三点接收。到目前为止，还没有出问题。"

她说话从不发出"h"这个音。保罗意识到这一点，就觉得模仿这种口音不那么难了。"你是什么意思？"他向她问道，"一般你们会发现什么样的问题呢？"

"哦，有些人的发报机没有调好，你就必须寻找他的频率。信号也可能很弱，让你无法听清楚，你会弄不清是不是把破折号听成了句号，又比如，字母B跟D非常相似。再说，那种提箱式的发报机信号总是不好，因为这东西太小了。"

"你能认出他的'笔迹'吗？"

她有些迟疑。"他只发了三份电报。星期三他有点儿着急，大概因为是他第一次发报，但他的速度很稳，好像他知道时间很充裕。这我很高兴——我认为他一定是觉得自己很安全。我们都很担心他们，你明白。我们在这儿坐着，暖暖和和的，而他们是在敌后，要时刻提防该死的盖世太保。"

"他发的第二份电报呢？"

"那是星期四，他很匆忙。他们着急的时候，就很难弄清他们的意思——你知道，他们会连着写两个句号，或者一个短破折号，这是什么意思？不知他是从哪儿发报的，他肯定是想马上离开那儿。"

"后来呢？"

“星期五他没有发报。不过我并没担心。他们一般在必要时才会发报，发一次报太危险。然后，他在星期六早上呼叫了，在天亮前。那份电报很急，但他听上去不慌不忙。事实上，我记得当时我在心里说——他已经找到诀窍了。你知道，那次信号很强，节奏稳定，所有的字母都很清楚。”

“有没有可能这一次是别人在用他的发报机？”

她想了一下，说：“听起来像他一样……但，也对，我想也可能是别的什么人，我想。如果是一个德国人装成他，他们打起字来就会清楚、稳定，因为没什么可害怕的。”

保罗觉得他好像躺在一摊烂泥里。他问的每个问题都有两个答案。他急于想要的是某种肯定的东西。失去弗立克的可怕前景让他惊恐万状，而她作为上苍的礼物进入他的生活，前后还不到一个星期，他必须一次次克服这种情绪。

琼刚刚离开了一会儿，现在她回来了，肥嘟嘟的手里拿着一张纸。“我拿来了从‘直升机’那儿接收的三分解密电文。”她说。她不声不响的麻利劲儿让保罗很满意。

他读着第一张。

呼叫信号 HLCP（直升机）

安全标记 有

1944.5.30

消息内容：

抵达顺利句号地下室接投不安全句号被哥世太保抓住但逃脱句号下次

接头地点站前咖啡馆完毕

“他的拼写可得不了几分。”保罗评论说。

“不是他的拼写不好，”琼说，“他们用莫尔斯经常出错。我们规定解码员原样译解，不要规整这些地方，万一代表什么特殊意义也能保留下来。”

布莱恩第二次发报的内容是波林格尔抵抗组织的实力，电文稍长。

呼叫信号 HLCP（直升机）

安全标记 有

1944.5.31

消息内容：

现有特工五名见已下句号莫奈受桑句号女伯爵很好句号谢瓦利时尝

帮忙句号中产者仍栽原地句号外加救我的代号查伦顿句号

保罗抬起头来。“这份更糟了。”露西说，“我说过，他第二次很着急。”第二份报文还有一些内容，主要是详细叙述大教堂里发生的事情。保罗接着看第三份：

呼叫信号 HLCP（直升机）

安全标记 有

1944.6.2

消息内容：

见鬼句号到底出了什么事问号发来指令句号立克回复完毕

“他有进步，”保罗说，“只有一处错误。”

“我觉得星期六那天他更不受拘束。”露西说。

“可能是这样，但也许是另一个人发出的报文。”突然，保罗想到有种办法可以测试一下这个“布莱恩”是他本人，还是盖世太保冒充的。如果这一招奏效，至少能让他消除疑问。

“露西，你在发电报的时候犯过错误吗？”

“几乎没有。”她不安地朝自己的上司瞥了一眼，“如果一个新来的女孩不小心犯错，特工就会大发臭脾气。这也可以理解。不该出现任何错误——特工那儿本来就要应付不少问题。”

保罗转过来对琼说：“如果我写一条消息，你能原封不动译成电码吗？”

“当然。”

他看了看手表。现在是下午七点三十分。“他会在八点发报。然后你就能发报了？”

主管说：“是的。他先呼叫进来，我们就告诉他等着随后马上接收一条紧急信息。”

保罗坐下，想了一会儿，然后在一个记事本上写道：

告知你的武器多少赶自动枪多少我司登以及每仲多小发子弹

外加榴手弹立即回复

他考虑了一会儿。这是一个不合理的要求，带着高压腔调的措辞，显得像是草草编码后便传输出去的。他把它拿给琼看。她皱起了眉头说：“这条消息太可怕了，我真不好意思发它。”

“你觉得特工收到它会有什么反应？”

她毫无幽默感地笑了笑。“他会怒气冲冲回条消息，里面再骂上几句。”

“请照原样编成电码，发给‘直升机’。”

她困惑地看着他说：“如果你希望这么做的话。”

“是的，请吧。”

“好的。”她把电文拿走了。

保罗去找吃的。食堂跟监听站一样，也是二十四个小时工作，但那里的咖啡毫无味道，吃的东西只有不新鲜的三明治和干掉的蛋糕，此外什么也没有。

八点过了几分钟，主管走进食堂。“‘直升机’呼叫进来，说他没有收到雌豹的任何消息。我们现在正在给他发送紧急消息。”

“谢谢你。”布莱恩——或者冒充他的盖世太保——至少要花一个钟头给信息解码，写回复，加密后再传输出去。保罗看着他眼前的餐盘，弄不懂英国人打哪儿来的勇气把那东西称作三明治：那是两片抹了人造黄油的白面包和薄薄的一小片火腿。

还没有芥末。

34

巴黎的红灯区是礼拜堂街背后低山上的一个狭窄、肮脏的街区，离火车北站不远。它的中心部位是煤炭街。在这条街的北侧是礼拜堂修道院，它就像一座竖立在垃圾场的大理石雕像。修道院由一个小教堂和一座住着八名修女的房子组成，这些修女献身于帮助那些最可怜的巴黎人。她们给挨饿的老年人烧汤，劝阻那些想要自杀的绝望女人，把喝醉的水手从阴沟里拖出来，教妓女的孩子读书写字。修道院的隔壁就是礼拜堂旅店。

说这家旅店是所妓院并不太恰当，因为没有妓女在这里常住，只不过如果没客满，老板娘就愿意按小时出租房间，给那些浓妆艳抹、穿着廉价晚礼服的女人，跟她们一道前来的是大腹便便的法国生意人，偷偷摸摸的德国兵或是一些涉世未深的年轻人，他们喝得烂醉，根本看不清对方长什么样。

弗立克跨进门槛，立刻感到一下子放松下来——两个宪兵在半英里远的地方把她放下车。沿路她看见了两张缉拿她的布告。克里斯蒂安把自己的手帕给了她，这是一块干净的方棉布，红底上带着白色的圆点，她把它戴在头上，遮住她的金发。但她知道，任何人如果仔细看她，都能认出她就是布告上的人。没有别的办法，她只能垂下眼睛，边走边祷告上苍。她觉得自己这辈子都没走过这么长的路。

老板娘是一个和颜悦色、体态超重的女人，一件鲸须制成的胸衣外面套着粉红色的丝绸浴袍。弗立克觉得她以前肯定享受过奢华的日子。弗立克原来在这里住过，但老板娘看来并不记得她。弗立克称她“夫人”，但她说：“叫我雷吉娜吧。”她收了弗立克的钱，给了她房间钥匙，什么问题也没问。

弗立克正要上楼去她的房间时，从窗口瞥见戴安娜和莫德乘着一辆怪模怪样的出租车到了，那不过是一辆自行车拉着一只装在两个轮子上的沙发。跟宪兵的那通忙乱看来并没有让她们变得冷静些，两个人咯咯笑着这辆怪车。

“老天爷，这是什么破地方，”戴安娜一进门就说道，“我们也许可以去外面吃饭吧。”

巴黎的餐馆在占领期间照旧营业，但店里的大部分主顾自然都是德国军官，特工都尽量不去那里。“这件事连想都别想，”弗立克生气地说，“我们在这儿躲上几个小时，天一亮就去火车东站。”

莫德责怪地看着戴安娜说：“你答应要带我去里兹。”

弗立克压着怒火。“你以为你是在哪儿？”她对莫德嘘了一下。

“好吧，别发脾气了。”

“谁也不能离开！明白吗？”

“好的，好的。”

“一会儿我们派一个人出去买吃的。我现在得躲一会儿。戴安娜，你坐在这儿等着其他人，莫德给你们登记房间。所有人都到齐后通知我一声。”

爬上楼梯时，弗立克遇到一个穿红色礼服的黑人女孩，发现她是一头黑色直发。“等一下，”弗立克对她说，“你能把你的假发卖给我吗？”

“你可以自己去街角买，亲爱的。”她上下打量着弗立克，以为她是个业余妓女，“不过，说真话，我觉得你只有一顶假发还不够。”

“我有急用。”

女孩扯下假发，露出一头打卷的头发，紧贴着她的头皮。“我还得靠它干活呢。”

弗立克从她上衣口袋里拿出一千法郎的钞票。“你自己再去买吧。”

她用另一种眼光看着弗立克，觉得她这么有钱不可能是个妓女。最后，女孩耸了耸肩，接受了这笔钱，把假发给了弗立克。

“谢谢你。”弗立克说。

女孩犹豫了一下，无疑是想知道弗立克手里还有多少这种大票子。“我也跟女孩来。”她说，伸出手，轻轻用指尖碰了碰弗立克的胸部。

“不必了，谢谢。”

“也许你跟你的男友——”

“不。”

那女孩看着那一千块法郎。“好吧，就算我今晚不用干活了吧。祝你好运，小亲人儿。”

“谢谢你，”弗立克说，“我需要它。”

她找到了她的房间，把箱子放在床上，脱下了外衣。洗脸盆上有个小镜子。弗立克洗了洗手，站在那儿对着自己的脸看了一会儿。

她把金色的头发梳到耳后，用发夹别住。然后她戴上假发，调整了一下。假发有点儿大，但还是能戴住。黑头发彻底改变了她的外观。不过，她那对漂亮的眉毛现在显得有点儿奇特。她从化妆盒里拿出眉笔，把眉毛描暗些。这么一弄就好多了。她不仅像个黑发女郎，而且显得比那个身穿泳装的甜妞更加凶悍。尽管直挺挺的鼻子和硬生生的下巴还都一样，但她换假发前后的样子像一对姐妹，除了这点儿家族上的特征以外，哪儿都不像了。

然后她从外衣口袋里拿出她的身份证。她十分小心地给照片修整了一下，用眉笔淡淡地画上一丝丝黑头发和黑眉毛。画完后她又对着照片仔细端详了一会儿。她觉得不会有人看出它被修改过，除非使劲揉搓，擦掉铅笔的印迹。

她摘掉假发，脱了鞋，躺在床上。她已经两晚没有合眼，礼拜四整晚都在跟保罗做爱，而礼拜五则是在轰炸机的金属地板上过的夜。现在她一闭上眼睛，几秒钟就睡过去了。

一阵敲门声把她吵醒了。让她吃惊的是，外面天已经黑了，她睡了好几个小时。她走到门边问："是谁？"

"鲁比。"

弗立克让她进屋，问："一切正常吗？"

"我不觉得。"

弗立克关上窗帘，然后打开灯。"出了什么事？"

"每个人都进来了，但我不知道戴安娜和莫德在哪儿。她们没在自己的房间。"

"你去哪儿找过？"

"老板娘的办公室，隔壁的小教堂，街对面的酒吧。"

"噢，上帝，"弗立克慌张地说，"这两个该死的傻瓜，她们出去了。"

"她们会去哪儿呢？"

"莫德想要去里兹大饭店。"

鲁比觉得不可思议。"她们怎么会这么蠢！"

"莫德就会。"

"可我觉得戴安娜比她有脑子。"

"戴安娜在恋爱，"弗立克说，"我估计莫德让她干什么她就会干什么，她也想打动自己的情人，带她到时髦的地方，显摆自己了解各种上流世界。"

"都说爱情是盲目的。"

"眼下，得说爱情就是他妈的自杀。我简直不敢相信，但我敢打赌她们肯定去那儿了。她们以为去找好吃好住，实际是去找死。"

"我们怎么办？"

"去里兹，把她们拉回来——如果还不太晚的话。"

弗立克戴上她的假发。鲁比说："我正纳闷你的眉毛怎么变黑了，很有效，你跟原来一点儿也不像了。"

"好吧。带上你的枪。"

在大堂里，雷吉娜递给弗立克一个信封。收信人名这几个字是戴安娜的笔迹。弗立克扯开它，见上面写着：

我们去了好点儿的酒店。我们会在早上五点钟与你们在火车东站见面，别担心！

她让鲁比看了看，然后把字条扯成碎片。更让她生气的是她自己。她从小就了解戴安娜，知道她既愚蠢又不负责任。那我为什么把她带到这儿来？她自问道。因为我没其他选择，她这样回答自己。

她们离开旅店。弗立克不打算坐地铁，因为她知道在一些车站上有盖世太保的检查站，车厢里也会遇到随时抽查。里兹大饭店在旺多姆广场，从煤炭街快走半个小时能到。太阳已经落了，夜幕快速降临。她们还必须留意时间，十一点钟就要宵禁。

弗立克想，不知道里兹大饭店的人多久以后才会向盖世太保报告戴安娜和莫德的出现。他们大概马上会发现这两个女人不同寻常。她们的证件上写的是在兰斯工作的秘书——这样的女人来里兹干什么？在被占领的法国，按说她们的穿戴还算体面，但看上去显然不是典型的里兹主顾——里兹的客人们都是来自中立国家的外交官夫人，黑市商人的女伴，或者德军军官的家眷或情妇。饭店经理本人可能不会做什么，尤其他要是也反对纳粹的话，但盖世太保在城里的每个大饭店和餐馆都安插了眼线，他们专门靠汇报身份可疑的陌生人获取赏钱。这种常识细节在特别行动处的训练中会灌输给每个学员——但整个课程要进行三个月，戴安娜和莫德只用了两天。

弗立克加快了脚步。

35

迪特尔几乎精疲力竭。为了在半天之内印制、分发这一千张布告，他又是劝说又是恐吓，把身上的所有气力都用尽了。他可以一直保持耐心，坚持不懈，必要时他也可以勃然动怒，大发雷霆。此外，头一天晚上他一直没有睡觉。他的神经发颤，头很痛，脾气愈发急躁。

但是，当他进入坐落在犬舍门、俯瞰布洛涅森林的公寓大楼时，立刻感到一股平和的气息降临在他身上。他为隆美尔做的这项工作要求他在法国北部各处旅行，所以他必须将总部设在巴黎，但弄到这么一块地方必须采用各种贿赂和恐吓手段。它的确值得迪特尔这么做。他喜欢这暗色的桃花芯木镶板、厚重的窗帘、高高的天花板以及18世纪的餐具柜中的银器。他在凉爽、昏暗的公寓里走来走去，重新认识他的那些珍爱之物：一只罗丹雕塑的手，一张德加的粉彩画，上面是芭蕾舞女在穿舞鞋，《基督山伯爵》的第一版珍藏本。他坐在施坦威小型三角钢琴前，弹奏起爵士名曲《是否老实》的散漫变奏：

没有人倾诉，只有我自己……

在战前，公寓和大部分家具属于一个来自里昂的工程师，他靠制造小型电器、吸尘器、收音机和门铃而发迹。迪特尔是从他的邻居，一位有钱的寡妇那里得知这些的，她的丈夫曾是三十年代法国的法西斯党的领导人物。她说，这个工程师是个庸俗的暴发户，他请人选择搭配合适的壁纸和古董，但搜罗这些精美的物件只是为了取悦他妻子的那些朋友。他后来去了美国，那儿的人全都庸俗不堪，寡妇说。她很高兴这套公寓现在有一个真正欣赏它的房客。

迪特尔脱掉外套和衬衣，把脸和脖子上沾染的巴黎的污垢清洗掉。然后他穿上一件干净的白衬衣，在法国式的袖口插上金链扣，选了一条银灰色的领带。他一边系领带，一边打开收音机。从意大利传来的都是坏消息。播音员说，德国人在激烈奋战，严守后卫。迪特尔推测罗马最近几天就会失守。

但意大利不是法国。

他现在要等待有人发现费利西蒂·克拉莱特。当然，他不能肯定她会经过巴黎，但除了兰斯以外，这里无疑是最有可能发现她的地方。不管怎样，他也只能做这么多了。他真希望他能把斯蒂芬妮从兰斯带来。不过，他需要让她占着杜波依斯大街上的房子。可能会有更多的盟军特工降落地面，找上门来。重要的是巧妙地把他们引入罗网。他已留下指令，他不在的时候绝不能拷打米歇尔和鲍勒大夫，他留着他们还有别的用处。

冰箱里有一瓶唐培里侬香槟。他打开瓶塞，往一只水晶高脚杯里倒了一些。然后，带着一种美好生活的心境，他在桌边坐下，读他收到的一封来信。

信是他的妻子沃特劳德写来的。

我亲爱的迪特尔：

我很遗憾我们不能在一起庆贺你的四十岁的生日。

迪特尔把自己的生日都忘了。他看了看卡地亚座钟上的日期。今天是六月三日。今天他就满四十周岁了。他又倒上一杯香槟以示庆祝。

他妻子的信封里还装有另外两封信。他七岁的女儿玛格丽特（大家都叫她茂西），给他画了一张画，画上他穿着军装站在埃菲尔铁塔前面。画里面的他比铁塔还高：小孩子都是这么夸大自己父亲的。他的儿子鲁迪十岁，写的信更像一个大孩子，用的是蓝黑色的墨水，字体精致圆润。

我亲爱的爸爸：

我在学校里表现很好，但里希特博士的教室被炸毁了。幸运的是当时是在夜里，学校里面没人。

迪特尔痛苦地闭上眼睛。想到自己的孩子们居住的城市挨了炸弹，让他实在无法忍受。他诅咒着英国空军的杀人凶手，尽管他很清楚德国的炸弹也投向英国学校的孩子们头上。

他看着办公桌上的电话，打算给家里打个电话。电话恐怕很难打通，法国电话系统超载，加上军事通话优先，私人电话可能要等好几个小时才能接通。不过他还是决定试试。他突然十分渴望听到他的孩子们的声音，让自己确信他们仍然活着。

他正要去抓电话，它却抢先响了起来。

他拿起听筒：“我是法兰克少校。”

“我是黑塞中尉。”

迪特尔的脉搏快了起来。“你已经找到费利西蒂·克拉莱特了？”

“没有，但有件事情也一样不错。”

36

弗立克曾来过里兹一次，那是战前她在巴黎上学的时候。她跟一个女友戴着帽子，脸上化了妆，还穿戴了手套长袜之类，从大门走进走出，就好像她们每天都过这种日子一样。她们去饭店内部拱廊里的商店转悠，冲着那些围巾、自来水笔和香水上标着的荒唐价格傻笑。她们坐在大厅里，装作在等一个迟迟不到的人，对那些进来喝茶的女人的穿着说三道四，而她们自己连一杯白水都不敢点。那些日子，弗立克省下每个便士去买法兰西剧院的便宜票。

法国被占领后，她听说主人试图尽量把饭店正常经营下去，尽管很多客房都被纳粹头目长期包租下来。她今天既没戴手套，也没穿长袜，但她给脸上扑了粉，时髦地歪戴着贝雷帽，她指望战时来饭店的主顾有些也跟她一样，不得不在装扮上马虎一点儿，得过且过。

在饭店外的旺多姆广场上，停着一溜灰色的军车和黑色的高级轿车。在大楼的正面，六面猩红色的纳粹旗子炫耀般地在微风中呼啦啦摇摆着。一个戴着高帽子、穿红色长裤的门警怀疑地打量着弗立克和鲁比，说："你们不能进去。"

弗立克穿的是淡蓝色的套装，到处皱皱巴巴，鲁比穿着一件藏蓝色长衣，外加一件男式雨衣。她们穿的不是在里兹大饭店用餐的衣服。弗立克试着模仿法国女人被下等人激怒时的傲慢样子。她把鼻子往上一扬，问："怎么回事？"

"这个入口是给高层人物预留的，夫人。即便德国上校也不能从这儿进，你绕到附近的康朋街，从后门进去。"

"随你了。"弗立克用一种厌倦的口气，颇有气度地说。但实际上，她倒十分庆幸他没说她们的装束不得体。她和鲁比快步绕过街区，找到了它的后门。

大厅里灯光明亮，两侧的酒吧里坐满了穿晚礼服或者制服的男人。交谈汇集的嗡嗡声中满是德语的辅音，而不是法语那懒散的元音。这让弗立克觉得自己好像走进了敌人的据点。

她走到办事台那儿。接待员穿着嵌了不少铜扣子的大衣，仰着鼻子看着她，看出她既不是德国人，也不是法国富婆，便冷冷地说："什么事？"

"查一下罗格朗小姐是否在她的房间里，"弗立克用命令的口气说。她估计戴安娜会使用她的假名字——西蒙娜·罗格朗。"我跟她约好了。"

他后退了一步，问："我能告诉她是谁找她吗？"

"马蒂尼夫人。我是她的雇员。"

"好的。实际上，小姐跟她的女伴正在后面的餐厅里。你可以去找侍者领班。”

弗立克和鲁比穿过大厅进了餐厅。这里呈现的是一幅上层生活的图景，白色的桌布、银制的餐具、闪烁的烛光，穿着黑色制服的侍者托着菜肴食物在屋里滑来滑去。看到这种场面，没人会想到眼下一半的巴黎人正在忍饥挨饿。弗立克闻到了真正咖啡的香气。

刚在门边停下，她就立刻看到了戴安娜和莫德。她们坐在屋子紧里头的一张小桌子边。弗立克看到，戴安娜从桌边的一个银光闪闪的酒桶里拿出一瓶酒，给莫德和自己倒上。弗立克真想一把掐死她。

她转身朝那张桌子走去，但侍者领班拦住了她。他直勾勾地看着她那身便宜行头，说：“有什么事，夫人？”

“晚上好，”她说，“我得跟那边那位女士说句话。”

他没有动。他是一个矮个子男人，一副郁郁寡欢的样子，却不怕别人诈唬。“也许我可以给她传递你的消息。”

“恐怕不行，这是个私事。”

“那么，我告诉她你在这里。名字是？”

弗立克瞪着戴安娜那个方向，但戴安娜没有抬头。“我是马蒂尼夫人，”弗立克说，她只能委托他了，“告诉她，我必须马上跟她说话。”

“好的。希望夫人在这儿等一下。”

弗立克咬着牙，心里有种挫败感。侍者领班走开时，她真想冲到他的前面去。这时，她发现坐在附近的一个穿黑色制服的党卫军少校正在盯着她。她跟他对视了一下，立刻把眼睛移向别处，一种恐惧立刻涌上她的嗓子眼。他是否只是闲来无事，恰好被她跟侍者领班的争辩吸引过来？也许他见过那张布告，觉得她有点儿面熟，却一时无法把两者联系起来？或者，他只是觉得她很吸引人？无论到底是什么原因，弗立克都觉得不能在此弄出什么动静来，这实在太危险了。

她站在这儿的每一秒钟都是危险的。她把那种想掉头跑开的欲望强压下去。

侍者领班跟戴安娜说了几句，然后转身向弗立克招手。

弗立克对鲁比说："你最好在这儿等着，我一个人过去，两个人太显眼了。"然后她快速穿过房间走到戴安娜的桌前。

无论是戴安娜还是莫德，谁都没有表现出一点儿心虚的样子。弗立克生气地看着她们。莫德显得心满意足，戴安娜则一脸傲然。弗立克把两手放在桌沿上，探身过去压低声音说："这太危险了。马上起来，跟我走。我们出去时把账结了。"

她尽全力说服她们，但这两个人已经进入了一个虚幻世界。"讲点儿道理，弗立克。"戴安娜说。

弗立克一时火起。戴安娜怎么能这么狂傲无知？"你这头愚蠢的母牛，"她说，"难道你不知道这会要你的命？"

她马上意识到骂脏话是个错误。戴安娜摆出一副高高在上的姿态，说："这是我的生活，我有资格冒这个险——"

"你也危及我们，危及整个行动。现在就站起来！"

"可是你看——"弗立克的背后出现一阵骚动。戴安娜停下半句话，往弗立克身后看去。

弗立克回头一看，立刻惊呆了。

站在入口处的就是她在圣-塞西勒广场见过的那个衣冠楚楚的德国军官。她这一瞥将他看得清清楚楚。他身材高大，穿着优雅的深色外套，胸前的口袋里塞着一块白色的手帕。

她迅速转过身，心跳个不停，祈祷着他并没有注意到自己。她戴着黑色假发，可能不会让他一眼就认出来。

她记起了他的名字：迪特尔·法兰克。她在珀西那堆档案里找到过他的照片。他以前是名警探。她记得他照片背面的说明：“隆美尔手下情报人员中的出名人物，据称此人是审讯高手，残忍的施刑者。”

这是一个星期里，弗立克第二次与他狭路相逢，距离近得完全可以射杀他。

弗立克从不相信巧合。他跟她同时出现在这儿，一定有什么理由。

她很快发现那理由是什么了。她又看了一眼，只见他大步穿过餐厅，朝她这里走过来，四个盖世太保模样的人尾随着他。侍者领班跟在他们后面，面色惊慌。

弗立克把脸侧过去，转身走开。

法兰克直奔戴安娜的桌子。

整个饭店一下变得鸦雀无声。客人们停下说话，侍者也不再上菜，调酒师手里拿着玻璃葡萄酒瓶，愣愣地定在那里。

弗立克走到门口，鲁比还站在那儿等着。鲁比低声说：“他要过去逮捕她们了。”她用手去摸她的枪。

弗立克看到那个党卫军少校又盯了她们一眼。“把枪放在口袋里别动，”她咕哝着，“我们不能轻举妄动。我们能够对付他和那四个盖世太保，但这里的德国军官会包围我们。即使我们干掉这五个，其他人也会把我们撂倒。”

法兰克在质问戴安娜和莫德。弗立克听不见那里在说什么。

戴安娜的声音是目空一切的冷漠腔调，她一做错什么时就是这副样子。莫德则带了哭腔。

可能法兰克要看她们的证件，两个女人同时去拿放在她们椅子旁边地板上的手袋。法兰克换了个位置，站到戴安娜身边，稍稍侧一点儿，越过她的肩膀看着。猛然间弗立克意识到接着要发生什么。

莫德拿出了她的身份证，但戴安娜却掏出了一支手枪。一声枪响，一个穿盖世太保制服的人跑了几步跌倒了。餐厅立刻大乱。女人在尖叫，男人缩起身子乱躲。第二声枪响，又有一个盖世太保叫着倒下。一些食客往出口跑去。

戴安娜举枪朝向第三个盖世太保。弗立克脑海里闪过以前的记忆：戴安娜在索默斯霍尔姆的树林里，她坐在地上吸烟，身边放着一只只死兔子。她记得自己跟戴安娜说："你是个杀手。"这话她没说错。

但戴安娜没有打出这第三枪。

迪特尔·法兰克仍然保持着头脑冷静。他两手抓住了戴安娜的右手腕，使劲往桌沿上一磕。她疼得叫了一声，枪从她的手中滑落在地。他一把把她从椅子上拉起来，让她脸朝下摔在地毯上，然后两只膝盖抵在她狭小的后背上。他把她的双手拧在背后，拉扯她受伤的手腕时她疼得发出尖叫，他不顾这些，使劲给她戴上手铐，然后站了起来。

弗立克对鲁比说："我们赶快离开这儿。"

门口被挤得水泄不通，受到惊吓的男人女人都想一块挤出去。不等弗立克挪开步子躲进人群，那个盯着她看的年轻党卫军少校早就一步蹿了上来，一把抓住了她的胳膊。"等一会儿。"

他用法语说。

弗立克稳住惊慌。“把你的手放开！”

他越抓越紧。“你好像认识那边那个女人。”他说。

“不，我不认识！”她挣扎着要走。

他猛地将她拉了回来命令道：“你最好待在这儿回答几个问题。”

又是一声枪响。几个女人尖声叫了起来，但没人知道枪是从哪里打来的。党卫军军官的脸痛苦地扭曲着。等他倒在地上，弗立克看见站在他身后的鲁比，她正把手枪放回自己的雨衣口袋。

两人不顾一切地推搡着，奋力从拥挤的门边冲出去，冲到了大厅里。她们没有受到任何人的注意就跑了出去，因为所有的人都在逃命。

康朋街的路边停着一排汽车，一些车里坐着司机。大多数司机都跑到饭店那边看热闹去了。弗立克选中了一辆黑色的梅赛德斯230型轿车，里面没人。她往前面看了一眼，见控制板上插着钥匙。“上车！”她招呼着鲁比。她坐在方向盘后面，拉动自动起动器。强劲的发动机轰隆隆转了起来。她挂上一挡，打了一圈方向盘，加速离开了里兹。这辆车子很重，走得很慢，但很稳当，开快的时候转弯就像火车一样。

开过了几个街区，她开始考虑她的处境。她失去了她三分之一的队员，其中包括她的最佳射手。她考虑是否放弃任务，但马上决定继续干下去。情况实在尴尬，她必须解释为什么只来了四个清洁工，而通常都是六个，但她可以找些借口弥补。这意味着她们会受到更严密的盘查，但她必须承担这个风险。

她跟鲁比不再面临直接的危险，于是她在礼拜堂街扔掉了汽车。她们快步赶回了旅店。鲁比把葛丽泰和“果冻”叫到弗立克的房间，把发生的一切告诉她们。

“戴安娜和莫德会马上接受审讯，”她说，“迪特尔·法兰克的能力很强，审讯起来十分残忍，所以我们必须假设她们会供出自己知道的一切，包括这家酒店的地址。这就是说盖世太保随时可能来这儿，我们必须马上离开。”

“果冻”哭了起来。“可怜的莫德，”她说，“她的确愚蠢，但她也不该受这种折磨。”

葛丽泰更实际些。“那我们去哪儿呢？”

“我们躲进旅馆隔壁的修道院里。谁进去他们都容许，我以前在那儿藏过逃跑的战俘。他们会让我们在那儿待到天亮。”

“然后呢？”

“我们按计划去火车站。戴安娜会把我们的真实姓名告诉迪特尔·法兰克，还有我们的代码，我们的假身份，他会严加警戒，抓捕用这些化名旅行的人，幸运的是，我为所有人准备了一套备用身份证件，用的照片相同，但身份不同。盖世太保不会有你们三个人的照片，我也改了一下外表，这样，检查站的警卫就不会认出我们了。不过，为了安全起见，我们不要天一亮就去车站——我们等到十点钟左右车站最忙的时候再去。”

鲁比说：“戴安娜也会把我们的任务告诉他们。”

“她会告诉他们，我们要炸毁马尔斯那里的铁路隧道。好在这不是我们真正的使命。这是我编出来的一个掩人耳目的说法。”

“果冻”钦佩地说：“弗立克，你连什么都想到了。”

“是的，”她冷冷地说，“这就是为什么我现在还活着。”

37

保罗坐在格兰登安德伍德那阴暗凄凉的食堂里，焦急地想着弗立克，这样过了一个多小时。他开始相信布莱恩·斯坦迪什已经失密。大教堂事件、查特勒完全陷入黑暗的事实，以及规规整整的第三份电文显露出的不自然，一切都指向了同一个方向。

按原来的计划，弗立克应该在查特勒降落，由米歇尔和波林格尔组织的剩余成员接应，米歇尔会把她们隐藏几个小时，然后安排车辆送她们到圣-塞西勒。等她们进入城堡，炸毁电话交换站后，他再把她们送回查特勒，等待飞机把她们接走。现在一切都变了，但弗立克到达兰斯后还是需要来回的车辆和藏身之所，她也要依靠波林格尔抵抗组织的帮助。然而，如果布莱恩已经失密，波林格尔组织还会有人幸存下来吗？安全的房子还安全吗？是不是米歇尔也已经被盖世太保抓获了呢？

终于，露西·布里吉斯走进食堂，对他说："琼让我要告诉你，'直升机'的答复现在正在解密。你能跟我来吗？"

他跟着她进了一个小房间，他估计这原来是一个靴子储藏间，现在做了琼·贝文思的办公室。琼手里拿着一张纸。她看上去有点儿困惑。"我真无法理解。"她说。

保罗很快地读着。

呼叫信号 HLCP（直升机）

安全标记 有

1944.6.3

消息内容：

两支司登每支六个弹夹句号两支李恩菲尔德步枪十个弹夹句号六支

柯尔特自动手枪并有大约一百发子弹句号无手榴弹完毕

保罗惊愕地盯着这份解密电文，好像希望这些文字变得不再那么可怕似的，当然，那电文一个字也不会变。

“我以为他会大发雷霆的，”琼说，“可他一点儿都没抱怨，只回答了你的问题，服服帖帖的。”

“一点儿不错，”保罗说，“因为这不是他。”这条信息并非来自被官僚做派的上级突然以不合理要求烦扰的外派特工。这回复是由一个盖世太保军官起草的，他想方设法维持一种平滑、正常的面目。唯一的拼写错误是恩菲尔德，这里拼成了“恩福德”，这恰恰说明了这里掺杂了德语，德语里的“feld”正是英语“field”的对等词。

不用再有任何疑问了，弗立克处境十分危险。保罗用右手按摩着太阳穴。现在只有一件事要做。整个行动已经四分五裂，他必须动手挽救它，挽救弗立克。

他看了看琼，见她正满脸同情地看着自己，便问：“我可以用一下你的电话吗？”

“当然可以。”

他拨通了贝克街。珀西正在他的办公桌前。他说：“我是保罗。我确信布莱恩被逮捕了。是盖世太保在操作他的电台。”站在他身后的琼·贝文思猛吸了一口气。

“噢，见鬼，”珀西说，“没有电台，我们没办法警告弗立克。”

“不，我们有办法。”保罗说。

“什么办法？”

“给我找一架飞机。我今晚飞兰斯。”

第八天

1944年6月4日，星期日

38

福煦大道就像专门为世界上最富有的人建造的。这条宽阔的街道从凯旋门一直延伸到波洛格内森林，道路两侧都是一个又一个观赏花园，条条小径穿插其间，通向后面一座座富丽堂皇的房子。84号是一所格调雅致的宅邸，内部宽阔的楼梯连接着整整五层精美别致的大小房间，盖世太保把这所房子变成了一个刑讯拷问处。

迪特尔坐在一间格局完美匀称的客厅里，抬头看了一会儿那镶嵌着复杂装饰的天花板，然后闭上眼睛，为审讯做准备。他要磨砺一下他的心智，同时又要让自己的感情变得麻木些。

有些人很喜欢拷打囚犯。兰斯的贝克尔中士就是其中之一。受刑者尖叫时，他们会笑；他们制造伤残时，自己会勃起；看到受害者垂死挣扎时会体验到快感的高潮。这些人算不上优秀的审讯者，他们关注的是痛苦，而不是信息。最好的刑讯者是迪特尔这种人，他们打心眼里厌恶这种过程。

现在，他想象着将他的灵魂关在门内，把自己的情绪锁在柜橱里。他把那两个女人看作能吐出情报的机器，只要他能尽快找到开启它们的方式就行。他感到了那种熟悉的冰冷，就像一块雪花织成的毯子落在了他的身上，他知道他已经准备好了。

“把那个岁数大的带上来。”他说。

黑塞中尉出去提犯人。

他仔细看着她走进屋子，坐在椅子上。她短发、宽肩，穿着一件男式女装。她的右手瘫软地耷拉着，她用左手托着肿胀的小臂：迪特尔打断了她的腕子。她显然很痛苦，脸色苍白，面带虚汗，但她意志坚韧，嘴唇紧绷成一条线。

他用法语对她开口。“这个房间里发生的一切，都在你的掌控之下，”他说，“你所做的决定，你说的话，既可能给你带来难以忍受的痛苦，也可能让你轻松解脱。完全取决于你。”

她什么也不说。她害怕，但并不惊慌。她不太容易攻克，现在他已经看出来了。

他说：“首先，告诉我特别行动处的伦敦总部在哪儿。”

“摄政街81号。”她说。

他点点头说：“让我解释一下。据我了解，特别行动处教导它的其特工在受审时不要保持沉默，但要说出难以核实的虚假答案。我知道这一点，所以接下来我会问你许多问题，而我已经知道这些问题的答案。这样，我就会知道你是不是在骗我。伦敦的总部在哪里？“

“在卡尔顿楼的内院。”

他走过去使劲抽了她一个耳光。她疼得叫了一声，脸立刻红肿了起来。一开始就在脸上扇一巴掌总是很管用。疼痛虽然是最轻的，但这样来一下，能羞辱性地显示囚犯的无能为力，可以迅速削弱他们最初的勇气。

但她却挑衅地看着他说："德国军官就是这样对待女士的吗？"

她身上有一种傲慢气质，她说的法语带着上层阶级的口音。他猜测她可能是某种贵族。"女士？"他轻蔑地说，"你刚才开枪打死了两名正在执行公务的警察，施佩希特的年轻妻子现在成了一个寡妇，罗尔福的父母失去了他们唯一的孩子。你不是穿制服的战士，你没有任何借口。至于你刚才的问题——不，我们不这样对待女士，但我们这样对待杀人犯。"

她的眼睛看向别处。他的这些话击中了要害。他开始破坏她的道德基础了。

"告诉我点儿别的事，"他说，"你很了解弗立克·克拉莱特吗？"

她睁大了眼睛，脸上不觉露出惊奇的神色。这告诉他，他猜得很准确。这两个人是克拉莱特少校小组里的人。他又一次撼动了她的神经。

但她很快恢复了镇静，说："我不认识叫这个名字的人。"

他走过去把她的左手拨到一边。她的右手腕失去了支撑耷拉下来，让她疼得叫了一声。他抓住她的右手使劲一拉。她尖叫起来。

"看在上帝份儿上，你们为什么去里兹吃晚饭？"他问，并放开了她的手。

她停止了叫喊。他又问了一遍。她喘着粗气，回答道："我喜欢那里的饭菜。"

她比他想象的更强硬。“把她带走，”他说，“带另一个上来。”

年轻的姑娘很漂亮。她被捕时没有抵抗，所以看上去依然像模像样，衣服和妆容都很完好。她显得比她的同事害怕多了。他把刚才的问题拿来问她：“你们为什么去里兹吃晚饭？”

“我一直想去那里。”她答道。

他简直不敢相信自己的耳朵。“你不害怕这么做很危险吗？”

“我以为戴安娜会照顾我。”

这么说另一个的名字是戴安娜。“你叫什么名字？”

“莫德。”

容易得几乎让人可疑。“你们到法国来干什么，莫德？”

“我们要把什么地方炸掉。”

“什么地方？”

“我不记得了。也许跟铁路有关系？”

迪特尔开始怀疑自己是不是已经找到了一条捷径。“你认识费利西蒂·克拉莱特多久了？”他试着问道。

“你是说弗立克？只几天。她非常专横。”她脑海里又滑过了一个念头，“可她是对的，我们的确不该去里兹。”她哭了起来，“我从没打算做任何错事，我只是想好好玩玩，到处看看，我要的就是这些。”

“你们小组的代号是什么？”

“‘乌鸦’。”她用英语说。

他皱起了眉头。在“直升机”的无线电消息里把他们叫“寒鸦”。“你确定吗？”

“是的，因为有一首诗，我记得是《兰斯的乌鸦》，不，是《兰斯的寒鸦》，就是的。”

如果她不是十分愚蠢，就是模仿得十分到家。“你觉得弗立克现在在哪儿？”

莫德想了好一会儿，然后说：“我真的不知道。”

迪特尔失望地叹了口气。一个囚犯太坚强，什么也不说，而另一个却太愚蠢，不知道任何有用的东西。看来他要比原打算的多花上些时间才行。

应该找个什么办法缩短整个过程。他对这两个人的关系很是好奇。做主的是那个有些男人气的岁数大的女人，可她怎么会冒险带着这个脑子空空的漂亮女孩去里兹吃饭？也许我把她们想得太龌龊了，他对自己说，可是……

“把她带走，”他用德语说，“把她跟另一个关在一起。屋子一定要有窥视孔。”

两个人被关起来以后，黑塞中尉带着迪特尔去阁楼上的一个小房间。他通过窥视孔察看着隔壁房间的一切。两个女人并排坐在狭窄的床边。莫德哭着，戴安娜安慰着她。迪特尔仔细看着。戴安娜把骨折的右手腕放在她的腿上，用左手抚摸着她的头发。戴安娜的声音很轻，让迪特尔无法听见她在说什么。

她们的关系亲密到了何种地步？她们仅仅是战友，心腹知己……还是别的什么？戴安娜弯下身子，吻了吻莫德的额头。这并不代表太多东西。然后戴安娜用食指摸着莫德的下巴，把这姑娘的脸转过来对着自己，去吻她的嘴唇。这是一种安慰的表示，但作为朋友来说不是过于亲密了吗？

最后戴安娜伸出她的舌尖，去舔莫德脸上的眼泪。这让迪特尔肯定了他的猜测。这不是性爱的前戏——没人会在这种场合搞性爱——但它是一种温柔的安抚，只有情人才做得出，单纯的朋友是不会这样的。戴安娜和莫德是一对女同性恋。问题就这样解决了。

“再把那个岁数大的带上来。”他说，然后回到了审讯室。

第二次把戴安娜带上来后，他把她绑在椅子上。然后他说：“准备上电家伙。”他不耐烦地等着有人用推车把电击机推进来，插入墙上插座。每过去一分钟，弗立克·克拉莱特都会离他更远。

一切准备就绪，他用左手抓起戴安娜的头发。让她站稳不动，然后把两个鳄鱼夹夹在她的下嘴唇上。

他打开电源。戴安娜尖叫了一声。他让机器开了十秒钟，然后关上。

等她的抽泣缓和一些，他说：“这还不到一半的功率。”他说的是真的。他很少使用全功率。只有当酷刑进行了很长时间，犯人一次次昏迷时，才会使用全功率，让电流渗透到犯人衰退的意识里。一般到了那种地步也晚了，犯人已经快疯了。

但戴安娜不知道这些。

“不要再弄了，”她请求着，“求你别再弄了，求你了。”

“你愿意回答我的问题吗？”

她呻吟着，但她没有回答。

迪特尔说：“把另一个带上来。”

戴安娜喘着气。

黑塞中尉把莫德带进来，把她绑在椅子上。

“你们要干什么？”莫德哭了。

戴安娜说："什么都不要说——这样好点儿。"

莫德穿的是一件简单的夏季上衣。她身材优雅、苗条，胸部丰满。迪特尔撕开她的上衣，上面的扣子飞了出去。

"请不要！"莫德说，"我什么都告诉你！"

她的上衣里面穿了一件带花边装饰的棉衬裙。他抓住领口，一把扯开它。莫德尖叫。

他往后站了一站，看着这一切。莫德的双乳又白又挺。他的一部分大脑注意到这对乳房是多么漂亮。他想，戴安娜一定喜欢它们。

他从戴安娜的嘴唇上取下那两个鳄鱼夹，把它们仔细地固定在莫德的两个粉红色的乳头上。然后，他回到了机器边上，把他的手放在控制开关上。

"好吧，"戴安娜平静地说，"我把一切都告诉你们。"

迪特尔安排重兵把守马尔斯的铁路隧道。如果"寒鸦"已经走到那了，她们会发现几乎无法进入隧道。他相信弗立克无法达到她的目的。但是，这还是次要的。他的最大愿望是捉住她，审问她。

现在已经是星期日早上两点了。星期二的晚上就会是一轮满月。离入侵可能只有几个小时了。但就是在这几个小时里，如果迪特尔抓住弗立克，把她送进行刑室，他就能敲断法国抵抗组织的脊梁。他需要的只是她脑子里的人名和地址。获得这些信息后，盘踞在法国各个城市的盖世太保就会投入行动，那是好几千训练有素的战斗员。他们并不是最聪明的人，但他们知道如何抓人。几个小时以内他们就能抓获数百名抵抗骨干。不会出现盟军无疑所希望的大规模起义为其入侵行动增援，相反，安定和秩序会帮助德国组织进攻，将入侵者推入大海。

他派出了盖世太保分队去突袭礼拜堂酒店，但这只是走走形式而已，他确信弗立克和其他三人在她们的同志被逮捕后的几分钟内就已离开。弗立克现在在哪儿呢？兰斯自然是攻击马尔斯铁路隧道的出发点，这也就是为什么“寒鸦”原本打算在这座城市附近降落。迪特尔认为弗立克仍会通过兰斯。它处在前往马尔斯的公路和铁路线上，她还可能需要从波林格尔抵抗组织的残余那里获得某种帮助。他敢打赌她现在正从巴黎赶往兰斯。

他安排为两座城市间的所有盖世太保检查站提供弗立克和其同党使用的假身份细节，不过，这也是一种形式。她们要么有其他身份，要么就会想尽办法，避免经过检查站。

他给兰斯打电话，把韦伯从床上叫起来，把情况解释了一下。唯独这一次，韦伯没有推三阻四。他同意派两名盖世太保监视米歇尔在城里的住宅，再派两个监视吉尔贝塔住的那座楼，还有两人去杜波依斯大街的房子里为斯蒂芬妮做警卫。

最后，在觉得自己开始头痛的时候，迪特尔给斯蒂芬妮打了个电话。“英国的恐怖分子正赶往兰斯，”他告诉她，“我派两个人保护你。”

她跟往常一样平静。“谢谢你。”

“但你必须继续去接头地点，这很重要。”要是他运气好的话，弗立克不会怀疑迪特尔对波林格尔渗透的程度，会自投罗网。“记住，我们已经换了地方，不是大教堂的地下室，而是站前咖啡馆，如果有人出现，直接带回房子里，就像你跟‘直升机’那次一样，到了那儿盖世太保就接手处理了。”

“可以。”

“真可以吗？我已经尽量减少你的风险，但还是很危险的。”

“我可以的，听你的声音好像你的偏头痛又犯了。”

“这还刚刚开始。”

“你有药吗？”

“汉斯那儿有。”

“我很遗憾我没在你身边给你药。”

他也有同感。“我想今晚回兰斯，但我觉得我可能开不了车。”

“你可别冒险。我这里很好。把药喝了上床吧。明天再回来。”

他知道她说得对。现在他就连赶回不到一公里外的公寓都困难了。在审讯造成的紧张完全消除之前，他都无法开车上路返回兰斯。“好吧，”他说，“我去睡几个小时，早上再离开这儿。”

“生日快乐。”

“你还记得！我自己都忘了。”

“我给你准备了一件东西。”

“礼物吗？”

“更像是……一个行动。”

他笑了，顾不得自己的头疼。“嚯，好家伙。”

“我明天给你。”

“我可等不及。”

“我爱你。”

但是，“我也爱你”这句话到了他的嘴边时，他迟疑了一下，依原来的习惯不想说出它来，接着就听见“咔哒”一声，斯蒂芬妮挂断了电话。

39

星期天的凌晨时分，保罗·钱塞勒降落在兰斯西面拉罗克村的一块土豆田里，没有得到接应小组的援助，当然，也省得去冒相应的风险。

降落时的巨大震动让他受伤的膝盖疼痛不已。他咬紧牙关，躺在地上一动不动，等待着疼劲儿过去。在他的余生，这膝盖可能会动不动就疼上一阵。当他老了的时候，他就会用膝盖疼预测下雨——如果他能活到老的话。

五分钟后，他感到可以挣扎着站起来了，便脱掉了他的降落伞背带。他发现了一条路，看着星星辨清了方向，沿路走了下去，只是他的腿一瘸一拐，走不了太快。

珀西·斯威特匆忙为他赶制了一套身份证件，说他是西面几英里外艾培涅的一个教师。他这是搭便车到兰斯去看望他的父亲，他在生病。珀西给了他所有必要的文件，其中有些是昨晚匆忙伪造出来，由摩托车信使送到坦普斯菲尔德。他的瘸腿与掩护的说法相互吻合。一个受伤的老兵很可能去当一名教师，若是身强力壮的年轻人，就早被送往德国的劳动营了。

到达此地是相对简单的部分。现在他得找到弗立克才行。他接触她的唯一办法是通过波林格尔抵抗组织。他希望这部分组织未被破坏，布莱恩是唯一落在被盖世太保手中的成员。跟每一个空降到兰斯的特工一样，他会先跟蕾玛斯小姐取得联系。只是他需要特别谨慎。

天亮后不久他就听到了汽车的声音。他离开大路，进了路边的田野，把自己藏在一片葡萄藤后面。等噪音越来越近时，他发现那车原来是一台拖拉机。这应该是安全的——盖世太保从来不会坐拖拉机。他回到路上，招手表示自己想搭车。

开拖拉机的是一个十五岁左右的男孩子，后面拉着一车洋蓟。司机朝保罗的腿点了点头，说："是打仗负的伤吗？"

"是的。"保罗说，一个法国士兵最有可能受伤的场合就是在法国战役中，所以他又说，"在色当，1940年。"

"我当时太年轻。"男孩遗憾地说。

"你很幸运。"

"等着盟军打回来吧。到时候你就会看见真正的战争了。"他朝保罗瞥了一眼，"我不能说了。你到时候看吧。"

保罗仔细想了一下。这孩子可能是波林格尔组织的成员吗？他说："可是，我们的人民需要枪支和弹药，他们有吗？"如果这孩子知道什么，他至少会知道，盟军在过去的几个月里已经空投了成吨的武器。

"我们手里有什么武器就用什么武器。"

他是不是在小心保密，知道什么却不说出来？不，保罗想。这孩子什么也不知道。他不过是喜欢幻想罢了。保罗没再说下去。

男孩让他在市郊下了车，他一瘸一拐地进了城。接头地发生了变化，从大教堂的地下室搬到了站前咖啡馆，但时间没有变，仍然是下午三点。他有好几个小时要打发。

他走进咖啡馆吃早餐，顺便侦察一下。他要了一杯黑咖啡。那位上岁数的服务员一扬眉毛，保罗立刻意识到自己失言了。他连忙掩饰一下。“大概用不着说‘黑’吧，我想，”他说，“反正你们大概也没有牛奶。”

侍者笑了笑，被他说服了。“很不幸，的确没有。”然后他走开了。

保罗长出了一口气。上次在法国的卧底工作结束后，他已经有八个月没来这儿了，他已经忘了那种扮成别人、每分钟都紧绷着神经的生活。

整个上午他在教堂的礼拜中打着瞌睡度过去了。然后，一点半钟他又回到咖啡馆吃午餐。两点半左右这地方空了下来，他留在那儿，喝着代用咖啡。两个男人在两点四十五分走了进来，要了啤酒。保罗仔细打量了一下。他们穿着旧外套，用惯常的语言谈论着葡萄。他们谈起葡萄开花显得博学多识，这个关键的时节刚刚过去。他不觉得这两个人会是盖世太保特务。

三点整，一个身材高挑、很有魅力的女人走了进来，她穿着一件不甚显眼但十分雅致的绿色棉布上衣，戴着一顶草帽。脚上是不成对的鞋子：一只黑色，另一只褐色。她可能就是“中产者”。

保罗有些吃惊。他原想她应该是一个老妇人。不过，他的假想倒也没有根据，弗立克从未实际描述过她。

不管怎样，他并不准备立刻就相信她。他站起身，离开了咖啡馆。

他沿着人行道走到火车站那边，站在入口那里，看着咖啡馆。他并不惹人注意，像往常一样，总有几个人在这里转悠，等着自己的朋友。

他监视着进出咖啡馆的客人。一个带着孩子的女人走了过来，孩子想吃糕点，他们走到咖啡馆时母亲妥协了，领着孩子走了进去。两个葡萄专家离开了。一个宪兵走进去，马上又出来，手里拿着一包香烟。

保罗开始相信盖世太保并未在此布设陷阱。附近能看到的人都不存在什么危险。改变接头地点已经将可疑分子甩掉了。

只有一件事让他感到困惑。布赖恩·斯坦迪什在教堂被抓时，他被“中产者”的朋友查伦顿搭救了。他今天在哪儿呢？如果他一直在大教堂为她打掩护，那为什么不来这儿？不过这里的环境本身并不危险，而且这件事也可能有上百个简单的解释。

母亲和孩子离开了咖啡馆。然后，在三点半钟，“中产者”也走了出来。她沿着人行道离开火车站。保罗在街道的另一边跟着。她上了一辆小型的意大利车，法国人叫作西姆卡。保罗穿过马路。她钻进车里，发动了引擎。

现在该保罗作出决定了。他不能肯定这很安全，但他已经小心观察了这么久，就差接头这一步了。在某些时候必须冒险。否则他还不如待在家里别出来。

他走到汽车的乘客门边，打开门。

她冷静地看着他。“这位先生？”

“为我祈祷。”他说。

“我为和平祈祷。”

保罗钻进车里。把自己的代号告诉她："我是丹东。"

她发动了汽车。"在咖啡馆你为什么不跟我说话？"她说，"我一进去就看见你了，你让我在那里等候了半个小时。这很危险。"

"我想确定那是不是个陷阱。"

她瞥了他一眼。"'直升机'发生的事儿你都听说了。"

"是的。你那位救了他的朋友，查伦顿，他在哪儿？"

她把车往南开，开得很快。"他今天工作。"

"星期天也工作？他是做什么的？"

"消防员。他今天值班。"

这就解释通了。保罗很快转到他此行的真正目的上，他说："'直升机'在哪儿？"

她摇摇头说："不知道。我的房子是一个'切断防护'。我接到人就转给'莫奈'，我不该知道。"

"'莫奈'没事吧？"

"是的，他星期四下午打电话给我，询问查伦顿的事。"

"后来再没有联系？"

"没有，但这没什么不正常的。"

"你最后一次见到他是什么时候？"

"他本人吗？我从来没有见过他。"

"你有'雌豹'的消息吗？"

"没有。"

汽车穿过市郊，保罗反复思考着。"中产者"的确不能为他提供什么信息。他只能向下一个环节移动。

她把车开进一座大房子旁边的院子。"进来，换洗一下吧。”她说。

他下了车。一切看上去都很合乎条理，“中产者”出现在正确的地点，所有暗号都正确，没有人跟踪她。另一方面，她没有为他提供任何有用的信息，他仍然不清楚敌人对波林格尔组织的渗透到底有多深，也不知道弗立克的处境到底多危险。“中产者”带着他走近前门，用她的钥匙开门时，他摸到了他上衣口袋里的木牙刷，它是法国制造的，所以允许他随身携带。现在有种冲动抓住了他。当“中产者”跨进门槛，他从口袋里拿出牙刷，把它扔在门前面的地上。

他跟着她进了屋。“地方很大。”他说。里面很暗，旧式的墙纸和沉重的家具跟它们主人的性格完全不相称。“你在这儿住了很久吗？”

“我在三四年前继承了房子，我本想重新装修，但弄不到任何材料。”她打开一扇门，站在一旁让他进去，“去厨房吧。”

他一走进去就看见两个穿制服的男人。两人手里举着自动手枪。两只枪口都对着保罗。

40

迪特尔的汽车在巴黎和莫城之间的RN3公路上爆了胎。一个弯钉子扎进了轮胎里。耽误时间让他很生气，他在路边不安地来回踱着步子，但黑塞中尉用千斤顶抬起汽车，不声不响很快换上了备用轮胎，几分钟后他们就又上路了。

迪特尔睡得很晚，汉斯在凌晨给他打了一针吗啡才让他睡着，现在他心情急躁地看着巴黎东部丑陋的工业景象渐渐变成一片农庄田园。他急于赶回兰斯。他已经为弗立克·克拉莱特设下陷阱，他要出现在那儿，亲眼看见她落入彀中。

马力强劲的希斯巴诺–苏莎在白杨夹道的笔直公路上飞奔——这条路大概是罗马人建造的。在战争刚刚打响时，迪特尔曾经把第三帝国想象成当时的罗马帝国，成为一个横跨欧洲的霸主，为所统治的国家带来前所未有的和平与繁荣。现在他没那么有把握了。

他很为他的情妇担心。斯蒂芬妮处在危险之中，他对此负有责任。但现在每个人的性命都有危险，他告诉自己，现代战争将所有人都推到了前沿。保护斯蒂芬妮——也保护他本人以及在德国的家人——的最好方式，是打败盟军的入侵。有时，他会咒骂自己不该把自己的情人跟行动扯得这么近。他在玩一个危险的游戏，利用她在毫无掩护的位置为自己工作。

抵抗组织的战士不抓俘虏。他们自己的日子朝不保夕，所以如果抓到通敌的法国人，会毫不犹豫地就地杀掉他们。

想到斯蒂芬妮可能被杀，他的胸口一阵发紧，几乎喘不上气来。他几乎不能想象自己没有她该怎么活下去。前景堪忧，他意识到他大概爱上她了。他曾一直告诉自己她不过是个漂亮的交际花，他利用她的方式也正是所有男人利用这种女人的方式。现在他看清了，他一直在愚弄自己，快快回到兰斯、回到她身边的念头变得越来越强烈。

现在是星期天下午，因此路上的车不多，他们走得很快。

第二次爆胎发生在只差一小时就到兰斯的时候。迪特尔气得几乎要叫喊了。又是一根弯钉子。是不是因为战时的轮胎质量太差了？他想。也许法国人故意把这些旧钉子撒在路上，他们知道路过的车辆十之八九都是占领军开的。

汽车没有第二个备胎，必须把轮胎修好才能开走。他们丢下车子步行。走了一英里后，他们来到一户农户的住宅。一大家子人围坐在桌子旁，刚吃完一顿丰盛的周日午餐，桌上还剩着奶酪、草莓，还有好几个空酒瓶。法国人里头只有乡下人能吃得饱。迪特尔逼迫那个农民套上他的马车，把他们送到下一个城镇。

镇广场有唯一的一个打气泵，在一家车轮匠铺外面的人行道上，铺子的窗口上挂着闭店的牌子。他们敲开了门，把一个虎着脸的机械师叫了起来，他正享受着周日下午的小睡。机械师打着了一辆旧式卡车，让汉斯坐在他身边开走了。

迪特尔坐在机械师家的客厅里，盯着三个穿着破衣烂衫的小孩子。机械师的老婆看上去很疲惫，头发很脏，在厨房里忙来忙去，但也只给他倒了一杯冷水，再没有别的。

迪特尔又想起了斯蒂芬妮。过道里放着一部电话。他朝厨房望了一下。“我可以打个电话吗？”他礼貌地问道，“当然，我会付你钱的。”

她满是敌意地瞥了一眼。“往哪儿？”

“兰斯。”

她点点头，看着壁炉架上放着的时钟记下时间。

迪特尔拨通了接线员，把杜波依斯大街那座房子的电话告诉对方。电话很快就有人接了，声音低沉，生硬，用外省口音重复着自己的号码。迪特尔一惊，用法语说：“我是皮埃尔·查伦顿。”

电话另一头立刻变成了斯蒂芬妮的声音，她说：“我亲爱的。”

他这才发现她刚才是在模仿蕾玛斯小姐的声音，以防不测。他的心情立刻放松下来。“一切都正常吗？”他问她。

“我又为你抓到了一个敌特分子。”她冷静地说。

他的嘴唇发干。“我的上帝……干得好！到底是怎么回事？”

“我在站前咖啡馆接到他，把他带到这儿来了。”

迪特尔闭上眼睛。如果当时哪里出了错，如果她做出什么让特工生疑的事——她或许现在已经死了。“然后呢？”

“你的人把他捆了起来。”

她说的是“他”，就是说这个恐怖分子不是弗立克。迪特尔有些失望。不管怎样，他的战略奏效了。这是第二个落入圈套的盟军特工。“他长什么样？”

“是个年轻人，腿有点儿瘸，耳朵被子弹打掉半个。”

“你们怎么对待他的？”

“他在厨房里，在地板上。我正要给圣-塞西勒打电话，让他们把他带走。”

“不要那么做。把他锁在地窖里。我要赶在韦伯之前跟他谈谈。”

“你在哪里？”

“在一个村子里。该死的车胎被扎了。”

“快点儿回来。”

“我一两个小时后就到你那儿了。”

“好吧。”

“你怎么样？”

“很好。”

迪特尔想要一个认真的回答。“但是说真的，你感觉怎么样？”

“我感觉怎么样？”她停顿了一下，“你一般都不这么问。”

迪特尔犹豫了一下说：“我一般不把你牵涉进来，去捕捉恐怖分子。”

她的声音柔和起来。“我感觉很好。不要担心我。”

一句话脱口而出，他发现原来并没有打算说：“战争结束后，我们会做什么？”

电话线的另一头显得很吃惊，沉默着。

迪特尔说：“当然，这场战争可能打十年，但从另一面看也可能两个星期内就结束，然后我们怎么办？”

她稍稍恢复了平静，但她说话时，声音异常地颤抖着：“你会打算做什么呢？”

“我不知道。”他说，但这话让他觉得不满意，过了一会他脱口说道，“我不想失去你。”

他等着她说些别的。

“你在想什么？”他说。

她什么也没说。电话那头有一种奇怪的声音，他这才发现她在哭。他一下子有些哽咽。他看见机械师的老婆朝自己瞥了一眼，她还在记着电话的时间。他控制住自己，背过身去，不想让陌生人注意到自己的沮丧。“我马上就到你那儿了。”他说，“到时候我们再好好谈谈。”

“我爱你。”她说。

他瞥了一眼机械师的老婆。她在直盯盯地看着他。见她的鬼去吧，他想。“我也爱你。”他说。然后就挂断了电话。

41

从巴黎到兰斯让“寒鸦”们花掉差不多一天时间。

她们安全通过所有检查站，没出任何问题。她们新的假身份跟上一个一样好用。没有人注意到弗立克的照片用眉笔涂改过。

但她们乘坐的火车一误再误，随便在什么地方一停就是一个小时。弗立克坐在炎热的车厢里，眼看着宝贵的时间就这么白白浪费掉了，心情倍加焦急。她心里明白这火车为什么总是走走停停——美国陆军航空兵和英国空军的轰炸机炸毁了一半的铁路线。当火车轰隆隆继续往前开时，透过车窗她们看见紧急维修人工切下扭曲的铁轨，换掉砸烂的枕木，铺设新的轨道。唯一让她感到安慰的是，铁路线上的状况会让隆美尔气急败坏，无法有效部署部队击退盟军的进攻。

她感觉好像有一块冰冷的东西堵在了胸口那里，每过几分钟她就会想起戴安娜和莫德。她们现在肯定在遭受审讯，或许还给她们上了刑，甚至可能已经被杀。弗立克从小就熟悉戴安娜。她得把发生的一切告诉戴安娜的弟弟威廉。弗立克自己的母亲也会跟威廉一样难过，是她帮助照看戴安娜长大的。

外面开始出现了一座座的葡萄园，然后是香槟酒仓房，最后，她们终于在星期日下午四点抵达兰斯。弗立克担心的就是这个：时间太晚，当天晚上不能执行行动。这意味着还要在敌占区紧绷着神经熬上二十四小时。弗立克还要解决一个更加具体的问题：今天晚上“寒鸦”们在什么地方过夜?

跟巴黎不同，这里没有红灯区的那种破烂不堪、老板不过多盘问住客的酒店，弗立克也不知道这里是否有能收留投宿者避难的修女修道院。这里更没有巴黎那种阴暗的小巷，可以让那些无家可归的人躲在垃圾箱后面过夜，警察也不去理会。

弗立克知道三个可以藏身的地方：米歇尔在城里的房子，吉尔贝塔的住所，还有蕾玛斯小姐在杜波依斯大街上的房子，其中任何一个地方都有可能受到监视，就看盖世太保在波林格尔组织里渗透多深了。如果这个迪特尔·法兰克主管审讯，她担心最糟糕的情况都有可能出现。

没办法，只能走一步看一步。“我们要再分成两个人一组，”她对其他人说，“四个女人一起走会引起怀疑。鲁比和我先走。葛丽泰和‘果冻’在一百米后跟着我们。”

他们先去米歇尔的家，那里离车站不远。这座房子是她的婚房，但她一直认为是米歇尔的家。这里足够四个女人住下。但几乎可以肯定盖世太保已经知道这个地方。如果上个星期日被俘的那些人在酷刑下谁都没有供出它的地址，那反倒奇怪了。

房子坐落在一条繁忙的街道上，街上有好几家商店。弗立克沿人行道走着，偷偷察看每辆停着的汽车，鲁比负责观察房子和店铺。米歇尔的房子是一排18世纪高雅建筑中的一座，又高又窄，小小的庭院里有一棵玉兰树。这里十分安静，窗户里面看不到任何动静。门前的台阶上布满尘土。

她们第一次走过这条街道，没有发现任何值得怀疑的地方，没有挖路的工人，里吉斯之家酒吧外面的人行道上没有闲逛的监视者。也没有人靠在电线杆上读报纸。

她们从街的对面走回来。面包店外面有一辆黑色的“前驱”式雪铁龙轿车，两个西装革履的男子坐在前排，抽着烟，显得十分无聊。

弗立克紧张起来。她带着黑色假发，相信他们不会认出自己就是悬赏布告上的姑娘，但尽管如此她还是心跳加快，只能快步走过他们。沿着人行道，她几乎就等着听后面的喊叫声了，但这一切没有发生。最后她终于拐过街角，喘气也平稳下来。

她放慢了步子。她的担心得到了证实。米歇尔的房子不能用了。这排房子后面没有巷子，因此没有后门。“寒鸦”们无法躲开盖世太保的注意进入它的内部。

她考虑着其他两个选择。米歇尔大概还在吉尔贝塔那儿住着，除非他被抓了。那座楼房有个可以利用的后门。不过里面很小，一间屋子里出现了四个过夜客，既不舒服，也会引起大楼里其他人的注意。

她们能过夜的地方显然就剩了杜波依斯大街的蕾玛斯小姐家。弗立克在那里待过两次。那座房子很大，有不少卧室。蕾玛斯小姐完全可信，十分愿意招待这些意外的客人。多年来她隐藏过英国特工、被击落的飞行员和逃跑出来的战俘。她可能知道布莱恩·斯坦迪什出了什么事。

那里离市中心有一两英里。四个女人往那儿走去，还是两人一组，隔着一百米的距离。

半个小时后她们到了杜波依斯大街。这是一条处在市郊的安静街道，监视小队在这儿很难藏身。附近只有一辆汽车停着，是辆标致201型，这辆车对盖世太保来说速度太慢。车里没有人。

弗立克先带着鲁比从蕾玛斯小姐的房子边上经过了一次。它还是跟原来一样。但她的西姆卡五号停在院子里，这跟往常不一样，她总都是把车停在车库里。弗立克放慢步子，悄悄看了看窗户。

她没看见任何人。蕾玛斯小姐很少使用那个房间。这是一个老式的前厅，钢琴擦得一尘不染，靠垫总是拍打得蓬蓬松松，房门一直紧闭，除了有人正式造访。她的秘密客人一般都坐在屋子后面的厨房里，在那儿不会被过路人看到。

弗立克经过门口，地上的一件东西吸引了她的目光。那是一把木制的牙刷。弗立克脚不停步，弯腰把它捡起来。

鲁比说："你想用它刷牙吗？"

"这像是保罗的。"她几乎觉得就是他的那一把，尽管法国可能有几百把，甚至几千把同样的牙刷。

“你觉得他有可能来这儿了？”

“有可能。”

“他为什么要来呢？”

“我不清楚。也许要警告我们有危险。”

她们绕了一圈，再次靠近这座房子之前，她让葛丽泰和“果冻”跟上来。“现在我们一起过去。”她说，“葛丽泰和‘果冻’，敲前门。”

“果冻”说：“谢天谢地，我的脚疼死了。”

“鲁比和我去后面，负责防范。进去以后不要提我们，等着我们出现就是。”

她们沿街走过去，这一次几个人一块走。弗立克和鲁比走进院子，经过西姆卡五号，蹑手蹑脚绕到房子后面。厨房几乎占了整个房子的宽度，有两个窗户，中间是门。弗立克等到听见门铃的金属声响，才冒险窥探了窗户一眼。

她的心几乎停跳。

厨房里有三个人：两个穿制服的男人，一个个子高挑的年轻女人，长着一头艳丽的红发，那绝不是中年的蕾玛斯小姐。

在这震惊的几分之一秒中，弗立克看见所有三个人都背着窗户，本能地往前门的方向转动。

她闪在一边。

她迅速地盘算着。两个男人显然是盖世太保军官。那个女的肯定是一个法国叛徒，冒充蕾玛斯小姐。这人看上去似曾相识，哪怕只看见了她的背影。她那件时髦的绿色夏装撩动了弗立克记忆中的某根神经。

很清楚，这座原本安全的房子已经暴露了，弗立克十分惊愕。这地方现在成了捕获盟军特工的陷阱。可怜的布莱恩·斯坦迪什很可能一下子就栽了进去。弗立克怀疑他是否还活着。

冷静和果断的意志支配着她。她掏出手枪。鲁比也照做不误。

“三个人，”她低声告诉鲁比，“两个男的一个女的。”她深吸了一口气。现在要残忍一点儿了。“我们要杀掉两个男的，”她说，“好了吗？”

鲁比点了点头。

感谢上帝让鲁比有如此冷静的头脑。“我想让那个女的活着受审，但如果她要跑，我们就开枪。”

“明白。”

“两个男的在厨房的紧左边。女的可能会去开门。你守着这个窗户，我去那边那个。瞄准靠你最近的一个，我开枪时你就开枪。”

她蹑手蹑脚地穿过整个房子背面，蹲在另一个窗户下面。她呼吸变得急促起来，心跳得就像一个蒸汽锤。但她头脑十分清楚，就像她在下一盘棋子一样。她没有穿过玻璃射击的经验。她决定快速连开三枪，第一枪打碎玻璃，第二枪击毙她的目标，再来上一枪确认命中。她拨开手枪的保险，上扬着枪口拿着它。然后，她直起腰来，透过窗子朝里面看。

两个男的面对着客厅站在那儿，都掏出了手枪。弗立克低下枪口，瞄准靠近自己的一个。

女人不见了，但弗立克正看的时候她又回来了，用手拉着厨房的门。葛丽泰和“果冻”毫无疑虑地在她前面走进屋子；然后她们看见了两个盖世太保。葛丽泰害怕地叫了一声。有人说了句什么——弗立克无法听清——然后葛丽泰和“果冻”就都举起了双手。

假蕾玛斯小姐跟着她们走进厨房。看见她的整个脸，弗立克一下子认出了她。她见过这女人。瞬间她想起那是在哪儿了——上星期日跟迪特尔·法兰克一道出现在圣-塞西勒的就是她。弗立克还以为她是军官的情妇。显然她干的事情还不止这些。

片刻之间，那女人在窗户上看见了弗立克的脸。她大大张开嘴巴，睁大了眼睛，举起手指着窗户。两个男的掉过头来。

弗立克扣动了扳机。枪声跟玻璃的碎裂声同时响起，她握紧手枪，保持高度，又连开两枪。

一秒钟后，鲁比也开了火。

两个男的倒了下去。

弗立克猛地拉开后门，冲进屋子。

年轻女人已转身溜掉，她朝前门的方向奔去。弗立克抬起手枪，但已经晚了。那女人转眼进了客厅，逃出了弗立克的视线。“果冻”动作奇快，她一个箭步越过房门扑了上去，只听两人跌倒和家具摔碎的声音。

弗立克冲出厨房去看。“果冻”把那女人摔倒在大厅的瓷砖地板上。她们还撞碎了一个精巧的肾形台桌的弯腿，打破了桌子上放着的一只中国花瓶，花瓶里的干花撒得到处都是。法国女人挣扎着要爬起来。弗立克用枪指着她，但没有开火。“果冻”显出自己的超快身手，抓住女人的头发往地砖上撞，直到她不再乱动。

这女人脚上穿的是不成对的鞋，一只黑色，一只棕色。

弗立克转身去看躺在地上的两个盖世太保。两个家伙都一动不动地趴在那儿。她捡起他们的手枪，插入自己的衣袋里。散落的枪支会让敌人有机可乘。

就眼下情况看，四名“寒鸦”是安全的。

弗立克靠着一股冲劲完成行动。她知道，总会有时间让自己想起那个被她杀害的人。终结一条性命是可怕的。她可能暂时感受不到这件事的庄严性质，但它迟早会回到她眼前。几个小时或者几天后，弗立克会想到那穿军服的年轻人身后留下的妻子和失去父亲的孤儿。但在当下的情形，她可以把这些放到一边，专心考虑她的行动。

她说：“‘果冻’，把这女人控制住，别让她大喊大叫。葛丽泰，找绳子把她捆在椅子上。鲁比，上楼看看是不是房子里还有其他人。我去检查地下室。”

她顺着楼梯跑到地下室，看见污迹斑斑的地板上有个人影，用绳子捆绑着，堵着嘴巴。堵塞嘴巴的东西遮住了他的大半张脸，但她能看到他那被子弹打缺的半只耳朵。她把嘴里的东西扯下来，弯下身去，给了他一个长长的、充满激情的吻。“欢迎来到法国。”

他笑了，说：“这是我受到过的最好欢迎。”

“我捡到了你的牙刷。”

“最后一秒的灵机一动，因为我不敢完全相信那红头发。”

“这让我多了点儿怀疑。”

“感谢上帝。”

她从翻领下的刀鞘里取出锋利的小刀，切断捆绑他的绳索。“你是怎么来这儿的？”

“昨天晚上跳的伞。”

“为了什么见鬼的事儿？”

“布莱恩的无线电台确定无疑地被盖世太保操控了。我想向你们发出警告。”

一阵感情冲动，让她用两只胳膊紧紧搂住他。“我很高兴你在这儿！”

他拥抱她，亲吻她。“那我就很高兴我没有白来。”他们走上楼去。

“你们看我在地下室发现谁了。”弗立克说。

她们正等着她指示。她想了一下。枪响已经过去五分钟了。邻居们肯定听到了枪声，但现在法国居民已经不会马上给警察打电话了，他们害怕被叫到盖世太保办公室反复审问。不过，她没有必要去冒险，他们必须尽快离开这儿。

她把注意力转到假蕾玛斯小姐身上，现在她被绑在厨房的一只椅子上。弗立克知道接下来该做什么，她的心沉了下来。“你叫什么名字？”她问道。

“斯蒂芬妮·温森。”

“你是迪特尔·法兰克的情妇。”

她面如死灰，但神色傲然，弗立克真觉得她十分漂亮。

“他救了我的命。”

迪特尔因此赢得了她的忠诚，弗立克想。这没有任何区别，不管动机如何，叛徒就是叛徒。“是你把‘直升机’带到这座房子，然后他才被逮捕的。”

她一言不发。

“‘直升机’活着还是死了？”

“我不知道。”

弗立克指着保罗，说：“你也把他带到这儿。你会帮助盖世太保抓住我们所有人。”一想到保罗遭遇的危险，她的声音里充满了愤怒。

斯蒂芬妮垂下眼睛。

弗立克走到椅子后面，掏出手枪。“你是法国人，但你跟盖世太保相互勾结。你有可能把我们全都杀了。”

其他人看到这阵势，全都站到一边，躲开发射线。斯蒂芬妮看不见枪，但她感觉到了要发生什么。她低声嘀咕着问：“你们要对我干什么？”

弗立克说：“如果我们把你放在这儿，你就会告诉迪特尔·法兰克我们有多少人，跟他说我们长什么样子，帮他抓住我们，好让他折磨我们，杀了我们……对不对？”

她没有回答。

弗立克把枪口对准斯蒂芬妮的后脑勺。“你有什么借口帮助敌人？”

“我不得不这么做。每个人不都是这样？”

“没错。”弗立克说着，扣了两次扳机。手枪在狭小的空间里发出了沉闷的响声。

鲜血夹杂着其他东西从那女人的脸上喷射出来，溅到了她优雅的绿色裙子上，她无声地往前一晃，跌倒在地。

“果冻”缩了一下身子，葛丽泰转过身去。连保罗的脸都白了。只有鲁比仍然面无表情。一时间所有人都沉默了。随后，弗立克说：“我们离开这儿。”

42

迪特尔把车停在杜波依斯大街的房子边上时，已经是晚上六点。长途跋涉之后，他的天蓝色轿车上布满灰尘和死虫子。他下了车，夕阳躲进了云层后面，郊区的街道笼罩在阴影中。他打了个冷战。

他摘下驾车护目镜——他一路上都敞着车篷——用手指把头发抹平。“汉斯，请你在这儿等着我。”他说。他想单独与斯蒂芬妮在一起。

推开大门进了前面的花园，他注意到蕾玛斯小姐的西姆卡五号不见了。车库的门开着，里面空空如也。是不是斯蒂芬妮在用这辆车呢？可她会去哪儿呢？她应该在这儿等着他，还有两个盖世太保为她担当警戒。

他大步穿过花园，去拉门铃上的绳子。门铃声响过了，他透过窗户看里面的前厅，但这间屋子一般都是空着的。他又拉了一次门铃。没有回应。他弯下身去看信箱孔，但这儿也看不见太多东西，只有楼梯的一小部分，一张瑞士山景画，还有半开着的厨房门。没有动静。

他朝隔壁的房子瞥了一眼，看到有张脸匆匆从窗边缩回去，窗帘落回原位。

他绕着房子的一侧，穿过院子到了后面的花园。两个窗户都破了，后门开着。他的心里猛然一惊。这里出了什么事？

“斯蒂芬妮？”他喊了一声。没人回答。

他走进厨房。

一开始他没弄明白自己看见的是什么。一个大包用一根家用的绳子捆在一只厨房椅子上，看起来像一个女人的身体，上面是乱七八糟令人作呕的东西。片刻之后，他当警察的经验告诉他，那团恶心的东西就是被子弹击穿的人头。接着他看出那死去的女人穿着不成对的鞋子，一只黑色，一只棕色，这才明白那就是斯蒂芬妮。他痛苦地号叫了一声，用手捂住了自己的眼睛，慢慢弯下膝盖，抽泣起来。

一分钟后，他移开手，强迫自己看清楚些。侦探的直觉让他注意到她裙子上的血，判断她是被从后面击中的。或许这还仁慈一些。她或许并没有经受面临死亡的恐怖。他看出一共打了两枪，子弹的出口让她可爱的脸显得十分可怕，毁了她的眼睛和鼻子，只留下她那性感的嘴唇，虽然沾了血迹却仍保持原样。若不是她穿了那双鞋，他几乎无法认出她来。他的眼里充满了泪水，眼前的她变得模糊起来。

失去她的感觉就像他身上有了一块巨大的伤口。她已经死了，突然意识到这一点，让他经受到一种从未有过的打击。她不会再像以前那样，向他抛来她那傲然的一瞥；她再也不会出入餐馆，惹得众人回头看她；他也再看不到她从完美的小腿上褪下丝袜。她的魅力，她的机智，她的欲望和她的恐惧，一切均告消亡，清除干净，完结了。他觉得就像自己被击中，他失掉了自己的一部分。他低声说着她的名字，他也只能这样了，至少他还能这样。

随后他听到身后有人发出声音。

他被吓得喊了一声。

那声音又来了一次，不是说话，是低声的呻吟。他一下子站起来，转过身，擦去眼里的泪水。这才第一次看见了躺在地上的两个男人。两人都穿着军服。他们是斯蒂芬妮的盖世太保保镖。他们没能保护她，但至少他们想要保护她，并为此送了命。

也许还有一个活着。

一个躺着不动，但另一个在挣扎着要说话。这是个年轻的小伙子，十九或二十岁，黑色的头发，短短的胡髭。他的制服帽落在脑袋旁边的油布地板上。

迪特尔走过去，蹲在他的身边。他的伤口在胸部，他是从背部中弹的。他躺在一摊血泊中。他的脑袋抽搐着，嘴唇在动。迪特尔把耳朵凑到这人的嘴边。

“水。”他低声说。

他即将失血而死。濒死的人总是要喝水，迪特尔知道——他在沙漠中就遇到过。他找来一只杯子，接了一杯自来水，端到这人的嘴边。那人都喝了下去，水沿着他的下巴流到浸满鲜血的外衣上。

迪特尔明白他该马上打电话叫大夫来，但他先要弄清楚这里到底发生了什么。

如果他再耽搁下去，这人就会咽气，什么也不能告诉他。迪特尔只犹豫了一会儿就决定下来。这人可有可无。迪特尔要先询问完了，再叫大夫。

“是谁干的？”他说，又低下头去听这个濒死者的耳语。

“四个女人。”他嘶哑地说。

“‘寒鸦’。”迪特尔恶狠狠地说。

“前面有两个……后面两个。”

迪特尔点点头。他想象得出发生的一切。斯蒂芬妮去前面开门。盖世太保站在后面准备着，看着前面的客厅。恐怖分子偷偷摸到厨房窗户这儿，从后面开枪。然后……

“是谁杀了斯蒂芬妮？”

“水……”

迪特尔控制着自己内心的急迫。他去水槽那里，又接了一杯水，又把杯子放到那人的嘴边。他又把水都喝完了，轻松地叹了口气，这叹气变成了可怕的呻吟声。

“是谁杀了斯蒂芬妮？”迪特尔问。

“小个子的。”这个盖世太保说。

“弗立克。”迪特尔说，一阵强烈复仇欲在他心头熊熊燃烧。

那人耳语着：“对不起，少校……”

“具体是怎么发生的？”

“很快……非常快。”

“告诉我。”

“他们把她绑起来……说她是叛徒……用枪打她的后脑勺……然后他们走了。”

“叛徒？”迪特尔说。

那人点点头。

迪特尔哽咽着。“她可从来没有从后面射杀过任何人。”他痛苦地低声说。那个盖世太保没有听见他的话。他的嘴唇一动不动，已经停止了呼吸。

迪特尔凑过去，伸出右手，用手指尖轻轻合上他的眼皮。“安息吧。”他说。

然后，他转身背对着自己心爱女人的遗体，走过去打电话。

43

让五个人塞进西姆卡五号实在费了一番挣扎。鲁比和“果冻”坐在简陋的后座。保罗开车。葛丽泰坐在前排乘客位置，弗立克则坐在葛丽泰的腿上。

要是在平常遇到这种情况她们会咯咯笑起来，但此时大家的情绪低落，他们刚刚杀了三个人，也差点落入盖世太保的陷阱。现在人人都十分警觉，小心提防，对发生的情况时刻准备作出快速反应。脑子里想的只有一件事，那就是活下去。

弗立克指引着保罗开上与吉尔贝塔住的那条街相平行的另一条街。正好在七天前弗立克跟她受伤的丈夫来过这里。她指挥着保罗把车停在小巷尽头的公园附近。“在这儿等着。”弗立克说，“我过去检查一下。”

“果冻”说：“要快，看在上帝的份儿上。”

“我尽可能快。”弗立克下了车，沿着小巷急走，通过那座工厂后墙的一道门。她迅速越过花园，进了大楼。走廊里空荡荡的，很是安静。她轻轻地爬上楼梯，上了阁楼那层。

她在吉尔贝塔的住宅外面停下。所见的一切让她惊恐不已。门是开着的。它是被从外面凿破，侧歪在那儿，只连着一个合叶。她听了听，什么动静也没听到，看样子这次破门而入发生在好几天以前。她小心地迈进门槛。

这里的一切都被草草搜查过了。小客厅座椅的垫子被弄得东扭西歪，厨房角落的柜子也敞开着。弗立克朝卧室看去，那里的情况也一样。抽屉都被拉了出来，衣柜的门开着，有人穿着脏靴子在床上站过。

她走到窗边，朝下面的街道望去。一辆黑色的雪铁龙前驱停在大楼对面，两个男人坐在前排座位上。

全都是坏消息。弗立克绝望地想。有人做了口供，迪特尔·法兰克最大限度地利用了它。他费尽心机，循着蛛丝马迹，首先找到蕾玛斯小姐，然后是布赖恩·斯坦迪什，最后是吉尔贝塔。还有米歇尔吗？他已经被抓了吗？看起来很有可能。

她又想起了这个迪特尔·法兰克。第一次在军情六处的档案里看到他照片背面写的简要介绍，就让她惊恐不已，浑身发麻。现在她知道，当时那阵惊吓太微不足道了。他很聪明，很执着。他几乎在查特勒抓到了她，是他把印着她的模样的布告贴满了巴黎，她的同志一个接着一个被他抓捕、审讯。

她亲眼见过他仅仅两次，两次都不过几分钟。她深深记住了他那张脸。她想，他的外表看上去充满智慧和能量，还带有一丝果断，那种果断可以轻易转变为残忍和冷酷。她十分肯定他还在追寻着她的踪迹。她定下心来，必须更加警惕防范。

她望了一下天空。天黑前她还有大约三个小时。

她匆匆下楼，穿过花园回到停在另一条街上的西姆卡五号。

“情况不妙，”她边说边挤进车里，“这个地方已经遭到搜查，楼房正面有盖世太保监视。”

“见鬼，”保罗说，“我们现在去哪儿？”

“我还有另一个地方，可以试一试，”弗立克说，“开车进城。”

她不知道这辆西姆卡五号还能继续使用多久，五百毫升的引擎很难对付如此的超载。假设杜波依斯大街的尸体在一个小时内被发现，兰斯的警察和盖世太保要过多长时间以后才会收到警报，开始寻找蕾玛斯小姐的汽车？迪特尔没有办法联系那些已经外出在岗的人，但交接班后他们肯定会得到通报。弗立克弄不清楚值夜班的人什么时候上岗。她断定自己几乎没有时间了。“把车开到火车站，”她说，“我们把车丢在那儿。”

“好主意，”保罗说，“或许他们会以为我们离开了这里。”

弗立克扫视着街道，看看有没有军用梅赛德斯或者黑色的雪铁龙。当他们经过一队巡逻的宪兵时，她屏住了呼吸。不过，他们顺利到达市中心，没有发生任何意外。保罗把车停在火车站附近，所有的人快速下了车，匆匆离开这个犯罪物证。

“我必须单独行动，”弗立克说，“其余的人去教堂休息，在那里等着我。”

“我的所有罪孽已经被原谅了好几次，今天我已经在教堂待太长时间了。”保罗说。

“你可以为我们能有过夜的地方祈祷。”弗立克对他说，然后便匆匆离去。

她回到了米歇尔住的那条街。离他家一百米远就是里吉斯之家酒吧。弗立克走了进去。老板亚历山大·里吉斯正坐在柜台后面抽烟。他认出她来，点了点头，但没说什么。

她通过写着“洗手间”的那扇门，走过一段过道，推开一扇看上去像个柜子似的门。里面是一段陡然向上的楼梯。楼梯的顶端是一个沉重的大门，上面有窥孔。弗立克拍了拍门，站在那儿，让窥孔里面能看见她的脸。不一会儿，门开了，开门的是美米·里吉斯，店主的母亲。

弗立克进了一个大房间，窗户都被遮得严严实实，里面的装饰都很草率，地上铺着席子，墙壁被涂成褐色的，几只没有灯罩的电灯泡悬垂在天花板上。房间的一头有一个轮盘赌台。几个男人围坐在一个大圆桌边打牌。一个角落里有一个酒吧。这是一个非法赌博俱乐部。

米歇尔喜欢下大赌注赌扑克牌，他喜欢跟这些狐朋狗友凑合，所以偶尔会来这儿打发夜晚的时光。弗立克从未玩过牌，但她有时候在这儿坐上个把小时，观看赌局。米歇尔说她能给他带来好运。这是一个躲避盖世太保的好地方，弗立克希望自己能在这儿找到他，但她把周围这些面孔环视了一遭，最终还是失望了。

“谢谢你，美米。”她对亚历山大的母亲说。

“很高兴见到你。你还好吧？”

“还好，你见过我丈夫吗？”

“啊，那个迷人的米歇尔。很遗憾，今晚我没见过他。”这里的人并不知道米歇尔是抵抗组织的人。

弗立克往酒吧走去，找了把椅子坐下，冲着那位嘴唇涂得鲜红的中年女招待笑了笑。她是伊薇特·里吉斯，亚历山大的妻子。“有威士忌吗？”

“当然，”伊薇特说，“买得起就有。”她拿出一瓶杜瓦白标，倒出几个刻度。

弗立克说：“我在找米歇尔。”

“我差不多一个礼拜没见到他了。”伊薇特说。

“真见鬼。”弗立克啜了一口酒，“我等一会儿吧，或许他会来呢。”

44

迪特尔绝望至极。弗立克实在是太聪明了。她躲开了他布设的陷阱。她就躲在兰斯的某个地方，可他就是无法找到她。

他没有任何抵抗组织的人可以跟踪了，如果有的话，她就会去与其联系，这样还能抓到她。可现在这些人全被抓了起来。迪特尔派人监视米歇尔的房子和吉尔贝塔的住所，但他相信，弗立克如此狡猾，绝不会让自己暴露在盖世太保的眼皮底下。城里到处贴着她的布告，但她肯定改换了她的面目，染了头发或者什么的，因为没有人报告说见到过她。她每到一处就胜他一筹。

他急切地等待灵光一现。

他觉得，现在这个办法就不错。

他跨坐在路边的一辆自行车上。他正处在市中心，离剧院门口不远。他戴着贝雷帽和护目镜，穿着粗棉线衫，把裤腿掖在袜子里。穿上这身装扮，没人认得出他，也没人怀疑他。盖世太保从来不骑自行车。

他朝这条街的西侧看去，眯起眼睛望着西沉的太阳。他在等一辆黑色雪铁龙。他看了看表，时间已经到了，它马上就会出现。

在路的另一边，汉斯在开着一辆老掉牙的标致车，那辆车老得几乎开不动了。发动机一直开着，迪特尔怕到用它的时候一下子发动不起来，那就冒险了。汉斯也伪装了一下，戴着太阳镜，穿了破外套和破烂的鞋子，就跟一个普通的法国市民一样。他从没做过这种事，但十分镇定沉着地接受了命令。

迪特尔自己也从来没这么干过。他不知道这一招是否奏效。什么事情都可能出错，什么情况都会发生。

迪特尔的计划有些铤而走险，但他还能再失去什么呢？星期二是满月之夜。他相信盟军在这一天会大举入侵。弗立克是一份重要的战利品。为得到她，再大的风险也值得。

但是，能不能赢得战争，他已经没有从前那么关心了。他的未来已被毁灭，他不在乎最终由谁来统治欧洲。他脑子里一直想着弗立克·克拉莱特，是她毁了他的生活。是她杀害了斯蒂芬妮。他要找到她，亲手抓住她，把她关进城堡的地下室。他要在那里品尝报复的快感。他一次次地幻想着他该怎样折磨她：用铁棍把她的小骨头一块块粉碎，把电击机开到最大马力，注射针剂，让她尝一尝在巨大痛苦下无助地痉挛、恶心的滋味，还有冰浴，让她瑟瑟发抖，不停抽搐，让她手指里的血液冻结成冰。破坏抵抗组织，击退入侵者，这些不过成了他惩罚弗立克的一部分。

但是首先他得抓到她。

他看见远处驶来的黑色雪铁龙。他盯着它。是这辆车吗？那是一辆双门型的，一般都是用这种车运送囚犯。他试着往里面看。他看出里面坐了四个人。这应该就是他等待的那辆车。车开近了，他看见车后面米歇尔那张英俊的脸，边上是穿军装的盖世太保。他紧张起来。

他很庆幸自己先前下令在自己离开时不要拷打米歇尔。要不是这样，这个计划就不可能完成了。

当雪铁龙开到迪特尔身边时，汉斯突然开动了停在路边的老式标致车，这车横冲到路中央，往前一蹿，迎头撞上了雪铁龙的正面。

一阵金属撞击的巨响，接着是哗啦啦玻璃碎了一地。两个盖世太保跳下雪铁龙，冲着汉斯用糟糕的法语大嚷大叫——似乎并未注意后座上的同僚撞到了脑袋，瘫在那里，明显失去了知觉，而囚犯就坐在他旁边。

关键的时刻到了，迪特尔想，他的神经像一根紧绷的绳子。米歇尔会上钩吗？他站在街道中央，观看着这戏剧性的一幕。

米歇尔花了很长时间才发现这个机会。迪特尔几乎觉得他就要错过了。接着，他似乎意识到了。他挪到前面的座位，摸着了门拉手，想办法打开了车门，再放下座位，爬了出来。

他瞥了一眼还在不停跟汉斯争吵的两个盖世太保，他们都背对着他。他转身快速走开。脸上的表情看上去像是不相信碰上这等运气。

迪特尔心头涌起胜利的喜悦。他的计划生效了。他跟上米歇尔，汉斯徒步跟在迪特尔后面。

迪特尔骑了几码，随后他发现自己赶上了米歇尔，便下了车在人行道上推着走。米歇尔在第一个街角转了个弯，因为枪伤走得有点儿瘸，但还是很快，他把捆着的两只手放低一些好显得不太扎眼。迪特尔小心地跟着，时而步行，时而骑上一阵，尽量躲开米歇尔的视线，有机会就躲进大型车辆后面。米歇尔偶尔回头望了一眼，但没有故意采取什么措施来甩掉尾巴。他并没有发觉这是一个圈套。

几分钟后，汉斯替换了迪特尔，按照事先安排，迪特尔落在后边，跟随着汉斯。接着他们又轮换了一次。

米歇尔会去哪儿呢？迪特尔计划的关键，是让米歇尔把他带向其他抵抗组织成员，这样他就能够再次跟上弗立克的行踪。

出乎迪特尔的意料，米歇尔朝大教堂附近他家的方向走去。想必他一定会怀疑他家有人监视吧？尽管如此，他还是上了这条街。不过他没有回自己家，而是进了街对面的一个名叫里吉斯之家的酒吧。

迪特尔把他的自行车靠在临近一座楼的墙上，这里是一个空下来的商店，门上“熟食店”的标志已经褪色。他在这儿等了几分钟，以防米歇尔马上再出来。当看出米歇尔要在里面待一段时间后，迪特尔便走了进去。

他只是简单打算确认一下是否米歇尔还在里面——有了护目镜和贝雷帽，相信米歇尔不会认出他来，他会借口买包香烟，然后再出来。但他在里面并没有看见米歇尔。迪特尔感到迷惑不解，犹豫了一下。

酒保说：“先生，要点儿什么？”

“啤酒，”迪特尔说，“要生啤。”他尽量少说话，希望这样酒保就不会发觉他轻微的德国口音，只是把他当成前来消渴的骑车人。

“就来。”

“厕所在哪儿？”

酒保指了指角落里的一扇门。迪特尔走了进去。米歇尔没在男厕所里。迪特尔冒险往女厕所里张望了一眼，里面是空的。他打开一个看起来像是柜子的门，发现它通往一个楼梯。他沿着楼梯走了上去。楼梯顶部是一个沉重的大门，上面有个窥视孔。他敲了敲门，没有回应。他站在那里听了一会儿。他什么也没有听见，但那门很厚。他感到里面肯定有人透过窥视孔在看，发现他不是一个常客。他试着装作上厕所走错了方向，搔了一下头，耸了耸肩，然后走下楼去。

这地方不像有后门的样子。米歇尔就在这儿，迪特尔可以肯定，他就在楼上锁着的屋子里。但他迪特尔该怎么办呢？

他端着酒杯找了一张桌子坐下，省得那酒保会找他闲聊。啤酒寡淡无味。即使在德国，啤酒的质量在战时也有所下降。他强迫自己喝完它，然后走了出去。

汉斯站在街道的另一边，看着书店的橱窗。迪特尔走了过去。“他在楼上的一个私人房间里，”他对汉斯说，“他可能在那儿跟其他抵抗组织的干部会面。另一方面，那里可能是一个妓院什么的，我不打算冲进去对他采取行动，他还得带我们找到其他有价值的人。”

汉斯点了点头，理解这种困境。

迪特尔作出决定。现在再次逮捕米歇尔为时过早。他说：“他出来的时候，我就跟着他。一旦我们走远了，你就可以搜查这个地方。”

“我一个人？”

迪特尔指了指坐在雪铁龙里监视米歇尔房子的两个盖世太保，说："让他们帮助你。"

"好吧。"

"尽量显得像是风化搜查——如果有妓女就抓起来。不要提及抵抗组织。"

"好的。"

"在这之前，我们只能等待。"

45

在看到米歇尔进门之前，弗立克心里一直都觉得毫无希望。她坐在这个临时拼凑出来的小赌场的酒吧里，跟伊薇特有一搭没一搭地闲聊着，漫不经心地看着那些男人，他们一脸急切的神情，注意力全都集中在纸牌、骰子和轮盘上。谁都没怎么注意她——这些人都是彻头彻尾的赌徒，根本不会为一张漂亮的脸蛋分心。

如果找不到米歇尔的话，她就有麻烦了。其他"寒鸦"都在大教堂里，但她们不能整晚都待在那儿。尽管她们可以睡在露天底下——六月的天气应该没什么问题——但这么做很容易被逮住。

她们还需要车辆。如果她们无法从波林格尔组织弄到一辆轿车或者小货车，她们就得去偷一辆。真是这样的话，她们就得使用这辆被警察搜寻的车辆执行任务。这就让已经处境危殆的任务又多了一层风险。

让她心绪不佳的还有另一个原因：斯蒂芬妮·温森一次次出现在她的眼前。这是她头一次处死一个被捆绑起来、毫无还击之力的俘虏，也是她第一次枪杀一个女人。

任何杀戮都会让她深感不安。在枪杀斯蒂芬妮几分钟之前结果的那个盖世太保，是个手里拿着枪的作战人员，但就这样结束了他的生命，仍然让她感到可怕。以前她杀掉的人也让她有同样的感受，包括在巴黎结果的两个警察，在里尔枪毙的那名盖世太保少校，在鲁昂干掉的一个法国叛徒。但斯蒂芬妮的情况最糟糕。弗立克把枪指向她的后脑勺处死了她。这正是她教那些特别行动处新手的方法。当然，斯蒂芬妮该得到这种惩罚——这一点弗立克毫无疑问。但问题在她自己身上。到底什么样的人才会去杀一个无助的囚犯？她已经变成一个残忍的刽子手了吗？

她喝干了她的威士忌，但没让酒保再续第二杯，怕这样一来自己就变得太脆弱了。就在这时，米歇尔突然走了进来。

一种得救一般的巨大轻松涌上全身。米歇尔认识城里的每一个人。他能帮助她。突然之间，任务又变得有希望了。

当她看到那穿着皱巴巴夹克的瘦长身影、那英俊的脸孔和笑眯眯的眼睛时，她的心中涌起一股激情，这让她感到有些别扭。她想，她心里一直是喜欢他的。一想到从前她曾那样热爱着他，她就感到心里一阵刺痛，懊悔不已。这种感情永远都不会回来了，她很清楚这一点。

等他走到近前，她才看出他的样子并不那么好。他的脸上好像多了一些皱纹。她的心里一下子充满了对他的同情。

他的表情看上去既疲惫又恐惧，虽然只有三十五岁，却显得像年届五十。她感到十分不安。

但她最担心的还是如何向他坦白他们之间的婚姻已告结束。这实在有点儿讽刺。她刚刚开枪打死了一名盖世太保和一个法国叛徒，她自己又是一个敌占区工作的秘密特工，可她最害怕的却是伤害她丈夫的感情。

他显得十分高兴见到她。“弗立克！”他叫了一声，“我就知道你会来这儿！”他穿过房间朝她走过来，枪伤仍让他一瘸一拐。

她低声说：“我正担心盖世太保把你抓起来了。”

“他们是抓了。”他转过身，背朝着房间里的其他人，不让他们看见，然后把两手伸给她看——两个手腕上绑着一根结实的绳子。

她从翻领下面的刀鞘里取出小刀，偷偷割断绳索。赌客们什么也没看见。她把刀放回去。

美米·里吉斯看见米歇尔时，他正把那根绳子塞进裤袋。她拥抱他，亲吻他的双颊。弗立克看着他跟老女人调情，用他那颇为挑逗的声音跟她说话，给她送去他那性感的微笑。然后，美米继续工作起来，给那伙赌客送饮料，而这时米歇尔才告诉弗立克他是怎么逃脱掉的。她一直害怕他要跟她激情拥吻，她不知道她该如何对付，到头来，他满心想的都是自己的一通冒险，顾不上跟她柔情蜜意。

“我真是太幸运了！”他最后说。他坐在一只酒吧椅上，揉搓着他的手腕，给自己要了一杯啤酒。

弗立克点了点头。“也许是过于幸运了。”她说。

“你这是什么意思？”

“这可能是一个诡计。”

他很气愤，弗立克这话无疑在暗示他容易受骗。“我不这么认为。”

“会不会有人跟着你到这儿来？”

“不会，”他信誓旦旦地说，“当然，我查过了。”

她感到不安，但没再计较下去。“这么说，布赖恩·斯坦迪什死了，其他三个人被关押起来——蕾玛斯小姐、吉尔贝塔，还有鲍勒大夫。”

“剩下的都死了。德国人放出了在遭遇战中丧生者的尸体。那些活着的，加斯东、吉纳维芙、贝特朗，被行刑队在圣-塞西勒广场枪杀了。”

“我的上帝。”

他们沉默了片刻。想到那些牺牲的生命，和因为这项任务而承受的痛苦，弗立克的心情十分沉重。

米歇尔的啤酒来了。他一口就喝了半杯下去，然后抹了抹嘴唇。“我估计你回来，是想要对城堡再来一次。”

她点点头说：“但我们的掩护说法是炸毁马尔斯的铁路隧道。”

“这是个好主意，我们也该把它炸掉。”

“但不是现在。我的两个成员在巴黎被逮捕，她们可能已经招供了。她们会供出这个掩护说法——她们不知道真正的任务是什么——所以德国人一定在铁路隧道增派了防守。我们让英国空军去炸它，集中精力对付圣-塞西勒。”

“我该做什么？”

“我们要找个地方过夜。”

他想了一下，说：“约瑟夫·拉佩里埃尔的地窖。”

拉佩里埃尔是个香槟生产商。米歇尔的姨妈安托瓦内特以前给他当过秘书。“他是我们的人吗？”

“他是个同情者。”他苦笑了一下，“现在每个人都是同情者。大家都认为盟军这几天就要进攻了。”他疑问般地看着她，“我觉得他们的判断是正确的……”

“是的。”她回答，但没再往下细说，“他的地窖有多大？我们有五个人。”

“挺大的，能藏得下五十个人。”

“很好。还有一件事就是，我明天得有辆车用。”

“开车去圣-塞西勒？”

“一去一回，还得送我们去接应的飞机，如果我们活着的话。”

“你发现查特勒那个通常的降落地点不能用了，对吧？盖世太保知道了——他们就是在那儿逮捕我的。”

“是的，飞机会去另一个在拉罗克的降落地。我已经发出指令。”

“那个马铃薯田。不错。”

“那汽车的事儿呢？”

“菲利普·莫利耶有一辆小货车，他给所有德军基地送肉。星期一他休息。”

“我记得他，他亲纳粹。”

“他原来是。他这几年靠这赚了不少钱。不过现在他很害怕，如果进攻成功，德国人被赶走的话，他就会被当作通敌者绞死。他现在急于给我们帮点儿忙，证明自己不是叛徒。他会把卡车借给我们的。”

“明早十点钟把车开到地窖那边。”

他碰了一下她的脸，说：“晚上我们能在一起吗？”他又像过去那样笑着，英俊的脸孔带着一副坏样。

她感到内心一阵骚动，却没有以前来得那样强烈。从前，这微笑会让她欲火涌动。但现在，一切只是对那欲望的回忆而已。

她想把真相告诉他，因为她最讨厌的就是不诚实。但如果说出真相，就可能危及整个行动。她需要他的合作。或者，这不过是一个借口？也许她根本没有勇气告诉他。

“不行，”她说，“我们不能一起过夜。”

他显得垂头丧气，“还是因为吉尔贝塔？”

她点点头，但她不能撒谎，便说：“是的，有这个原因。”

“还有别的什么原因吗？”

“我不想在执行这一重要任务的时候讨论这件事。”

他显得很委屈，有些害怕地问：“你有别人了？”

她实在不想让自己伤害他。“没有。”她撒了谎。

他使劲看着她。“好，”最后他说，“我很高兴。”

弗立克真恨透了自己。

米歇尔喝完啤酒，从椅子上站起来。“拉佩里埃尔的地方在职业大街。从这儿要步行三十分钟。”

“我知道那条街。”

“我现在得去莫利耶那儿看看车的事儿。”他用胳膊抱住弗立克，吻她的嘴唇。

她觉得糟透了。可刚说完她没有别人，怎么好拒绝这个吻，但跟米歇尔接吻就背叛了保罗。她闭上眼睛，顺从地等着他松开。

他当然不会察觉不到她这种无动于衷的态度。他仔细看了她一会儿。“那我们十点再见。”说完，他转身走了。

她决定在他离开五分钟后自己再出去。她向伊薇特又要了一杯苏格兰威士忌。

她刚喝上这杯酒，门上的红灯就开始闪烁起来。

谁都没有说话，但屋里的所有人马上活动起来。赌台总管让轮盘停下来，把它翻了个个儿，看起来就像一个普通的桌子。扑克牌玩家们把桌上的赌注匆匆搂进外套里。伊薇特把酒吧里的杯子收起来，放进水槽里。美米·里吉斯关了电灯，只有屋门上方的红灯泡还在闪烁。

弗立克拿起放在地上的包，用手握住了她的枪。“这是怎么回事？”她问伊薇特。

“警察搜查。”她说。

弗立克暗暗骂了一句。要是以非法赌博的名义被抓，那才真叫倒霉。

“亚历山大在楼下给我们发警报，”伊薇特解释说，“赶紧走，快！”她指着房间的另一头说。

弗立克朝伊薇特指的方向看去，看见美米·里吉斯走进了一个看来像个柜子的里面。美米把横梁上挂着的几件旧外套拨到一边，露出了柜子后面的一扇暗门。她急忙打开它，让赌客们一个个从门里走掉。弗立克想，她大概可以脱身了。

红灯不再闪了，外面有人撞门。弗立克摸黑穿过房间，跟那几个男人一起挤进橱柜里。她跟着这几个人进了一个空荡荡的房间。地板比预料的低一英尺，她估计这是隔壁商店楼上的一个房间。他们跑下楼梯，她发现这里的确就是那间废弃的熟食店，屋里有一张污迹斑斑的大理石柜台，还有几个落满灰尘的玻璃匣子。窗户上拉着窗帘，从街上看不见屋里的一切。

他们全都从后门出去。这里是一个脏兮兮的小院子，院墙很高。墙上的门通向一条小巷，连接着另一条街。他们上了这条街，男人们就四散而去。

弗立克快步走着，很快就剩下她自己了。她气喘吁吁，辨别了一下方向后便朝着大教堂的方向走去，其他“寒鸦”在那里等着她。“天哪，”她自言自语说，“真是太悬了。”

她稳下心来，就能以另一种眼光看待这次警察对赌博俱乐部的突袭了。它发生在米歇尔离开的几分钟之后。弗立克不相信这是巧合。

她越思考这件事，越觉得那些撞门的人要找的就是她。她知道，这伙人在战前就已经在那儿聚赌了。当地警察肯定是知道这个地方的。为什么他们会突然决定查抄这里？如果不是警察，那就一定是盖世太保了。他们并非对赌徒感兴趣。他们要找的是共产党、犹太人、同性恋者和间谍。

米歇尔逃跑的过程从一开始就引起了她的怀疑，但他坚持说自己没有被跟踪，让她有点儿信了。现在她从相反的方向考虑这个问题。他的逃脱一定是假造出来的，就跟布赖恩·斯坦迪被“搭救”是一回事。她看见了躲在这后面的狡猾的迪特尔·法兰克。有人一直跟着米歇尔到了咖啡馆，猜到楼上有个秘密的房间，希望能在那儿找到她。

这样看来，米歇尔仍处于监视之中。如果他依旧贸然行事，敌人就会跟着他，找到“寒鸦”藏身的香槟酒窖。

真是见鬼，弗立克想，这下我该怎么办呢？

第九天
1944年6月5日，星期一

46

迪特尔的偏头痛在午夜后不久发作，他站在法兰克福酒店的房间里，看着那张他再也不能跟斯蒂芬妮分享的床榻。他觉得要是自己放声大哭，疼痛或许会消失，但眼泪并没有流出来，他给自己注射了一针吗啡，然后便倒在了床罩上。

天不亮他就被电话吵醒了。来电的是沃尔特·莫德尔，隆美尔的那位助手。迪特尔迷迷糊糊地问："进攻开始了吗？"

"今天没有，"莫德尔回答，"英吉利海峡的天气不好。"

迪特尔坐直身子，摇了摇头，让脑子清醒过来。"那会在什么时候？"

"抵抗组织明显在期待某些事情发生。一夜之间，整个法国北部出现了破坏活动的大爆发。"莫德尔的声音一直就是冷冰冰的，现在更是降到了北极冰层之下。"防范这类活动应该是你的工作，你还躺在床上做什么？"

迪特尔被问了个猝不及防，他极力恢复自己惯有的镇静。“我正在跟踪一个最重要的抵抗运动领导人，”他说，尽量显得不像是为失败找借口，“昨晚我差点儿抓到她，我会在今天逮捕她，不要担心，明早我们就能围捕几百名恐怖分子。我向你保证。”最后一句话有点儿恳求的意思，他有些后悔不该这样说。

莫德尔不为所动。他说：“过了明天，恐怕一切就太晚了。”

“我知道——”迪特尔刚说到这儿，电话里没声音了。莫德尔那边已经挂了。

迪特尔放下电话，看了看手表。现在是四点钟。他起身下床。

偏头痛过去了，但他感到有些恶心，不是让吗啡，就是让这通不愉快的电话闹的。他喝了杯水，吞下三片阿司匹林，接着开始刮胡子。他在脸上涂满肥皂沫，紧张地梳理着头天晚上发生的一切，反问自己是否该做的都已经做了。

当时他让黑塞中尉留在里吉斯之家外面，自己跟着米歇尔·克拉莱特到了菲利普·莫利耶那里，那是个给餐馆和部队厨房供应鲜肉的贩子。这里是一个街面店铺，楼上是住人的地方，店铺侧面还有一块院子。迪特尔观察了一个小时，但没人从里面出来。

看来米歇尔打算在里面过夜。迪特尔找了一间酒吧，从那儿给汉斯·黑塞打电话。汉斯骑着摩托车，十点钟到了莫利耶店铺的外面跟他会合。黑塞中尉告诉他，搜查里吉斯之家上面时，只找到一个空房间，实在令人难以置信。“那儿肯定有一套提前警报系统，”迪特尔推断道，“如果有人搜查，酒保在楼下就会随时发出警报。”

“你认为抵抗组织在使用这个地方？”

“有可能。我想，以前是共产党在那儿开会，后来被抵抗组织接手了。”

“但昨晚他们是怎么逃掉的呢？”

“地板下面有个活动门什么的。共产党们自有办法。你抓了那个酒保没有？”

“我把那里的所有人都抓了起来。他们现在正关在城堡里。”

迪特尔让汉斯监视莫利耶这里，自己开车去了圣-塞西勒。他审讯了那个吓得要命的店主亚历山大·里吉斯。几分钟后他把事情弄清楚了。他没有猜对，这地方既不是抵抗组织的藏身处，也并非共产党们聚会的地点，而是一个非法赌博俱乐部。不过，亚历山大证实了米歇尔·克拉莱特昨晚到过那里，他还说，米歇尔在那儿跟他的妻子见过面。

又一次让她在眼皮底下逃跑，这简直让迪特尔气得发疯。抵抗组织成员他抓了一个又一个，可弗立克却总能避开他的追捕。

他刮完胡子，把脸洗净，给城堡打了个电话，要了一辆车，让司机带两名盖世太保过来接他。他穿好衣服，到酒店厨房要了半打热乎的羊角面包，用亚麻布餐巾包上。然后他走出饭店。清早的空气十分凉爽。破晓的微光给大教堂的尖塔抹上一层银晖。一辆深受盖世太保青睐的快速雪铁龙已经等在外面。

他把莫利耶的地址交给司机，在五十米外的一个仓库门口找到藏在那儿的汉斯。汉斯说，这里一整宿都没有人出来，米歇尔肯定还在里面。迪特尔让司机在下一个街角等着，然后跟汉斯站在一起，两人分吃了羊角面包，看着太阳升过城市的屋顶。

他们必须一直等在这儿。迪特尔竭力控制住自己的急躁情绪，几分钟，几小时，时间就这么白白过去。失去斯蒂芬妮的痛苦重压在他的心头，但他已经从眼前的打击中恢复，重新关心起战争态势来。他想象着盟军部队正在英格兰的南部或者东部某地集结，整船的战士和装甲正急于将法国北部宁静的海边城镇变成战场。他还想到了那些法国破坏者——他们用空投的枪支、弹药和炸药武装到了牙齿，正准备从背后攻击德军，对他们后背猛刺一刀，严重挫败隆美尔的机动能力。现在，他站在兰斯城里别人的家门口，等着一个业余的恐怖分子吃完早餐，这让他觉得自己既愚蠢又无能。也许，今天，这个人会把他带到抵抗组织的心脏——但一切仅仅是希望而已。

时间过了九点，那扇门开了。

“终于出来了。”迪特尔叹了口气。他从人行道上闪开，省得被人注意。汉斯掐灭了烟头。

米歇尔由一个十七岁左右的男孩陪着走出那座房子，迪特尔估计，这孩子可能是莫利耶的儿子。那孩子拿一把钥匙打开了院门上的挂锁。院子里有辆洗刷干净的黑色小货车，侧面用白色写着“莫利耶父子肉铺”几个字。米歇尔上了车。

迪特尔来了精神。米歇尔借了这辆送肉的车，一定是去接“寒鸦”的。“我们走！”他说。

汉斯匆忙朝他停在路边的摩托车走去，背对着路站在那儿，假装摆弄着引擎。迪特尔跑到街角处，示意盖世太保的司机发动汽车，然后看着米歇尔。

米歇尔把车开出院子，往远处开走了。

汉斯启动了摩托车，紧随其后。迪特尔跳上汽车，命令司机跟上汉斯。

他们向东驶去。迪特尔坐在盖世太保黑色雪铁龙的前排乘客座位上，焦急地望着前面。莫利耶的货车很好跟踪，车棚很高，顶部还有个像烟囱一样的通风口。这个小通风口会让我找到弗立克，迪特尔乐观地想。

货车驶向职业大街，进了一家名叫拉佩里埃尔的香槟酒厂。汉斯驶过那里，在下一个拐弯掉头。迪特尔的司机也跟了上去，他们都停了下来。迪特尔跳下了车。

“我认为‘寒鸦’晚上就是藏在这儿过夜的。”迪特尔说。

“我们要不要搜查一下？”汉斯急切地说。

迪特尔想了一下。这就跟昨天在咖啡馆外面的情况一样，让他进退两难。弗立克可能在里面。但是，如果她已经离开这儿了，下手搜查就会让他过早失去这个十分有用的诱饵。

“现在先不要。”他说。米歇尔是他所剩的唯一希望。冒险行事会很快丧失这件武器。“我们先等等。”

迪特尔和汉斯走到这条街的顶头，在一个拐角监视着拉佩里埃尔家。那房子很高、很漂亮，院子里摆着很多空桶，里面还有一座低矮的平顶房，迪特尔猜测那平屋顶下面就是香槟酒窖。莫利耶的卡车就停在院子里。

迪特尔的脉搏跳得很快。他想，马上，米歇尔就要跟弗立克和其他“寒鸦”出现了。他们会坐上那辆小货车，开到他们的行动目标——那时候迪特尔跟盖世太保就会一举逮捕他们。

他们看见，米歇尔从那座低矮的房子里出来。他眉头紧锁，踌躇不决地站在院子里，四下看着，显得茫然无措。汉斯问：“他这是在干什么？”

迪特尔的心往下一沉。“出了什么让他意外的情况。”难道弗立克又把他甩开了？

一分钟后，米歇尔攀上一段台阶，去敲房门。一个戴着白帽子的女佣让他进去。

过了几分钟他又出来了。他仍然迷惑不解，但已不再优柔寡断。他朝货车走过去，上了车，把它掉头开了出来。

迪特尔骂了一句。看来“寒鸦”并不在这儿。米歇尔跟迪特尔一样感到吃惊，这一点是个小小的安慰。

迪特尔必须弄清楚这里到底发生了什么。他对汉斯说：“就像昨晚一样，但这次你跟上米歇尔，由我来搜查这地方。”

汉斯打着了他的摩托车。

迪特尔看着米歇尔开着莫利耶的货车走远，汉斯·黑塞骑着摩托车，拉开一段距离，小心地跟在后面。当他们开出了视线以外，他就招手把三个盖世太保叫过来，快步奔向拉佩里埃尔的房子。

他指着其中两个人说：“搜查房子，不要任何人离开。”又朝第三个人点点头说，“你跟我去搜查酒厂。”他领头进入那座低矮的房子。

在一层有一个大型葡萄压榨机和三个大桶。压榨机上很干净，葡萄的收获时节已经过去了三四个月。除了一个老人在扫地外，这里空无一人。迪特尔发现了一段楼梯，便拾级而下。凉爽的地下室里更为繁忙，几个穿蓝色工装的人在翻弄摆在架子上的一排排酒瓶。他们停下来，盯着这两个入侵者。

迪特尔和那个盖世太保挨个搜查装满香槟酒瓶的房间，这里的酒有好几千瓶，有的靠着墙壁堆放着，另一些则瓶口朝下，放在一个特殊的A字形架子上。但这里一个女人也没有。

在最后一段通道尽头的凹室里，迪特尔发现了烟蒂和面包屑，还有一个发夹。他的担心不幸被证实了。“寒鸦”在这儿过了一夜。但她们逃脱了。

他为自己寻找泄愤的目标。这些工人大概并不知道“寒鸦”的事情，但她们在这儿藏身肯定受到了厂主的许可。他会为此受苦的。迪特尔回到 层，穿过院了，往房了那儿走去。一个盖世太保为迪特尔开了门。“他们都在前面的屋子里。”他说。

迪特尔走进这个大房间，里面的陈设很雅致，但十分破旧。窗户上的厚重窗帘多年未曾清洗，地上铺着一块旧地毯，还有一张长餐桌和十二把配套的椅子。受惊的家庭雇员站在房间的这边，其中有开门的那个女佣人，一个看上去像是管家的老者，穿着破旧的黑外套，还有个穿着围裙的女人，大概是个厨师。一个盖世太保拿着手枪指着他们。在桌子的另一端坐着一个身形瘦削的女人，约莫五十岁左右，红头发上戴着银饰。身上穿的是淡黄色的丝绸上衣。她气度镇定，姿态高傲。

迪特尔转向盖世太保，压低声音问：“她丈夫在哪儿？”

“他八点钟离开家了。他们不知道他去哪儿了。他会回家吃午饭。”

迪特尔仔细看了看那个女人，问：“你是拉佩里埃尔夫人？”

她面色凝重地点点头，但并未屈尊开口。迪特尔决定践踏她的尊高姿态。有些军官对上层阶级的法国人很是尊重，迪特尔则认为这些人全都没脑子。他决不会去迎合她，走过去跟她说话。“带她到我这儿来。”他说。

一个男人对她说了几句话。她慢慢从椅子上站起来，走近迪特尔。“你想干什么？”她说。

“一组从英国来的恐怖分子昨天从我这儿逃跑了，她们杀死了两个德国军官和一个法国女公民。”

“听到这个消息我很遗憾。”拉佩里埃尔夫人说。

“她们把那个女公民绑上，近距离朝着她的后脑勺开枪，”他接着说，“她的脑浆溅在她的衣服上。”

她闭上了眼睛，把头转向一边。迪特尔继续说下去：“昨晚你丈夫在你们的地窖里给这些恐怖分子提供庇护。你能想出任何理由，不让他被绞死吗？”

站在他身后的女佣哭了起来。

拉佩里埃尔夫人受到了震动。她的脸色变得苍白，一下子坐了下来。“不，请不要。”她低声说。

迪特尔说：“告诉我你都知道什么，这样可以帮助你丈夫。”

“我什么也不知道，”她低声说，“他们晚饭后才来，天亮之前就走了。我根本没看见他们。”

“他们是怎么走的？你丈夫是不是给他们提供了车辆？”

她摇摇头说：“我们没有汽油。”

“那你们怎么送掉那些香槟酒？”

“我们的客户自己来取。”

迪特尔不相信她的话。他相信弗立克肯定需要运输工具。因此，米歇尔才从菲利普·莫利耶那里借了小货车。不过，米歇尔到这儿的时候，弗立克和“寒鸦”们已经走了。她们肯定找到了其他交通手段，决定提前离开。无疑弗立克会留下信息，解释情况，告诉米歇尔赶上她。

迪特尔问：“你是不是想让我相信她们是走着离开这儿的？”

“不，”她回答说，“我告诉你我不知道。我醒来的时候他们已经走了。”

迪特尔仍然认为她在撒谎，但从她嘴里掏出真话需要时间和耐心，而这两样他都快用完了。“把他们全都逮捕起来。”他说，遭受挫败让他的声音也变得气急败坏。

客厅里的电话响了。迪特尔走出饭厅，拿起电话。一个人用德国口音的法语说：“我要跟法兰克少校讲话。”

“我就是。”

“我是黑塞中尉，少校。”

“汉斯，出了什么事？”

“我现在在车站。米歇尔停下了他的货车，买了去马尔斯的火车票。列车就要开了。”

迪特尔正是这么想的。“寒鸦”已经提前离开，给米歇尔留下指令，让他加入她们。他们还在计划炸毁铁路隧道。他感到灰心丧气，弗立克依然保持领先一步。然而，她一直没能完全逃脱他的掌控。他仍然在跟在她的后面。他很快就会赶上她。“快点儿上车，”他对汉斯说，“跟他待在一块儿，我在马尔斯跟你会合。”

“好的。”汉斯说完，挂断了电话。

迪特尔回到饭厅。“给城堡打电话让他们派辆车，”他对几个盖世太保说，“把所有犯人都交给贝克尔中士审讯。告诉他从夫人开始。”最后，他指着司机说，“你开车送我去马尔斯。”

47

在火车站附近的站前咖啡馆里，弗立克和保罗吃着早餐：代用咖啡，黑面包，还有很少或根本就没有肉的香肠。鲁比、“果冻”和葛丽泰坐在另一张桌子边上，装作并不认识他们。弗立克警惕地看着街上的动静。

她知道米歇尔处境危险。她曾想过去警告他。她可以去莫利耶的住所——但那样做实在便宜了盖世太保，他们肯定会跟踪米歇尔，正打算对她来个顺藤摸瓜。甚至连给莫利耶那里打电话也很冒险，电话会被盖世太保的交换站窃听，从而暴露她的藏身处。她想，要打算帮助米歇尔的话，最好不要去直接联络他。在抓到弗立克之前，迪特尔·法兰克是不会逮捕米歇尔的。

因此，他给米歇尔留了一张字条，让拉佩里埃尔夫人转交给他。字条上写着：

米歇尔：

我相信你已经被监视了。我们昨晚待的地方在你离开后遭到了搜捕。今天早上你也许也被跟踪了。

我们要在你到达之前离开，在镇中心不显眼的地方躲一会儿。把车停在火车站附近，把钥匙放在驾驶座位下面，买一张去马尔斯的火车票。甩掉你的尾巴，然后再回来。

要小心，切切！

弗立克

读后烧掉

这样在理论上看来不错，但她一个上午都在焦急地等待着，看这办法行不行得通。

接着，十一点钟的时候，她看那辆高高的货车开了过来，停在车站的入口处。弗立克屏住了呼吸。货车的侧面写着一行白字，她看出是“莫利耶父子肉铺”几个字。

看见米歇尔下了车，她才松了一口气。

他进了车站。他在执行她的计划。

她张望着，看看谁在跟踪他，但这根本办不到。车站上人来人往，人们有的步行，有的骑着自行车或者坐汽车，所有的人都像是在跟踪米歇尔。

她待在咖啡馆里，假装在喝那杯苦涩难咽的代用咖啡，一边留意着卡车那里的动静，看看是不是有人监视它。她打量着一个个进出车站的行人和车辆，但看不出有任何人在监视这辆货车。十五分钟后，她朝保罗点点头，他们拿起各自的提箱，走出咖啡馆。

弗立克打开货车车门，坐上驾驶位子。保罗从另一边上了车。弗立克的心提到了嗓子眼。如果这是盖世太保设下的一个圈套，现在他们就会出来逮捕她。她伸手往座椅下面摸去，找到了一把钥匙。她发动了汽车。

她往周围看了看。没有任何人注意她。鲁比、“果冻”和葛丽泰走出咖啡馆。弗立克一摆头，示意她们从后面上车。

她扭头看看后面。货车里安装了架子、柜子，还有用来降温的冰块托盘，以保持较低的温度。看上去都擦洗得很干净，但仍然有一股难闻的生肉味道。

后门打开了。另外三个女人把她们的行李箱扔了上来，然后一个个爬上车。鲁比把车门关上。

弗立克挂上第一挡，车开走了。

“我们赢了！”“果冻”说，“感谢上帝。”

弗立克淡淡笑了一下。最难的部分还在后面。

她开车驶出城里，上了一条去圣-塞西勒的路。她警觉地留意着警车和盖世太保的雪铁龙，但还是感到相当安全。卡车身上的那行标志是个合法掩护。一个女人开这种车也很正常，因为不少男人都去了德国的劳动营——或者为了逃避劳动营，跑到山上参加了抗德游击队。

正午刚过他们就到了圣-塞西勒。弗立克注意到，这里的大街小巷到处是奇迹般的安静，在法国，人们一到中午就把注意力放在一天里第一次正餐上。她驱车前往安托瓦内特的住处。一对高大的木门半开着，里面就是住宅的庭院。保罗跳下货车，打开木门，弗立克把车开进院子，保罗随后关了大门。现在，从大街上就看不见这辆车和它的那行标志了。

“我一吹口哨，你们就进来。”弗立克说着，也跳下车来。

她朝安托瓦内特的屋门走去，其他人在车上等着。她上一次敲这扇门是在八天之前，却恍如前世，米歇尔的姨妈没有马上应门，她被广场上的枪声吓坏了。但她立刻答应了一声。过了一会儿，安托瓦内特打开门，这个瘦弱的中年女人穿着时兴但有些褪色的黄色棉布裙子。她呆呆地看了弗立克一会儿：弗立克还戴着黑色的假发。随后她认出了她。“是你！”她说，脸上露出惊慌的神色，“你想干什么？”

弗立克对其他人吹了一声口哨，然后把安托瓦内特推进屋内。“别担心，”她说，“我们打算把你绑起来，让德国人觉得是我们强迫你干的。”

“干什么？”安托瓦内特颤抖着问。

“我一会儿就告诉你。你一个人在家？”

“是的。”

“好。”

其他人走了进来，鲁比把房门关上。他们进了安托瓦内特的厨房。桌上摆着一顿午餐，黑面包，切碎的胡萝卜色拉，一小块奶酪，还有一瓶没有标签的酒。安托瓦内特又问了一句：“这是要干什么？”

“坐下，”弗立克说，“把你的午餐吃完。”

她坐下了，但嘴里说：“我吃不下。”

“这很简单，”弗立克说，“你和其他几个女人今晚不用去城堡做清洁了……我们去。”

她莫名其妙地看着她说：“这怎么能办到呢？”

“我们给每个女人捎信，告诉她们上班前都到你这儿来，她们一来，我们就把她们绑起来。然后我们就代替她们进城堡。”

“你们进不去，你们没有通行证。”

“不，我们有。”

“怎么……”安托瓦内特倒吸了一口气，“你偷了我的通行证！就在上个星期日。我以为我把它弄丢了。这可给我在德国人那儿惹上了天大麻烦！”

“对不起，给你惹了这个麻烦。”

“但是，这下更糟了——你们要炸了那个地方！”安托瓦内特开始呻吟起来，连连摇头，“他们会把罪过推到我头上，你知道他们都是什么人，我们都会受到拷打的。”

弗立克紧咬着牙。她知道安托瓦内特说的可能很对。盖世太保有可能会杀死这些真的清洁工，就因为她们跟这次欺骗行动有瓜葛。“我们会尽我们所能，让你们看上去是无辜的，”她说，“你是我们的受害者，跟那些德国人一样。”尽管如此，风险还是有的，弗立克很清楚这一点。

“他们是不会相信我们的，”安托瓦内特带着哭腔，“我们可能会被杀死的。”

弗立克狠下心肠。“是的，”她说，“要不怎么说这是战争呢。”

48

马尔斯是兰斯东面的一个小镇，一条铁路线从这里开始它漫长的攀山旅程，向法兰克福、斯图加特和纽伦堡的方向延伸。那条隧道就在镇子外面，补给物资源源不断地从老家通过这条隧道运送给在法国的德国占领军部队。如果隧道遭到破坏，隆美尔就会弹尽粮绝，陷入困境。

小镇本身带点儿巴伐利亚特色，到处是涂着鲜艳色彩的半木结构房屋。镇政厅就竖立在火车站对面绿树成荫的广场上。当地的盖世太保长官接管了镇长的大办公室，现在正跟迪特尔·法兰克和伯恩上尉仔细研读着一张地图，后者负责隧道的武装警卫。

“我在隧道两头各安排二十个人，还派了一队人马在山上不停巡逻，”伯恩说，“想要战胜他们的话，抵抗组织得动用大批武装力量才行。”

迪特尔皱起了眉头。根据他审问的那个女同性恋戴安娜·考菲尔德的口供，弗立克带了六个女人一道出发，其中包括她自己，现在已经减少到了四个。不过，她也有可能同另一个小组会合，或与马尔斯附近的法国抵抗运动领导人接触。“他们有大量人马，”他说，“法国人认为大进攻即将开始。”

“但是，大部队很难进行隐蔽。到目前为止，我们没发现任何可疑目标。”

伯恩又瘦又小，戴着一副镜片很厚的眼镜，这大概就是把他安排在这个偏远地区，没让他去作战单位的原因，但他给迪特尔的印象不错，觉得这个年轻军官既聪明又很有效率。迪特尔表面上愿意接受他的话。

迪特尔说：“这隧道容易被炸药炸毁吗？”

“它是用坚硬的岩石建造的。当然，也不是完全摧毁不了，但那需要一卡车的炸药。”

“他们有的是炸药。”

“但是，话又说回来，他们得把炸药运到这儿，还不能让我们看见。”

“那倒也是。”迪特尔转过来对着盖世太保的长官说，“有没有收到什么报告，发现可疑的车辆，或者什么人到了镇上？”

“都没有。镇上只有一个酒店，目前没有客人。我的人每天午饭时间都去各个酒吧和餐馆转转，没发现有什么不正常的。”

伯恩上尉迟疑地说：“能不能这样想，少校，你收到的那个有关攻击隧道的报告，不过是一种欺骗、一种牵制，为了把你的注意力从真正的目标上引开？”

迪特尔已经开始考虑这种可能性，让他心里憋着一股火。他从一次次失败中认识到，这个弗立克·克拉莱特是个欺骗高手。她是不是又在耍弄他呢？一想到这个他就感到万分羞辱。“我亲自审讯了囚犯，我相信她没有说假话。”迪特尔回答，竭力抑制着自己声音中的怒火。“但你的话大概也说对了。可能这个囚犯的信息也是错误的，是有意这么做的，为的是防范意外。”

伯恩歪了一下脑袋，说：“火车来了。”

迪特尔皱起眉头。他什么也没听见。

“我的听力很好，”这小个子男人笑了一下说，“大概是为了补偿我的视力吧。”

迪特尔已经查明，今天只有一趟十一点钟的火车离开兰斯开往马尔斯。因此，米歇尔和黑塞中尉应该在下一趟列车上。

盖世太保长官走到窗边。“是往西开的火车，”他说，“我记得你说过，你的人在往东面开的火车上。”

迪特尔点点头。

伯恩说：“实际上是两列火车，两个方向各来一列。”

盖世太保长官往另一个方向望去。“你说得对，那边也来了一列。”

三个人来到广场上。迪特尔的司机正倚靠在引擎罩上，见状立刻站直了身子，掐灭烟头。他旁边是一个盖世太保摩托车手，随时准备重新跟踪米歇尔。

他们朝车站入口走过去。“这里有没有另一个出口？”迪特尔问那个盖世太保。

“没有。”

他们站在那儿等着。伯恩上尉问：“你听到新闻了没有？”

“没有。什么新闻？”迪特尔回答。

“罗马沦陷了。”

“我的上帝。”

“美军在昨晚七点钟到达威尼斯广场。”

作为一位高级军官，迪特尔认为他有责任保持部队的士气。“这是个坏消息，但并不意外，”他说，“不过，意大利并不是法国。如果要进攻我们，他们就会发现早有好戏等着他们。”他希望自己说对了。

西行的列车第一个进站。当这趟车的乘客在往站台上搬卸行李时，东去的火车轰隆隆驶进了车站。一小群人在进站口等着，迪特尔悄悄观察他们，想知道是否有当地抵抗组织的人来车站接米歇尔。他没看出任何可疑情况。

一个盖世太保检查站设在检票口的边上。盖世太保长官走到桌边他的下属那里。伯恩上尉靠在一根柱子上，让自己不太显眼。迪特尔回到他的车上，坐在后排的座位上，眼睛望着火车站。

如果伯恩上尉说得不错，爆炸隧道不过是一种牵制的话，他该怎么办呢？情况毫不乐观。他必须作出选择。兰斯附近还有什么军事目标呢？圣-塞西勒城堡显然算一个，但抵抗组织一周以前刚刚进行过一次失败的破坏活动——他们会这么快再来一次吗？镇子北面有个军营，兰斯和巴黎之间还有几个铁路编组场……

这条路行不通。怎么猜都有道理。他需要信息。

他可以在米歇尔下了火车就立刻审问他，把他的指甲一个个拔掉，直到他开口——但米歇尔了解真情吗？他可能坦白出一个打掩护的说法，把它当成是真的，就跟戴安娜一样。迪特尔最好还是一直跟踪他，直到他见到弗立克。她知道真正的目标。她是唯一一个现在就该审问的人。

迪特尔焦急地等待着，看着乘客们一个个被查过证件，走出车站。一声汽笛响过，西行的列车开出车站。更多的乘客走了出来，十个，二十个，三十个。东去的火车离开了站台。

接着，就见汉斯·黑塞急匆匆走出了车站。

迪特尔说："见鬼，这究竟是……"

汉斯朝广场四下看了看，发现了那辆雪铁龙，便跑了过去。

迪特尔跳下车来。

汉斯说："怎么回事，他在哪儿？"

"你是什么意思？"迪特尔愤怒地喊道。"是你跟着他的！"

"我是跟着他的！他下了火车。排队过检查站的时候我就看不见他了。过了一会儿，我一着急，就往前挤，可他已经走了。"

"他会不会又上了火车？"

"不会，我一直跟着他离开站台的。"

"他有可能上了另一列火车吗？"

汉斯一咧嘴说："我发现他不见了的时候，我们正在经过去兰斯那辆火车的站台末尾……”

“就是这么回事，”迪特尔说，“见鬼！他又坐火车回兰斯了。他是一个诱饵。整个行程都是在打掩护。”他怒气冲冲，自己竟然落入了这个圈套。

“我们该怎么办？”

“我们赶上火车，你可以再跟上他，我仍然认为他会把我们带到弗立克·克拉莱特那儿。快上车，我们走！”

49

弗立克几乎不敢相信她已经走到了这一步。原有的六名“寒鸦”有四人逃过了追捕，尽管对手精明，霉运不断，但现在她们已经到了安托瓦内特的厨房里，离圣-塞西勒广场几步之遥，就处在盖世太保的眼皮底下。十分钟后，她们就要走向城堡的大门。

安托瓦内特和其余五个清洁工里的四个人给牢牢绑在厨房的椅子上。保罗把几个人的嘴巴塞住，除了安托瓦内特。每个清洁工都随身带了购物篮或帆布袋，里面装了吃的喝的——有面包、冷土豆、水果、一小瓶葡萄酒或者代用咖啡——那是为她们在九点半休息时准备的，因为不允许她们使用德国人的食堂。现在“寒鸦”们匆忙把这些袋子倒出来，装上她们要带进城堡的东西：手电筒、枪支、弹药和二百五十克一条的黄色塑胶炸药。

“寒鸦”一直用行李箱装着这些东西，但这种箱子提在清洁工手里去上班就显得很奇怪了。

弗立克很快就意识到，清洁工带来的袋子不够大。她自己就要带一支带消音器的司登冲锋枪，分成三部分后每段都有一英尺长。“果冻”要用防震匣携带十六枚雷管，一个燃烧铝热炸弹，还有一个生成氧气的化学体，为了在掩体等封闭的空间点火助燃。她们把弹药装进袋子以后，还要用清洁工的食物包遮掩起来，但里面已经没地方了。

“见他的鬼，”弗立克急躁地说，“安托瓦内特，你有没有大袋子？”

“你是什么意思？”

“袋子，大袋子，比如购物袋，你应该有吧。”

“餐具间里有一个我买菜用的袋子。”

弗立克找到那个袋子，那是一只很便宜的、用芦苇编织的方形袋子。“好极了，”她说，“你还有这种袋子吗？”

“没有，我怎么会有两个呢？”

弗立克需要四个。

有人敲门。弗立克朝门口走去。一个穿着印花的工作服、戴着发网的女人站在那里，她是最后一位清洁工。“晚上好。”弗立克说。

这女人犹豫了一下，见到陌生人让她有点儿吃惊：“安托瓦内特在吗？我收到了一张字条……”

弗立克微笑着安慰她说：“她在厨房里。请进来吧。”

这女人走进屋里，显然对这里很熟悉，进了厨房，她一下停住了，轻声惊叫起来。安托瓦内特说：“别担心，弗朗索瓦丝，他

们把我们绑起来，好让德国人知道，我们没有帮助他们。”

弗立克拿过这女人的包。那是用细绳打结成的一个网袋，很适合装面包或者瓶子，但对弗立克根本没用。几分钟后就要进行到整个任务的最高潮了，可这种细节问题却来牵扯弗立克的精力。这个问题不解决，她就不能往下继续。她强迫自己冷静思考，然后问安托瓦内特：“你从哪儿弄来的那个编织袋？”

“在街对面的小店，你能从窗口那儿看见。”

傍晚很暖和，所以窗户是开着的，只是拉上了百叶窗遮阴。弗立克把百叶窗拨开一点儿，往城堡街上看去。街道的另一边有一家商店，卖蜡烛、劈柴、扫帚和晾衣夹。

她转过身来对鲁比说：“去再买三个袋子来，要快。”

鲁比往门口走去。

“如果可以，买不一样形状和颜色的。”弗立克担心如果袋子全都一样会引起注意。

“好。”

保罗把最后一个清洁工绑在椅子上，堵了她的嘴。他表示着歉意，又显得很讨人喜欢的样子，那女人没有反抗。

弗立克把清洁工的通行证交给“果冻”和葛丽泰。这些证件一直放在她这儿保管，直到最后一刻才分发下去，否则万一“寒鸦”被捕，它们被搜出来就暴露了行动的目的。弗立克手里拿着鲁比的通行证，走到窗边观望。

鲁比从店里走出来，手里拿着三个不一样的编织袋。弗立克松了一口气。她看了看手表，还差两分钟七点。

灾难接着就来了。

鲁比正要过街的时候，一个穿着军队制服的男人过来跟她搭讪。他穿的是一件粗斜纹布的衬衣，口袋上带着扣子，扎着一条暗蓝色的领带，穿一条深色的裤子，裤脚塞在高筒靴里。弗立克认出这是民兵制服，是为政权从事肮脏勾当的秘密警察。“哎呀，坏了！”她说。

跟盖世太保一样，民兵是由一帮无法进入正规警察队伍的愚蠢而凶残的家伙组成的。他们的长官也是同样一伙人，只不过来自上层阶级，他们趋炎附势，大谈法国的荣耀，派下属搜捕藏在地窖里的犹太儿童。

保罗走过来，越过弗立克的肩膀往外看。“见鬼，那是个该死的民兵。”他说。

弗立克在快速思考着。这是偶然遭遇，还是针对“寒鸦”的一次有计划的安全清剿？民兵都是一帮恶名昭彰的好事之徒，以骚扰自己的同胞来显示威风。他们要是不喜欢某人的长相，就会拦下他们，详加检查他们的证件，甚至找个借口加以逮捕。盘查鲁比是属于这类情况吗？弗立克希望如此。如果警察在圣-塞西勒的大街上拦住每个人检查证件，“寒鸦”就根本别想靠近城堡的大门。

那警察开始对鲁比详细盘问起来。弗立克无法听清说的什么，但她听见“混血”“黑皮肤”这几个词，感觉警察有可能把皮肤较黑的鲁比当成了吉卜赛人。鲁比拿出自己的证件。那人仔细地挨个看着，然后继续盘问她，也没把证件还给她。

保罗掏出了手枪。

“放回去。”弗立克命令道。

“你要让他逮捕她吗？”

“是的，只能这样，”弗立克冷冷地说，“如果现在开枪，我们就完了——这次行动也就吹了。无论发生什么，鲁比的性命没有炸掉电话交换站重要。把那见鬼的手枪放回去。”

保罗把手枪插到他裤子的腰带下面。

鲁比跟民兵的对话变得更激烈了。弗立克心惊胆战地看着鲁比把三个编织袋换到左手上，把右手伸到雨衣口袋里，那男人狠狠抓住她的左臂，明显是要逮捕她。

鲁比动作很快。她扔下了袋子，从口袋里拿出右手，手里握着一把刀。她上前一步，从腰胯的部位用力一挥，刀子从肋骨下方穿透他的制服衬衫，直直捅向心脏处。

弗立克说：“唉，他妈的。”

那男人惊叫一声，这声音马上变成了可怕的呻吟。鲁比拽出刀来，又给了他一下子，这次是从侧面来的。他抽缩着脑袋，张开嘴巴，痛苦而无声喊叫着。

弗立克想着接下来会发生什么。如果她能把那人迅速拖到人们看不见的地方，他们就可能侥幸逃过一劫。有人看见这里捅死人了吗？弗立克的百叶窗所见有限。她将窗缝推得再宽一些，探出了身子。在她的左边，城堡街上空空荡荡，只有一辆卡车停在那里，还有一只趴在门边睡觉的狗。再朝另一边看时，她看见人行道上有三个穿警察制服的人，两男一女。他们肯定是城堡里的盖世太保。

那个民兵倒在便道上，他的嘴里淌出血来。弗立克想要鲁比当心，但她还没来得及喊出来，那两个男的盖世太保已经扑了过去，抓住了鲁比的两只胳膊。弗立克马上缩回头，关上百叶窗。鲁比损失掉了。

她继续通过百叶窗的窄缝向外看。一个盖世太保把鲁比的胳膊往店铺的墙上磕去，直到她丢下那把刀。那个姑娘弯腰去看流血的民兵。她托起那人的头跟他说话，然后对那两个男的说了句什么。他们相互咆哮了几句。那姑娘跑进商店，然后又跟穿着白色围裙的店主一块儿出来。他弯下腰看了看民兵，又马上站了起来，脸上露出厌恶的表情——是因为那人可怕的伤口，还是因为那可恨的制服，弗立克说不清。姑娘朝城堡的方向跑了，大概是去求援；两个男的把鲁比反剪了两手，往同一方向走去。

弗立克说："保罗——去，把鲁比扔下的袋子捡回来。"

保罗毫不迟疑地说："是的，夫人。"他走了出去。

弗立克看着他走上大街，过了马路。店主会说什么呢？那男人跟保罗说了句什么。保罗没有答话，只是弯下腰，迅速拿起三个袋子，转身往回走。

店主盯着保罗看，弗立克能够看出他在想什么：起先为保罗的冷淡而吃惊，随后是不解，寻找可能的原因，最后开始明白了什么。

"我们迅速采取行动。"保罗一走进厨房，弗立克就说，"把东西都装到袋子里，往外走，快！我希望我们在警卫为抓获鲁比而高兴的当口通过检查站。"她把大号的手电筒塞进一只袋子，然后是拆解开的司登枪，六个三十二发的弹夹，还有她的那份塑胶炸药。她的手枪和刀在她的口袋里。她用一块布把武器盖上，然后把一个用烤箱纸包着的菜碗放在上面。

"果冻"说："要是门口的警卫搜查我们的袋子呢？"

"那样的话我们就完了，"弗立克说，"我们就要尽可能多干掉身边的敌人。不要让纳粹活捉你们。"

"噢，我的上帝。""果冻"说，但她仍十分专业地检查着她自动手枪的弹夹，然后决断地将它咔嗒一声推回原位。

镇广场上教堂里的钟敲了七下。

她们一切准备就绪。

弗立克对保罗说："肯定会有人发现只有三个清洁工，而不是通常的六个。安托瓦内特是主管，所以他们可能会问她出了什么事。如果有人到这儿来，你只管向他开枪。"

"好吧。"

弗立克又快又用力地吻了一下保罗的嘴唇，然后往外走去，"果冻"和葛丽泰跟着她。

在街的另一边，那店主还在盯着躺在地上死去的民兵。他瞥见了三个女人，随后抬眼看着远处。弗立克猜想他已经琢磨好了有人问他的时候怎么回答："我什么也没有看见，那里没有其他人。"

剩下的三名"寒鸦"朝广场走去。弗立克迈着轻快的步子，她要尽可能快些进入城堡。她看见广场一端的那扇大门就在自己的正前方。鲁比和两个逮捕她的人刚刚进去。弗立克想，好吧，至少鲁比已经进去了。

"寒鸦"们到达了街的尽头，开始穿越广场。体育咖啡馆的窗户上周在枪战中被击碎，现在用木板封了起来。两个城堡警卫端着步枪跑过广场，他们的靴子敲击着鹅卵石的路面，显然是往受伤的民兵那儿跑。他们没有注意这几个急匆匆走过来的女清洁工。

弗立克到了门口。这是第一个真正危险的时刻。这里只留下了一名警卫，他一直在看弗立克身后那两个跑过广场的同事。他看了一眼弗立克的通行证，挥手让她过去。她进了门，然后转身等着其他人。

接着是葛丽泰，警卫也一样把她放了过去。他更关心的是城堡街上发生的事情。

弗立克想，她们就要大功告成了，可当警卫检查“果冻”的证件时，往她的袋子里瞥了一眼。“什么东西这么好闻。”他说。

弗立克屏住了呼吸。

“一点儿香肠，是我的晚餐。”“果冻”说，“你闻到大蒜味儿了。”

他摆手让她进门，转头又朝广场那边看去。三名“寒鸦”走上了那段很短的车道，然后上了台阶，最后进了城堡里面。

50

迪特尔花了整个下午跟踪米歇尔乘坐的火车，每个偏僻的小站他都停一下，以免米歇尔中途下车。他相信自己是在浪费时间，米歇尔不过是一个诱饵。但他别无选择。米歇尔是他的唯一一条线索。他感到绝望。

米歇尔一路坐着火车回到了兰斯。

在兰斯火车站旁边的一幢被炸弹炸毁的大楼前面，迪特尔坐在车里等待米歇尔出现，预感到就要遭受失败，那种厄运般的感觉和羞辱一齐袭上心头，让他不堪重负。他到底哪里做错了呢？在他看来，该做的他都做了——但全都于事无补。

要是跟踪米歇尔什么也得不到呢？从某种程度上说，迪特尔应该适可而止，减少损失，审问米歇尔。可他还有多少时间呢？今晚是月圆之夜，但英吉利海峡又有风暴。盟军可能推迟入侵——或许他们决定就在这种天气中铤而走险。再过几个小时就可能为时已晚。

米歇尔今天早上开着从鲜肉供应商菲利普·莫利耶那儿借来的一辆货车来到火车站，迪特尔环顾四周，却没有看到这辆车。他猜测这辆车就是放在这儿等着弗立克·克拉莱特来拿的。现在，她可能已经到了方圆百里内的任何地方。他骂自己当时没有安排人手盯着这辆车。

他转而去想如何审问米歇尔。吉尔贝塔可能是这个人的脆弱之处。她现在被关在城堡的一间牢房里，正在为自己的命运担心。在迪特尔充分利用她之前，她会一直待在那儿；然后，她就会被送到德国的集中营。如何利用她，才能让米歇尔开口，并且很快开口呢？

想到德国的集中营，迪特尔有了一个主意。他往前探了一下身子，对他的司机说："盖世太保往德国运囚犯，用的是火车吧？"

"是的，先生。"

"据说你们是用运送牲畜的车厢，是真的吗？"

"是运牲口的车，先生，对这帮败类来说够好的了，都是什么共产党、犹太人之类的。"

"他们在哪儿上车？"

"在兰斯。从巴黎来的火车在这儿停靠。"

"这种列车多长时间一趟？"

“几乎每天都有。下午离开巴黎，到这儿是晚上八点左右，如果准点的话。”

还没来得及往下思考，迪特尔就看到米歇尔从车站里走了出来。汉斯·黑塞跟在后面的人群里，离他十码左右。他们沿着街道的另一侧接近迪特尔。

迪特尔的司机发动了引擎。

迪特尔在座位上坐好，观察着米歇尔和汉斯。

他们走过了迪特尔这里。接着，让迪特尔吃惊的是，米歇尔转身朝站前咖啡馆旁边的小巷走去。

汉斯加快步伐，不到一分钟后也转过这个街角。迪特尔皱起了眉头。米歇尔是要摆脱他的尾巴吗？汉斯又从小巷里冒了出来，愁眉不展地往街道两边看着。人行道上的人不太多，只有几个旅客步行进出火车站，还有最后一拨在市中心工作的工人正赶着回家。汉斯嘴里骂了一句，又转身进了小巷。

迪特尔大声叹气。汉斯又把米歇尔给弄丢了。

这是自从阿拉姆海法之战以来迪特尔栽的最大的跟头，那一次，错误的情报导致了隆美尔的惨败，最后成了北非战争的转折点。迪特尔祈祷这次不要成了欧洲战场的转折点。

正当他灰心丧气地盯着小巷入口时，米歇尔从咖啡馆的前门出来了。

迪特尔的精神一下提了起来。米歇尔摆脱了汉斯的跟踪，但他没有意识到这里还有第二个影子，看来情况并未完全失控。

米歇尔横过马路，开始跑了起来，朝他来时的那条路跑回去，正好冲着迪特尔坐着的车。

迪特尔快速思索着。如果他想跟上米歇尔，恢复监控行动，那他也得跑步才行，这样一来就明显是在跟踪这家伙了。不行，看来监控结束了，现在就该抓捕米歇尔。

米歇尔在便道上奔跑着，把行人推搡到一边。因为腿上有枪伤，他跑起来东倒西歪，但动作又急又快，直奔迪特尔的这辆车。

迪特尔作出决定。

他拉开了车门。

当米歇尔跑到近前，迪特尔便下了车，让大开着的车门挡住便道。米歇尔掉头绕过障碍，但迪特尔伸出一条腿。米歇尔脚下被绊住，人整个飞了出去，重重跌倒在人行道上。

迪特尔掏出手枪，按开保险。米歇尔惊呆了，在地上趴了一两秒钟。随后他挣扎着用膝盖抵着地，试图站起来。

迪特尔把枪口对着米歇尔的太阳穴。“别动。”他用法语说。

司机从车后备箱里拿来一副手铐，拷在米歇尔的手腕上，把他塞进车的后面。

汉斯又出现了，他一脸的失落。“出了什么事？”

“他从体育咖啡馆的后门进去，从前门出来的。”迪特尔解释说。

汉斯松了一口气说：“那现在怎么办？”

“跟我到车站。”迪特尔转身对司机说，“你有枪吗？”

“是的，先生。”

“严密看管好这个人。如果他要逃跑，就往腿上开枪。”

“是的，先生。”

迪特尔跟汉斯快步朝车站走去。迪特尔揪住一个穿铁路穿制服的男人，说：“我要立刻见车站站长。”

那人一脸不快，但还是说：“我带你去他的办公室。”

站长穿着黑色的外套，里面是一件马甲，下身穿着条纹长裤，这套优雅的老式制服的肘部和膝盖已经磨薄了。即使在自己的办公室，他也戴着圆顶礼帽。来势汹汹的德国人把他给吓坏了。“我能为你做什么？”他紧张地笑着说。

“你今天晚上要等一趟从巴黎来的火车运送犯人吧？“

“是的，一般是晚上八点。”

“火车到了，你让它停在站上等着，你等着我的消息。我要送一个特殊的囚犯上车。”

“好的。但如果我能得到书面的授权……”

“当然，这我会安排的。火车到达的时候，你们一般给囚犯做什么事？”

“我们有时候用软管刷车。用的都是运牲口的车，你知道，没有厕所什么的，说实话非常令人不快，尽管我不打算评判什么——”

“今晚不用刷车，懂吗？”

“当然。”

“你们还做别的事情吗？”

这人犹豫了一下，说：“没有了。”

他有些心虚。迪特尔已经看出来了。“说吧，没关系的，我不会惩罚你。”

“有时铁路上的人可怜那些囚犯，给他们水，严格地说这是不容许的，可是——”

“今晚不要给他们水。”

“明白了。”

迪特尔转向汉斯说：“我想让你把米歇尔·克拉莱特关在警察

局，把他锁在单间里，然后回到车站这儿，看看他们是不是执行了我的命令。”

“好的，少校。”

迪特尔拿起站长办公桌上的电话，说：“给我接圣-塞西勒城堡。”电话接通后他说要找韦伯。“牢房里关着一个叫吉尔贝塔的女人。”

“我知道。”韦伯说，“一个漂亮姑娘。”

迪特尔不知道韦伯听上去为什么这么得意。“我想请你派辆车把她送到兰斯火车站。黑塞中尉在这儿，他负责看管她。”

“好的，”韦伯说，“等一等，别挂电话好吗？”他把话筒拿得离嘴巴远一点儿，跟屋子里的某个人说话，命令把吉尔贝塔带出牢房。迪特尔不耐烦地等着。韦伯又回到线上。“我安排好了。”

“谢谢你——”

“别挂断。我有消息要告诉你。”

这就是为什么他那么兴高采烈。“说吧。”迪特尔说。

“我这儿俘获了一个盟军的特工。”

“什么？”迪特尔问道，这是个幸运的突破，“什么时候？”

“几分钟前。”

“我的上帝。在哪儿？”

“就在这圣-塞西勒教堂这里。”

“这到底是怎么回事？”

“她攻击了一个民兵，我手下三个精明强干的年轻人恰好看见了。他们沉着冷静地逮捕了这名罪犯，她有支柯尔特自动手枪。”

“你说的是‘她’？这么说这个特工是个女的？”

“是的。”

这下明白了。“寒鸦”在圣-塞西勒。城堡是她们的目标。

迪特尔说：“韦伯，听我说，我觉得她是打算攻击城堡的一个小组的成员。”

“他们以前试过了，”韦伯说，“我们给了他们一顿痛打。”

迪特尔努力控制着自己的急躁情绪。“你干得是不错，所以他们这次可能更狡猾了，我想建议你发出安全警报，派双卫兵站岗，对整个城堡进行搜查，审问楼里每个非德国人员。”

“我已经下达了类似的命令。”

迪特尔不相信韦伯已经想到了要发安全警报的事，不过不要紧，只要他现在着手也行。

迪特尔很快想了一下是否要撤销有关吉尔贝塔和米歇尔的指令，但还是决定照原来的办。他怎么也得在这天晚上审问米歇尔。

“我现在就立即回圣-塞西勒。”他对韦伯说。

“你随便吧。”韦伯简慢地说，话里的意思是没有迪特尔的协助，他照样能妥善处理。

“我要审问这个刚抓到的俘虏。”

“我已经开始审讯了。贝克尔中士正在对她展开攻势。”

“老天爷！我可得要她脑子清醒，还能说话。”

“当然了。”

“拜托，韦伯，这一点很重要，容不得出错。我请求你让贝克尔控制一下，等我到那儿再说。”

“好吧，法兰克。我会让他别太过分。”

“谢谢。我尽快赶到那儿。”迪特尔挂上了电话。

51

弗立克在城堡大厅的口停了一下。脉搏跳得飞快，一度有过的恐惧感冷冰冰地压在她的胸口。此时她身处虎穴。如果被敌人擒获，无论什么办法都挽救不了她。

她迅速查看整个房间。电话交换机整齐精确地排列在大厅的地板上，带着一种现代感，褪了色的粉绿色墙壁和天花板上画的胖乎乎小天使丝毫不相称。方格图案的大理石地板上盘绕着一捆捆电缆，就像一艘大船甲板上堆放的绳索。

四十名接线员的细语声让这里略显嘈杂。靠得近些的抬头看着刚进来的人。弗立克注意到一个女孩用手指着她们，跟邻座说了句什么。这些接线员都来自兰斯和周边地区，很多都是圣-塞西勒本地人，她们可能认识原来那些清洁工，能看出“寒鸦”都是陌生人。但弗立克认定她们不会去告诉德国人。

她很快定下方位，脑海里浮现出安托瓦内特画的那张图。被炸毁的西翼在她的左面，已经被废弃。她转身向右，带着葛丽泰和“果冻”穿过一对高大的镶板门进入东面侧翼。

一个房间连着另一个房间，所有富丽堂皇的厅堂都布满交换台和设备机架，嗡嗡作响，并在拨号时发出“哒哒”的声音。弗立克不知道原来的清洁工会跟接线员打招呼呢，还是默默经过她们身边。法国人很喜欢打招呼问好，但这里是由德国军人管辖的。她只是脸上带笑，避免跟接线员的目光接触。

到了第三个房间，有一个穿制服的德国主管坐在办公桌前。弗立克不理会她，但这女人喊了一句：“安托瓦内特在哪儿？”

弗立克一边回答，一边大步往前走。“她来了。”她听出自己吓得声音有些颤抖，希望主管没注意到这一点。

主管瞟了一眼时钟，上面是七点过五分。“你们迟到了。”

“非常抱歉，夫人，我们这就开始干活。”弗立克赶紧走进隔壁房间。片刻之间她的心提到了嗓子眼，等着听身后愤怒地嚷着要她回来，但并没有，她松了口气，继续往前走，葛丽泰和“果冻”紧跟在后面。

东侧翼的尽头有个楼梯间，从这儿往上就是办公室，往下是地下室。“寒鸦”最终要去的是地下室，但她们先要做好准备工作。

她们向左往服务区域走，按照安托瓦内特的指示图，她们找到了一个储藏清洁用具的小房间，这里放着拖把、水桶、扫帚和垃圾箱，还有清洁工上班时要穿的棕色棉布外套。弗立克把门关上。

“到目前为止，都还顺利。”“果冻”说。

葛丽泰说：“我太害怕了！”她脸色苍白，浑身发抖。“我觉得我去不了。”

弗立克宽慰地向她笑了笑。“你不会有事的，”她说，“咱们动手吧，把你们的弹药放进清洁桶里。”

“果冻”把身上的炸药转移到一个桶里，葛丽泰犹豫片刻，也跟着做了起来。弗立克把她的冲锋枪组装起来，这枪没有枪托，因而短了一英尺，便于隐藏。她装上消声器，把开关拨到单发射击位置。如果要使用消声器，每次击发前必须手动装弹。

她把枪掖在她的皮带下面。然后穿上连身外套，把枪支和口袋里的弹药全都隐藏好了。她没有系扣子，以便可以很快拿出藏在里面的武器。另外两人也穿上工作服，把枪支和弹药塞进她们的口袋里。

她们差不多已经准备好进地下室了。不过，那是一个警戒森严的地方，有守卫把门，法国人不能进入——里面由德国人自己打扫。在进去之前，“寒鸦”要制造一个小小的混乱。

就在她们要离开房间时，门开了，一个德国军官探头往里面看。“通行证！”他吼了一声。

弗立克紧张起来。她预料到会有某种安全警报。盖世太保一定猜到鲁比是盟军特工，否则不会携带自动手枪和一把致命的刀，他们自然会对城堡采取额外的预防措施。不过，她仍然希望盖世太保不会行动太快，不要干扰她的任务。看来这种愿望落空了。也许他们要仔细检查建筑内部的所有法国人。

“快点儿！”这人不耐烦地说。他是一名盖世太保中尉，弗立克看到了他军装衬衫上的徽章。她拿出自己的通行证。他仔细看着，把她的脸跟照片对比，然后还了回来。他也查验了“果冻”和葛丽泰的通行证。“我要对你搜查一下。”说着，他就去看“果冻”的水桶。

弗立克站在他的背后，从外衣下面掏出了司登冲锋枪。

军官皱着眉头，满脸困惑地从“果冻”的水桶里拿出那个防震匣。

弗立克松开机枪保险槽上的压簧杆。

德军军官拧开防震匣的盖子，看见里面藏着的雷管，顿时惊愕不已。

弗立克一枪击中他的后背。

这一枪并非真的无声——消声器不太有效——“砰”的一声闷响就好像一本书掉在了地上。这个盖世太保中尉抽搐了一下，倒了下去。

弗立克退出弹夹，拉回枪栓，然后往他脑袋上又补了一枪。

她重新装上子弹，把枪藏回外衣下面。“果冻”把尸体拖到墙边，推到门的后面，以防有人进到这个房间时看见。

“我们离开这儿。”弗立克说。

“果冻”走了出去。葛丽泰站在原地，脸色发白，眼睛盯着那个死了的军官。

弗立克说：“葛丽泰，我们有工作要做。走吧。”

葛丽泰最后点点头，拿起她的拖把和水桶，像个机器人似的出了门。

她们从清洗设备间往食堂走去。食堂里空荡荡的，只有两个穿制服的姑娘坐在那儿，边喝咖啡边抽着烟。弗立克压低声音，用法语说：“你们知道自己该做什么。”

“果冻”开始扫地。

葛丽泰迟疑着。

弗立克说：“不要让我失望。”

葛丽泰点了点头。她深吸了一口气，伸直了腰杆，说：“我准备好了。”

弗立克走进厨房，葛丽泰跟在后面。据安托瓦内特说，整座建筑的保险丝盒在厨房后面的一个柜子里，在一个大型电烤箱的旁边。一个年轻的德国人在收拾厨灶。弗立克朝他送去一个性感的微笑，说："姑娘都饿了，你有什么好吃的给她呀？"

他朝她笑了笑。

在他背后，葛丽泰掏出了一把带着粗橡胶手柄的钳子，随后打开那扇柜门。

当迪特尔·法兰克开车赶到风景如画的圣-塞西勒广场时，天上挂着几片薄云，太阳已经消失不见。云彩呈现出与教堂石板屋顶相同的暗灰色。

他注意到城堡门口站着四个警卫，而不是通常的两个。虽然他坐的是盖世太保的汽车，但中士还是仔细地检查了他和司机的通行证，然后才打开那扇锻铁大门，挥手让车进去。迪特尔很满意，韦伯确实额外采取了严格的安全措施。

他下了车，走上前厅入口，一阵凉风拂面而过。走过大厅时，他看到一排排坐在交换台前忙碌着的女人们，联想到了韦伯逮捕的那名女特工。"寒鸦"是一支女子小队，他想到她们有可能乔装成接线员混入城堡。有这个可能吗？通过东面侧翼时他见到了一个德国女主管，便问："这些女人里头，有没有谁是最近几天进来的？"

"没有，少校，"她说，"有个新来的姑娘是三个星期前加入的，她后面就再也没有了。"

这就否定了他的推测。他点点头，继续往前走。到了东面侧翼的尽头，他拾级而下。地下室的门像往常一样开着，但里面有两名士兵，而通常只有一个。韦伯已经把守卫力量增加了一倍。下士向他敬礼，那个中士朝他要通行证。

迪特尔注意到在中士检查他的通行证时，那个下士站在中士的后面。便说："你现在站在这儿很容易让你们两个被敌人制服。下士，你应该站到一边，在两米以外，如果中士受袭，你就能看得很清楚。"

"是的，先生。"

迪特尔走进地下室的走廊。他能听到为电话系统供电的柴油发电机发出的隆隆声。他走过一间间设备室的门口，进入审讯室。他以为能在这儿看到新来的囚犯，但房间里空空如也。

他有些困惑地走了进去，关上门。接着他的疑问就有了答案——内室里面传来一声极度痛苦的尖叫。

迪特尔一下子推开那扇门。

贝克尔站在电击机后面。韦伯坐在旁边的椅子上。一个年轻女子躺在操作台上，手腕和脚踝被捆着，脑袋用头夹夹住。她穿着一件蓝色的衣裙，从电击机引出的一根电线穿过她的两腿，隐入她的衣服下面。

韦伯说："你好，法兰克。跟我们一块儿审问吧，贝克尔有了件新玩意儿。来，中士，让他瞧瞧。"

贝克尔伸手从女人的裙子下面抽出一条约十五厘米长、直径两三厘米的硬橡胶棍。这根圆棍上面套着两根相隔几厘米的金属条。从电击机引出的两根电线分别连在两个金属条上。

迪特尔见识过各种酷刑，但这个极度变态的场景让他觉得恶心透顶，看得他直打哆嗦。

"她还什么都没说，但我们也刚刚开始。"韦伯说，"再给她来一次，中士。"

贝克尔把女人的衣服往上拉，把圆棍插入她的阴道。他拿起一卷电工胶带，撕下一条，把圆棍粘牢，让它不掉下来。

韦伯说："这次把电压调高点儿。"

贝克尔回到机器那儿。

就在这时，电灯灭了。

炉子后面蓝光一闪，发出"砰"的一声。灯全灭了，厨房里满是烧煳了的胶皮味儿。冰箱被断了电源，电机呼噜噜响了几下，停了下来。那个年轻厨师用德语问："这是怎么回事？"

弗立克跑出门去，"果冻"和别扭地穿着高跟鞋的葛丽泰也跟在后面，穿过食堂，跑了出来。她们沿着一段短短的走廊，经过一排清洁碗柜。到了向下的楼梯边上。弗立克停下脚步。她拿出冲锋枪，用衣襟遮盖着。"地下室完全没电，对吧？"

"我把电线都切断了，包括紧急照明系统的电缆。"葛丽泰确定地说。

"那就走。"

她们跑下楼梯。越往下，由地面落地玻璃窗射入的日光就越弱，地下室的入口更是半明半暗。

两个士兵站在门里头。其中一个是年轻下士，带着一杆步枪，他笑着说："别担心，女士们，只是停电了。"

弗立克一枪击中他的胸部，随后掉转枪口打倒那个中士。三名"寒鸦"通过了入口。弗立克用右手举枪，左手拿着电筒。她能听到远处的房间里传出机器低沉的隆隆声，还有几个人用德语发问的声音。

她立刻打开手电筒。她现在是在一个宽宽的走廊里，但天花板很低，往前看去，门都是开着的。她关掉了电筒。过了一会儿，她看到远处有火柴的光在闪。葛丽泰已经切断电源三十秒钟了，过不了一会儿，德国人就会从震惊中缓过来，找出手电筒来的。她能躲开他们视线的时间只有一分钟，也许更少。

她从就近的门开始。这扇门开着。她用电筒往里面照了照。这是一个照相室，里面挂着晾干的照片，一个穿白大褂的男人在房间里乱摸乱撞着。

她一把把门关上，继续大步往走廊里头走，试了试对面的一扇门。这门是锁着的。这间屋子在城堡前面停车场下面的一角，她就此推断里面是储油槽。

她沿着走廊，打开了隔壁的门。机器的隆隆声变得更响。她再次打开手电筒，一秒钟不到，她看出那大概是一台为电话系统供电的独立发电机，她嘘了一声："把两具尸体拖到这儿来！"

"果冻"和葛丽泰拉起躺在地上死去的卫兵。弗立克返回地下室的入口，把那扇铁门关上。现在，走廊里是一片黑暗。为了事后考虑，她把门里面的三个重重的门闩全都插上。这会为她额外争取宝贵的几秒钟。

她回到发电机房，关上门，打开手电筒。

"果冻"和葛丽泰已经把尸体藏在门口，两人都气喘吁吁的。"全部完成了。"葛丽泰低声说。

这屋里到处是管道和电缆，但它们都是用颜色分类的，显示了德国人的一贯效率，弗立克知道哪个是哪个，新鲜空气管道是黄色的，燃料管是褐色，水管是绿色的，电源管线带着红黑条纹。她用电筒照着连接发电机的棕色燃料管说："过一会儿如果我们有时间，我想让你把它炸出个洞来。"

"很简单。""果冻"说。

“现在，把手放在我的肩膀上，跟着我。葛丽泰，你也这样跟着‘果冻’。好吗？”

“好。”

弗立克关了她的手电筒，打开房门。现在，他们必须在地下室摸索着行走。她用手扶着墙，引导着开始往前走，进入走廊的深处。从一阵高声说话的嘈杂声音能听出有几个男人在走廊里乱闯乱撞着。

一个长官似的声音用德语问：“谁把大门关上了？”

她听到葛丽泰在回答，但用的是男人的声音：“它好像被卡住了。”

德国人骂了一句。过了一阵，传出门闩的刮擦声。

弗立克走到了另一扇门前。她推开门，又打开电筒。屋里有两个巨大的木箱子，大小和形状就像太平间的停尸台。葛丽泰低声说：“这是电池房。转到隔壁。”

德国人的声音说：“那儿有手电筒吗？拿这儿来！”

“就来。”葛丽泰用她格哈德的男性嗓音回答，三名“寒鸦”往相反的方向走去。

弗立克进了隔壁房间，让她俩也进来，然后关上大门，打开她的手电筒。这是一个又窄又长的房间，两侧墙壁上靠着一排排设备机架。房间的一端有个小屋，那里可能有大张的图纸。在房间的另一头，电筒的光束照见了一张小桌子。三个男人坐在那儿，手里拿着扑克牌。停电后他们大概一直这样坐了一两分钟，现在活动了起来。

他们刚要站起来，弗立克就抬起了枪口。“果冻”也身手奇快。弗立克打倒了一个。“果冻”的手枪一响，旁边的也倒下了。第三个人想躲，但弗立克的电筒跟上了他。弗立克和“果冻”一齐开枪，那家伙倒下不动了。

弗立克不去想这几个被干掉的也是人。现在没时间多愁善感。她用手电扫了一下周围。眼前的一切让她心中一阵惊喜。这差不多肯定就是她要找的房间。

离着长长的墙边一米处，是一对一直顶到天花板的机架，成千上万的线路终端整齐地插在上面。来自外界的电话线穿墙而入，整齐地捆成一束连接到较近机架上的终端上。在远的那头，类似的电缆从终端后面引出来，向上穿过天花板到达上面的交换机。在整个架子的前面，一团松散混乱的跨接线把靠近机架上的终端跟远处机架上的终端连在一起。弗立克看着葛丽泰，问：“怎么样？”

葛丽泰就着她的手电光检查着设备，看得出了神。“这是总配线架，”她说，“但它跟我们英国的有点不一样。”

弗立克惊讶地盯着葛丽泰。几分钟前，她还说她吓得什么也干不了。现在，她已经对杀掉三个男人无动于衷了。

远处那面墙边还有更多的设备机架，上面的真空管闪着光。“还有那边的呢？”弗立克问。

葛丽泰摇着她的手电筒说：“那些都是长途线路的放大器和载波电路设备。”

“那好。”弗立克很快地说，“告诉‘果冻’在哪儿放炸药。”

她们三人开始忙活。葛丽泰打开用蜡纸包裹的黄色塑胶炸药，弗立克把导火索切成一段一段的。这种导火索每秒会烧掉一厘米。“我要把所有导火索切成三米长，”弗立克说，“这样我们就有整整五分钟跑出去。”“果冻”把所有爆炸单元组装起来：导火索、雷管以及点火帽。

弗立克举着手电筒，让葛丽泰把炸药固定在机架较为脆弱的地方，“果冻”把点火帽插进软性炸药中。

他们干得很快。不到五分钟时间，所有的设备都像长了疹子一样覆上了炸药。一根根导火索引向同一个引火源，它们松散地缠绕在一起，以便让一根火苗全部点燃。

“果冻”拿出一只铝热炸弹，那是一个罐头大小的黑盒子，里面是研成粉状的氧化铝和氧化铁。它会爆发出巨大的热量，生成强烈的火焰。她揭下盖子，露出里面的两根引信，然后把它放在配线架背后的地面上。

葛丽泰说：“在这儿应该能找到几千张表示线路连接方式的卡片。我们该烧掉它们。那样的话，维修人员就无法在两天内重新接好电缆，大概得花两个星期时间。”

弗立克打开柜门，看见里面有四个定制的卡片架，上面放着大张的图表，分类整齐，用文件隔板分别隔开，她问：“我们要找的是这个吗？”

葛丽泰在手电筒的光线下仔细看了看说：“是。”

“果冻”说：“把它们散放在铝热炸弹上，几秒钟就会烧光了。”

弗立克把卡片松散地堆在地上。

“果冻”把氧气生成包放在房间死角的地上。“这能让火烧得更厉害，”她说，“一般来说，我们只能烧掉木架和电缆周围的绝缘体，但是有了这个，铜电缆都能熔化掉。”

一切准备就绪。

弗立克用手电筒对着周围照了一遍。外墙是古老的墙砖，但房间之间的内壁是用较轻的木板隔开的。爆炸会摧毁这些隔墙，大火将迅速蔓延到整个地下室。

自从断电以后，已经过去了五分钟。

“果冻”掏出了打火机。

弗立克说：“你们两个，尽力想办法冲到外边去。‘果冻’，顺路去发电室，把我指给你的那个燃油管炸开。”

“知道了。”

“我们在安托瓦内特家会合。”

葛丽泰焦急地问：“你要去哪儿？”

“我要去找鲁比。”

“果冻”警告说：“你有五分钟。”

弗立克点了点头。

“果冻”去点燃导火索。

迪特尔从漆黑的地下室走入半明半暗的楼梯间，这时他注意到入口处警卫没了。毫无疑问，他们是被叫去帮忙了，这种松散的纪律观念让他恼火。他们不该离开他们的岗位。

也许他们是被强行取缔的。他们会不会是被枪口逼走的呢？难道城堡已经受到攻击？

他跑上楼梯。一楼看不出有什么战斗的迹象。接线员们仍在工作着。电话系统单走一条电力线路，而且外面仍有足够的光线穿过窗户，让接线员看清她们的交换台。他穿过食堂，朝大楼后部的维修车间跑去，但途中他往厨房那里看了一眼，看见三名穿着工作服的士兵正盯着保险丝盒。“地下室停电了。”迪特尔说。

“我知道。”其中一个士兵说。他的衬衣肩章上标着中士的条纹，“所有电线都被切断了。”

迪特尔抬高了嗓门。“那就拿上你的家伙事儿再把它们接上，你个该死的傻瓜！”他说，“别站在这儿挠你那愚蠢的头皮了！”

中士被吓着了。“是的，先生。”他说。

一个年轻厨师苦着脸说：“我觉得是电烤箱的问题，先生。”

“怎么回事？”迪特尔嚷道。

“嗯，少校，她们在烤箱后面打扫，然后就听见“砰”的一声——”

“谁？是谁打扫？”

“我不知道，先生。”

“是士兵，是你认识的人吗？”

“不，先生……只是一个清洁工。”

迪特尔的大脑一下子僵住了。城堡显然遭到了攻击。但敌人在哪儿？他离开厨房，走到楼梯间，往楼上的办公室跑去。

当他在楼梯拐弯处转身时，有什么东西在眼前一晃，他不禁回头看去。一个高个子女人穿着清洁工的外套正从地下室走上楼梯，手里拎着拖把和桶。

他呆住了，紧紧盯着她，他的心在狂跳。她不该去那儿的。只有德国人才被允许进入地下室。当然，停电造成了混乱，什么事情都可能发生。但那厨师怪罪说是一个清洁工造成了停电。他记起自己跟交换台话务员主管进行的简短交谈。那儿没有新来的人——但他没有过问法国女清洁工的事。

他退下楼梯，在一层迎上了她。“你为什么去了地下室？”

他用法语问她。

“我去那里打扫，但是停电了。”

迪特尔皱起了眉头。她的法语带着一种他说不上是哪儿的口音。他说：“你不该去那儿。”

“是的，士兵告诉我了，那里由他们自己打扫，我不知道。”

这不是英国口音，迪特尔想，但到底是哪儿的呢？“你在这里工作多久了？”

“只有一个星期，我一直在楼上干活，只有今天才下去。”

她的说法并没什么毛病，但迪特尔并不满意。“跟我来吧。”他牢牢抓住她的手臂。他就这样拉着她一直进了厨房，她也没有反抗。

迪特尔对厨师说：“你认识这个女人吗？”

“是的，先生。就是她在烤箱后边打扫的。”

迪特尔看着她。“是真的吗？”

“是的，先生，我很抱歉，如果我弄坏了东西的话。”

迪特尔这回听出了她的口音。“你是德国人。”他说。

“不是，先生。”

“你这肮脏的叛徒。”他转过来对厨师说，“抓上她，跟着我。她要把一切都招供出来。”

弗立克打开那扇标着“审讯室”的门，走进去，随后关上门，于是用手电筒扫了一下里面。她看见一张简陋的松木桌子、一只烟灰缸、几把椅子和一张铁桌子。房间里空无一人。

她感到迷惑不解。她认定牢房就在这条走廊上，用手电筒往每扇门上的窥视孔里都照了一遍，牢房都是空的。盖世太保在过去的八天里抓到的所有囚犯，其中包括吉尔贝塔，或许已被移到别处……或许已经被杀。但鲁比一定是在这里的某个地方。

接着，她就看到她左手边有一扇门，估计是通向里面的房间。

她关上她的手电筒，打开门，迈了进去，再关上门，打开手电筒。

她立刻看见了鲁比。她躺在一张医院手术台一样的桌子上。她的手腕和脚踝被特别设计的皮带固定住，让她的头不能移动。从电机引出的一根电线顺着两腿之间进了她的裙子下面。弗立克马上猜到鲁比受到了怎样的对待，惊恐地抽了一口气。

她靠近桌前说："鲁比，你能听见吗？"

鲁比哼了一声。弗立克心中一动：她还活着。"我把你解开。"她说。她把司登冲锋枪放在桌上。

鲁比想要说话，但她的话变成了一阵呻吟。弗立克迅速解开把鲁比绑在桌子上的皮带。"弗立克。"鲁比终于说出声来。

"什么？"

"在你后面。"

弗立克往旁边一跳。一个重重的东西拂过她的耳朵，砸在她的左肩膀上。她疼得叫了一声，扔下手电筒倒在地上。倒地时她侧身滚了一下，尽可能远离原来的位置，不让袭击者再次击中自己。

见到鲁比让她十分震惊，没顾上用电筒扫一下房间里面。里面有人潜伏在暗处，等待时机，蹑手蹑脚出现在她的身后。

她的左胳膊一阵发麻。她用右手在地上划拉着，去摸她的手电筒。她还没有找到它，就听见"咔哒"一声，灯亮了。

她眨了眨眼睛，看到了两个人。一个屈身蹲着、身材敦实的男人，圆圆的脑袋，贴着头皮的短发。鲁比就在他的身后站着。鲁比在黑暗中就把一根看着像钢筋的东西拿在手里，已经举过头顶准备好了。电灯一亮，鲁比看见了这个家伙，一转身，用尽最大气力挥起钢筋朝他的头上抡了下去。这是沉重的一击，那男人跌倒在地，一动不动。

弗立克马上站了起来。她的手臂迅速恢复了知觉。她拿起了她的司登冲锋枪。

鲁比半跪在地上趴着的家伙旁边。“认识一下贝克尔中士。”她说。

“你都好吧？”弗立克说。

“我痛苦得要死，但我得亲手报复一下这个狗娘养的。”鲁比抓住贝克尔制服上衣的前襟，把他提了起来，然后用力将他推到手术台上。

他哼哼着。

“他快醒过来了，”弗立克说，“我来结果他。”

“给我十秒钟。”鲁比把这家伙的四肢弄直，用皮带捆住他的手腕和脚踝；然后把他的脑袋夹紧，让他动弹不得。最后她拿起连接到电击机上的圆柱终端，塞进他的嘴里。他哽咽着，干呕着，但脑袋无法动弹。她拿起一卷电工胶带，用牙齿撕下一条，把他嘴里的圆柱体固定好，不让它掉出来。然后她去摆弄电机上的开关。

机器发出低低的嗡嗡声。桌子上的人发出一阵濒死的尖叫，被紧紧捆住的身体上下抖动，痉挛着。鲁比看了他一会儿，然后说：“我们走。”

她们走出门去，留下贝克尔中士在桌子上不停地扭动，像遭受屠宰的猪一般尖叫着。

弗立克看了一下她的手表。自从“果冻”点燃导火索后已经过去了两分钟。

她们经过审讯室，进入走廊。混乱已经平息。入口附近只有三个士兵，在平静地交谈着。弗立克快速朝他们走过去，鲁比紧跟在后面。

弗立克本能地打算径直走过这几个士兵，靠她的自信姿态蒙混过去，但她通过门口一眼瞥见迪特尔·法兰克高大的身影正在往这边走来，后面跟着两三个人，她无法看清。她猛地停下来。鲁比一下撞到她的后背。弗立克转身去推就近的一扇房门，上面标着“无线室”。房间是空的。她们进了里面。

她把房门拉开一英寸宽的缝隙。她听到法兰克在用德语叫嚷着：“上尉，那两个应该守在这儿的人哪儿去了？”

“我不知道，少校，我也在问。”

弗立克卸掉司登冲锋枪的消声器，把开关扳到速射一档。到目前为止她只用掉了四发子弹，弹夹里还有二十八发。

“中士，你跟这位下士在这儿守卫。上尉，你去韦伯少校的办公室，告诉他，法兰克少校强烈建议他立即对地下室进行搜索。跑步去！”

片刻之后，法兰克的脚步声从无线室门前经过。弗立克等待着，听到门“砰”的一声关上。她窥视了一下。法兰克已经消失。

“走吧。”她对鲁比说。她们离开无线室，朝大门走去。

下士用法语问：“你们在这儿干什么？”

弗立克早已准备好了回答：“我的朋友瓦莱丽是新来的，停电时发生混乱，她走错了地方。”

下士有些半信半疑说："楼上还很亮，她怎么会迷路呢？"

鲁比说："我很抱歉，先生，我想我可能应该到这儿来打扫，再说也没有人拦住我。"

中士用德语说："我们应该让她们待在外面，不是待在里面，下士。"他笑了笑，挥手让她们过去。

迪特尔把犯人绑在椅子上，然后打发带着她从厨房下来的厨师离开。他对着这个女人打量了一会儿，不知自己手里还有多少时间。在城堡外面的大街上已经逮捕了一名特工。这另一个，如果她是一个特工的话，是从地下室上楼梯时被抓住的。会不会还有其他人在此出没？这些人是不是等在什么地方，正要进来，还是已经就在这座楼里？无法了解正在发生着什么事情，这简直让人抓狂。但他已下令搜查整个地下室。他能做的唯一一件事就是审问犯人。

迪特尔一开始就使出他的惯用伎俩，突然扇了她一个耳光，这样能马上挫败对方的意志。那女人吃了一惊，疼得直喘气。

"你的朋友在哪儿？"他问道。

女人的脸颊红了起来。他仔细看着她的表情，看到的一切让他感到不可思议。

她看来很快乐。

"你这是在城堡的地下室里，"他告诉她，"里面这道门就是行刑室。在隔断墙的另一边，是电话交换设备。我们是在地道的顶头，就像法国人说的，是一个袋子的底部。如果你的朋友打算炸毁这座建筑，你我肯定会死在这个房间。"

她的表情依然没有变化。

或许这城堡不会被炸毁，迪特尔想。那么，她们的任务又是什么呢？“你是个德国人，”他说，“为什么要帮助自己国家的敌人？”

终于她开口了。“我来告诉你，”她说。她说德语带着汉堡口音。“很多年以前，我有一个情人。他的名字叫曼弗雷德。”她别过头去，回忆着，“你们纳粹逮捕了他，把他送到一个集中营，我认为他死在了那里，因为我再也没有他的任何消息。”她停顿了一下，咽了口唾沫。迪特尔等着。过了一会儿，她接着说：“他们把他从我身边夺走，我就发誓，我一定要报复——就像现在这样。”她高兴地笑了，“你们那肮脏的制度就要到头了，我出了自己的一份力，消灭了它。”

这里有点儿不对头。听她的口气，好像已经大功告成。还有，刚才停电了，然后又恢复了。难道停电促成了某种目的？这个女人没有显出任何害怕的样子。难道她真的对死毫不在乎吗？

“你的情人为什么被捕？”

“他们说他是性变态。”

“哪一种？”

“他是同性恋。”

“可他是你的情人？”

“是的。”

迪特尔皱起了眉头。接着，他使劲盯着这女人。她身材高大，肩膀很宽，浓妆下面是一只男性化的鼻子和下巴……

“你是个男人？”他惊讶地说。

她只是笑笑。

一种可怕的猜测让迪特尔顿然醒悟。“你为什么要跟我说我这些？”他说，“你是想缠住我，好要让你的朋友脱身？你要牺牲自己的性命，保证任务成功——”

一种微弱的声音打断了他的思路。这声音听起来像人被扼住时的尖叫。现在他注意到了，他意识到他刚才已经听见了两三次，却把它忽略了。声音好像来自隔壁的房间。

迪特尔跳了起来，走进行刑室。

他原以为会在桌上看到另一个女特工，但他震惊地发现躺在那儿的是别的什么人。他马上看出那是一个男人，但起初他并不知道是谁，因为那张脸已经乱套了——下巴脱了臼，牙齿也被打掉，脸上沾满鲜血和呕吐物。接着他认出贝克尔中士那矮墩墩的身形。从电击机引出的电线进了贝克尔的嘴巴。迪特尔发现机器的终端插进了贝克尔的嘴里，用一条电工胶带固定着。贝克尔还活着，一边抽搐，一边发出可怕的尖叫声。迪特尔真给吓坏了。

他马上关了机器。贝克尔停止了抽搐。迪特尔抓住电线用力往外拉。从贝克尔的嘴里拉出那截终端，把它扔在地上。

他俯下身去。“贝克尔！”他说，“你能听见吗？发生了什么事？”

没有回答。

楼上一切正常。弗立克和鲁比快步经过一排排电话接线员，都在交换台前忙碌着，她们把接线头插进插孔，低声对耳机喃喃说着什么，将柏林、巴黎和诺曼底的决策者们连接起来。弗立克看了看手表。再过两分钟，所有连接就要被摧毁，这个军事机器就会崩溃，只留下一堆零碎的部件，再也无法拼凑在一起了。弗立克想，现在，只要我们能够走出去……

她们平安通过大楼。几秒钟后，她们就会走到中心广场。他们差不多成功了。可是，她们在院子里遇到了“果冻”——她正在往回走。

“葛丽泰在哪儿？”她说。

“她是跟你在一起的！”弗立克回答。

“我耽搁了一会儿，去发电机房给你说的那个柴油燃料管上安放炸药。葛丽泰在我前面出去了，但她没去安托瓦内特那儿。我刚刚见到了保罗，他也没见过她。我就回来找她。”“果冻”手里拿着个纸包。“我跟门口的警卫说，我刚才是出去取我的晚饭了。”

弗立克心里一凉。“葛丽泰肯定还在里面——见它的鬼！”

“我回去找她！”“果冻”坚定地说，“在沙特尔她从盖世太保手里救过我的命，我欠她的。”

弗立克看着她的手表说：“我们有不到两分钟。快走！”

她们跑回里面，在女接线员们的注视下跑过一间间屋子。弗立克脑子里闪过又一个念头：为了挽救她的一名队友，她是不是要再牺牲掉两条性命——还有她自己呢？

当她们走到楼梯间时，弗立克停下了。先前两个士兵在说笑之间放她们从地下室出来，这次是不会让她们轻易进去的。“跟上次一样，”她平静地对其他人说，“装作若无其事的样子接近守卫，在最后一刻开枪。”

上面传来一个声音：“那儿是怎么回事？”

弗立克呆住了。

她扭头往后看去。从顶层的楼梯上走下来四个人。其中一个穿着少校的制服，用手枪指着她。她认出那是韦伯少校。

这是迪特尔·法兰克所要求的搜索小组。它恰恰在错误的时刻出现在这儿。

弗立克咒骂自己做了一个糟糕的决定。现在损失的不只是一个，而是四个。

韦伯说："你们这几个女人像是有什么阴谋。"

"你想干什么？"弗立克说，"我们都是清洁工。"

"也许你是，"他说，"但这个区域有一个敌方的女特工小组在活动。"

弗立克假装放松下来。"哦，那好，"她说，"如果你要找敌方特工，我们就没事儿了。我还以为你们对清洁工作不满意呢。"她勉强笑了几声。鲁比也笑起来。两人听上去都很虚假。

韦伯说："把你们的手举起来。"

当把手腕抬过眼睛时，弗立克看了看手表。还有三十秒钟。

"下楼。"韦伯说。

弗立克不情愿地往下走。鲁比和"果冻"随着她，四个男人跟在后面。她尽可能走得很慢，默数着秒数。

她在楼梯下面停住。二十秒钟。

"又是你？"其中一个守卫说。

弗立克说："跟你们的少校说吧。"

"继续往前。"韦伯说。

"我觉得我们不该进入地下室。"

"只管走！"

五秒钟。

他们通过了地下室的大门。

然后是一声巨响。

在走廊的另一端，设备间的间隔墙向外炸开。接着一连串的噼噼啪啪声。烈焰带着碎片翻滚着。弗立克被气浪撞倒。

她单膝立起来，从外衣下面抽出冲锋枪，转过身去。“果冻”和鲁比倒在她的两侧。地下室的警卫、韦伯，还有其他三人也倒在地上。弗立克扣动了扳机。

六个德国人中，只有韦伯一个人保持清醒。弗立克一开火，韦伯也用手枪还击。“果冻”在弗立克身边竭力站起来，这时叫了一声倒在地上。紧接着，弗立克击中了韦伯的前胸，他一头栽倒。

弗立克对着地上的六具尸体打光枪里的子弹。她退出弹夹，从口袋里拿出一个新弹夹换上。鲁比俯身去看“果冻”，试了试她的脉搏。过了一会儿才抬起头来。“她死了。”她说。

弗立克看着走廊尽头，葛丽泰就在那里。熊熊火焰窜出设备间，但审讯室的墙体似乎完好无损。

她朝向这可怖的地狱冲去。

迪特尔发现自己躺在地上，不知到底发生了什么。他听到爆炸的轰鸣声，鼻子里闻到了烟火的味道。他挣扎着站起来，往审讯室里看去。

他马上就明白了，行刑室的砖墙救了他一命。审讯室和设备间之间的隔断墙已经消失了。审讯室的几件摆设被摔到了墙边。那个囚犯也遭受了相同的命运，在地上躺着，仍被绑在椅子上，脖子可怕地弯曲着，说明它已被折断，她——或者是他——已经死去。设备间燃烧着，火势迅速蔓延。

迪特尔知道他只有几秒钟脱身。

审讯室的门开了，弗立克·克拉莱特站在那里，端着冲锋枪。

她头上戴着的深色假发已经落到一边，露出下面她自己的金发。她满脸通红，费力地呼吸着，眼里闪着狂野的光芒，她很美。

如果这时候他手里有枪，他就会趁着一阵怒火一枪将她击倒在地。如果活捉了她，那将是一份难得的战利品，可他实在怒不可遏，她的成功让他为自己的失败深感羞辱，他简直无法控制住自己。

但她手里有枪。

一开始她并没有看见迪特尔，而是直盯盯看着她同伴的尸体。迪特尔的手朝衣服里面摸去。接着，她抬起头来，跟他的目光相接。他从她的表情看出，她已经认出了自己。她知道他是谁。她很清楚过去的九天里她是在跟谁斗争。她的眼里闪出一丝胜利的光芒。但他也从她那紧抿着的嘴角看到一种报复的渴望。她抬起司登冲锋枪，射出一串子弹。

迪特尔躲进行刑室，子弹击中了墙砖，碎片横飞。他掏出他那支瓦尔特P38自动手枪，将保险推到击发位置，把枪指向门口，等弗立克走进来。

她没有出现。

他等了几秒钟，然后冒险往外一看。

弗立克已经不见了。

他冲过燃烧着的审讯室，猛地打开门，进了走廊。弗立克和另一个女人正跑向远处。他举起手枪，她们跳过地上的几具穿制服的尸体。他瞄准弗立克，这时他觉得自己的胳膊一阵剧痛。他惊叫着扔掉了手里的枪。他看见自己的袖子着了火，奋力撕下了他的外套。

当他再次抬头，两个女人已经逃走了。迪特尔捡起手枪，追赶着她们。奔跑中他闻到了油料的味道。燃油泄漏了——或许破坏者凿穿了管道。从现在起每一秒钟，地下室都可能像一个巨大的炸弹爆炸开来。

但他仍可能赶上弗立克。

他跑了出来，跑上了楼梯。

在行刑室里，贝克尔中士的制服开始闷烧。

热浪和浓烟立刻让他恢复了知觉，他叫喊着救命，但没有人听得见。

他挣扎着，要摆脱捆绑他的皮带，像他以前许多受害者那样竭力挣脱，但是，他也跟那些人一样徒劳无助。几分钟后，他的衣服燃出火焰，他开始尖叫起来。

弗立克看见迪特尔跟在她的后面追上楼梯，手里拿着枪，她担心如果自己停下来瞄准他，他就可能抢先开枪。她决定不要停下来，一个劲儿快点儿跑。

有人启动了火灾警报，她跟鲁比跑过一间间交换室时，整个城堡内响起了高音汽笛声。接线员全都离开了各自岗位，朝大门口跑去，这样，弗立克就挤在了人群中。这群人让迪特尔难以对她或鲁比进行射击，但同时也挡住了她的去路。弗立克连踢带踹，不顾一切冲出一条路来。

她们到了前门，跑下台阶。在广场上，弗立克看见了莫利耶那辆送肉的货车，它车尾对着城堡大门，发动机打着火，后门开着。保罗站在旁边，焦急地透过铁栏杆望着里面。弗立克觉得这简直是她有生以来见过的最棒的事情。

可是，女人们涌出大楼后，有两名警卫指引她们去院子西边的葡萄园，远离停放的车辆。弗立克和鲁比不理会他们的摆手指示，跑向大门。那几个战士们看见弗立克手里的冲锋枪，便去抓起他们的武器。

保罗的手里出现了一杆步枪。他穿过栏杆射击目标。两声枪响，两个警卫倒了下去。

保罗一下把大门打开。弗立克冲出大门时，子弹飞过她的头顶，打在小货车上——迪特尔在向这边开火。

保罗跳上货车的驾驶室。

弗立克和鲁比一跃而上，进了货车后面的车厢。

货车启动了，弗立克看到迪特尔转向停车场，他的天蓝色轿车就停在那儿。

就在这一刻，地下室下面，火势已经到达了储油槽。

地下发出一阵巨大的轰鸣声，就好像发生了一场地震。停车场喷爆起来，碎石、泥土和混凝土块飞上了天空。老喷泉周围停放的汽车半数被掀翻，巨大的石头和砖块雨点般落在其余那些车辆上。迪特尔被抛回了后面的台阶上。气泵飞上了天，在它待过的地面上喷出一股烈焰。几辆汽车着起火来，它们的油箱开始爆炸，一个接着一个。货车此时驶离了广场，那里再发生什么，弗立克已经看不见了。

保罗开着车，以最快的速度离开村子。弗立克和鲁比在货车的铁皮地板上颠簸不定。弗立克这时才慢慢明白过来，她们已经完成自己的使命。这让她几乎不敢相信。她想到了葛丽泰和“果冻”，她们都死了，还有戴安娜和莫德，她俩也已经死去，或正在某个集中营里等待死亡，这些都让她无法感到高兴。但她再次想到那炽烈燃烧的设备间，爆炸的停车场，内心就涌起一种狂烈无情的满足感。

她看着鲁比。

鲁比朝她咧嘴一笑。“我们成功了。”她说。

弗立克点了点头。

鲁比双手搂住弗立克，紧紧地抱住她。

“是啊，”弗立克说，“我们成功了。”

迪特尔从地上爬起来。他感到自己身上到处都是擦伤，但他还能走。城堡陷入一片火海，停车场变成一片废墟。女人们尖叫着，慌忙逃命。

他看着四周的残酷场面。“寒鸦”已经成功完成了任务。但一切还没有结束。她们还留在法国。如果他能捉到弗立克·克拉莱特，亲自审讯她，他还可以反败为胜。今天晚上，她肯定计划了在离兰斯不远的地方与一架小型飞机接头。他必须弄清它的时间地点。

他知道谁会告诉他。

那就是她的丈夫。

最后一天
1944年6月6日，星期二

52

迪特尔坐在兰斯火车站的站台上。法国铁路工人和德国军人站在刺眼的灯光下，跟他一样在耐心等待着。运送囚犯的列车晚点了，晚了好几个小时，但他相信它会来的。他不得不等待。现在他手里只有这一张牌了。

他的心里充满愤怒。他被一个女子打败了，这让他羞辱难当。如果她是个德国姑娘，他可能会为她感到骄傲。他会说她既富有才华又胆识过人，甚至还可能爱上她。但她属于敌人的阵营，在每一个关键时刻她都要弄了他。她杀了斯蒂芬妮，她摧毁了城堡，她顺利逃脱了。但他还是要抓住她的。到了那时候，她受到的折磨会超乎她最可怕的想象——接着她就会招供。

所有的人都招供了。

火车在午夜过后几分钟开到了。

车还没有停稳，他就闻到了一股臭味，那像是一种农家院落的气味，但却是人类发出的，因而更加令人作呕。

列车由各种各样的车厢组成，但里头没有一节是运送乘客的：有运货车、牲口车，还有一节邮政车，一个个狭窄的小窗户全被打破。这些车厢里全都塞满了人。

运牲畜的货车带有高高的木围子，上面的板条留有缝隙，用来观察里面的牲口。靠在附近的囚犯一个个把胳膊伸出木板缝，掌心向上张着手，乞求着。他们央求着放他们出来，讨要吃的东西，但最主要的是要水喝。警卫们一个个面无表情地看着，迪特尔已经吩咐过，今天晚上，囚犯们在兰斯不会得到任何救济。

他随身带了两个党卫军下士，他们是城堡的警卫，枪法都很好。他利用自己少校的权威，把他们从圣-塞西勒的废墟里抽调过来。他转身对这两个人说："去把米歇尔·克拉莱特带过来。"

米歇尔被锁在一间没窗户的房间里，那是站长存放现金的地方。两个下士走了，随后他们一左一右带着米歇尔回来。米歇尔的双手被反绑在背后，脚腕也被捆上了，让他无法跑动。没人告诉他圣-塞西勒那里发生了什么。他唯一知道的就是自己在一周内第二次被俘虏。现在，他身上的勇敢冒险气质所剩无几。他想装出一种无所畏惧的样子，让自己保持振作，但这番尝试失败了。他瘦得更厉害了，衣服也脏了，阴沉着脸，整个人一副败相。

迪特尔抓住米歇尔的胳膊，拉着他靠近火车车厢。一开始，米歇尔并不知道这是让他看什么，脸上带着莫名其妙的表情，也带着恐惧。接着，他看清了那些伸着的手，听清了那一声声哀求的声音，他摇摆着，仿佛挨了一击，迪特尔不得不扶住他。

迪特尔说："我需要一些信息。"

米歇尔摇了摇头。"让我上火车吧，"他说，"我宁愿跟他们待在一起。”

迪特尔为这种冒犯感到震惊，他惊讶米歇尔竟有这等勇气。他说：“告诉我，‘寒鸦’的飞机在哪儿降落，什么时候。”

米歇尔盯着他。“你没有抓到她们。”他说，脸上又现出了希望，“她们炸掉了城堡，是吧？她们成功了。”他仰起头，兴奋地大喊了一声：“干得好，弗立克！”

迪特尔让米歇尔慢慢沿着整列火车走过去，让他看囚犯有多少，他们的痛苦多么深重。“告诉我飞机的事。”他又说了一遍。

米歇尔说：“查特勒外面的一块地方，凌晨三点。”迪特尔几乎可以肯定这是瞎话。弗立克定在七十二小时以前到达查特勒，但降落被取消了，估计是她怀疑盖世太保布设了陷阱。迪特尔知道有一个预备的着陆地，因为加斯东曾告诉过他，但加斯东只知道代码名称，叫作“金色田野”，但不知道在什么地点。然而，米歇尔应该知道确切地点。

“你在撒谎。”迪特尔说。

“那就把我放火车上吧。”米歇尔回答。

迪特尔摇摇头说：“这由不得你随便挑，没那么容易。”

他看见米歇尔的眼中闪过一丝困惑和恐惧。

迪特尔让他往回走，在妇女的车厢停下来。女人们用法语和德语乞求着，有人在求告上帝发慈悲，有的人对站台上的男人责问着，让他们想想自己的母亲和姐妹，还有几个人要用性来交换。米歇尔低下头，不想再看下去。

迪特尔朝阴影里站着的两个人招了一下手。

米歇尔抬头一看，脸上一下子充满了恐惧。

汉斯·黑塞从阴影里走了出来，押着一个年轻女子。她原来一定很漂亮，但这会儿她的脸色惨白，头发油腻腻地打成一绺一绺的，嘴唇上生着疮痂。她看来十分虚弱，走路都很困难。

是吉尔贝塔。

米歇尔倒吸了一口气。

迪特尔重复着他的问题：“飞机在什么地方着陆，什么时间？”

米歇尔一言不发。

迪特尔说：“把她弄上火车。”

米歇尔呻吟了一声。

名警卫打开牲口车门。另外两个用刺刀挡住里面的女人，警卫把吉尔贝塔推进车里。“不要，”她哭叫着，“不要，求你们了！”

警卫就要把门关上，迪特尔这时说：“等一下。”他看着米歇尔。这个男人的脸已被泪水打湿了。

吉尔贝塔说：“米歇尔，我求你了。”

米歇尔点了点头。“好吧。”他说。

“这次别再撒谎。”迪特尔警告说。

“让她下去。”

“告诉我时间和地点。”

“拉罗克东面的一块马铃薯田，凌晨两点钟。”

迪特尔看了看腕上的手表。时间是十二点十五分。“你得带我去那儿。”他说。

距拉罗克五公里外的小村勒潘已经沉睡。皎洁的月亮给大教堂铺上一层银光。大教堂的背后，莫利耶的送肉货车停在一个谷仓旁边，很不显眼。幸存的“寒鸦”坐在建筑扶壁投下的一片阴影中，静静地等候着。

“你们现在想要的是什么？”鲁比问。

保罗说：“一块牛排。”

弗立克说：“一张柔软的床，上面是干净的床单。你呢？”

“看见吉姆就行。”

弗立克想到鲁比跟那位枪械教练搭上了关系。“我觉得……”她收住了话头。

“你觉得我们只是图一时之欢？”鲁比说。

弗立克点点头，有点儿不好意思。

“吉姆也这么认为，”鲁比说，“但我另有计划。”

保罗轻声笑着说：“我敢打赌，你想要什么就能得到什么。”

“那你们两个呢？”鲁比问。

保罗说：“我是单身。”他看着弗立克。

她摇摇头说：“我本打算跟米歇尔说我想离婚……可正在执行着任务，我怎么能说得出口呢？”

“那么等战争一结束，我们就结婚，”保罗说，“我有耐心等。”

真是典型的男人想法，弗立克想。他谈起婚姻大事就像说什么不起眼的事情，就跟购买一副养狗的牌照一样。一点儿也不浪漫。

但实际上她也很高兴。这是他第二次提到结婚的事。浪漫不浪漫又能怎么样呢？她想。

她看着她的手表。时间是一点三十分。“该走了。”她说。

迪特尔强征了一辆停在城堡外面、在爆炸中幸存的梅赛德斯轿车。现在，这辆车停在紧邻拉罗克马铃薯田的一个葡萄园的边上，车身上覆盖着从地上扯下来几条满是叶子的藤蔓，作为伪装。米歇尔和吉尔贝塔坐在后座上，手脚都被捆着，由汉斯看守。

迪特尔也随身带了两个下士，两人都有步枪。迪特尔和步枪手看着马铃薯田。月光下一切都清清楚楚，一览无余。

迪特尔说："恐怖分子几分钟之内就会来到这里，我们要给他们来个突袭。他们不知道我们在这儿。但要记住，我要抓活的，尤其是领头的，一个小个子女人。你们射击时只能打伤，不能打死。"

一个射手说："这我们保证不了。这块地方大概有三百米宽。比如说，敌人要是在一百五十米以外，在这个距离射击一个奔跑的人，谁也不能保证子弹打在腿上。"

"他们不会跑，"迪特尔说，"他们要等一架飞机。飞机来了之后，他们要站成一条线，用手电筒指着飞机引导飞行员降落。这就是说，他们得原地不动在那儿站好几分钟。"

"在这块地的中间？"

"是的。"

那人点点头说："那样的话我们能办得到。"他抬头看着天空，"除非月亮躲进云彩里去。"

"如果出现这种情况，我们就会在关键时刻打开车灯。"这辆梅赛德斯的车灯像一个餐盘那么大。

另一个步枪手说："你们听。"

他们安静下来。一辆汽车正在接近这里。他们全都蹲下。尽管月亮很亮，但他们被黑压压的葡萄藤挡住，如果再缩着头，从外面就一点儿也看不见。

一辆小货车沿着村路开了过来，没有开灯。它在马铃薯田的门边停下。一个女人的身影跳下货车，把大门打开。货车开了进去，引擎熄了火。又有两个人跳下了车，又是一个女人，还有一个男的。

“现在要安静。”迪特尔低声说。

这寂静被突然响起的一阵汽车喇叭声打破，这声音出奇的响。

迪特尔一惊，骂了一句。那声音直接来自他的身后。“我的上帝！”他简直气炸了。这是那辆梅赛德斯。他跳了起来，向司机车门开着的窗户那儿跑过去。他马上明白发生了什么事。

米歇尔往前跃了一下，斜着爬过前排的座位，汉斯没来得及阻止他，他就用捆着的双手按在了喇叭上。汉斯坐在前排座位上，正要用枪瞄准，但吉尔贝塔加了进来，她上半身压在汉斯身上，让他无法活动，他奋力推挡着她。

迪特尔走过来猛地推开米歇尔，但米歇尔顽强抵抗，而迪特尔的两只胳膊穿过车窗伸进车里，这样一来无法使太大的劲儿。汽车喇叭不停地发出震耳欲聋的警报声，抵抗组织的特工不可能听不到它。

迪特尔去摸他的手枪。

米歇尔找到了车灯开关，车的前灯也打开了。迪特尔抬眼看去。两个步枪手明晃晃地暴露在刺眼的灯光下。他们两个站了起来，可是不等他们逃出那束光柱，就听见田里发出机枪的哒哒声，一个步枪手叫了一声，扔下他的枪，捂住他的肚子，撞在梅赛德斯引擎盖上，倒下了；接着，另一个被击中了头部。迪特尔的左臂一阵刺痛，他惊叫起来。

然后，就听见车里发出一声枪响，米歇尔喊了一声。汉斯终于挣脱了吉尔贝塔，打响了他的手枪。他又开了一枪，米歇尔倒了下去，但他的手仍然放在喇叭上，现在他的身体倒在两只手上，往下压去，因此喇叭继续响着。汉斯开了第三枪，还是没用，因为他的子弹击中的已经是一个死人的身体。吉尔贝塔尖叫起来，整个身体再次扑向汉斯，用她戴着手铐的双手抓住他拿枪的胳膊。迪特尔手里拿着枪，但他无法朝吉尔贝塔开枪，他怕误伤了汉斯。

第四枪响了，还是汉斯的那支枪，但这一枪是朝上打的，打中了他自己，子弹击中了他的下颚。他发出一声可怕的咕噜声，鲜血从他嘴里流了出来，一下子就瘫在了车门上，瞪着一双无神的眼睛。

迪特尔瞄准了，一枪击中吉尔贝塔的头部。

他把右胳膊伸进窗口，把米歇尔的尸体从方向盘上推开。

喇叭不响了。

他摸到车灯开关，关闭了前灯。

他抬头看着对面的田野。

货车还在那儿，但“寒鸦”已经消失。

他听了听。周遭没有任何动静。

这里只剩他一个人。

弗立克用手和膝盖爬过葡萄园，接近迪特尔·法兰克的车。月光对穿越敌占区上空的秘密飞行十分必要，但现在却成了她的大敌。她盼着能有一朵云彩把月亮遮住，但此时天朗气清。她尽力靠向藤蔓，但她身子下面还是投下了显眼影子。

她强下指令让保罗和鲁比留在原地，藏在货车附近的田地边上。三个人会发出三倍的响动，她不想让同伴暴露她的位置。

她一边爬，一边留意听着飞机飞过来的动静。她要在飞机到来之前找到残余的敌人，消灭他们。如果有武装敌人藏在葡萄园里瞄准他们，“寒鸦”就无法站在这块地的中间打开手电筒。可要是他们不用手电筒发出指令，飞机就不会降落，而是直接返回英国，这是万万不能接受的。

她深入葡萄园，而迪特尔·法兰克的车就停在园子边上。她后面是五排葡萄藤。她可以从背后接近敌人。她往前爬的时候用右手拿着冲锋枪，随时准备开火。

她爬到跟汽车平齐的地方。法兰克用藤条为汽车做了伪装，不过从藤蔓中窥视出去，还是看见了在月光下闪闪发光的后窗。

一棵棵葡萄树的枝条交叉盘在一起，但她能从最下面的植株爬过去。她把头钻过去，上下观察下一条通道。一切都很清楚。她爬过了一条空地，再重复这种动作。她极其小心地接近了汽车，但没有看见任何人。

只剩下两排了，她可以看见车轮和周围地面。她也看清了那里一动不动躺着两个穿制服的尸体。他们总共有多少人？这是一辆加长的梅赛德斯轿车，可以轻易容得下六个人。

她蹑手蹑脚靠上前去。没有任何活动的东西。他们都死了吗？或许有一两个人还活着，在附近潜伏着，伺机猛扑过来？

最后她爬到车边，慢慢站起来。

车门都敞开着，里面好像都是尸体。她往前面看去，一下认出了米歇尔。她强忍住一阵哽咽。他是一个糟糕的丈夫，但他曾是她的最爱，可现在，他已经失去了生命，他那蓝色的条纹衬衣上有三个红色的弹孔。她猜测就是他在一直按喇叭。如果真是这样，他用自己的死拯救了她的性命。但现在，她没时间去思考这件事，她得以后再去想它，如果她能活得更久的话。

米歇尔旁边躺着一个她不认识的人，喉咙中弹，穿着中尉的制服。车后面还有尸体。她从开着的后门看见，其中一个是女人。她靠近汽车仔细一看，不禁抽了一口气。那女人是吉尔贝塔，她好像在盯着弗立克。这可怕的感觉持续了一会儿，弗立克意识到那双眼睛什么也不会看见了，吉尔贝塔已经死了，她的头部中了一枪。

她俯身越过吉尔贝塔去看第四具尸体。那尸体极快地从地上一跳了起来。不等她喊叫，就已抓住了她的头发，把枪筒抵在了她的脖子上。

这是迪特尔·法兰克。

“放下枪。”他用法语说。

她的右手拿着冲锋枪，但它枪口朝上，要是抵抗的话，她还来不及瞄准，他就可以一枪打倒她。她别无选择，只得把枪扔在地上。枪的保险已经打开，她几乎希望它摔倒地上的瞬间发出一枪，但那枪顺顺当当落在地上。

“往后退。”

她向后退了几步，他跟着她，从车上下来，一直用枪口顶着她的喉咙。他在地上站直身子。“你这么小，”他上下看着她说，“可你造成了这么大的破坏。”

她看见他衣服袖子上有血，猜测她用司登冲锋枪打到了他。

“不只伤了我，”他说，“那个电话交换站非常重要，你显然十分清楚。”

她恢复了镇静，说：“好啊。”

“不要高兴得太早。现在你要破坏的是抵抗组织。”

她真希望自己没有强令保罗和鲁比躲在原地等待。现在他们怎么做也解救不了她了。

迪特尔把枪口从她的喉咙挪到肩膀。“我不想杀你，但我很愿意给你一枪，让你终身残废。我要你还能开口。你会把你脑子里的所有人名和地址告诉我。”

她想到了藏在自来水笔空笔帽里的自杀药片。她有没有机会把它拿出来呢？

“遗憾的是，你毁了圣-塞西勒的审讯设施，”他接着说下去，“我要带你到巴黎。在那儿我能找到一模一样的设备。”

她恐惧地想到那张医院的手术台和电击机。

“真不知道拿什么办法能击垮你？”他说，“每个人最终都会被痛苦击垮，这很显然，但我觉得，你可能会承受相当长时间的痛苦。”他抬起了他的左胳膊。那枪伤好像疼了一下，让他往回一缩，但他挺过去了。他用手去摸她的脸。“或许要失去你的容貌。想象一下，这张漂亮的脸被毁容是什么感觉，鼻梁被打断，嘴唇也给豁开，眼球掉出来，耳朵被削掉。”

弗立克感到恶心，但她仍旧保持着冷冰冰的表情。

“还不够？”他的手向下移动，摸着了她的脖子，然后往下触摸她的乳房。“接着，还有性羞辱。在很多人面前光着身子，让一群喝醉的男人摸来摸去，被迫跟动物做那种粗俗的行为……”

“这到底羞辱的是谁？”她蔑视地说，“是我这个无助的受害者……还是你，真正猥亵龌龊的恶人？”

他放开他的手，说：“还有，我们的折磨方法能永久破坏一个女人的生育能力。”

弗立克想到了保罗，不由自主地打了个寒战。

“啊，”他满意地说，“我相信我已经找到了打开你这把锁的钥匙。”

她意识到跟这个家伙对话实属愚蠢。她向他提供了信息，而他可以用这些东西摧毁她的意志。

“我们直接开到巴黎，”他说，“我们黎明时就能到达。到了中午，你就会求我别再用刑，听你把所知道的秘密一股脑儿都倾诉出来。明天晚上，我们就会逮捕法国北部所有抵抗组织的成员。”

内心的惊惧让弗立克浑身发冷。法兰克不是在胡乱吹嘘，他的确会这么做。

“我认为你可以待在后备箱里进行这次旅行，”他说，“那地方并不密封，你不会窒息。但我要把你跟你丈夫和他情人的尸体放在一起。我想，跟你周围的死人一道颠簸上几个小时，能让你的思维模式恢复正常。”

一阵厌恶，让弗立克忍不住打了一个寒战。

他把手枪压在她的肩膀上，另一只手伸进他的口袋里。他小心翼翼地移动他的胳膊，枪伤阵阵作痛，但他的手臂还能动。他掏出了一副手铐。

“把你的手给我。”他说。

她一动不动。

“我可以铐上你，要么就肩膀两边各来一枪，让你的胳膊从此变成废物。”

她无可奈何地举起双手。

他把手铐的一头扣在她的左手腕上。她把右手向他伸过去，紧接着她做出了最后拼死的举动。

她猛地一侧身子，用她戴着手铐的左手敲掉了他抵在她肩膀的手枪。同时，她用右手从她外套的翻领鞘中抽出藏在那里的小刀。

他往后一退，但这个动作不够快。

她猛地一刺，将那刀刺进了他的左眼。他一摆头，但刀已经刺了进去，继而弗立克向前探身，整个身体压向他，将刀深深地按进去。血和其他液体从刀口喷了出来。迪特尔痛苦地尖叫着，扣响了他的手枪，但子弹都打到了空中。

他踉跄后退，但她紧跟着他，仍在用手掌推着她的利刃。那武器没有剑柄，她持续将整个三英寸长的刀片全部没入了他的脑袋里。他向后一仰，倒在了地上。

她趴在了他的身上，两个膝盖抵在他的胸口上，感到他的肋骨在断裂。他丢下枪，两手去抓他的眼睛，想要抓着那刀，但它已经陷得太深了。弗立克抓起枪。这是一把瓦尔特P38。她站起身子，两手握紧手枪，对准迪特尔。

接着他就躺着不动了。

她听到一阵脚步声。保罗赶了过来。“弗立克！你没事吧？”她点点头，还在用瓦尔特手枪指着迪特尔·法兰克。“我觉得已经没有必要了。”保罗轻声说。过了一会儿，他抓住她的两手，轻轻把枪从她手里拿过来，扣上了保险。

鲁比出现了。“听啊！”她喊道，“你们听！”

弗立克听到了哈德森飞机的轰鸣声。

“我们行动起来吧。”保罗说。

他们立刻跑进田野里散开，向这架即将带他们回家的飞机发送信号。

他们在强风和阵雨中穿越英吉利海峡。风平浪静后，领航员来到乘客舱，对他们说：“你们大概想看看外面吧。”

弗立克、鲁比和保罗都在打瞌睡。地板很硬，但他们实在太累了，已经顾不得这些。弗立克被保罗用胳膊搂着，她不想动。

领航员催促着他们：“你们最好快点儿，一会儿云彩就遮住了。就算你们活到一百岁，也不会再次看到这种场面了。”

好奇心战胜了弗立克身上的疲惫。她站起来，摇摇晃晃凑到矩形的小窗边。鲁比也站起来观看。飞行员好心地放低一侧的机翼。

英吉利海峡波涛汹涌，强风劲吹，但天上是一轮满月，让她看得十分清楚。起初她几乎不相信自己的眼睛——就在飞机的正下方有一艘涂成灰色的军舰，上面枪炮林立。它的旁边是一艘小型远洋轮船，白色的油漆在月色下闪闪发光。在它们后面，一艘生锈的汽船在破浪行进。在它们的前后是一艘艘货运船、运兵船、破旧的油轮和巨大的浅滩登陆舰。弗立克视野里能看到的船只就有好几百艘。

飞行员放低另一侧的机翼，让她到对面的舷窗往外看。这里也是同样的景致。

“保罗，快来看哪！”她喊道。

他走过来站在她的身边。“天哪！”他说，“我这辈子都没见过这么多船！”

“这是大进攻啊！”她说。

“到前面来看一看。”领航员说。

弗立克走到前端，从飞行员的肩膀上向外看。一艘艘舰船像一块地毯一样在大海上铺展开来，延伸好几英里，一直到她看不见的地方。她听见保罗难以置信地说道："我简直不知道这该死的世界上竟然有这么多船！"

"你觉得一共得有多少艘？"鲁比说。

领航员说："我听说有五千艘。"

"真了不起。"弗立克说。

领航员说："为了它我可做了不少贡献呢，你们也是吧？"

弗立克看了看保罗和鲁比，他们几个都笑了。"我们当然了。"她说，"我们也是其中一分子，一点儿不错。"

一年后

1945年6月6日，星期三

53

伦敦那条被称为白厅的街道两侧排列着一座座宏伟建筑，体现了大英帝国一百年前曾有过的辉煌。这些精美的建筑里的房子棚顶很高，窗户狭长，其中不少用廉价的隔板分成小办公室，给较为低级的官员使用，或当作一般团体的会议室。秘密行动勋章评委会作为一个分属委员会下面的分委会，正在一个没有窗子、十五英尺见方的房间里开会，屋子里的一面墙被一个冷冰冰的大壁炉占去了一半。

来自军情六处的西蒙·福蒂斯丘坐在椅子上，他穿着条纹西装，条纹衬衫，条纹领带。特别行动处的代表是来自经济战争部的约翰·格雷夫斯，在整个战争期间，特别行动处理论上由这个部门监管。跟委员会里的其他公务人员一样，格雷夫斯穿的是白厅的制服，一件黑色的外套和灰色条纹长裤。马尔伯勒的主教也在这儿，穿着牧师的紫色衬衫，他的到会无疑是为杀戮行为的奖掖事项提供一种道德尺度。情报军官阿尔杰农·诺比·克拉克上校是唯一一个经历过战争场面的委员会成员。

委员会的秘书经过一个个正在讨论的成员身边，给他们送上茶水和一盘饼干。

上午过了一半的时候，他们开始讨论兰斯的“寒鸦”问题。

约翰·格雷夫斯说：“这个小组由六个女人组成，只有两人生还，不过她们摧毁了圣-塞西勒的电话交换站。这里也是当地的盖世太保的总部。”

“女人？”主教说，“你是说六个女人？”

“是的。”

“天哪。”他的语气明显不赞成，“怎么会派女人呢？”

“电话交换站戒备森严，她们假扮成清洁工才混了进去。”

“我明白了。”

诺比·克拉克整个上午都没发言，只是一根接一根地抽烟，现在他开口说话了：“巴黎解放以后，我审问了隆美尔的助手莫德尔少校。他告诉我，他们的通信在诺曼底登陆日实际上已经全部瘫痪，他认为，这是我们的大反攻能够成功的重要因素，我当时还不知道这件事是由几个姑娘完成的。我认为我们应该考虑授予军功十字勋章，这是应该的吧？”

“也许吧。”福蒂斯丘说，他的态度变得拘谨起来，“不过，这个小组有个纪律问题。有人正式投诉它的领导者克拉莱特少校，她侮辱了一位皇家卫队的官员。”

“侮辱？”主教说，“怎么回事？”

“有一次在一个酒吧发生争吵，我认为她对这个人说了句‘滚他的蛋’。恕我冒昧，主教大人。”

“天哪。这么说，她就不太适合给下一代人当英雄楷模了。”

“确实如此。或许比军功十字章低上一个级别的奖章——英帝国勋章，可能更合适。”

诺比·克拉克再次发言。“我不同意，”他温和地说，“说到底，如果这个女人是软泥巴捏的，她也就不可能在盖世太保的眼皮底下炸毁电话交换站了。”

福蒂斯丘有些恼火。他通常不会遇到这类反对意见。他讨厌那些无法被他的话吓唬住的人。他环视了一下桌子四周，然后说：“看起来，这次会上的多数意见都与你相左。”

克拉克皱起了眉头。“我认为我可以坚持这种少数的建议。”他耐住性子，强硬地说。

“当然，”福蒂斯丘说，“尽管我很怀疑这能起什么作用。”

克拉克若有所思地抽了一口香烟，问：“那又为什么？”

“我们把名单送到首相那里，他可能对名单上的一两个提名有所了解。在这种情况下，他就会按照他自己的喜好取舍定夺，无视我们的建议，但在所有其他情况下，他自己不会有什么兴趣，只是按我们建议的去做，如果委员会意见不一致，他就接受多数人的建议。”

“我明白了，”克拉克说，“尽管如此，我也希望把我与委员会意见相左这一点记录下来，我建议授予克拉莱特少校军功十字勋章。”

福蒂斯丘看着秘书，她是房间里唯一的女性。“请把这些记录下来，格雷戈里小姐。”

“好的。”她平静地说。

克拉克掐灭了香烟，又拿出一支点上。这件事就这样结束了。

沃特劳德·法兰克太太高高兴兴回到家。她今天想办法买到了羊脖子。这是她一个月以来头一次见到肉。她从郊区的家一直走到遭受轰炸的科隆市中心，在肉店门外排了一个上午。屠夫海尔·贝克曼用手摸她的后面，她还得强装笑脸，如果她表示了抗拒的意思，从此以后他就不会卖给她肉了。她可以忍受贝克曼的咸猪手。一条羊脖子能保证她维持三天的饭食呢。

“我回来了！”她欢喜地拉长声调进了屋。孩子们在学校上学，但迪特尔在家。她把这块来之不易的肉放在厨房。她要留到晚上孩子们都在的时候分享它。她跟迪特尔有白菜汤和黑面包做午饭。

她走进客厅。“你好，亲爱的！”她轻快地说。

她的丈夫坐在窗前，一动不动。一只黑色的海盗眼罩盖住了一只眼睛。他穿着他漂亮的旧外套，但这衣服松垮垮地套在他瘦弱的身体上，他也没打领带。她每天早上总是尽量把他打扮好，但她总是打不好男人的领带。他的脸上带着空洞的表情，一串口水顺着他张着的嘴巴里流下来。他没有应答她的问候。

对此她早已习惯了。“猜我买了什么？”她说，“我买到了一条羊脖子肉！”

他用那只好眼睛盯着她。“你是谁？”他说。

她弯下腰吻了吻他。“今晚我们有炖肉吃了，我们多幸运呀！”

这一天的下午，弗立克和保罗在伦敦切尔西的一个小教堂结婚。仪式十分简单。欧洲的战争已经结束，希特勒已经死了，但日本人还在冲绳负隅顽抗，战时的紧缩措施继续约束着伦敦人的生活。弗立克和保罗都穿着自己的军服，婚纱礼服这些东西很是难找，而守寡的弗立克也不想穿白色的衣服。

珀西·斯威特以父亲的身份把弗立克带出来。鲁比是首席女傧相。她不能当伴娘，因为她已经跟精修学校的枪械教练吉姆结婚了，吉姆就坐在第二排。

保罗的父亲钱塞勒将军是男傧相。他仍常驻伦敦，弗立克已经很了解他了。他在美军部队里被人称为食人狂魔，但弗立克觉得他十分贴心可爱。

坐在教堂里的还有珍妮·蕾玛斯小姐。她曾和年轻的玛丽一起被送往拉文斯布吕克集中营，玛丽死在了那里，但蕾玛斯小姐顽强地活了下来。珀西·斯威特特意请她来伦敦参加这次婚礼。她坐在第三排，戴着一顶钟形女帽。

克劳德·鲍勒大夫也幸免于难，不过戴安娜和莫德两人都死在了拉文斯布吕克集中营。据蕾玛斯小姐说，戴安娜在集中营里成了一位领导人，利用德国人尊重她的贵族身份这一弱点与他们讨价还价，毫无畏惧地同集中营指挥官相对抗，抱怨生活条件，为所有人争取更好的待遇。尽管并没有取得多少效果，但她的勇气和乐观态度提升了忍饥挨饿的囚犯们的士气，有些幸存者说，是她给了他们求生的意志。

婚庆仪式十分简短。仪式一结束，站在教堂前面的弗立克和保罗就转过身来，以一对夫妻的身份接受大家的祝贺。

保罗的母亲也在这儿。不知将军想出什么办法劝妻子坐上了横跨大西洋的飞机。她是在昨天夜里抵达的，弗立克现在才第一次见到她。这位母亲上下打量着弗立克，显然想弄清楚这个姑娘够不够好，是否合适给她那十全十美的儿子当妻子。弗立克心里有一点儿扫兴，但她对自己说，这种情况对一个自豪的母亲来说十分正常，她在钱塞勒夫人的脸颊上亲热地吻了一下。

他们要在波士顿安家。保罗要继续经营他所热衷的教育唱片生意。弗立克计划完成她的博士学位，然后给美国青少年教授法国文化。为期五天的横跨大西洋航程就是他们的蜜月之旅。

弗立克的妈妈戴着一顶1938年买的帽子。她哭了，尽管这是她第二次看到自己女儿结婚。

在这一小群人里，最后一个走过来亲吻弗立克的人是她的哥哥马克。

弗立克要做件事，让自己的幸福日子更加完美。她两手搂着马克，转向她的母亲，五年来母亲一直没有跟他说过话。“看哪，妈，”她说，“马克来了。”

马克真有点儿吓坏了。

妈妈犹豫了半晌。然后，她张开怀抱，对他说：“你好啊，马克。”

“你好啊，妈。”他慨叹地说，上前抱住了她。

之后，所有人都走出教堂，走进灿烂的阳光下。

“妇女一般并不担任敌后破坏活动的组织者，但训练有素的英国情报员珀尔·威瑟琳顿在盖世太保逮捕了马基[①]的领导人后，接管了对其的领导，勇敢而出色地带领两千名抵抗队员积极开展抗敌活动。她受到强有力的推荐，以获得军功十字勋章，但因此勋章不适于女性而未被批准，继而获得英帝国勋章，她将勋章退回，认为她所做的一切全然不是文职事务。”

——M. R. D.福特《特别行动处在法国》[②]

① 马基（Maquis），二次大战中抵抗德军的法国游击队。

② 福特（M. R. D. Foot），英国情报历史学家。本书于1966年由皇家文书局出版。

致　谢

我很感激M. R. D.福特为我提供的有关特别行动处的历史信息和指导；关于第三帝国的问题，我要感谢理查德·欧沃里的帮助；有关电话系统的历史，感谢伯纳德·格林；武器方面的感谢康迪斯·德隆和大卫·雷蒙德。对于一般的研究工作，我一如既往地对纽约作家研究中心的丹·斯塔特（Dstarer@bellatlantic.net）和雷切尔·弗拉格表示谢意。我从我的编辑那里也得到了许多宝贵的帮助，他们是：纽约的菲利斯·格兰和尼尔·奈伦，伦敦的伊莫根·泰特和巴黎的吉恩·罗森塔尔，以及科隆的赫尔穆特·佩施；我的代理人阿尔·朱克曼和艾米·伯克奥维尔也提供了不少帮助。几位家庭成员阅读过草稿，提出了有益的批评，特别是约翰·埃文斯、芭芭拉·福莱特、埃马努尔·福莱特、詹·特纳和金·特纳。

扫二维码，关注“**卖书狂魔熊猫君**”，

并回复“**肯·福莱特**”，

了解“英国金庸”肯·福莱特走红全过程！

图书在版编目（CIP）数据

寒鸦行动 / (英) 肯·福莱特 (Ken Follett) 著；于大卫译. -- 南京：江苏凤凰文艺出版社, 2017.9

书名原文: Jackdaws

ISBN 978-7-5594-1078-8

Ⅰ.①寒… Ⅱ.①肯… ②于… Ⅲ.①长篇小说－英国－现代 Ⅳ.①I561.45

中国版本图书馆CIP数据核字（2017）第217146号

图字：10-2013-50号

书　　名　寒鸦行动

著　　者　（英）肯·福莱特
译　　者　于大卫
责任编辑　丁小卉　姚　丽
特邀编辑　任俊芳　闵　唯
责任监制　刘　巍　江伟明
策　　划　读客图书
版　　权　读客图书
封面设计　读客图书　021-33608311
出版发行　江苏凤凰文艺出版社
出版社地址　南京市中央路165号，邮编：210009
出版社网址　http://www.jswenyi.com
印　　刷　三河市吉祥印务有限公司
开　　本　890mm x 1270mm　1/32
印　　张　15
字　　数　331千
版　　次　2017年9月第1版　2017年9月第1次印刷
标准书号　ISBN 978-7-5594-1078-8
定　　价　59.00元

如有印刷、装订质量问题，请致电010-85866447（免费更换，邮寄到付）